LA POMMERAYE

Première partie

Chapitre 1 - Corentin Valmont

A la fin du XVIIe siècle, Saint Germain du Val est un bourg d'environ quatre cent cinquante âmes, situé aux confins de la plaine de cane et du pays d'Auge ; un petit vallon dans le fond duquel coule le Laizon, le sépare de son voisin, Colleville en Auge. Bien que Colleville bénéficiât du nom et des prérogatives du village, il s'agit là plutôt d'un hameau regroupant une centaine d'âmes. A la sortie du village, une longue allée traversant un petit bois conduit au point le plus haut où domine un ravissant château Renaissance dont les fondations sont constituées par les salles basses de l'ancien château féodal. L'emplacement de ce château, judicieusement choisi au Moyen Age pour offrir la meilleure vue et la meilleure défense, utilise les anciens soubassements sur lesquels un jardin est aménagé d'où l'on peut admirer la campagne environnante. Ce château est la demeure du baron de Colleville, de sa femme, l'une des plus belles de la vicomté et sa ravissante fille. Fier de sa longue lignée - ne dit-on pas qu'un Colleville guerroyait déjà aux côtés de Guillaume à la bataille d'Hastings, - le baron est les suzerains des fiefs de Colleville et de Saint Germain du Val mais s'ennuie ferme dans sa campagne estimant que sa place est à la cour de Versailles et, fier de la beauté de sa fille, la voit déjà duchesse et, pourquoi pas ? Suprême honneur, après être passée dans la couche royale...

Il n'en mène pas moins la vie très dure à ses paysans, étant sans concession pour les corvées et les durs travaux de la terre. Et, de plus nous sommes à la fin du règne de Louis XIV dont les guerres et les dépenses somptueuses ont ruiné le pays, le peuple est lourdement imposé par la Taille dont la noblesse et le clergé sont exempts. La Normandie, habituellement prospère, et, réduite à une extrême détresse. " la grande quantité des pauvres a épuisé la charité et la puissance de ceux qui avaient accoutumé de les soulager " écrit Colbert, l'intendant de Caen. Les paysans, épuisés par la faim, ne pouvant plus cultiver les terres, leurs bestiaux sont saisis pour payer les impôts. Comme on l'a dit plus haut, le baron de Colleville est sans pitié et les fermiers généraux qui envoient leurs sergents n'ont rien à lui envier.

Enfin, un peu d'ordre est remis par Colbert qui, pour l'exemple envoie même le sieur de la Mothe à l'échafaud pour avoir injustement dépouillé des paysans.

Mais revenons à Saint Germain du Val par la petite route qui mène de Caen à Saint Pierre l'Eglise, chef-lieu de la vicomté. On redescend dans le vallon pour traverser un pont de pierre d'où l'on peut voir à droite, le lavoir, lieu de rencontre des commères de Saint Germain où les ragots vont bon train, au milieu des cris, des rires et des grands coups de battoir sur le linge ; les enfants s'ébattent dans les près environnant. Remontons la côte, à droite, se dresse une vieille tour de garde couverte en partie de lierre et lieu d'élection des corbeaux qui tournent sans arrêt en croissant au-dessus. Cette tour est l'objet de légendes terrifiantes, on raconte entre autres, que le baron Guillaume de Colleville, resté célèbre depuis le XVe siècle pour sa cruauté, faisait attacher ses prisonniers au sommet de la tour, les laissant mourir de faim, les corbeaux leur ayant crevé les yeux auparavant et arraché les lambeaux de chair. D'ailleurs, le bruit court que certaines nuits sans lune, on entend encore gémir les victimes. Même en plein jour, les habitants de Saint Germain n'osent s'en approcher. En haut de la côte, on arrive enfin sur la place principale de saint Germain, dont la vie est rythmée par les grands coups de marteau sur l'enclume du forgeron, géant sympathique du village, et par l'arrêt, deux fois par semaine, du coche à " l'Auberge des deux corbeaux ", qui a atteint une certaine renommée à plusieurs lieues à la ronde. Les grandes cheminées où tournent sur des broches mouton, cochons de lait, chapons ou autres volailles ne s'éteignent guère. Les hobereaux et la bourgeoisie naissante des environs n'hésitent pas à se déplacer pour goûter les mets délicieux de la mère Corbeau ; en effet, on en a même oublié leur vrai nom et on ne les appelle plus que " l'Pé " ou " la Mée Corbeau " qui sert de délicieux pâtés en collation, avec la bolée de cidre du cru, ou un pichet de vin tiré d'énormes tonneaux trônant dans le fond de la pièce commune.

Traversons la place et continuons tout droit. Une petite rue entourée de pauvres maisons mène à l'église toute pimpante ; en effet, il y a à peine deux ans, la vieille église romane a été rénovée ; un nouveau dallage, des boiseries de chêne sombre et de grandes tapisseries donnent un air chaleureux, et même la vieille statue en pierre de Saint Germain en semble toute réjouie. Un nouveau clocher domine désormais le village et une grosse cloche venant directement de Villedieu les Poêles appelle désormais les fidèles à la prière. Le presbytère tout proche abrite derrière ses grands murs un potager et un verger où le bon curé Delalande à l'habitude de se promener en lisant son bréviaire tout en jetant de temps en temps un regard amoureux vers quelques plants de choux ou quelques pommes qui lui rappelant la tentation d'Adam le fait se replonger aussitôt dans sa pieuse lecture. Il conserve un souvenir ému sûrement le plus beau de sa vie, à l'évocation de l'inauguration de l'église qui donna lieu à de grandes festivités ; même Monseigneur l'Evêque avait daigné s'asseoir à sa table, dégustant avec gourmandise les mets préparés par sa fidèle servante. L'après-midi, une procession avait emmené une foule nombreuse, après les vêpres, jusqu'au calvaire qui se trouve au carrefour de la route de Caen et du petit chemin qui mène à la Pommeraye. Ce petit chemin entouré de haies bordant des herbages plantés de pommiers à cidre, devient vite un bourbier creusé d'ornières en hiver, isolant le hameau qui se trouve à un peu plus d'une lieue de Saint Germain, ce hameau dit la Pommeraye doit sûrement son nom au crû particulier de ses pommes qui donnent un cidre goûtu, pétillant juste comme il faut et bien rafraîchissant en été ; comme disent les habitués " cha che boit comme du p'tit lait et il est ben goulayant ". Avant d'atteindre le hameau, le chemin aboutit à une grande ferme fortifiée, demeure de Quentin Hélie, riche laboureur envié à la ronde. Sa femme étant morte en couche, il y vit seul avec sa fille Catherine et sa vieille et fidèle servante qui loge dans une soupente au grenier, située à l'opposé de celle abritant le premier valet. Le bâtiment d'habitation est situé au milieu d'une grande cour fermée par de hauts murs et des bâtiments servant d'écurie, d'étables, de souc et de feuil. Trois des coins du carré s'ouvrent à l'aide d'un lourd portail soigneusement fermés la nuit, l'un donnant sur le chemin de Saint Germain, un autre sur les herbages et le dernier sur un enclos servant de potager. Derrière la maison un tas de fumier fume en permanence et laisse échapper des odeurs nauséabondes, lieu d'élection du coq qui se perche dès l'aurore au plus haut point et réveille toute la maisonnée. Enfin, devant la maison, un puits et sa margelle fleurie donne un air de gaieté. La maison d'habitation comprend au rez de chaussée une grande salle commune avec son imposante cheminée où pend au bout de la crémaillère une marmite qui mijote toute la journée, on rajoute lard ou légumes lorsque le niveau baisse. Au bord de la cheminée, dort souvent Cadet, le chien qui ne bouge guère, se contentant de lever un œil ou de remuer la queue dès que quelqu'un entre, seule exception, dès que la petite Catherine lui fait un signe, il se lève d'un bond, sachant que c'est l'heure de sortir les vaches et qu'il va falloir aider à les rassembler. Une pièce attenante ne s'ouvre que très rarement car elle ne sert qu'à de très rares occasion pour recevoir, et même le bon curé Delalande qui mange à la table de Quentin tous les Jeudis, lorsqu'il vient réconforter les quelques pauvres hies de la Pommeraye, est habitué à manger à la table commune avec les journaliers, prenant tout son temps pour digérer et repartant de son pas lourd, toujours chargé de victuailles pour la semaine. Pour terminer le rez de chaussée, une pièce sert d'arrière-cuisine pour entreposer ustensiles et nourriture. La visite se termine par deux grandes chambres à l'étage où l'on accède par un escalier en colimaçon, l'une servant à Quentin et l'autre à Catherine.

Comme il a été dit plus haut, Quentin est un riche laboureur dont les trois ou quatre générations précédentes ont grignoté petit à petit les terres environnantes pour faire de la ferme de la Pommeraye une des plus riches de la vicomté. On raconte qu'à l'origine, un aïeul de Quentin aurait tiré un ancêtre de l'actuel baron de Colleville d'un mauvais pas, celui-ci étant pris à parti par une bande de brigands, et qu'à sa mort, il aurait légué quelques arpents de terres à l'aïeul de Quentin, terres qui formèrent l'embryon de la Pommeraye. Quand on en parle à Quentin, la seule réponse est " P'tete ben qu'oui, p'tete ben qu'non ". Il faut dire qu'il n'aime pas beaucoup l'actuel baron, lui reprochant sa vie de " feignant " et sa rudesse envers les paysans.

Quant à Quentin, il est dur et inflexible aussi bien envers lui-même qu'envers ses journaliers, mais juste généreux, et apprécié pour cela. D'une grande taille, plus grand que la moyenne de l'époque, légèrement courbé et tout en muscle, il est, comme on dit de lui dans le village " sec comme un coup de trique ". Son visage sévère et son regard s'assombrissant à la pensée de sa femme, morte en donnant naissance à Catherine, est assez disgracieux, mais s'illumine à la présence de sa fille. Dans les années 1680 où se déroule ce récit, Catherine a sept ans, la ressemblance avec son père est frappante, donc elle n'est pas belle, mais, comme lui, lorsqu'elle sourit, et c'est souvent le cas, avec ses longs cheveux blonds, elle en devient presque belle. On dirait, maintenant, qu'elle a beaucoup de charme.

Quentin a hélas perdu deux fils avant Catherine et sa grande crainte, sa hantise même, serait de voir Catherine se marier avec un étranger le laissant vieillir seul, sans héritier pour maintenir la ferme, orgueil de plusieurs générations d'Hélie.

Continuons le chemin qui passe devant la ferme et aboutit au petit hameau de la Pommeraye, constitué d'une dizaine de masures en torchis, recouvertes de chaumes, misérables demeures constituées pour la plupart d'une seule pièce au sol en terre battue. Les pauvres êtres en haillons qui passent comme des ombres, affaiblis en cette période de grande disette, se nourrissant pour le plus grand nombre qu'une espèce de brouet constitué principalement d'herbes, et rongeant des racines. Ces quelques masures se regroupent frileusement autour d'une mare où, il y a encore peu de temps, pataugeaient quelques canards. Un puits rudimentaire donne une eau pas toujours très bonne. Inutile donc de préciser que l'on ne vit pas vieux à la Pommeraye et que la mortalité infantile y est très importante. Légèrement à l'écart, se tient la masure d'Abel Valmont qui, bien que guère mieux loti, peut se considérer comme privilégié car il lui reste une vache et deux poules qui viennent picorer jusqu'sur le sol de la maison. Cet être rustre, totalement illettré qui ne s'exprime que par grognements et malmène souvent sa pauvre femme, travaille, lorsqu'il le peut à la ferme Hélie comme journalier, comme ses congénères, travaux permettant de survivre mais, n'étant que saisonniers, laisse le hameau sombrer tous les ans dans un hibernage cruel dont tous ne sortent pas vivant. Abel et sa femme qui n'ont pas encore atteint la quarantaine -on situe la naissance d'Abel vers 1650 d'après les actes paroissiaux - paraissent déjà être presque des vieillards et il est quasi miraculeux de voir leur fils, Corentin, seul survivant de quatre enfants battre la campagne, s'intéresser à tout et rapporter parfois quelque fruit ou légume sauvage qui enrichiront la maigre pitance.

Curieusement, alors que l'ensemble des paysans vivait quasi à l'état animal, leur principale préoccupation étant tournée vers la recherche de nourritures, Corentin aimait la campagne, tout l'intéressait, il cherchait à comprendre le pourquoi des choses. Il était devenu le roi du dénichage et du braconnage mais, gare à lui s'il était pris en train de braconner par les gens du baron de Colleville, cela, il le savait bien et il était devenu très rusé. Être solitaire, fuyant la compagnie trop prolongée de ses congénères, il ne se plaisait vraiment qu'avec les animaux. Doté par la nature d'une forte constitution, à l'été 1686, venant de prendre ses dix ans mais en paraissant douze ou treize, son père décida qu'il était temps de travailler et l'emmena avec lui comme journalier à la ferme Hélie pour la moisson. La moisson était la seule époque de l'année où ceux qui avaient la chance d'être retenus comme journaliers à la ferme de Quentin, ne souffraient pas de la faim. En effet, à la pause, Clothilde, la vieille servante, aidée par Catherine allait retrouver les paysans dans les champs, portant de lourds paniers remplis de victuailles et on se restaurait assis sous quelque haute futaie, se désaltérant à grandes rasades de cidre bien frais sortant directement des tonneaux de la cave. Et l'après-midi, Clothilde et Catherine rapportaient une collation faite le plus souvent de grosses tranches de pain découpées dans la miche sur lesquelles, on étalait du lard.

Les moissons terminées et rentrées, Abel et Corentin retrouvèrent leur morne vie. Corentin avait eu l'esprit enflammé par la richesse de cette ferme où il allait pour la première fois. Il ne pouvait s'empêcher de faire la comparaison et se jura qu'il ne deviendrait jamais comme son père. L'hiver fut long et particulièrement rigoureux, on se serait près de la cheminée en grignotant des racines. Cet hiver 86/87 emporta à nouveau son lot de morts.

Les beaux jours revinrent enfin et Corentin était impatient de retourner à la ferme, retrouver l'ambiance des moissons et manger à sa faim. Corentin prit son travail à cœur et étonna même ses aînés par le rendement fourni pour un enfant de son âge. A la fin des moissons, Quentin ayant besoin d'un petit valet, proposa à Abel de le garder. L'occasion était trop bonne d'avoir une bouche de moins à nourrir et Abel s'empressa d'accepter.

La joie de Corentin était grande et il s'accoutuma très vite ; seul, le sourire souvent moqueur de Catherine gâchait son plaisir. Comme on l'a déjà vu, Corentin s'intéressait à tout et ne reculait pas devant la tâche, ce qui attirât rapidement la sympathie de Quentin, lui faisant regretter plus amèrement encore l'absence d'un fils. Le curé Delalande déjeunait donc tous les jeudis à la ferme de la Pommeraye et s'intéressa rapidement, lui aussi, à Corentin, étonné par ses remarques tombant toujours à point et ses yeux de petit garçon de onze ans brillant d'intérêt en écoutant " les grands ". Il proposa à Quentin de rester un peu après le déjeuner pour donner quelques rudiments d'écriture et de lecture à Corentin. Tout d'abord, Quentin fut réticent, ne sachant, lui-même, qu'à peine lire et écrire mais, par contre, sachant très bien compter, ce qui faisait sa force pour vendre ou acheter, surtout au jour de la grande foire de Saint Pierre l'Eglise où sa rudesse en affaire était renommée. Est-ce que Catherine savait lire ou écrire ? A quoi cela lui aurait-il servi pour s'occuper du ménage, faire de la dentelle, ou faire la coquette les jours de fête ? Devant l'insistance du curé, il finit par abdiquer. Désormais Corentin attendait le jeudi avec impatience, apprenant vite à l'étonnement du curé, et s'exerçant durant la semaine à tracer des lettres sur le sol.

Corentin, en tant que petit valet était utilisé à toutes sortes de travaux et sut se rendre assez vite indispensable. Désormais, c'est lui qui sortait les vaches avec Cadet qui l'avait rapidement adopté. En effet, Catherine atteignant ses huit ans, Quentin estimait que, désormais, elle devait s'occuper des travaux ménagers et ses loisirs devaient être occupés par la dentelle et les divers travaux de couture que la vieille Clothilde lui enseignait. Ce qui n'empêche qu'elle arrivait à s'échapper et avait pris l'habitude de porter dans les près une collation à Corentin ainsi qu'une petite friandise pour Cadet. Il s'ensuivit une amitié qui se traduisait souvent à table par des regards complices et des fous rires, ce qui énervait grandement Quentin mais l'attendrissait en même temps. Le soir, après le dîner, Corentin rejoignait la masure de ses parents, s'arrangeant toujours avec Clothilde qu'il avait réussi à conquérir, pour leur apporter quelque maigre pitance.

Les années passaient, années de bonheur pour Corentin et Catherine dont la complicité s'était transformée en tendre amitié et cette amitié en amour. Ils se promenaient souvent dans la campagne, Corentin aimait cette terre qui l'avait vu naître, qu'il travaillait parfois avec tant de mal mais dont les moissons étaient sa récompense. L'époque des moissons était sa préférée car la ferme se remplissait de nouveaux journaliers, les repas étaient des fêtes et, le soir, " à la fraîche ", on se racontait quelques histoires parfois terrifiantes et qui faisaient trembler de peur ce pauvre Corentin lorsqu'il rentrait, écrasé de fatigue, se coucher dans la masure de ses parents. Malgré tout, il voulut un jour montrer son courage à Catherine et l'emmena se promener vers cette fameuse tour maudite. Un silence lourd entrecoupé par les croassements des corbeaux les envahit. Catherine tremblait et se serrait contre Corentin qui, tout en faisant le brave, n'en menait pas large. Soudain quelque animal, à leur approche, détala en faisait bouger les fourrés. Corentin et Catherine s'enfuirent en courant, le cœur battant la chamade. Il n'empêche que, tout au long de sa vie, il raconta cette anecdote, l'embellissant tout en taisant soigneusement leur fuite, et ajoutant d'un air crâne que tout ce qu'on racontait sur la tour n'était que des " menteries ". La campagne qu'il aimait tant et dont il connaissait chaque fourré, chaque haie, presque chaque arbre était le seul horizon de Corentin et il n'avait aucune envie d'en connaître d'autres. Une seule fois, accompagnant Quentin, il était allé au marché de Saint Pierre l'Eglise. Tout ce monde se bousculant, criant, ces étals pleins de victuailles, toutes ces richesses qu'il n'aurait jamais rêvé exister l'avaient étourdi et il était rentré à la ferme, la tête pleine de diverses pensées mais, content de retrouver ses lieux familiers. Caen, n'en parlons pas, c'était le bout du monde.

En cette année 1692, Corentin avait seize ans et ses parents moururent. Il les pleura, bien sûr, mais il y avait longtemps qu'il se sentait accueilli dans un nouveau foyer, entouré de Quentin, Catherine et Clothilde. D'ailleurs, aussitôt, Quentin lui proposa de coucher à la ferme. On lui dévolu un coin de l'étable où il couchait sur la paille, c'était évidemment très rudimentaire mais guère pire que le coin qu'il occupait dans la pièce commune de la masure. Il se sentait bien à l'étable et cela avait au moins l'avantage de ne pas être trop froid l'hiver.

Les années passaient, l'amour de Corentin et de Catherine ne faisait que s'affirmer au vu et au su de tout le monde, bien qu'ils fussent persuadés de tenir un grand secret. Dès qu'ils le pouvaient, ils s'échappaient dans la campagne, se tenant par la main, heureux par le simple fait d'être ensemble, de respirer ce même air qui venait souvent du large ; ils n'avaient jamais vu la mer et se juraient de la découvrir ensemble. Catherine et Corentin se considéraient comme " promise " et elle lui jurait qu'elle le suivrait jusqu'en enfer si son père refusait le mariage. Un dimanche de printemps 1695, après le déjeuner, Quentin était assis sur le pas de la porte, dégustant à petite gorgée une petite " goutte ". Corentin, en accord avec Catherine qui était montée dans sa chambre, avait décidé, le matin même, de demander sa main à Quentin. Il ne savait comment s'y prendre, et, s'approchant de Quentin, tout en refusant son invite à s'asseoir, lui débita tout de go sa demande, ne se souvenant même plus des paroles exactes qu'il avait dites, un silence, qui parut interminable à Corentin, s'établit, il était persuadé, lui, l'enfant en haillon, qu'un refus net et brutal lui serait lancé à la face. Puis, Quentin se leva lentement et dit seulement : " Serre moi la main, mon gars ! ". Corentin crût défaillir et, du coup, s'assit, tout tournait autour de lui, c'était donc fait, il serait le mari de Catherine ! Devant l'attitude défaillante de son futur gendre, Quentin appela la servante : " Hé ! la Clothilde, apporte nous d'la goutte, mais d'la bonne ! ". Catherine qui avait tout entendu, se précipita dans les bras de son père.

Il fut décidé qu'on profiterait de la fin des moissons pour faire une grande fête et célébrer le mariage par la même occasion. Ce fut une longue période d'attente pour Catherine et Corentin et celui-ci pensait aussi, souvent, qu'il serait le maître de la Pommeraye. Quant à Quentin, sa peur de vieillir et mourir seul s'était évanouie, il pensait connaître assez bien Corentin pour être persuadé qu'il était autant attaché à cette terre que lui-même.

Le grand jour arriva enfin, des tables avaient été dressées dans la cour et après la messe, presque tout le village étant invité, on se dirigea en procession vers la ferme par le chemin de la Pommeraye, en chantant des chansons souvent assez gaillardes au grand dam du curé. Après le bénédicité, respectée religieusement, mais non sans une grande impatience devant tant de plats, tout le monde se précipita sur les mets délicieux : aloyaux, fricassées de poulet rivalisaient avec gigots et cochons de lait, le tout accompagné de crème présentée dans de grandes jattes. On avait également commandé à la " Mée Corbiau " quelques-uns de ses délicieux pâtés présentés dans de grandes terrines en terre. Pour se désaltérer, on avait le choix entre la fameuse bière, la Cervoise que l'on buvait depuis l'époque gauloise mais, qui commençait à être détrônée par le cidre, dont le fameux cru de la Pommeraye présent à table, ou bien encore de ce vin âpre, mais que ne craignait pas le gosier de ces solides normands, venant des vignobles d'Argences. Quentin avait également commandé deux musiciens connus à Saint Pierre l'Eglise qui jouèrent quelques morceaux durant le repas, guère écoutés car on était surtout occupé à se goinfrer, les visages devenaient rubiconds et les corsages des femmes commençaient à s'entrouvrir. Lorsque la faim était calmée, on avalait une grande " goulée de goutte " dont quelques carafons en terre trônaient sur la table, et l'on recommençait à manger.

Vers cinq heures de l'après-midi, tout le monde était repu et on parut s'apercevoir seulement de la présence des musiciens mais seuls les jeunes eurent la force de partir dans une ronde effrénée ou de danser quelque bourrée. Les plus âgés avaient à peine la force de se lever et on raconta plus tard que certains repartirent chez eux, transportés dans des " berouettes ".

Enfin, on se retrouva presque seuls, Corentin était ivre surtout de bonheur et Catherine dans sa belle robe de dentelle confectionnée à Saint Pierre l'Eglise était rayonnante. Ils s'éclipsèrent discrètement et montèrent dans la chambre de Catherine ou Corentin n'était jamais entré. Pour l'occasion, Quentin avait fait fabriquer un grand lit à baldaquin et une de ces fameuses armoires normandes pour le trousseau de la mariée. Les cœurs battaient la chamade, ils n'osaient bouger ni dire un mot. Corentin prit alors Catherine dans ses bras avec toute la douceur d'un être frustre qui a peur de briser un objet précieux, puis l'entraîna vers le lit.

Le lendemain, le temps participant par un beau ciel bleu où naviguaient quelques cumulus, Corentin et Catherine partirent faire le tout du domaine. Corentin respectait trop Quentin pour se sentir déjà le maître mais, par contre, il se sentait réellement chez lui. Cadet les suivait fidèlement, commençant à se faire vieux, il ne gambadait plus comme avant.

La vie reprit son rythme et quelle ne fut pas la surprise de Corentin, parti au village pour commander quelques pièces au forgeron de se voir saluer par un " bonjour, Monsieur Corentin ". Pour tout le monde, il avait toujours été Corentin ou " le gars à Abel " et fut gêné par ce salut. Bien que réticent, il devrait désormais s'habituer à cette appellation.

On surveillait la taille de la mariée, Clothilde la première ; il ne fallait pas trop tarder à avoir des enfants pour ne pas perdre la face et Corentin se rendit en grand secret chez le rebouteux qui habitait à la sortie de Colleville. Celui-ci lui confectionna quelques potions et lui indiqua comment les faire ingurgiter en secret à Catherine. Quelques temps plus tard, Catherine fut enceinte, Corentin crut au miracle des potions, mais son ardeur en était sûrement plutôt la cause.

Les mois passèrent dans l'attente et dans la crainte de Quentin et Corentin d'entendre le chant lugubre de la chouette, annonciateur de malheur. Mais le grand jour arriva un matin de printemps 1697. On avait appelé l'accoucheuse et celle-ci, aidée de quelques commères et, surtout de Clothilde, avait ordonné aux hommes d'aller attendre dans la cour. Suivant la méthode habituelle, elle avait placé Catherine devant l'âtre, moitié debout, moitié assise sur une " pouche " remplie de balles d'avoine. Catherine gémissait et poussait des petits cris puis, soudain, un cri plus grand déchira les oreilles de Corentin qui crût défaillir, cri suivi des pleurs d'un bébé. Quelques instants plus tard, l'accoucheuse sortit sur le pas de la porte, tenant encore des linges souillés, puis s'adressant à Corentin : " Eh Ben ! mon gars, te v'la l'père d'un beau p'tit gars ! ". Il fut prénommé Charles ; suivirent Louise en 1699 et Hélène en 1701.

Corentin avait désormais pris la direction de la ferme, c'était désormais lui le maître de fait Quentin, vieillissant et souffrant souvent de rhumatismes, passait des heures assis sur un tabouret, sur le pas de la porte, prenant un grand plaisir à voir jouer et évoluer ses petits-enfants. Il vieillissait comme il l'avait souhaité.

C'est désormais Corentin, sur les conseils de Quentin qui, à la Saint Jean, allait prendre un épi de chacun de ses champs pour les suspendre au grenier afin que la récolte soit à l'abri des souris.

On attendait Mardi Gras avec impatience pour tuer le cochon. On faisait alors appel au tueur local qui, seul sait égorger et découper l'animal suivant les rites. Catherine s'enfuyait le plus loin possible, elle n'avait jamais pu supporter les cris presqu'humains du cochon. Puis elle revenait pour aider la maisonnée à sécher les morceaux, les saler et les mettre dans des sauniers pour les conserver. Les femmes préparaient également boudins et saucisses ainsi que le saindoux conservé toute l'année dans des pots de terre.

Corentin s'intéressait aux techniques nouvelles et avait pris l'habitude de se rendre régulièrement à la foire de saint Pierre l'Eglise où, tout en trinquant à l'auberge, il apprenait beaucoup de choses. Ainsi, il décida d'abandonner la jachère, au grand dam de Quentin, pour essayer l'assolement mais dut attendre trois ou quatre ans pour en tirer tous les bénéfices, à sa grande satisfaction. Il fit remplacer le seau au bout de sa corde pour tirer l'eau du puits par une noria qui, comble de modernisme, fonctionna seule quelques années plus tard à l'aide d'une éolienne.

Il fit installer un pressoir tout neuf avec sa ruelle circulaire et la grande meule de pierre tirée par un cheval. Le cidre de la Pommeraye s'était fait une certaine réputation quelques lieues à la ronde.

Il avait bien essayé de faire lui-même son pain mais s'était vu interdire cette pratique, la population étant obligée de se fournir aux Fours Municipaux sous peine de fortes amendes.

Il avait donné un cérémonial plus imposant à la replumette (fête de fin des moissons) et désormais, après les agapes, le premier valet offrait un bouquet fait de fleurs des champs, d'épis de blés, seigle, orge ou avoine à la maîtresse des lieux, en récitant un complet qui restera inchangé au cours de générations /

- Je vous offre ce bouquet

- Il n'est ni beau, ni bien fait

- Nous y avons mis tout notre cœur

- Mettez-y la main

- Il n'y manquera plus rien

Lorsque Charles était né, on l'avait installé dans la chambre de ses parents, dans un panier. On s'était bien gardé de confectionner le berceau avant la naissance car cela portait malheur. Mais avec les deux sœurs de Charles, on aménagea le grenier en espèce de dortoir où les enfants dormirent sur trois châlits. Seule, Clothilde, qui commençait à prendre de l'âge, eut le droit de rester. Le premier valet déménagea dans une petite pièce que Corentin fit aménager au-dessus du feuil.

Corentin prit réellement conscience de son état de Maître lorsqu'on lui apporta la charrue qu'il avait commandé à la foire de Saint Pierre. En effet, conquis par la matière, le fer, au lieu du bois dont était constituées ses vieux araires, et de la forme, qui retournait la terre au lieu de simplement la creuser, il en avait aussitôt pris commande. Donc, lorsqu'elle arriva, il tint à l'essayer lui-même, et seul, pour en jouir totalement. Il attela Baron, son percheron préféré et, suivi de Noirot, remplaçant de Cadet, mort il y avait quelques mois, seul admis à accompagner son maître, il se dirigea vers les champs. Arrivé à l'endroit soigneusement et impatiemment choisi depuis quelques jours, il enraya et, faisant mordre le soc, les mains aux mancherons de la charrue, il jeta à Baron le cri rauque : " Dia Hue ! hep ! " Un moment plus tard, il s'arrêta, se retourna et contempla le sillon bien droit qu'il avait laissé, quelques mouettes annonciatrices de froid, mêlées aux corbeaux y cherchaient quelques vers à déguster. Corentin se baissa, prit dans ses mains une motte de terre normande bien grasse et l'égrena doucement, avec amour. Son regard se leva vers le ciel, un fort vent balayait des nuages bien noirs et si le calme revenait, ce serait alors la pluie : " Bas l'vent, bas l'eau comme on dit cheu nous ". Il avait envie de hurler son bonheur, son amour de cette terre. Ses yeux balayant l'horizon, son regard s'arrêta soudain sur un petit bout de toit de chaume dépassant à peine la haie : la masure des Valmont. Il tomba à genoux, réalisant qu'on ne dirait plus bientôt en parlant de la Pommeraye, la ferme Hélie mais la ferme Valmont. Il avait un héritier en la personne de Charles et se sentait la responsabilité d'un fondateur de dynastie.

Chapitre 2 - Charles, Louise et Hélène Valmont

Les années qui suivirent furent remplies de bonheur, Corentin ne pensant qu'à embellir la ferme et Catherine se consacrant à ses enfants. Quentin vieillissait en luttant toujours contre ses rhumatismes, les potions et les signes de croix du rebouteux n'ayant pu en venir à bout. Il paraissait heureux au milieu de la maisonnée et admirait Catherine dans son rôle de mère et de maîtresse de maison. Parfois, lorsque ses rhumatismes le laissaient un peu tranquille, il allait faire un petit tour dans la campagne, tenant dans sa grosse main calleuse, la menotte de l'un de ses petits-enfants, leur parlant des travaux saisonniers, de oiseaux qu'il dénichait, étant jeune, ou des lapins de garenne qu'il attrapait au collet. Il essayait, à travers sa vieille expérience, de leur transmettre son amour de la campagne. La vieille Clothilde continuait tant bien que mal ses travaux mais s'essoufflait rapidement et Catherine était peinée de la voir " faire semblant ".

Un matin de printemps 1705, Charles descendit voir sa mère déjà aux travaux ménagers, lui disant que Clothilde ne voulait pas se réveiller. Craignant le pire, Catherine se précipita et ne put que constater que Clothilde dormait pour l'éternité. Un flot de larmes la submergea, ses trois enfants, interdits, Charles et Louise croyant deviner les causes du chagrin de leur mère, Hélène ne comprenant pas et ouvrant de grands yeux étonnés. L'enterrement eut lieu le lendemain, le curé Delalande qui se faisait vieux lui aussi, dit une messe basse et Clothilde disparut dans la terre, emportée par cette belle matinée ensoleillée vers le paradis ; il ne pouvait en être autrement pour Catherine qui n'avait pas connu sa mère et chéri Clothilde comme telle.

Quentin suivit deux ans plus tard par une nuit froide d'hiver. La lune brillait dans un ciel limpide faisant étinceler les mares d'eau recouvertes de gel. Quentin avait du mal à respirer, le clair de lune dessinait des ombres sinistres dans la chambre, accentuées par le tremblement de la bougie qu'il avait rallumée. Il voyait là les ombres terrifiantes de diables, d'autant plus que, la nuit précédente, il avait entendu le cri de la chouette. Il lutta contre ces ombres une bonne partie de la nuit et, à bout de force, s'éteignit au matin alors qu'au dehors, la vie renaissait. C'est Catherine qui le découvrit et poussa un hurlement. Après avoir pleuré ses parents, Corentin ne put s'empêcher, en prenant Catherine dans ses bras, de fondre en larmes. C'est à nouveau un père qu'il perdait.

Ce fut sans aucun doute un des plus beaux enterrements que l'on vit à Saint Germain. Le curé Delalande retrouva quelques forces pour dire une fort belle messe accompagnée de chœurs que Corentin avait fait venir de Saint Pierre l'Eglise. Le curé lança ses dernières forces dans un sermon qui en fit pleurer plus d'un. Le corps fut mis en terre et quelques jours plus tard, une magnifique stèle orna la tombe. Corentin avait tenu absolument à rendre hommage à son maître.

Vers 1710, le baron de Colleville partit tenter sa chance à la cour de Versailles avec sa femme et sa fille, laissant la garde de son château à un certain Pierre Angot qui avait également le rôle de régisseur de ses terres. Les pauvres paysans n'y gagnèrent guère car Pierre Angot, ivre de son pouvoir, montra vite ses aptitudes à la tyrannie. Par ailleurs, les espérances du baron ne durent pas être à la hauteur de ce qu'il avait escompté car il fut amené à vendre quelques terres que Corentin s'empressa d'acheter, agrandissant encore le domaine de la Pommeraye.

Vers la même époque, le brave curé Delalande rendit son âme à Dieu. Il avait désiré un enterrement de pauvre, mais tout le village était là pour lui rendre hommage. Pratiquant ou non, les paroissiens de Saint Germain avait bien aimé leur brave curé, prêt à donner l'absolution à tous les pêchés commis par ses ouailles, les connaissant tous par leur prénom, les considérant comme ses fils, incapables de commettre de grosses fautes. Il s'était attaché ainsi l'amitié de tous et chacun fut d'accord avec la version de sa mort que sa vieille servante racontait à qui voulait l'entendre : après s'être régalé avec un bon chapon grillé, il s'était assoupi, comme à l'accoutumée, pour se réveiller au paradis, au milieu des anges. C'était sûr, ajouta-t-elle, car, lorsqu'elle le découvrit, il avait encore un sourire figé aux lèvres.

La messe fut dite par l'abbé Tancrède qui devait être son remplaçant, et lorsque celui-ci monta en chaire pour faire son sermon, chacun trembla en entendant les grandes envolées terrifiantes de l'abbé, chacun se sentit coupable et, chacun crût voir dans ce nouvel abbé, le diable en personne. A l'inverse du curé Delalande, il était grand, sec, des mains aux doigts longs et fins comme des serres et qui s'agitaient sans cesse. De plus, un rayon de soleil passant à travers un vitrail lui donnait un éclairage particulier, le rendant parfaitement satanique.

A la Pommeraye les enfants grandissaient, les personnalités de chacun s'affirmant.

Charles qui venait d'avoir treize ans, avait hérité de son père la constitution robuste. Grand pour son âge, il était fier de sa force et ne rêvait que de la mettre à l'épreuve. Il avait également hérité de son père, la chevelure noire et drue et, par contre, son regard souvent dur, s'adoucissait par instant, surtout lorsqu'il regardait sa petite sœur Hélène, alors, on retrouvait sa mère. Dès qu'il avait un moment de liberté, il parcourait seul la campagne, s'éloignant chaque fois un peu plus, rêvant d'autres horizons, contrairement à son père, et revenant parfois couvert de plaies et bosses au grand effroi de Catherine. Corentin essayait d'initier Charles aux travaux de la terre, celui-ci s'appliquait mais son esprit était ailleurs et cela inquiétait fort Corentin qui s'en rendait compte.   Louise était une petite fille de onze ans, appliquée, sérieuse pour son âge, ne songeant qu'à ses poupées, ses dentelles et coutures pour se faire belle. D'ailleurs, elle savait attendrir ses parents lorsque le marchand ambulant passait en vantant ses nouveautés de Paris. Ils achetaient alors quelque bonnet, ruban ou fanfreluches, sans oublier Hélène. Louise serait sans doute une jolie femme au caractère affirmé, sachant tenir avec fermeté la maison d'un bon bourgeois.

Hélène, la petite dernière de neuf ans était tout le portrait de sa mère avec ses longs cheveux blonds et son aspect fragile, c'était le genre de petite fille et, plus tard, de femme qui, avec son regard tendre, attirerait le besoin de protection des hommes. C'était déjà le cas de Charles qui s'était dévolu le rôle de protecteur.

Charles avait donc besoin d'autres horizons et la malchance voulut que l'abbé Tancrède s'installât à Saint Germain à cette époque. Il reprit les tournées de son prédécesseur mais au lieu de les réconforter, il leur parlait de l'enfer et les terrifiait. Souvent, à son approche, les paysans s'enfuyaient. L'abbé Tancrède les méprisait alors. Il vint bien sûr aussi à la ferme Valmont mais refusa tout net, dès le premier jour, toute invitation à la table de Corentin non par antipathie mais il s'était donné comme règle de mener une vie d'ascète ; ce trait de caractère contribua vite aussi à la desservir auprès de cette population de normands, bons vivants, qui considèrent comme un affront le refus de " boire un p'tit coup ". L'abbé Tancrède remarqua Charles d'emblée : Il savait lire et écrire, avait du caractère et semblait différents des autres. Lors d'une de ses visites, il lui proposa de venir servir la messe. Charles n'était pas particulièrement croyant, ni pratiquant, mais il était comme tous les gens de l'époque qui suivaient les rites catholiques par traditions et par crainte des colères du Seigneur, que beaucoup de curés entretenaient auprès de leurs paroissiens.

Malgré la réticence de Corentin, il se rendit un après-midi au presbytère ou l'abbé vivait seul, ayant renvoyé la vieille servante de l'abbé Delalande.

Petit à petit, le venin pénétra le cerveau de Charles. L'abbé savait si bien raconter. Il aurait rêvé, disait-il, vivre à l'époque des croisades dont il narrait l'histoire à sa façon. Charles écoutait, fasciné, le récit de ces vaillants chevaliers partis libérer la terre sainte de ces barbares incroyants. Il fallait, disait l'abbé, leur extirper cette fausse religion qu'est l'Islam et les baptiser de force, quitte à les exterminer, c'était la volonté de Dieu. Lorsqu'il rentrait à la ferme, Charles prenait un bâton et donnait de grand coup dans la haie, s'imaginant participer à quelques grandes batailles. Il devint donc un habitué du presbytère, l'abbé sachant combler ses rêves. De plus, celui-ci s'était bien rendu compte de la fascination qu'il exerçait sur Charles et, frustré lui-même, il pensait avoir trouvé l'être qu'il formerait suivant ses conceptions et qui serait son bras armé. Il lui parlait de l'Espagne, ce grand pays qui avait inventé la Sainte Inquisition et avait chassé ou exécuté les derniers mahométans qui ne voulaient pas se convertir, ainsi que les Juifs, ces déicides... Il s'enflammait pour Louis XIV, ce grand roi qui avait révoqué l'Edit de Nantes, ordonné les dragonnades et fait détruire l'abbaye de Port Royal des Champs, foyer du jansénisme.

En fait l'abbé Tancrède enseignait l'intolérance à Charles.

Cette œuvre malfaisante fit si bien son chemin qu'un jour de printemps 1715, le sergent recruteur payait à boire à l'auberge des Deux Corbeaux aux jeunes réticents qui ne voulaient pas s'engager. Charles en l'apprenant se rendit rapidement à l'auberge. Le sergent n'eut pas à le faire boire, Charles signa immédiatement. En l'apprenant, Catherine s'effondra en pleurs et Corentin poussa un hurlement, vouant l'abbé Tancrède aux enfers.

Mais il était trop tard, Charles partit avec les soldats, rêvant d'aventures héroïques, portant baluchon fait à la hâte par sa mère qui resta longtemps au portail, regardant son fils s'éloigner par le chemin de Saint Germain. Quant à Corentin, il avait rapidement fait ses adieux à son fils et préféré aller ruminer sa colère dans la campagne.

Désormais, l'entrée de la ferme fut interdite à l'abbé Tancrède. Corentin ne mit plus les pieds à l'église. Catherine y alla de loin en loin avec ses filles, pour les grandes fêtes.

Peu de temps après le départ de Charles, Corentin commença à ressentir son absence car, même si Charles était réticent aux travaux agricoles, son aide n'était pas malgré tout négligeable. On engagea donc Etienne Legandois, garçon de forte constitution, aîné de six enfants d'une famille méritante du hameau. Les premiers mois donnèrent toute satisfaction et

Corentin se félicitait de son choix, tout en reprochant à son jeune valet qui avait alors une quinzaine d'années, son caractère parfois ombrageux. Corentin et Catherine ayant des ambitions pour leurs filles, surtout Louise qui possédait une élégance naturelle ne voulaient pas les voir prendre l'aspect de simples filles de ferme et, en conséquence, engagèrent également une petite servant prénommée Mariette, petite fille docile, travailleuse et un rien espiègle, qui se moquait souvent d'Etienne ; celui-ci se mettait alors dans de grandes colères, ce qui faisait éclater de rire Mariette qui s'échappait en courant.

Il y avait déjà, plus d'un an que Charles était parti, on avait eu une seule fois de ses nouvelles et Catherine était au désespoir, allant régulièrement en cachette de Corentin, faire brûler un cierge à l'église. Un beau jour, Corentin décida d'emmener sa femme et ses deux filles au marché de Saint Pierre, ayant besoin de commander des pièces de harnachement pour ses chevaux. On passerait la journée là-bas et on mangerait à l'auberge. Dès potron-minet, Louise et Hélène étaient levées pour se faire belles. Corentin attela la carriole à son beau poney tout blanc dont il était si fier. L'attelage s'ébranla et partit au petit trot pour se retrouver un peu plus d'une heure après dans la cohue du marché. Catherine et ses filles partirent de leur côté et Corentin se dirigea vers le marché aux bestiaux. Il fut convenu qu'on se retrouverait avant le déjeuner à la Sellerie Bourrellerie Martigny, rue Notre Dame. La maison Martigny avait une fort belle réputation, les selles " Martigny " fabriquées avec le plus beau cuir et façonnées avec une rare qualité de travail avait établi leur réputation dans toute la Normandie et même un peu au-delà. Il était de bon ton de monter avec une selle marquée du fameux M. La fortune des Martigny venait de l'arrière-grand-père, maître tanneur ayant créé la Tannerie de Canterel, aux bords du Laizon qui coule à la sortie de Saint Pierre. L'actuel Martigny était toujours le maître de la tannerie, ayant fait prospérer l'affaire, important des cuirs de haute qualité directement d'Argentine. Le fils, Jacques, était le plus souvent au magasin rue Notre Dame, surtout les jours de marché, et les nouveaux bourgeois étaient flattés de se faire servir et conseiller par Jacques Martigny lui-même.

C'est alors que Catherine et ses deux filles entrèrent dans le magasin, envahies de suite par une agréable odeur de cuir. Louise était bien belle dans sa robe rose agrémentée de rubans de couleur et de dentelles, la taille étroitement prise mettant en valeur son buste. Un coquet bonnet en dentelle à la normande, laissant échapper quelques mèches de cheveux lui enserrait la tête. Mais c'est surtout son élégance naturelle et son regard qui hésitait entre le défi, la timidité et la douceur, qui attirèrent tout de suite l'attention de Jacques. Quittant un instant son client, il s'approcha pour s'enquérir de leur désir et, apprenant qu'il avait devant lui la femme et les deux filles de Corentin qu'il connaissait bien, il se fit souriant et les pria de s'asseoir en attendant, s'excusant d'être obligé de les laisser un instant. Corentin arriva peu après, passa sa commande et repartit rapidement avec sa famille, se dirigeant vers l'auberge. Durant tout le temps qu'ils avaient passé dans le magasin, les regards de Jacques et de Louise s'étaient souvent croisés et, pendant le voyage du retour, Louise ne dit pas un mot, se laissant bercer par le rythme de la carriole, l'esprit ailleurs. Elle reprit conscience, lorsque la carriole ralentit, le poney peinant à monter la côte qui menait au bourg de Saint Germain.

Hélène quant à elle, confirmait les traits de caractère de son enfance. Avec ses longs cheveux blonds et son regard tendre, elle était tout le contraire de sa sœur chez laquelle on sentait couver l'ardeur, démontrant une grande force de caractère. Elle savait ce qu'elle voulait et l'obtenait souvent. Hélène serait cette sorte de femme enfant qui aime se blottir dans les bras d'un homme avec lequel elle se sentirait en sécurité. De plus en plus, elle avait des regards tendres envers Etienne chez lequel elle sentait cette force. Bien sûr, son caractère était souvent ombrageux mais elle pensait que l'amour arrangeait les choses. Etienne n'avait pas été sans remarquer ces regards et il en était flatté. De plus, cette petite fille qu'on ne voyait pas grandir atteignait maintenant seize ans et avait beaucoup de charme. Corentin et Catherine avaient bien remarqué l'attirance l'un envers de ces deux jeunes gens mais Corentin, à l'inverse de Catherine, était persuadé qu'il y avait plus d'ambition que d'amour dans l'attitude d'Etienne et, s'il appréciait la qualité de son travail, il se méfiait de son caractère. L'histoire se répéterait-elle ? La ferme n'aurait alors été Valmont qu'une seule génération. On n'avait plus de nouvelles de Charles. Était-il seulement encore en vie ? Dieu le veuille !

Depuis la visite de la famille Valmont dans sa boutique, Jacques Martigny pensait souvent à Louise, elle avait carrément envahi son esprit. N'y tenant plus, un beau jour, il sella son cheval et partit au grand galop vers Saint Germain du Val. Saisissant un prétexte futile concernant la commande de Corentin, il se présenta à la Pommeraye descendant de son cheval avec élégance. Louise qui était à quelques travaux dans la pièce commune l'aperçut et eut un choc, son cœur se mit à battre de plus en plus fort. Corentin invita Jacques à entrer, le pria de s'asseoir et lui offrit de se désaltérer avec une grande bolée de cidre, car il faisait bien chaud par cette après-midi d'août, et après ce chemin fait en grande partie au grand galop, Jacques était en sueur, l'entretien dura beaucoup plus longtemps qu'il n'eut été nécessaire et Jacques repartit en fin d'après-midi, serrant cordialement la main de Corentin et s'inclinant avec élégance devant Louise.

Jacques Martigny était fils unique ; à cette époque, il était âgé de vingt-trois ans, avait une grande élégance naturelle et une aisance pour parler avec n'importe qui, se mettant alors à leur niveau. Corentin avait bien deviné la raison de la visite de Jacques et remarqué aussi les échanges de regards, aussi en était-il flatté et en parla-t-il aussitôt à Catherine.

De retour au manoir de Cauterel où il habitait avec ses parents, Jacques attendit le lendemain, la nuit portant conseil, pour demander l'accord de son père et le prier d'aller à la Pommeraye, afin d'obtenir l'autorisation de faire sa cour à Louise.

Une longue conversation s'engagea entre père et fils dans la bibliothèque, Jacques assouvirait ses plaisirs sexuels avec des filles publiques où d'accortes servantes, ce qui lui paissait la plupart du temps un goût amer. Il n'avait, en outre, été séduit par aucune des pimbêches que les gens bien intentionnés lui présentaient. Le père de Jacques finit par abdiquer et promit d'aller voir Corentin.

C'était l'effervescence à la Pommeraye. On attendait en effet M. et Mme Martigny accompagnés de leur fils et, pour l'occasion, on avait ouvert la salle servant aux réceptions. Depuis déjà quelques jours, on avait aéré, nettoyé cette pièce qui n'avait pas servi depuis longtemps. Mariette avait ciré les vieux meubles et tout reluisait. On avait commandé les fameux pâtés de la " Mée Corbiau ", deux chapons et un cochon de lait grillaient dans la cheminée et les jattes de crème attendaient sur la table. On avait également prévu du fromage naturel à la crème, spécialité de Catherine qui le confectionnait avec une chopine de bon lait de la ferme. On terminerait par des tourtes fourrées de toutes sortes de confitures faites à la ferme également.

Enfin le cabriolet des Martigny auquel était attelé un magnifique pur-sang, pénétra dans la cour. Corentin qui attendait avec sa famille sur le pas de la porte s'avança, aida Madame Martigny à descendre et tout le monde se congratula.

Lorsque vint l'heure du repas, on pénétra dans la salle de réception et Corentin fit signe de s'asseoir mais, n'étant pas au courant des usages, il y eut un moment de flottement et chacun se retrouva assis au hasard. Ainsi, madame Martigny se trouva placée à côté de Catherine, ce qui, après tout ne fut pas si mal car elles n'arrêtèrent pas de se parler, Madame Martigny faisant compliment de la qualité des mets à Catherine, lui demandant la recette de son fameux fromage à la crème et Catherine faisant de grands compliments sur la toilette de Madame Martigny, celle-ci lui donnant l'adresse de couturières réputées. A la fin du repas, Jacques et Louise furent autorisés à faire une promenade, suivis, toutefois à distance respectable par Hélène, afin de se conformer aux bonnes convenances. Pendant ce temps,

Monsieur Martigny et Corentin faisaient quelques pas dans la campagne, s'étant isolés pour parler de la dot.

Ce fut ma fois une bien belle journée, Corentin et Catherine étaient éblouis par tant de bonnes manières et flattés d'avoir eu de pareils gens à leur table. De son côté, Mariette fut félicitée par la manière, certainement pas très orthodoxe, dont elle s'était sortie pour faire le service.

Quelques semaines passèrent. Jacques venait régulièrement à la Pommeraye faire sa cour. Louise était rayonnante de bonheur et préparait fiévreusement son trousseau, n'écoutant sa mère que d'une oreille distraite. Catherine, en effet, était presque aussi nerveuse que sa fille. Elle avait, par ailleurs, suivi les conseils de Madame Martigny, et se faisait faire une robe pour le mariage chez la meilleure couturière de Saint Pierre l'Eglise.

Les Martigny souhaitaient rendre l'invitation à la Pommeraye. La date du quinze juin 1718 fut arrêtée. Corentin attela son poney à la carriole et toute la famille, endimanchée, pris la direction de Saint Pierre. C'était une belle journée, quelques petits nuages paresseux n'arrivaient pas à cacher le soleil, la campagne participait à la fête dans toute son exubérance, la nature, en pleine floraison, donnait un air de grand bonheur à ce petit poney blanc tirant gaiement une carriole dans laquelle une famille endimanchée paraissait tellement heureuse. On traversa Saint Pierre l'Eglise, bien calme en dehors des jours de marché puis, vingt minutes plus tard, la carriole s'engagea dans la grande allée bordée d'arbres, aux pieds desquels poussaient des jonquilles. Au-delà de ces rideaux d'arbres, à droite et à gauche, s'étendaient des gras herbages parsemés de boutons d'or, où les vaches paissaient sans lever la tête.

Au bout de cette allée dont la cime des arbres se rejoignaient presque pour former un tunnel de verdure, apparut le manoir de Cauterel, ravissante gentilhommière construite par le grand père de l'actuel Martigny. Pas très grande mais de proportion parfaite, le manoir avait beaucoup de charme. Les Martigny firent un accueil des plus agréables aux Valmont et tinrent à leur faire faire le tour du propriétaire et, c'est surtout en arrivant derrière que Corentin et Catherine furent éblouis. A gauche, s'étendaient un potager et un verger. A droite, un grand bois avec des allées où il faisait bon se promener par les chaudes journées d'été ; dans l'une d'elle, une escarpolette avait été installée. Et surtout, au milieu, une grande pelouse sur un terrain légèrement en pente séparé de la maison par des massifs de fleurs, atterrissait au bord d'un étang, le Laizon coulant derrière et étant raccordé à l'étang par un système de vannes qui fit l'admiration de Corentin.

On remonta à la demeure et il fut bientôt l'heure de manger. Chacun prit, à table, la place que Madame Martigny lui désigna et Catherine rougit en repensant à l'hésitation et la gêne qui avait précédé le repas à la ferme. Les Valmont, habitués à manger copieusement de bons plats qui tiennent au corps, furent surpris par la délicatesse des mets servis dans de belles assiettes en porcelaine de Paris, et se servant de couverts en argent. Deux laquais apportèrent successivement un potage au concombre, suivi d'une carpe au bleu venant directement de l'étang ; puis arriva une tourte aux pigeons, suive elle-même par une noix de veau aux truffes à la bonne femme et des petits pois. On termina par une compote de pommes à la Portugaise. Le tout fut servi accompagné de vins qui laissaient un goût inimitable de fruits dans la bouche, bien différent du goût âpre du vin d'Argences auquel Corentin était habitué. Puis, avec le dessert, on servit du madère que Corentin trouva trop doux, il aurait préféré " une p'tite goutte ".

La maîtresse de maison donna le signal de se lever puis on passa au salon, dont les murs étaient lambrissés et le sol parqueté pour donner un aspect plus chaleureux. Les grandes fenêtres aux petits carreaux donnaient sur l'étang et le regard se perdait ensuite dans la campagne, appréciant tous les tons de vert possibles.

Mais, devant le beau temps persistant, et sur la proposition de Monsieur Martigny, tout le monde se dirigea vers un grand chêne à l'ombre duquel furent servis des prunes à l'eau de vie pour ces Messieurs, un vin de cerise choisi par ces dames et une eau de fraises bien rafraîchissante pour ces demoiselles.

Les guêpes volaient, attirées par le goût sucré et une douce torpeur envahie Corentin et Monsieur Martigny. Lorsqu'ils reprirent conscience, ce fut pour apercevoir Madame Martigny et Catherine, se promenant au potager, chacune tenant une ombrelle et, sur l'étang, Jacques ramant doucement en regardant amoureusement Louise qui laissait sa main traîner dans l'eau, Hélène, quant à elle, assise à côté de sa sœur, semblait pensive et avait le regard perdu vers on ne sait quel horizon.

Ce fut une journée inoubliable pour la famille Valmont et la date du mariage fut arrêtée pour l'année suivante. Corentin et sa famille remontèrent dans la carriole et le retour se fit dans un silence presque total, chacun revivant les moindres instants de la journée.

Madame Martigny fit bien remarquer que ces paysans, au demeurant de braves gens, avaient bien besoin d'être décrottés. Son mari lui rétorqua qu'ils étaient bien riches et que la dot était en conséquence et que, de plus, Jacques était fort amoureux de Louise, elle avait d'ailleurs réussi à faire également la conquête de son futur beau-père. N'était-ce pas là le principal ? Avec quelques leçons de maintien, elle deviendrait une bru fort présentable, convint finalement Madame Martigny.

Ce fut une année d'attente fiévreuse pour Louise qui constituait son trousseau, aidée par sa mère. Hélène n'avait d'yeux que pour Etienne et celui-ci semblait enfin répondre aux attentes de la jeune fille. Cela n'alla pas sans inquiéter Corentin qui voulut s'en ouvrir à sa femme mais Catherine avait la tête prise totalement par les préparatifs de mariage.

La date tant attendue arriva enfin. Contrairement à l'usage, le mariage eut lieu à Cauterel, le manoir se prêtant mieux à la réception. De plus, la presque totalité des invités étaient du côté Martigny et Corentin se refusait formellement à ce que la bénédiction fut donnée par l'abbé Tancrède. La fête fut réussie en tous points. Corentin fut le seul, dans la liesse comme à remarquer l'air mélancolique d'Hélène et il en eut le cœur serré. Hélène savait qu'elle n'aurait jamais un aussi beau mariage. Elle voulait Etienne. Elle aimait sa force. Il lui faisait bien un peu peur par moment, mais elle pensait qu'elle arriverait à le changer. Au moment des adieux, Louis arracha un pauvre sourire à Hélène ; Corentin fut le seul à remarquer et en eut à nouveau le cœur brisé.

La vie reprit son cour à la Pommeraye mais un grand vide s'était fait. Pour participer à cette mélancolie, le temps qui avait heureusement été si beau le jour du mariage, avait tourné à la pluie. On était toujours sans nouvelles de Charles ; Louise qui amenait un peu de gaieté à la maison était mariée et vivait avec ses beaux-parents au manoir de Cauterel ; Hélène était de plus en plus mélancolique et ne souriait gère plus. Seule, Mariette arrivait à faire sourire parfois la maisonnée par ses espiègleries.

Les mois passèrent et la passion amoureuse d'Hélène pour Etienne ne faisait que croître. Mais passion dont se jouait Etienne. Il avait compris tout le parti qu'il pouvait en tirer. Charles étant probablement mort, il serait alors un jour le maître. Déjà, doté d'un caractère exécrable, il jouait avec Hélène tantôt par des câlineries, tantôt par des brutalités. Il voulait s'attacher définitivement Hélène, sachant alors que Corentin ne pourrait plus le chasser. Corentin et Catherine étaient bien conscients des filets dans lesquels leur fille était tombée et avaient le cœur brisé lorsqu'ils la voyaient les yeux gonflés après avoir pleuré en cachette à la suite de quelque méchanceté d'Etienne. Ils essayèrent bien de l'envoyer passer quelques temps avec sa sœur mais, deux jours après, Hélène était de retour, ne supportant pas d'être éloignée d'Etienne.

Arriva ce qui devait arriver : en hiver 1720, Hélène tomba enceinte. Etienne jubilait, sûr désormais de devenir un jour le maître. Malgré tout, Corentin et Catherine refusèrent le mariage, aux risques de voir Hélène montrée du doigt comme fille-mère. Ils sauraient bien élever l'enfant et faire face aux calomnies. Cela chagrina un peu Etienne mais il était trop sûr de son emprise sur Hélène pour s'inquiéter.

La grossesse d'Hélène ne se passait pas très bien, elle était souvent prise de nausées. On essaya plusieurs remèdes : des tisanes à base de tilleul et de camomille, ou deux gros d'eau de cannelle mélangés avec une once de sirop d'œillet ou bien, d'autres mélanges qui ne réussirent pas mieux. On fit appel au rebouteux qui prépara une potion à base d'yeux d'écrevisses, d'antimoine diaphorétique, de sel d'absinthe et de safran de mars. Mais rien n'y fit, les nausées continuèrent et, de plus, apparurent des douleurs rénales.

Hélène essayait bien de participer à la vie de la ferme en tentant d'aider sa mère et Mariette dans les tâches ménagères mais les étourdissements la reprirent alors et elle était obligée de s'asseoir. Etienne, quant à lui, estimait que ce n'était que " minauderies de feignante ".

Le printemps était arrivé. Une nuit, alors que Corentin et Catherine dormaient profondément, ils crurent entendre des cris et des pleurs. Le matin venu, Catherine ne voyant pas sa fille, entra dans sa chambre et poussa un cri déchirant. Sa fille, sa petite Hélène gémissait et gisait dans son sang. Au cri de sa femme, Corentin accourut mais ne put rien faire, il était trop tard et alors que dehors, un beau soleil de printemps annonçait le réveil de la nature, Hélène mourut sans avoir repris connaissance. Corentin s'effondra sur une chaise, la tête entre les mains, secoué par des sanglots. Sa petite Hélène, si douce, si fragile, s'en était allée. Il remuait un tas d'idées folles dans sa tête, ne pouvant s'empêcher de ressentir un sentiment de culpabilité. Quant à Catherine, assise face à sa fille, elle avait un regard perdu de folle, bien plus impressionnant que tous les sanglots du monde. Soudain, Corentin se leva. Etienne ! Où était Etienne ? Il le trouva entrain de nourrir les animaux. Les poings serrés, prêt à lui rompre les os à la moindre parole de défi, il lui dit simplement : " Hélène est morte ". Etienne sentit le danger, ne dit rien et baissa la tête. L'attitude d'Etienne qui ne laissait transparaître aucun sentiment, rendit Corentin furieux, mais il réussit à se maîtrise et le chassa définitivement de la ferme, lui interdisant de reparaître sur ses terres.

Etienne fit un baluchon à la hâte et s'en alla par le chemin de Saint Germain, jurant qu'il se vengerait.

La vengeance attendit de nombreuses années mais fut terrible.

Chapitre 3 - Le chevalier Charles de Valmont

Mais revenons-en ce jour de 1715 : Catherine terrassée par le chagrin, regarde la silhouette de Charles disparaître au tournant du chemin de Saint Germain. Elle reste là un moment, le regard dans la vague, puis revient à la maison poursuivre ses tâches ménagères sans dire un mot du reste de la journée.

Charles rejoignit les sergents recruteurs à l'Auberge des deux Vorbeaux, puis, accompagné de 4 comparses, passablement ivres, ils prirent la route de Saint Pierre l'église. Sachant qui il était, on le surnomma tout de suite " La Pomme ". En effet, à cette époque, lorsqu'on s'engageait dans l'armée, c'était pour de nombreuses années, on lui appartenait totalement et l'on perdait toute identité. Il connut des " Brins d'Avoine ", " Cul d'Orge ", " Fanfan la Tulipe ", " la Rose ", et bien d'autres sobriquets dont certains auraient écorché l'oreille des bons paroissiens. On devait rejoindre la région parisienne, pour être caserné provisoirement près de Meudon. Après quelques jours de marche, de " bas officiers gueulards " leur avaient appris les premiers rudiments : savoir s'équiper, marcher au pas, reconnaître les grades. La seule façon de les amadouer était de leur payer à boire et Charles le comprit vite car ses comparses ayant dépensé rapidement leur prime d'engagement avant d'arriver à Meudon, il lui restait la bourse que sa mère avait discrètement glissé dans son baluchon. En chemin, ils couchèrent sur la paille, dans des granges, se nourrissaient chez l'habitant, leurs hôtes n'aimant guère le passage de la troupe, mais étant obligés de les héberger.

Après plus de deux semaines, on arriva à la caserne en groupe d'une trentaine d'individus, sales et gueulards, car, en route on avait retrouvé d'autres sergents recruteurs avec leurs jeunes recrues. Charles retrouva un lit, certes crasseux, avec plaisir, mais déchanta vite car la troupe couchait à deux et même parfois à trois par lit. La nourriture n'était guère variée : bœuf et soupe ou, soupe et bœuf... avec la miche de pain d'orge, Charles commençait à déchanter devant le désœuvrement, les seules distractions se bornant à d'énormes beuveries ou à des visites, en groupe titubant, aux bordels peu engageants.

A nouveau deux semaines passèrent et Charles qui avait été recruté pour le régiment Royal Angoumois, reçut une nouvelle tenue : tout de blanc vêtu, comme ses compagnons, le fusil à l'épaule, la troupe s'ébranla derrière le drapeau croisé de blanc, cantonné de gris et de vert, au son des fifres et des tambours et, ma foi, ils avaient fort belle allure et chacun se sentait fier d'appartenir à un si beau régiment. La foule applaudissait et les enfants couraient le long de la colonne.

Charles apprit qu'ils se dirigeaient vers le Sud où ils seraient d'abord cantonnés près de Montpellier. Dans cette région languedocienne où avait eu lieu cette fameuse guerre contre les camisards que lui avait raconté avec fougue l'abbé Tancrède, le calme régnait théoriquement depuis 1710, mais de fréquentes escarmouches éclataient, aussi brèves que meurtrières, fomentées par ces satanés huguenots, leur mission serait de maintenir l'ordre par de fréquentes patrouilles. Charles espérait donc en découdre avec ces incroyants fanatiques qui ne voulaient pas renier leur foi.

Dix semaines plus tard ; ils étaient sur place. Au fil des longues journées de marche, Charles avait vu le paysage changer, la verdure disparaître petit à petit pour faire place à la végétation méditerranéenne. Un soleil, souvent implacable, les éreintait, mais ils s'endurcissaient pour leurs futures patrouilles. Celles-ci ne se montrèrent pas à la hauteur des espérances de Charles : aucune escarmouche, aucun coup de feu. Parfois, durant la traversée d'un village, pour montrer sa force, on fouillait une maison soi-disant suspecte, après en avoir expulsé brutalement ses occupants.

On sillonnait ces garrigues des Cévennes brûlées par le soleil, les gourdes se vidaient rapidement, et les gorges s'asséchaient jusqu'à devenir douloureuses. Le moindre point d'eau était une bénédiction. C'est alors qu'un mois environ après leur arrivée, ils étaient arrêtés près d'une fontaine, jouissant de son eau fraîche, Charles était assis avec son compagnon, le dos appuyé contre une vieille masure en ruine, à la recherche de la moindre parcelle d'ombre. Soudain, le silence brisé seulement par le chant des cigales, un coup de feu éclata et " Brin d'Avoine ", son compagnon qui le suivait depuis Saint Germain du Val, s'écroula, une balle en plein front. Les soldats, tous des recrues qui n'avaient jamais participé à la moindre bataille, se jetèrent à plat ventre cherchant la plus petite aspérité de terrain pour s'abriter et répliquant par des tirs au hasard, sans aucune efficacité. Charles se mit alors à ramper vers l'endroit d'où il pensait que le coupe de feu avait été tiré. Arrivé dans le petit bosquet, il s'arrêta un instant, épiant le moindre mouvement suspect, à l'écoute du moindre bruit. Au bout d'un instant, certain qu'il n'y avait personne et que le tir était le fait d'un tireur isolé qui avait réussi à fuir, il se leva et fit un geste rassurant à ses compagnons. Il fut chaudement félicité par ses supérieurs pour ce geste de bravoure. Mais Charles n'avait ressenti aucune peur, contrôlant chacun de ses mouvement, sûr de lui, simplement une grande déception de ne pas avoir pu transpercer la poitrine de ce païen avec sa baïonnette. Puis il réalisa que " Brin d'Avoine " était mort. Cela aurait pu être lui, et un grand froid l'envahit.

Les semaines passaient, les patrouilles harassantes et ennuyeuses se succédaient. A l'aube de l'année 1717, il semble qu'il y eut un regain de rébellion et lors d'un engagement aussi bref que meurtrier, Charles assista à une scène qui resta gravée à jamais dans sa mémoire. Ils étaient dans un petit village et en marchant précautionneusement, il entendit soudain les cris déchirants d'une femme, provenant d'une maison proche. Il se précipita pour découvrir une scène atroce : un soldat déculotté était en train de violer une jeune dont les bras étaient maintenus par un compagnon ; proche d'eux se trouvait un homme, le mari sans doute, la poitrine transpercée par une baïonnette et à côté de lui, deux jeunes enfants, muets de terreur, les yeux démesurément agrandis par la peur, se serraient contre leur père agonisant. Pris de fureur, Charles attrapa le violeur et le jeta à la rue, son compagnon se releva, disant seulement à Charles : "On voulait seulement s'amuser un peu ".

Charles repensait souvent à cette scène qui le hantait. Il commençait à douter sérieusement du bien-fondé de la sainte mission dont l'avait investi l'abbé Tancrède. Il n'avait vu jusqu'alors que des pauvres paysans, comme ceux de Saint Germain du Val, qui combattaient pour le maintien de leur foi et acceptaient de mourir pour elle. Et il n'avait vu en eux nul barbare.

Lorsqu'il n'était pas occupé par les patrouilles, Charles avait pris l'habitude d'aller s'asseoir au bord de la mer qu'il avait découvert pour la première fois. Ici, son regard se perdait au loin. Derrière cet horizon était donc le pays de barbaresques/ Les mahométans avaient leurs propres coutumes et priaient leur Dieu suivant les rites qu'on leur avait appris. Avions-nous le droit d'imposer à tous ces gens, huguenots ou mahométans, notre foi catholique ? Etions-nous dons les seuls à détenir la vérité ? En fait Charles avait appris l'intolérance par la bouche de l'abbé Tancrède. Il était en train de découvrir, seul, la tolérance.

Pendant ce temps, l'histoire européenne était en train de se faire et une rivalité s'étant déclarée à propos de la succession au trône d'Autriche, entre les Bourbons Anjou et les Bourbons Orléans, un conflit éclata entre la France et l'Espagne. Pour une fois, l'Angleterre, toujours soucieuse d'un équilibre des forces sur le continent, s'était alliée à la France.

Le régiment royal Angoumois fut envoyé guerroyer au pays basque. Charles qui, entre temps, avait été remarqué pour sa bravoure et son sens du commandement, avait été nommé caporal. Il vécut ce départ comme une récréation car il ne croyait plus du tout en sa mission. Au moins, là, il luttait pour son roi et contre les soldats, comme lui, faits pour se battre et mourir, et non pas contre de pauvres héros.

Il connut donc l'ivresse des grandes batailles, l'avance, de front, des troupes, au son du tambour. Bien sûr, il ressentait parfois la peur comme un grand coup de poing au ventre mais au lieu de le retenir, cela le stimulait. Il était toujours parmi les premiers et paraissait invincible.

L'Espagne connût alors une grande défaite navale face à l'Angleterre et dût signer la paix en 1719. Le Royal Angoumois rejoignit sa base près de Montpellier et la routine reprit son train. Charles fut nommé sergent pour ses prouesses au Pays Basque.

En 1723, une bande, menée par un pasteur, qui se faisait appelée " La Secte des Fanatiques " prenait de plus en plus d'ampleur et restait introuvable, sachant se fondre dans une population souvent complice. Mais un jour, des renseignements plus précis furent obtenus soit par la question, soit par la trahison. On apprit le nom du village où devait avoir lieu à une date proche, un rassemblement de cette secte. Le régiment entier fut engagé, la troupe, à l'approche du village se forma en demi-cercle et finit sa manœuvre par l'encerclement total du village. Charles pensait à la chasse car une troupe partit pour débusquer l'ennemi pendant que le restant des soldats, formaient le cercle, attendant à l'affut. Charles pénétra à la tête de sa section parmi les premiers, comme à son habitude et, aussitôt un tir nourri partit de tireurs cachés. La bataille, souvent au corps à corps, dura une partie de l'après-midi puis les huguenots, à bout de munitions, durent se rendre. De nombreux cadavres, images des massacres habituels gisaient au sol, on continua à fusiller sommairement sans faire vraiment de distinction entre les rebelles et simples habitants. Une trentaine de survivants furent emmenés avec leur pasteur que l'on avait réussi à prendre vivant, souvent sous les coups. Ils finirent tous aux galères, sauf le pasteur qui fut pendu et resta trois jours suspendus à sa corde pour donne rune sainte peur à la population. Et tout cela pour la plus grande gloire de la royauté.

Charles était écœuré devant tous ces massacres et, malgré les risques encourus, il commençait à songer à la désertion.

Toutefois, en 1724, participant à l'une des dernières escarmouches huguenotes, alors qu'une brève fusillade éclatait dans la ruelle où il se trouvait, il aperçut son officier, capitaine vicomte de Pibrac, jeté à terre, son cheval tué sous lui. Tentant de se relever, une décharge de fusil l'atteignit à la cuisse et il s'écroula de nouveau. Charles, courbé et courant sous la mitraille se précipita pour ramasser son capitaine, le mit sur ses épaules et, toujours courant, se précipita vers la maison la plus proche. Un choc violent au bras gauche, suivi d'une vive douleur, le fit tituber, il venait à son tour d'être atteint par une balle. Il réussit toutefois à pénétrer dans la maison, à fermer la porte et se barricader comme il le pouvait. Tous deux perdaient abondement leur sang. Déchirant sa chemise, il réussit à faire deux garrots qui semblèrent efficaces. Les yeux de Charles s'habituant à la pénombre de la pièce, il aperçut dans un coin un cadavre de femme à côté duquel, un jeune enfant, blotti contre ce qui avait dû être sa mère, le regardait, terrorisé. Charles réussit à lui faire un pauvre sourire alors qu'une torpeur commençait à l'envahir et que la tête lui tournait.

Dans une demi-inconscience, Charles se rendit compte que le silence était retombé sur le village, entrecoupé seulement par quelques cris de soldats et des ordres brefs donnés par leurs supérieurs. A ses côtés, le capitaine semblait vivement souffrir et s'en remettait totalement au sergent. Charles sortait avec précaution et, apercevant deux soldats, il les appela. Le combat, comme d'habitude bref et meurtrier était fini. On confectionna deux brancards de fortune pour ramener le sergent et le capitaine au camp.

Le vicomte de Pibrac se remit rapidement de sa blessure, la balle n'ayant touché aucun centre vital. Il n'en fut pas de même pour Charles qui, dès son retour au camp, fut déposé sur un châlit dans une tente où faisaient +-déjà quelques blessés, certains prononçant des mots inintelligibles, en plein délire. L'odeur douce-amère caractéristique du sang l'assaillit immédiatement. Mais il finit par s'y habituer, contrairement à la chaleur accablante qui régnait. De plus, sa blessure le faisait horriblement souffrir et il sombra peu de temps après dans une demi-inconscience. On le laissa ainsi vingt-quatre heures et le lendemain, une équipe d'infirmiers vint faire sa visite habituelle et s'attarda devant le lit de Charles. Pour éviter une gangrène presque certaine, il fut décidé de pratiquer l'amputation du bras gauche. Du fond de sa torpeur, fiévreux, Charles réalisa tout de même ce qui allait se passer ; il eut envie de hurler, de pleurer, de supplier ces gens de ne pas lui couper le bras, mais aucun son ne sortait de sa gorge. On le ligota sur son lit puis on lui fit avaler de grandes rasades d'alcool pour essayer de lui faire perdre conscience, au moins de l'aider à supporter la douleur atroce, puis on lui mit un petit bâton de bois vert, assez tendre mais résistant, entre-le les dents. La scie entama le bras, puis l'os, quelques centimètres au-dessus du coude. Charles ne pensait pas qu'il était possible de supporter une pareille douleur et ressentait en même temps, dans tous son corps, et jusqu'au cerveau, le bruit et les morsures des dents de la scie qui entamait l'os. Mais le pire était à venir car, pour cautériser le moignon, on utilisait alors le fer porté au rouge sur des braises. Charles perdit alors connaissance, ce qui était ce qui pouvait lui arriver de mieux. Il reprit un peu ses esprits le lendemain, la fièvre le terrassait, son regard trouble errait à la recherche d'un visage mais ne rencontrait que le vide et le blanc de la toile de tente brulée par le soleil. Il distinguait quelques ombres, il aurait voulu appeler mais n'arrivait à émettre aucun son. Il avait une soif atroce et son bras le torturait. Il sombra à nouveau dans l'inconscience.

Pendant ce temps, le capitaine de Pibrac, conscient d'avoir dû la vie au sergent " La Pomme " vint souvent prendre de ses nouvelles et chercha à en savoir plus sur son sauveteur. Il apprit son vrai nom, Charles Valmont, et que celui-ci était le fils d'un riche laboureur normand. De plus, il savait lire et écrire correctement. Il décida de lui trouver une récompense à la hauteur de son acte de bravoure.

Grâce à sa forte constitution, Charles commença petit à petit à reprendre des forces et, deux semaines plus tard, encore faible et soutenu par un infirmier, il sortit faire quelques pas. Une petite brise venue de la mer, lui donna une agréable sensation de fraîcheur. La tête lui tournant un peu, il s'assit sur un tabouret et demanda à rester seul un moment. Les yeux perdus au loin, il pensait à son avenir avec un pincement au cœur. Finalement, malgré l'envie fugitive qu'il avait eue il y a quelques mois, de déserter, l'armée était devenu sa famille et il pensait y faire carrière. Déjà sergent, il espérait revenir finir sa vie à Saint Germain du Val comme officier. Au moins capitaine... Saint Germain du Val ! Que c'était loin tout ça   , qu'était devenu sa famille, et surtout la petite Hélène pour laquelle il avait un faible. Il eut soudain très envie de les revoir tous.

Avant de partir, il y eut une cérémonie au cours de laquelle le colonel commandant le régiment vint lui remettre une décoration au pied du drapeau, devant la troupe assemblée au garde à vous. Puis le capitaine de Pibrac vint aussi vers lui, pour lui remettre un parchemin que Charles n'eut (pas à ouvrir car le capitaine lui déclara, que lui étant redevable de sa vie, il lui avait obtenu le titre de chevalier.

Un énorme " Hourra ! " partit de la troupe et Charles, très ému, ne savait que dire. Ses yeux humides parlaient pour lui.

Charles alla à Montpellier s'acheter des vêtements civils chez un fripier puis, le lendemain, accompagné par quelques fidèles compagnons aussi émus que lui, le chevalier de Valmont monta dans la diligence de Paris. Une semaine plus tard, il ne prit même pas le temps de flâner dans la capitale et reprit la diligence de Caen.

Vingt heures plus tard, les chevaux peinaient en montant la côte qui arrive au bourg de Saint Germain du Val. Charles regardait avec avidité ces paysages de son enfance. Les corbeaux tournaient toujours au-dessus de la vieille tour, tableau d'autant plus sinistre que le ciel était résolument sombre et qu'un petit crachin persistant tombait depuis quelques heures, limitant l'horizon. Aussi personne ne prêta-t-il attention à cette haute silhouette qui descendit de la diligence devant l'auberge des deux corbeaux. S'appuyant sur sa canne-gourdin, il prit le chemin de la Pommeraye et, tapant au hasard sur une branche trainant au sol, il lui revint en mémoire ses retours à la ferme, l'esprit enflammé par les récits de l'abbé Tancrède.

Enfin il pénétra dans la cour, déserte, de la ferme, un gros chien noir qu'il ne connaissait pas aboyait furieusement. Il en était resté à cadet. Dix ans déjà ! Une faible lueur de bougie brillait à la fenêtre, une ombre passa. Sa mère ? Son cœur battait à se rompre. En effet, Catherine, entendant les aboiements furieux du vieux Noirot, sortit sur le pas de la porte et aperçut cette imposante silhouette au visage hâlé, barré par une grosse moustache. Elle crut reconnaître Charles et alors que celui-ci prononçait seulement : " Maman ", elle se précipita dans ses bras, pleurant, riant, s'accrochant à son fils comme à une bouée. Ces embrassades semblèrent durer une éternité. Catherine avait bien remarqué la marche vide mais ne dit rien. Pas tout de suite.

Corentin pénétra alors dans la cour, revenant des champs et tenant un gros percheron par le licol. Voyant la scène, il pensa tout de suite à Charles et, lâchant son cheval, il se précipita pour embrasser, lui aussi, son fils alors qu'habituellement, une solide poignée de mains accompagnée parfois par une tape dans le dos étaient de coutume. Les embrassades étant réservées aux femmes...

On entra alors et Corentin appela Mariette. Qu'on apporte une bonne bouteille, qu'on prépare les agapes. Charles était revenu.

La soirée fut longue. Devant un feu qui se mourait dans la cheminée, Charles raconta : le départ, la crasse, les beuveries, la déception. Puis ces combats contre de pauvres gens qui mouraient pour leur religion. Il s'enflamma par contre au récit des grandes batailles auxquelles il avait participé au Pays Basque. Un instant de silence se fit, une buche tomba, faisant s'envoler une myriade d'étincelles et Charles parla de sa blessure, de l'affreuse douleur de l'amputation, de la lutte contre la fièvre et enfin de la renaissance à la vie.

Pendant tout ce temps, Mariette, assise sur un tabouret, légèrement en retrait, n'avait pas quitté Charles des yeux, captivée par son récit, elle n'avait jamais eu d'autres horizons que la Pommeraye.

Charles arrêta là son récit et demanda gaiement : " Et Louise ? et Hélène ? Elles doivent être mariées maintenant ? ". Il remarqua aussitôt la gêne de ses parents qui se mirent à parler abondement de Louise, de son beau mariage. C'était maintenant une vraie bourgeoise avec des manières, et qui avait mis au monde deux beaux " p'tits gars ", l'un prénommé Charles en son honneur, né en 1722 et l'autre, Clément, né l'année dernière.

" Mais Hélène ? " insistait Charles. Corentin et Catherine ne purent faire autrement que raconter la tragédie, décrivant Etienne, sa méchanceté, sa brutalité. Charles était abattu, sa petite protégée prise dans les nasses d'un aussi infame individu. Il se fit serment de lui rompre les os avec son gourdin.

Il était bien tard et tous allèrent se coucher mais personne ne dormit guère, surtout Charles, tout à ses projets de vengeance.

Le lendemain matin, à la grande table avec quelques journaliers mangeant leur soupe en silence, Corentin se forçait pour dire quelques banalités, rompre ce silence oppressant. Il avait hâte de se retrouver seul avec son fils.

Puis ils partirent faire un tour dans la campagne ; la pluie avait cessé et les senteurs d'herbe mouillée, de terre bien grasse, assaillirent Charles qui avait oublié tout ça. Corentin ressentait une gêne qu'il n'avait jamais eu jusqu''alors. Il avait hâte de connaître les projets de son fils mais n'osait par le questionner. Il était certain qu'avec un bras en moins, il ne pourrait pas être d'une grande utilité dans les travaux des champs mais s'intéresserait-il au moins à la direction de la ferme ? C'est surtout ce qui importait à Corentin, soucieux de l'héritage qu'il laisserait, ayant toujours espéré que des générations de Valmont se succèderaient à la Pommeraye.

Quelques jours plus tard, Charles émit le désir d'aller voir Louise. Il attela donc un cheval à la carriole et partit pour Canterel. Les retrouvailles furent émouvantes mais la grande émotion qu'avait ressenti Charles avec ses parents était passée, il songeait sans cesse à Hélène et à la vengeance. Il trouva Jacques Martigny parfait et même, plus tard, un réel courant de sympathie passera, Charles appelant Jacques " Le Bourgeois " par dérision et Jacques lorsqu'il parlait de Charles disait invariablement " mon beau-frère le soudard ".

Un soir, tout-à-trac, Charles tendit un parchemin en rouleau retenu par un ruban rouge. Sur un geste interrogatif de Corentin, il lui fit signe de l'ouvrir. Corentin commença la lecture et Catherine qui ne savait pas lire interrogea, inquiète, son mari. Corentin, les yeux embués, se tourna vers sa femme et, désignant leur fils, lui dit : " Je te présente le chevalier de Valmont ! " Puis, éclatant d'un rire énorme, s'adressant à son fils, il lui dit : " Non content d'être l'héritier de la plus belle ferme de la vicomté, te v'la aristocrate à c't'heure ! ". Et il appela Mariette, qui ne comprit pas pourquoi son maître lui demandait des verres et une bonne bouteille pour trinquer à la santé d'un chevalier. Au grand dam de Catherine il se fit alors une sorte de concours afin de savoir qui, d'un solide paysan normand ou d'un chevalier, tenait le mieux la bouteille. Une heure plus tard, nul gagnant n'étant déclaré, ils allèrent se coucher en titubant et en chantant d'affreuses chansons paillardes qui choquèrent vivement Catherine mais amusèrent beaucoup Mariette.

Quelques jours passèrent et, impatient d'assouvir sa vengeance, Charles déclara à ses parents qu'il s'absentait pour quelques jours. Devant leur inquiétude, il essaya de les rassurer, promettant de revenir avant la prochaine lune, mais taisant soigneusement le but de son absence. Le lendemain matin, il attela la carriole et s'en alla en direction de Saint Pierre l'Eglise, puis, arrivé, s'engagea vers Livarot. Les bribes de renseignements qu'il avait pu obtenir dans le village, lui avaient laissé entendre qu'Etienne était parti dans cette région. Il entra dans une première ferme, sans succès, puis une deuxième, sans plus de succès ; enfin, à la troisième, la fermière lui signala bien qu'Etienne avait été employé comme journalier chez eux mais qu'il était reparti depuis longtemps, vers Orbec, croyait-elle. L'heure se faisant tardive, il décida de passer la nuit à l'auberge. Le lendemain matin, il repartit en direction d'Orbec et recommença ses recherches, se renseignant dans chaque ferme qu'il apercevait, sans plus de succès qu'à Livarot. Un journalier l'entendant se renseigner, crût pouvoir lui dire qu'Etienne était parti dans le pays d'Ouche.

Une semaine s'était passée en vaines recherches et Charles, découragé, décida de rentrer, comptant désormais sur la chance.

Plus d'un mois s'était passé et Charles n'avait toujours pas revu l'abbé Tancrède. Après ses veines recherches pour retrouver Etienne dans le Pays d'Auge, il se sentait frustré de sa vengeance. Et, de plus, il rêvait souvent à ces enfants terrorisés devant leur mère violée et leur père agonisant. Tout cela faisait qu'il était mal dans sa peau et décida de rendre visite à l'abbé et d'ouvrir son cœur.

L'abbé Tancrède lui ouvrit les bras et l'accueillit comme le fils prodigue. Charles se sentait gêné et ne savait par où commencer, puis il raconta tout, insistant sur la foi de ces paysans huguenots et sur les atrocités commises par la troupe, ajoutant qu'il se sentait honteux d'avoir participé à tout ça. Il espérait un réconfort de la part de l'abbé. Celui-ci réfléchit quelques instants, puis s'emporta. Quoi ! Lui, Charles, simple mortel, se croyait plus clairvoyant que Louis XIV qui avait révoqué l'Edit de Nantes, accordé aux huguenots par ce fou d'Henri IV qui n'avait jamais vraiment renoncé à sa foi, et avait vécu dans le péché, comme un paillard ! Plus intelligent que le Régent qui avait continué le combat après la mort de Louis XIV ? Et sûrement, le futur roi Louis XV continuerait-il, lui aussi, le combat ! Il se croyait aussi sûrement plus intelligent que le pape lui-même qui avait béni cette sainte croisade. Non, tout cela n'était que sensiblerie, il devait être persuadé de la justesse du combat qu'il avait mené. Il avait donné son bras pour une juste cause !

Charles ne dit rien, se leva et s'en alla. Il était plus égaré que jamais. Il n'en voulait même pas à l'abbé, il aurait dû se douter de sa réaction, mais il ne pouvait être d'accord avec lui. Quelle que soit leurs croyances, ou n'avait pas le droit de massacrer de pauvres gens au nom de l'Eglise. Déjà, il avait eu cette pensée, assis sur le sable, regardant au loin, derrière l'horizon où se trouvait le pays des Maures. Il s'accrocha à cette pensée et décida de la faire sienne.

Il revint à la ferme sans dire un mot de sa visite.

Les jours passaient, puis les semaines, puis les mois. A la grande satisfaction de Corentin, Charles semblait s'intéresser réellement à la marche de la ferme. Il ne pourrait jamais travailler aux champs mais désirait apprendre, tout savoir, en connaître plus que les autres pour se sentir le droit d'être le maître. Corentin, on l'a vu, savait parfaitement compter mais son fils créa en plus, un livre de compte parfaitement tenu à jour. Il y avait bien longtemps que Charles n'avait pas eu de femmes, de plus, il pensait que son moignon était un repoussoir. Il se sentait diminué. Aussi, était-ce avec un certain plaisir qu'il avait remarqué depuis quelques temps, les airs que Mariette prenait en sa présence. Elle n'avait rien perdu de sa gaité, ni de son espièglerie, mais, en plus, maintenant, elle prenait une démarche féline lorsque Charles était là. Il commença à la regarder autrement, et, si Mariette ne possédait pas une grande beauté, elle avait beaucoup de charme et avait un corps éminemment désirable. Il arriva donc ce qui devait arriver. Une nuit, Mariette rejoignit Charles dans sa chambre. Il la regarda se déshabiller dans la pénombre, admirant son corps parfait à la couleur laiteuse. Ils firent l'amour. Charles se montra d'une grande douceur alors que Mariette, pleine de fougue, cherchait, en plus de son plaisir, à contenter son maître.

Les mois passèrent, ils furent heureux essayant de n'en rien montrer à leur entourage. Corentin et Catherine n'étaient pas dupes mais se taisaient. Puis, inévitablement, Mariette tomba enceinte. Elle eut peur d'être chassée mais, lorsqu'elle en parla à Charles, celui-ci éclata de rire et la serra dans son unique bras. Elle éclata alors en sanglots mais c'était des larmes de bonheur.

Charles ne souhaitait pas se marier. Quant à Mariette, toute heureuse de porter un enfant de Charles, elle ne demandait qu'à le servir, à rester à la ferme, auprès de lui, à élever son enfant.

Charles commit encore l'erreur d'aller demander conseil à l'abbé Tancrède. La réaction de celui-ci ne se fit pas attendre : il donna en exemple à Charles sa sœur Hélène qui était morte dans le péché et lui conseilla vivement de chasser la pècheresse de la ferme.

Charles se leva si vivement qu'il fit tomber sa chaise. Il fixa l'abbé avec toute la haine qu'il ressentit d'un coup, ses doigts, crispés sur sa canne gourdin étaient devenus blancs. De son côté, l'abbé n'avait pas baissé ses yeux chargés de tout le mépris du monde.

Il ne se douta jamais du danger qu'il avait encouru alors. Charles sortit sans dire un seul mot, reprit le chemin de la Pommeraye et ne revit jamais l'abbé. Arrivé à la ferme, il enlaça tendrement Mariette, bien décidé à être heureux et à élever son fils avec elle, car, il n'en doutait pas, ce serait un garçon.

Chapitre 4 - Henri de Valmont

En décembre 1729, naquit un beau bébé qui fut prénommé Henri Charles Marie. Charles était fier d'avoir un fils, Mariette était heureuse de le lui avoir donné, Catherine toute à sa joie, s'affairait dans toute la maison mais, sûrement, le plus heureux de tous était Corentin. Lui, le petit garçon en haillon était désormais le patriarche qui avait assuré sa descendance, comme il l'avait tant souhaité. Le petit Henri fut baptisé à Saint Pierre l'Église, Charles ne voulait plus entendre parler de l'abbé Tancrède. De plus, Louise était au mieux avec le chanoine honoraire de Saint Pierre l'Eglise qu'elle recevait chaque jeudi. Depuis la mort de sa sœur, Louise était confite en dévotion et était certainement l'une des paroissiennes les plus assidues et généreuses de chamoine Ruel. Ses deux fils Charles et Clément âgés maintenant de 5 et 7 ans étaient élevés de façon stricte par un précepteur, poste tenu par un jeune ecclésiastique. Par ailleurs, elle était devenue la vraie bourgeoise que sa belle-mère avait souhaité, sachant recevoir et connaissant toutes les bonnes manières. Elle avait conservé tout son charme et Jacques était amoureux de sa femme comme au premier jour.

Ce fut une belle fête sous ce soleil printanier de 1730. Mariette s'était endimanchée mais était mal à l'aise, petite paysanne fille mère au milieu de ce beau monde. Le chanoine Ruel avait bien essayé de glisser un mot à Charles, l'incitant à se marier rapidement pour ne pas vivre dans le péché. A ce seul mot, Charles devint blême et tourna les talons. Le chanoine ne lui en voulut pas, connaissant la réputation de l'abbé Tancrède. Mais revenons à Mariette qui se tenait résolument à l'écart, puis sortit faire une promenade solitaire dans le parc. Personne d'ailleurs, ne remarqua son absence sauve, au bout d'un moment, Charles qui la cherchait des yeux. Il finit par le retrouver seule, dans une allée du bois, assise sur l'escarpolette. Elle avait perdu son entrain habituel et paraissait mélancolique. Charles, ayant compris les raisons de son embarras, ne lui posa aucune question, la prit simplement par le bras et l'embrassa tendrement. Mariette ne revint jamais à Canterel, elle ne quitta plus guère la ferme, seul endroit où elle se sentait heureuse avec son fils et Charles.

Sept années passèrent durant lesquelles Mariette fut des plus heureuse, Charles était toujours gentil avec elle. Une convention tacite s'était établie : Charles allait une fois par semaine à Canterel et emmenait son fils, ou alors il acceptait quelque invitation et s'y rendait seul. Les travaux des champs commençaient à fatiguer Corentin qui s'essoufflait rapidement et Catherine également commençait à se fatiguer. Aussi, sur les recommandations de Jacques Martigny, Charles engagea-t-il un premier valet. Peu de temps après, Louise lui trouva parmi ses bonnes œuvres, une servante qui restera toute sa vie à la Pommeraye.

Quant à Henri, c'était un petit garçon robuste et plein de charme. Il avait hérité de la forte constitution de son père et du charme de sa mère. Il avait du caractère et n'acceptait aucune punition qui ne soit justifiée. Ayant appris à lire et à écrire à Cauterel, avec le précepteur de ses cousins, celui-ci voulut une fois lui donner le martinet pour une faute qu'il n'avait pas commise, aussi se débattit-il avec tant de vigueur, qu'il finit par donner une grande coupe de pied dans le tibia du pauvre ecclésiastique qui hurla de douleur. Il fallut toute la diplomatie de sa tante Louise pour que le précepteur continua son éducation.

Henri avait fait la conquête de sa tante. Elle le trouva un jour dans la bibliothèque de Cauterel, assis sagement et feuilletant des livres qu'il avait pris au hasard. Aussi pour ses sept ans lui offrit-elle les Contes de Ma Mère l'Oie. Henri reçut ce cadeau comme un trésor et, plusieurs fois dans l'année, les relut avec autant de plaisir, ces contes de Charles Pérraut accompagnèrent souvent ses rêves. L'année suivante, pour ses huit ans, ce furent les fables de la Fontaines qui le captivèrent mais, s'il ne comprenait pas encore le sens profond de ces fables, il en aimait les textes et la musique des vers, dont il apprit certains par cœur, faisant l'admiration de sa mère lorsqu'il lui récitait une fable. Mais ce fut certainement pour ses neufs ans qu'il eut son livre préféré. Il reçut en effet le Robinson Crusoé de Daniel Defoe et rêva toute une année aux aventures de Robinson et Vendredi, essayant de se construire la même cabane.

Il allait bientôt avoir dix ans et son père, conforté de voir son fils s'intéresser tant à la lecture, décida de l'envoyer poursuivre des études à Caen. Ce fut un drame pour Mariette qui ne vivait que pour son fils, ne comprenant pas à quoi pouvaient bien servir des études, appuyée en cela par Corentin qui estimait que, pour mener une ferme, il n'y a pas besoin d'être tant savant. Mais rien n'y fit. Charles avait décidé de faire de son fils un " vrai Monsieur " que l'on respectait.

Un beau matin de 1740, Charles attela la carriole. Henri fit ses adieux à sa mère qui le serra dans ses bras et ne put s'empêcher d'éclater en sanglots, puis à ses grands parents qui essayaient de retenir leurs larmes. Il monta dans la carriole, lui-même en larme, se demandant vers quels lieux terribles on l'emmenait pour que tout le monde soit aussi triste.

Son père, prenant les rênes de son seul bras, lui fit signe de s'asseoir à côté de lui et lui parla comme il ne l'avait jamais fait. Il lui parla de ses arrière grands-parents paternels qui vivaient misérablement dans une masure, puis de ses arrières grands parents maternels qui avaient recueilli son grand-père comme un fils, enfin de lui-même, et, pour la première fois, il lui raconta comment il avait perdu son bras et la récompense que cela lui avait valu. Henri apprit ce que la petite particule qui précédait son nom de Valmont avait comme importance car Charles négligeant souvent de s'en servir, ne l'utilisa pas une fois, pour inscrire son fils au collège des Jésuites. Ce collège était fréquenté en majorité par la noblesse et il se doutait trop de ce que ces " petits paons de nobles " feraient subir comme vexations à un simple roturier. Pour la première fois, sa particule servait à quelque chose. Il parla à ce petit homme de dix ans de tous les espoirs qu'il mettait en lui, lui faisant miroiter d'autres horizons que celui de la ferme. Henri avait cessé de pleurer depuis longtemps. Il avait écouté son père passionnément et se sentait investi d'une mission qui le promettait à un grand destin. Il devrait affronter de dur moment, son père ne lui avait pas caché, mais il en récolterait plus tard tous les fruits. Il se devait d'assumer toute la responsabilité d'un petit chevalier de Valmont.

Il n'avait pas vu passer le temps, et un peu plus de deux heures plus tard, il arrivait au collège, construction austère de trois bâtiments formant un U et fermé par de hauts murs percés par un grand portail. Ils furent reçus par un immense Jésuite, impressionnant avec sa barbe mais qui se fit tout onction lorsqu'il s'adressa à Charles qui devait régler sa petite note. Cent cinquante livres pour l'année, c'était donné...

Puis rapidement, pour éviter toute sensiblerie ridicule, un abbé vint chercher Henri qui jeta à son père un tel regard de détresse que celui-ci en fut bouleversé, d'autant plus qu'on sentait quels efforts faisait son fils pour retenir ses larmes.

Charles régla sa note, écouta sans y faire attention quelques recommandations du Jésuite puis reprit le chemin de saint Germain du Val. Il arriva à la ferme pour le souper et ne dit pas grand chose, le juste nécessaire pour rassurer tout le monde, mais ce fut une des plus tristes soirées.

Le lendemain, Charles partit parcourir la campagne de bonne heure, seul. Il avait pris l'habitude de se promener avec son fils et la présence d'Henri marchand à son côté ou gambadant lui manquait cruellement. Désormais, il partait souvent seul marcher dans la campagne et l'on prit l'habitude de voir cette grande silhouette, parfois s'appuyant sur son gourdin, se découper sur l'horizon.

Henri fut installé dans une chambre, plutôt une cellule, avec trois autres compagnons qui, de toute évidence, avaient le cœur aussi gros que lui. Aucune phrase ne fut échangée si ce n'est pour s'enquérir du nom de chacun. Puis, au son d'une cloche qui réglerait désormais chaque moment de leur vie, les élèves se dirigèrent vers le réfectoire ou une soupe leur fut servie après la prière. Assis sur des bancs, penchés sur leurs assiettes, ils mangeaient leur soupe dans un silence total. En effet, il était interdit de parler et tout mot prononcé sans y avoir été préalablement autorisé, était suivi d'une sanction.

Sur une sorte d'estrade dominant les élèves pour mieux les surveiller, les pères jésuites mangeaient, eux aussi, leur soupe. Puis l'un deux se leva, souhaita la bienvenue aux nouveaux, insistant sur la discipline et les règles à respecter, puis ils se dirigèrent vers la chapelle pour la prière du soir.

Quelques instants de récréation au cours desquels, traditionnellement, les anciens firent des " niches " aux nouveaux, précédèrent le coucher. Charles et ses compagnons finirent par s'endormir au bout de longues heures d'angoisse.

Henri s'habitua petit à petit à son collège malgré la tristesse des lieux et, la discipline féroce qui l'avait terrorisé, au début, surtout ; mais cette crainte collective que faisait régner les pères avait rapproché certains de ces petits êtres et Henri finit par compter quelques solides amitiés. L'enseignement était donné la plupart du temps en latin et les Pères, eux même redoutables rhétoriciens, accordaient beaucoup de temps également à l'enseignement de la rhétorique. Henri avait pris un certain goût pour les poètes latins mais ne s'intéressait que peu aux campagnes de César. Il faut préciser qu'il avait un goût particulier, pour la gaule et les pratiques gauloises, Vercingétorix était son héros. Il imaginait invariablement le même pommier que l'un de ceux des herbages de la Pommeraye, lorsque l'on évoquait un druide cueillant le gui. Aussi, un jour, étant interrogé en classe sur Jules César, fit-il une remarque désobligeante sur cet empereur qu'il méprisait. Le père Lohéac qui assurait le cour était craint de tous. Les élèves tremblant devant ses colères, ne comprenaient pas comment il n'avait pas encore cassé sa règle, ni fendu en deux son bureau, vu les grands coups qu'il y donnait. Aussi si précipita-t-il vers Henri qui aurait voulu rentrer dans le sol et disparaître ; il était tellement impressionnant, vociférant, la soutane au vent et brandissant sa règle comme un sabre. Mais la règle voulait qu'un jésuite ne frappe pas un enfant, ni surtout ne le gifle, ce qui était particulièrement désobligeant. Aussi, les Pères, faisaient-ils donner les verges par un laïque. Henri dut donc subir l'humiliation suprême devant ses condisciples assemblés : penché en avant, les mains appuyées sur un bureau, la culotte baissée, il reçut dix coups de verges. Il ne l'oublia jamais et, durant toute sa vie, la seule vue d'une soutane le mit mal à l'aise.

Il venait un dimanche sur deux à la Pommeraye. Ce jour était attendu avec impatience par Mariette mais, était-ce le fait de son éducation sévère ? Les câlineries énervaient Henri. Non point qu'il n'aimât plus sa mère, au contraire. Il s'en voulait, même, mais ne pouvait s'empêcher d'un geste d'agacement à ses baisers. Il appréciait par contre l'amitié virile que lui accordait son père et le respectait pour cela. Au grand désespoir de son grand père Corentin, il ne portait aucun intérêt aux travaux agricoles, ni à la marche de la ferme et lorsqu'arrivait l'été et la période des moissons, il était plus souvent à Canterel, avec ses cousins Martigny, qu'à la Pommeraye. Il se sentait bien dans ce cadre fait pour la jouissance, à l'opposé de la rusticité de la ferme. Ses cousins, plus âgés que lui, l'emmenaient souvent avec eux dans les diverses maisons bourgeoises où même de la petite noblesse, où ils étaient invités pour des collations, des matinées récréatives ou de petites pièces de théâtre étaient données. Lorsqu'il eut une quinzaine d'années, il commença à regarder différemment certaines jeunes filles. Elles même parfois regardaient de façon bizarre cet élégant jeune chevalier et pouffaient de rires entre elles. Colin Maillard, particulièrement à la mode, émoustillait fort notre chevalier qui semblait avoir un goût prononcé pour le libertinage.

En 1744, Corentin s'éteignit. Après une soirée passée comme les autres, il se coucha pour ne plus s'éveiller. Catherine, toute vêtue de noir, resta inconsolable et ne lui survécu qu'un an. Déjà elle toussait beaucoup et commençait à cracher le sang. Elle souhaitait rejoindre Corentin, mais dût supporter de grandes souffrances avant de réaliser son désir.

Mariette pleura beaucoup, c'est comme si elle perdait ses parents. Ils avaient été si bons avec elle. Son fils s'éloignait d'elle ; par moment, les rares fois où il venait la voir, elle le voyait comme un étranger tout en ne pouvant s'empêcher d'avoir un grand sentiment de fierté. Seul Charles était toujours d'une grande gentillesse avec elle.

L'abbé Tancrède ayant également quitté ce monde, pou l'enfer, espérait Charles, un nouveau curé fut nommé. Il n'avait pas la grande bonté de l'abbé Delalande mais ne terrorisait pas ses paroissiens comme l'abbé Tancrède. Aussi Charles renoua avec les habitudes et eut ce nouveau curé à sa table tous les jeudis, comme jadis l'abbé Delalande. De plus, Charles fit un bel enterrement à ses parents et s'arrangea pour avoir un coin de cimetière à lui. En vieillissant, il ressentait le besoin comme l'avait tant souhaité Corentin, de se sentir le maillon d'une dynastie.

Désormais, lorsqu'Henri rejoignait le collège du Mont, rue de l'église Saint Etienne du Vieux, il n'avait plus la peur au ventre. Il se sentait appartenir à une élite, il s'était fait des amis de qualité, surtout le jeune vicomte Simon de Triqueville dont les très riches parents habitaient un hôtel particulier Cour la Reine, et passaient l'été à la campagne, où ils possédaient un magnifique château, à une quinzaine de lieues de Caen, vers Pont l'Evêque. Tous les deux s'enflammaient contre l'injustice et avaient des discussions jusque tard le soir, parlant de monarchie constitutionnelle, de libertés individuelles, citant l'Angleterre en exemple, qui avait su imposer l'habeas corpus, cette loi qui mettait à l'abri toute personne contre les abus de la dictature, à l'inverse des lettres de cachet en France qui, sur simple décision royale, pouvait envoyer n'importe qui en prison.

Un jour Simon apporta à son ami un libellé de Madame Lambert, écrit en 1715. Aussitôt après l'avoir lu, Henri décida d'en faire sa devise, ce libellé disait : " Philosopher, c'est rendre à la raison toute sa dignité et la faire rentrer dans ses droits ; c'est secouer le joug de l'opinion et de l'autorité ".

C'était décidé, Henri serait avocat, il rêvait de grandes causes, de bannir l'injustice, d'être le porte drapeau de tous les opprimés.

Mais revenons à l'éducation au collège du Mont. Les Jésuites avaient fait leur, le précepte de Montaigne selon lequel tout homme doit posséder " une tête bien faite dans un corps sain. " Aussi les activités physiques n'étaient elles pas délaissées, loin de là. Un maître d'armes venait leur enseigner la danse. Caen, à cette époque, était réputé pour son école d'équitation ; de nombreux Anglais n'hésitaient pas à traverser la Manche afin de se perfectionner. Aussi, les élèves du collège du Mont allaient-ils régulièrement apprendre à monter et se perfectionner dans les Manèges de Cormeilles, fort réputés alors. Et, lorsqu'il faisait beau, on allait courir sur la Prairie et apprendre à nager ; apprendre était d'ailleurs un bien grand mot car les novices devaient regarder faire leurs aînés, puis se jeter à l'eau et revenir par leurs propres moyens. Ils sortaient de l'eau, toussant, crachant mais devaient recommencer jusqu'à ce que ce soit à peu près correct.

Il en alla ainsi jusqu'à ce qu'Henri obtienne ses humanités, puis il rentra pour l'été à la ferme, d'où il était souvent absent. Il était la plupart du temps parti soit pour Cauterel, soit pour le château du vicomte de Triqueville où son ami Simon l'invita à passer quinze jours merveilleux à monter à cheval, à chasser et surtout à rechercher la compagnie féminine. Henri s'était bien rendu compte du pouvoir de séduction qu'il exerçait sur les femmes et devint petit à petit un spécialiste dans l'art du libertinage. N'oublions pas que nous sommes sous le règne de Louis XV et que ces provinciaux étaient bien sages à côté des excès de Versailles.

A la ferme, Mariette avait perdu toute sa gaieté naturelle. Certes, elle aimait toujours profondément Charles, mais son fils lui manquait depuis qu'il était parti à l'âge de dix ans, et celui qu'elle revoyait était presqu'un étranger pour elle. Heureusement, elle aimait la ferme et régissait son petit monde en vrai maîtresse et Charles lui en savait gré. Il avait à nouveau agrandi le domaine et la ferme de la Pommeraye était certainement, non pas l'une des plus grandes, mais la plus grande de la Vicomté. Il tenait son monde d'une main de fer mais était juste et savait, à l'occasion, se montrer généreux. De plus, il avait su profiter de la plus grande liberté de circulation des biens qui venait d'être accordée, et de l'urbanisation galopante. Il gagnait beaucoup d'argent. Le cidre et les produits laitiers de la Pommeraye commençaient à être réclamés sur tous les marchés de la région. Il tenait une comptabilité stricte car, s'il savait bien que son fils ne s'installerait jamais à la ferme, il tenait à ce que tout soit le plus clair possible pour le jour où Henri serait face à son régisseur. D'ailleurs, Charles était très fier du deuxième chevalier de Valmont. Il avait réussi à en faire ce " Monsieur " dont il avait rêvé.

Charles Martigny était parti à Paris souhaitant encore développer son affaire, Jacques avait délégué son fils aîné, le chargeant de monter une succursale de la " Sellerie et Bourrellerie Martigny " dans les beaux quartiers de la capitale. Charles avait dépassé tous les espoirs car, en plus de la boutique dont le démarrage commercial avait été foudroyant, il était entrain de fonder une société d'importation des cuirs d'Argentine qui, devant fournir la Tannerie de Canterel, ainsi que des tanneries concurrentes, semblait promise à un bel avenir.

Son jeune frère Clément était resté à Canterel, destiné, lui, à prendre la suite de son père. Bien que plus âgé de 5 ans que son cousin Henri, ils s'entendaient comme larrons en foire, et l'été qui précéda la rentrée en Université d'Henri fut plein des frasques des deux cousins. On évita de peu le scandale : le vieux baron de Selle, entre deux crises de goutte, avait provoqué Henri en duel, celui-ci s'étant montré trop empressé auprès de sa jeune et belle épouse. Pour éviter le ridicule d'une telle rencontre, Henri fit ses excuses et l'affaire en resta là. Cela amusa Jacques mais choqua vivement la dévote tante Louise qui tança vertement son neveu. Henri répondit avec son arme la plus efficace : son sourire charmeur et désarmant, puis il embrassa sa tante qui simula un mouvement d'agacement, cachant mal son attendrissement.

La rentrée universitaire approchait et Henri revint quelques jours à Caen pour se mettre en quête d'un logement. Son ami Simon de Triqueville lui avait proposé une chambre mais Henri avait peur de se trouver pris dans les mondanités non pas qu'il les fuyait, mais il tenait à sa totale liberté. Il finit par trouver une chambre sous les combles, que lui loua un boutiquier de la rue Saint Pierre.

Il rentra passer quelques jours à la ferme, et, fait rare, n'en bougeant pas, partageant son temps entre la lecture et la promenade. De plus, ayant quelques remords, il se montra plein d'attention envers sa mère. Mariette était aux anges, Charles aussi était heureux, mais c'est surtout un sentiment de fierté qui dominait chez lui.

Il fit sa rentrée à l'Université qui se trouvait près des Halles Saint Sauveur, plus que jamais décidé à devenir avocat. Il avait la chance d'étudier dans une des plus vieilles universités de France, créée sous l'occupation de Caen par les Anglais, et, qui plus est, sans doute la plus réputée du royaume pour l'enseignement du droit.

Décidé à étudier, certes mais aussi à passer du bon temps - Madame de Sévigné elle-même ne vantait-elle pas la beauté de Caen dans l'une de ses lettres à sa fille ? publiées en 1726 - il aimait à se perdre dans la cohue du marché du lundi qui se tenait place Saint Sauver, tellement important qu'il tenait plus de la foire et que l'on venait de loin, flâner le long des étalages de fruits et légumes de toutes les couleurs et exhalant leurs senteurs, admirer les soieries lyonnaises encore rares et chères, les fermière, portant fièrement leurs grands bonnets de dentelles, venues vendre leurs produits de la ferme, le cri des commères et des marchands ambulants de café, d'eau ou autres sirops... Il y avait aussi le marché du vendredi, mais qui était moins important, essentiellement consacré à la nourriture.

En fin d'après midi, il aimait aller se promener dans les allées ombragées de tilleuls, de la Place Royale, où souvent se produisaient acrobates et prestidigitateurs, et où s'installaient régulièrement des théâtres forains.

Les jours de fêtes, les caennais avaient l'habitude d'aller se promener sur le Petit Cour qui allait de Pont d'Amour à l'abreuvoir de Vaucelles et continuait leur promenade le long de l'Orne, sur le Grand Cour, allant parfois jusqu'à Louvigny prendre une collation.

Il était une coutume pratiquée surtout par " les gens de qualité " qui voulait que l'on s'invite à d'énormes collations sur la Prairie. Les valets préparaient alors de magnifiques tables, des violonistes étaient invités à venir jouer, et les ripailles duraient parfois tard le soir et se terminaient par des parties de colin Maillard, des couples se formant et se fondant dans la nature. L'un de ces endroits était appelé " le Pré aux Ebats ", ce qui veut tout dire. Lorsque l'on avait réussi à rameuter tout le monde, on rentrait en ville à la lueur des torches tenues par les valets.

Henri était devenu un adepte de ces collations par l'intermédiaire de son ami Simon.

Après tout ce qu'il vient d'être dit, on serait en droit de croire qu'Henri ne pensait qu'à s'amuser, délaissant ainsi ses études. Mais, il avait une telle force de caractère, une telle volonté, qu'il était capable de se cloîtrer des soirées entières à étudier, apprenant facilement, en refusant toute invitation quel qu'ai pu être la tentation. Il avalait rapidement une soupe servie par la servante du boutiquier et se remettait au travail.

Henri se plaisait à l'Université, il se passionna pour la querelle qui opposa celle-ci aux Jésuites. Ces derniers accusaient l'Université d'être influencée par l'hérésie luthérienne et le jansénisme et d'en faire la propagande. Pour Henri qui avait reçu les premières notions de tolérance de son père, être huguenot, janséniste, juif ou mahométan n'avait aucune importance et relevait plutôt de Monsieur Jourdain et du grand Mamamouchi. De plus, il n'était pas mécontent de se lancer dans la bataille contre l'hypocrisie jésuite, n'ayant jamais oublié ses dix coups de verge. Finalement, les jésuites perdirent la bataille en 1762, le Parlement de Paris décidant la fermeture de tous les collèges jésuites du royaume et, quelques mois, plus tard, supprimant purement et simplement la Compagnie de Jésus accusée d'être " perverse, pernicieuse, séditieuse et attentatoire ". Il avait même songé à s'inscrire dans le nouveau mouvement des Francs Maçons qui luttaient également contre la dictature jésuite.

Henri se passionnait pour ses études mais n'en continuait pas moins à pratiquer le libertinage en " homme de qualité ". Il n'avait pas non plus délaissé la lecture, sa passion première et avait conservé, comme de précieuses reliques ses trois premiers livres offerts par la tante Louise. C'est donc tout naturellement que, découvrant Voltaire, écrivain maudit des Jésuites, il adopta ses thèses avec enthousiasme. Le grand écrivain venait d'être reçu depuis peu (1746) à l'Académie Française, mais après bien des turpitudes : embastillement puis exil en Angleterre, mais c'est dans ce pays qu'il découvrit la liberté et en tira les " lettres philosophiques " livre qui deviendra le véritable manifeste du siècle des lumières. Puis suivra son combat contre les pratiques de l'Eglise refusant toute sépulture aux comédiens. Ce combat débouchera sur la parution d'un livre militant intituler " Sur la mort de mademoiselle Lecouvreur " qui l'obligera à nouveau à l'exil pour Cirey. Henri lut et relut ces livres, disséquant chaque phrase, découvrant de nouvelles merveilles à chaque relecture.

En mai 1949, Henri, après deux années d'études universitaires, reçut sa licence en Droit. Il dut sacrifier aux rites précédant la cérémonie : les aspirants du grade de licenciés étaient conduits, au son des instruments, de l'Université en la cour d'Eglise, où le vice chancelier leur remettait leurs diplômes.

Le soir, Henri offrit une énorme collation sur la Prairie à tous ses amis, et ils étaient nombreux, et la fête se prolongea fort tard dans la nuit.

Le lendemain, il partit pour la Pommeraye où il passa une grande partie de l'été, à la joie de ses parents. Séjour entrecoupé toutefois par une invitation de son ami Simon. Celui-ci avait fait des études de philosophie qui le menèrent à une vie de riche oisif lettré. En effet, au risque de déshonorer sa famille et même d'en être rejeté, il n'était pas question que lui, vicomte de Triqueville, travaillât. Ceci dit, il ne fit aucune remarque désobligeante à Henri qui souhaitait ouvrir un cabinet d'avocat à Caen. Il était même prêt à l'aider par ses relations. Simon et Henri admiraient tous les deux Voltaire, et il se passionnaient également pour un livre intitulé " De l'esprit des lois " écrit par Montesquieu qu'ils considéraient comme un visionnaire. En effet, ils suivaient avec intérêt toutes les nouvelles qui pouvaient leur parvenir depuis Paris ou Versailles, et ils critiquaient fort le roi Louis XV qui, après la mort du cardinal Fleury, avait décidé de gouverner seul, en dictateur, sous l'influence néfaste de la marquise de Pompadour.

Henri fut toutefois le plus longtemps présent à la ferme, à part quelques escapades avec son cousin Clément. Il eut un entretien avec son père, lui exposant ses projets d'avenir. Charles ne fit aucune difficulté pour l'aider financièrement à monter son cabinet d'avocat et à trouver un logement décent.

Il resta jusqu'à la replumette. Cette fête paysanne qui restait grandiose dans ses souvenirs d'enfant, lui parut bien désuète. Il fit grande impression auprès des journaliers qui ne connaissent pas en cet élégant jeune homme " not' p'tit maître ". Il sut les conquérir en adoptant une attitude et un langage conforme et, avant de partir, chacun tint à saluer " Monsieur Henri ".

Chapitre 5 - L'avocat Henri de Valmont

Henri revint donc à l'automne 1750 à Caen, réintégra provisoirement sa chambre rue Saint Pierre, et se mit à la recherche d'un local. Dans le mois qui suivit, il trouva ce qu'il cherchait rue Saint Jean : trois pièces au rez de chaussée qu'il fit aménager, se réservant une seule pièce pour lui en attendant que la clientèle afflue, il n'en doutait pas. De plus, un appartement, certes, petit, ne comprenant que deux chambres, un salon et cuisine salle commune, se trouvait libre au dessus. Il le fit aménager avec soin, surtout le salon qu'il meubla avec goût, avec les derniers meubles à la mode : bergères confortables devant la cheminée de marbre rose à coquille, chaises entourant une table à jeu et, surtout, son bien le plus précieux : une bibliothèque dans laquelle il put mettre ses déjà nombreux livres. Il ne lui restait plus qu'à trouver une servante et attendre la clientèle. Il la trouva en la personne d'une femme qui portait allègrement sa quarantaine et qui cuisinait fort bien, ce qui n'était pas pour lui déplaire. Quant à la clientèle, elle se faisait attendre, et le crédit ouvert par Charles à son fils commençait à fondre comme neige au soleil.

L'année 1751 avait déjà plus de deux mois lorsqu'il reçut un billet le convoquant à l'hôtel de Triqueville. Il s'empressa de donner son accord au valet qui attendait une réponse. Deux jours après, il se présenta à la porte de l'hôtel du Cour la Reine. Un laquais en grande tenue le fit entrer dans un grand hall dont les murs de pierres sculptées et le damier noir et blanc du carrelage donnaient une impression de grande rigueur, même de froideur, au propre comme au figuré. Nous étions début mars et le froid était encore vif.

Le laquais revint au bout de quelques instants, priant Henri de le suivre. Ils pénétrèrent alors dans une pièce qui était tout l'inverse de celle qu'ils venaient de quitter. Il s'agissait d'un salon à l'aspect chaleureux donné par les boiseries finement sculptées, le parquet, remplaçant le froid dallage de l'entrée et le grand feu qui pétillait dans une vaste cheminée ; de nombreux meubles fauteuils, bergères, chaises, recouverts des tissus les plus précieux, une tabler à jouer, un secrétaire et une bibliothèque, tout cela dans un grand désordre judicieusement agencé, donnait à la pièce un sentiment d'intimité et de chaleur. Un homme grand et sec, la perruque soigneusement poudrée, paraissant approcher de la soixantaine, posa son livre sur une petite table marquetée et se leva pour accueillir Henri. Après les salutations d'usage, il ne lui cacha pas qu'il le recevait sur l'insistance de son fils et sans un mot de plus, passa tout de suite au sujet de la visite. Il avait plusieurs affaires, déjà entre les mains d'avocats. L'une d'elles le souciait fort et il expliqua à Henri ce qu'il en était, lui confiant certains documents et le priant de dénouer cet imbroglio. Puis, sans un mot de plus, il se leva, faisant comprendre que l'entretien était terminé. En cette fin d'après-midi Henri se retrouva dehors, Cour la Reine. Le froid vif le saisit, alors qu'un ciel cotonneux annonçait sûrement la neige. Il se pressa de rentrer chez lui. En chemin, un sentiment mêlé de malaise et de colère le saisit. Quoi ! Il avait été traité comme un domestique et, en plus, il avait remercié le vicomte en partant ! Il s'en voulut déjà d'avoir accepté l'affaire. Il se promit d'aller le lendemain à l'hôtel du Cour la Reine, jeter dédaigneusement le dossier sur une table, en disant au vicomte qu'il n'était pas intéressé. Arrivé chez lui, il pensait, en plus, avoir percé à jour les intentions du Vicomte : il fallait rabaisser le caquet de ce jeune fou de chevalier qui déshonorait sa particule en souhaitant gagner sa vie comme un vil bourgeois ! Ces pensées ne firent que redoubler sa colère. Il entra dans la salle commune ou sa servant s'affairait. Assailli par une délicieuse odeur de soupe de chou au lard, comme il était l'heure de soupe, il s'assit et avala sa soupe avec gourmandise. Elle était bien chaude et il se sentit revigoré. Puis il s'isola dans sa chambre, se plongeant dans " Les lettres Persanes " de Montesquieu, mais ayant tout à coupe besoin d'une lecture plus divertissante, répondant à son goût du libertinage, il relut quelques contes de la Fontaine.

Le lendemain matin, lorsqu'il s'éveilla, les carreaux étaient recouverts de givre, il avait neigé dans la nuit et le ville était recouverte d'un manteau blanc qui la rendait bien propre, dissimulant les eaux sales qui coulaient habituellement au milieu de la rue et qui étaient gelées : il sonna sa servante, la priant d'allumer un bon feu, puis, lorsque la chambre se fut quelque peu réchauffée, il décida de passer la journée au chaud et, pourquoi pas, de jeter un coupe d'œil sur le dossier Triqueville.

En fait il se passionna pour cette affaire particulièrement difficile, annotant les éléments qui lui paraissaient importants et décida finalement qu'il gagnerait le procès. Il ne savait pas encore comment mais il y mettrait toutes ses forces et ses connaissances, n'étant pas dupe, toutefois, que le vicomte lui avait confié un dossier qu'il estimait indéfendable, afin que ce jeune   de chevalier s'y casse les dents ; mais, contrairement à la veille, cette pensée l'aiguillonnait.

Henri ne sortit pas durant quelques jours, d'ailleurs le temps incitait à rester auprès d'un bon feu. Il étudia le dossier Triqueville dans le plus petit détail, croyant déjà percevoir quelques failles. Puis la semaine suivante, il demanda audience à quelques confrères de renom, don l'un, surtout, devait se trouver parmi ses adversaires. Il joua parfaitement le rôle du jeune avocat cherchant conseil auprès de ses aînés. Certains le prirent pour un niais, lui confiant ainsi certains détails qui l'aideraient par la suite.

Enfin, au mois de mai, possédant parfaitement son dossier, il demanda audience au vicomte de Triqueville. Il ne fut géré reçu avec beaucoup plus de chaleur que lors de sa première visite et, alors que le vicomte s'attendait à être prochainement assigné en justice, quelle ne fut pas sa surprise d'entendre Henri lui annoncer qu'il était prêt, lui-même, à les assigner. Le vicomte, effaré par tant d'audace était prêt à refuser, mais Henri ne lui laissa pas le temps de réfléchir, et commença à lui énumérer ses arguments. Ecoutant attentivement, le vicomte commença à réaliser que ce jeune chevalier n'était pas dénué de talent et finit par se ranger à ses vues.

L'affaire vint en justice en septembre. Henri laissa parler ses adversaires, ne les interrompant que peu, et avec la plus grande civilité. Puis il prit la parole, saluant l'expérience de ses aînés et s'excusant de son inexpérience. Puis il reprit les arguments de la partie adverse, les détruisant un par un et termina sa plaidoirie en utilisant tout le charme dont il était capable. Après un rapide délibéré, Monsieur de Triqueville fut déclaré, non seulement innocent de toute accusation, mais, en plus, il devait être indemnisé par ses adversaires.

Le vicomte de Triqueville remercia vivement Henri, le dédommageant grassement et lui disant qu'il n'aurait pas affaire avec un ingrat.

En effet, dans les mois qui suivirent, la clientèle commença à affluer et Henri dût engager un clerc.

Au début de l'année 1752, Henri reçu un billet de la vicomtesse de Triqueville, le conviant à venir à son prochain jeudi, jour de la semaine qui était réservé aux réceptions de l'hôtel du Cour la reine. Simon, qu'Henri continuait à fréquenter, vint le voir la veille afin de la mettre en garde. En effet, il devrait mettre de côté ses idées libérales, ne pas s'engager dans des discussions trop vives, au risque de se retrouver engagé dans plusieurs duels. Il allait voir dans les salons de la vicomtesse tout ce que Caen comptait comme ultra.

Le jour dit, Henri se présenta Cour la Reine, les fenêtres de l'hôtel luisaient de centaines de bougies allumées. Il fut introduit par un laquais en grande tenue, retrouva la froideur de la vaste entrée. Puis il fut introduit dans un grand salon, donnant sur deux autres pièces en enfilade et fut accueilli par un brouhaha de voix, provenant des invités, déjà nombreux. Le vicomte s'avança pour le saluer et le présenter à sa femme, celle-ci fut impressionné par la manière élégante avec laquelle Henri la salua, ainsi que du charme que dégageait se chevaler ; elle ne reconnaissait gère en lui ce jeune homme qu'elle n'avait fait qu'apercevoir dans leur château.

Puis Henri se retrouva seul, mais par pour longtemps. En effet, beaucoup souhaitaient faire la connaissance de ce jeune avocat prodige dont le vicomte de Triqueville avait tant vanté les mérites.

Henri commençait à être las de ces mondanités, lorsque, passant à côté d'un petit groupe d'hommes il entendit prononcer le nom de Voltaire. Intéressé il s'approcha mais ce ne fut que pour entendre que ce scélérat lui-même, estimait important qu'il restât toujours des gueux ignorants.

Simon avait eu raison, il se trouvait au milieu de tous les ultras caennais, accrochés à leurs privilèges, confortés en cela par la tournure réactionnaire que prenait la politique du roi Louis XV qui, à la grande satisfaction de ces Messieurs et devant leurs protestations, liées à celles du clergé, venait d'abolir la loi établissant une plus grande équité fiscale, dite du vingtième, crée par Machault d'Arnouville, " traître à sa caste ".

Henri erra de groupe en groupe, se gardant bien de contredire ces Messieurs et s'exprimant peu. Dans le deuxième salon qui était en fait un salon de musique, avec des sièges préparés pour ces dames, les Messieurs se tenant debout, derrière, il commençait à y avoir affluence. Un claveciniste et un violoniste réputés vinrent interpréter quelques sonates de Couperin, puis se retirèrent dignement, saluant pour remercier les auditeurs du succès attendu qu'ils avaient coutume d'obtenir.

Il fut servi quelques rafraîchissements et Henri se retrouva dans le troisième salon, plus particulièrement consacré au jeu. Quelques tables de trictrac ou de piquet étaient occupées par des joueurs forcenés. Henri s'assit, perdit quelques louis avec élégance et se retira, non sans avoir salué et remercié comme il se doit, madame la Vicomtesse.

Il se retrouva Cour la Reine dans le froid de cette soirée de février, le ciel couvert d'étoiles annonçait de dures gelées. Henri respira une grande bouffée d'air frais et, prenant le chemin de son logis se promit d'éviter, autant qu'il se pourrait, les invitations à l'hôtel de Triqueville.

Dans les mois et les années qui suivirent, la clientèle afflua de telle façon qu'Henri dût sacrifier son appartement pour agrandir son cabinet, et engager de nouveaux clercs. Il trouva, rue Saint Jean également, un grand appartement, au deuxième étage comme il se doit pour une personne de qualité. Il garda sa servante qui comblait sa gourmandise et engagea un valet de chambre. Il fit aménager avec goût et à grand frais, un vaste salon qui lui permettrait de recevoir quelques intimes. Il allait de moins en moins à Saint Germain du Val, pris comme il l'était par son travail et les mondanités. Il y passa, de manière forcée, une quinzaine de jours lors de la grande épidémie de choléra qui frappa particulièrement fort au milieu de la décennie. Les conditions d'hygiène étaient telles que cette maladie touchait les caennais de façon endémique. Les gens qui en avaient les moyens, partaient alors pour leur campagne.

Vers la fin des années 50, il reçut un billet de la baronne de Klein, le conviant à son prochain mardi. Il avait beaucoup entendu parler de la baronne dans les salons du Cour la Reine où il se rendait de temps en temps pour ses affaires. Entendu parler en mal, et la réputation sulfureuse de cette baronne dont " les idées avancées la perdraient ", l'avait rempli de curiosité. Et c'est avec un grand plaisir qu'il envoya son valet donner son accord.   Le jour dit, il se présenta à l'hôtel de la rue Guilbert. Il fut introduit par un laquais et constata que le luxe n'avait rien à envier à l'hôtel Triqueville avec, en plus, une touche intimiste qu'avait su donner la maîtresse des lieux. On retrouvait la classique enfilade des trois salons et un éclairage fait de centaines de bougies était réalisé de telle façon, à laisser quelques zones d'ombre où l'on pouvait converser de façon plus intime. Au bout de ces trois salons, un couloir menait à une serre où l'odeur lourde des plantes exotiques incitaient au rêve. Cet ensemble donna à Henri une grande impression de sensualité. Il fut présenté à la baronne et ressenti un choc : cette belle femme, ayant dépassé la quarantaine, émergeait d'une robe dans les tons roses, recouverte de mousseline et de dentelle précieuse. Elle savait jouir de son charme, dégageait un parfum indéfinissable qui enivra Henri et de suite, le décida d'en faire sa maîtresse. Il la salua, utilisant tout son charme. Il crut se rendre compte qu'elle n'y avait pas été insensible. De plus, cette belle baronne était mariée au colonel de Klein qui était toujours parti guerroyer par monts et par vaux et était en ce moment pris dans la guerre de sept ans dans laquelle la France était engluée.

Les relations entre la baronne et Henri débutèrent sur un quiproquo. Diane -tel était son prénom - de Klein était persuadée avoir à faire à un jeune pédant aux idées réactionnaires. Il n'en pouvait être autrement, fréquentant l'hôtel du Cour la Reine et son cabinet travaillant avec une clientèle constituée essentiellement d'ultras. De son côté, Henri était persuadé avoir affaire à une coquette qu'il mettrait rapidement dans son lit.

Un nouveau roman de Voltaire venait de sortir. Il s'agissait plutôt d'un conte intitulé " Candide ou l'optimiste ". Cet ouvrage rencontrait un grand succès controversé comme presque toutes les œuvres de cet auteur. Il se voulait être un maillon de la lutte contre le conformisme. Aussi Diane, sûre de choquer profondément Henri, parla avec enthousiasme de ce livre ainsi que de l'œuvre, en général, de Voltaire qu'elle admirait pour son courage. Henri fut étonné, non seulement par la fougue avec laquelle Diane parlait de son auteur favori, mais également par la grande érudition qu'elle semblait posséder. Ils trouvèrent là un terrain d'entente et la discussion des plus passionnée fit qu'ils ne se quittèrent guère de la soirée. Diane se souciait peu de ce que l'on pouvait raconter ou penser d'elle et, de toute façon ; ne venaient à ses mardis que des intimes à l'esprit libéral et aux idées avancées comme elle.

Henri devint un habitué de la rue Guilbert, retrouvant les discussions passionnées de son époque estudiantine. Ils étaient tous d'accord pour estimer que la France avait besoin de réformes libérales, se partageant pour savoir si Louis XV était le roi qu'il fallait pour les édicter. Lorsqu'en 1761, parut " Julie ou la nouvelle Héloïse " de Jean Jacques Rousseau, une vive discussion opposa Diane à Henri. Diane sublimait cet ouvrage qui incitait les jeunes filles à transformer leurs passions humaines en passion pour la vertu. Henri, toujours d'esprit libertin, comprit alors qu'il ne mettrait jamais Diane dans son lit. Sous des dehors fantasques et passionnés, elle était d'une fidélité sans faille à son colonel de mari.

Ils restèrent donc seulement des amis, fidèles et inséparables certes, mais amis, au grand dépit d'Henri.

Rousseau était devenu le centre des discussions du salon de la rue Guilbert et chaque parution, tels " Du contrat Social " en 62 et " L'Emile " la même année donnait toujours lieu à des discussion enflammées. Et ce qui mit le comble aux discussions fut la querelle qui opposa Voltaire et Rousseau.

Cette décennie 1750-1760 fut celle où se révéla le grand avocat chevalier Henri de Valmont que tout le monde s'arrachait. Travailleur invétéré, il se laissait aussi porté par ce grand tourbillon de plaisir qu'était la vie des gens fortunés de l'époque. Habitué des salons et, plus particulièrement de celui de la rue Guilbert, il n'en suivait pas moins la saison théâtrale. La première pièce qu'il vit, incontournable comédie d'un anonyme du XVe siècle fut " La farce de Maître Patelin " qui traitait justement de son métier d'avocat et qui repassait régulièrement tous les ans. Bien évidemment, il ne manqua pas les classiques Molière, racine et Corneille. Mais il avait été enthousiasmé par les pièces d'un auteur contemporain fécond nommé

Marivaux mais dont l'une des dernières, écrite en 1730, " Les jeux de l'Amour et du Hasard " lui avait plu tout particulièrement.

Sa situation et son charme lui valaient de nombreuses liaisons, parfois houleuses, et Diane ne se privait pas de le taquiner à ce sujet. Elle fut son seul échec et son grand regret, tout en restant sa confidente.

Son ami Simon de Triqueville se maria avec Isabelle de Bucy-Longrais dont les parents, très riches, possédaient un château dans le Bessin. Il fut, bien sûr, convié au mariage qui fut grandiose, comme il se doit.

Pour ne pas faillir à la tradition des salons, Diane organisait de temps en temps des soirées musicales. Aussi en 1763 faut-il convié à l'une de ces soirées. Un sextuor interpréta fort joliment des œuvres d'un auteur contemporain, Jean Philippe Rameau, puis une jeune fille vint se joindre à eux pour chanter quelques extraits des   Galantes, du même auteur.

Henri ne la quitta pas des yeux ; littéralement conquis. Après le concert, il s'en ouvrit à Diane, lui demandant qui était cette charmante jeune fille. Elle éclata de son rire charmeur, lui précisant que, celle-ci, qui s'appelait Marie Letourneur de Craon, il ne pourrait l'avoir qu'en lui passant la bague au doigt.

Le soir, regagnant son domicile, l'image de cette jeune fille le poursuivit. Les jours suivants, il s'arrêtait parfois de travailler et pensait à Marie Letourneur de Craon. Il se renseigna sur la famille qui habitait un hôtel particulier Place Saint Sauveur, était très riche, n'avait pas de salon et ne recevait que des intimes, et avait, comme il se doit, sa campagne, près de Creully. Il implora Diane de l'inviter de nouveau et de le présenter.

Diane avait une lubie depuis quelques temps, elle n'arrêtait pas de taquiner Henri sur son titre de chevalier, le présentant, souvent moqueuse, comme son chevalier servant. Aussi avait-elle décidé, sans en parler à Henri, de faire jouer toutes ses relations, pour lui faire obtenir le titre de baron.

Henri fut à nouveau convié le mois suivant à une soirée musicale rue Guilbert. Cette fois-ci, Mademoiselle Letourneur de Craon s'accompagnait elle-même au clavecin. Elle obtint un franc succès en interprétant des chants de Buxtehude, compositeur allemand, et de Pignolet de Montéclair, auteur français. Henri était sous le charme à nouveau. Quand elle eut fini, elle rejoignit sa mère et resta au milieu d'un groupe de dames. Ce que ne remarqua pas Henri mais n'échappa pas à Diane, furent ces nombreux regards lancés, sous ses longs cils, au chevalier de Valmont.

Aussi l'approche de cette jeune fille étant des plus délicats, Diane pensant qu'il était temps de marier son chevalier servant, s'adressa-t-elle à la vielle marquise de Reuilly comme pour le plaisir qu'elle prenait à organiser des rencontres. Toute ragaillardie par cette nouvelle mission, celle-ci se mit donc en campagne et se présenta un beau matin à hôtel de la place Saint Sauveur. Le vieux baron Letourneur de Craon la reçut avec la plus grande civilité, se doutant bien, connaissant la marquise, qu'elle ne venait pas seulement pour le saluer. Après les quelques politesses d'usage, la marquise attaqua de front, faisant grand compliment au baron de sa fille Marie. Elle connaissait un jeune homme parfait pour elle et qui ferait un excellent mari. Le baron était méfiant, bien que sachant parfaitement que la marquise n'aurait jamais organisé une rencontre par intérêt personnel. Finalement, il accepta de recevoir ce jeune homme dont il connaissait déjà la réputation de grand avocat.

Quelques jours plus tard, Henri se présentait à hôtel place Saint Sauveur. Il fut reçu par le père de Marie qui portait allègrement sa soixantaine. C'était un homme très cultivé et grand humaniste, aussi se découvrirent-ils rapidement des goûts communs en littérature et de idées communes sur l'avenir de la France. L'entretien dura plus longtemps que la bienséance l'eut autorisé, et, pour terminer, le baron autorisa Henri à faire sa cour. Il fit appeler sa fille, celle-ci arriva accompagnée de sa mère. D'un seul échange de regard, aussi rapide que violeur, ils surent tout de suite qu'ils seraient mari et femme.

Puis se furent les rendez-vous, soit place Saint Sauveur, soit au Jardin des Plantes. En effet, Marie, en plus de son talent musical, avait une passion pour les fleurs et les plantes rares dont elle connaissait chaque nom par son appellation latine. Ces rendez-vous et ces promenades enchantaient Henri mais étaient beaucoup trop sages à son goût. En effet, pour respections les convenances, la demoiselle de compagnie de Marie suivait les amoureux à distance respectable.

Henri fit également connaissance du frère aîné de Marie dénommé Julien. Agé de vingt six ans, ce jeune homme un rien rêveur se passionnait également pour les plantes mais, si pour Marie, c'était le côté poétique qui l'attirait, chez Julien, c'était le côté scientifique. Il suivait d'ailleurs de près les recherches du savant suédois Carl Von Line qu'il admirait. Il était en plus féru de chimie, et se passionnaient pour les recherches sur les gaz qu'avait débuté le savant Boyle du siècle dernier. Il avait installé son propre laboratoire dans les sous-sols de la place Saint Sauveur. Il plut immédiatement à Henri pour son côté un peu fou et ce fut, de toute évidence réciproque.

Le mariage fut fixé pour le printemps 1765 et peu de temps avant, Diane pria Henri de venir prendre un goûter. Ce n'était pas son habitude et il en fut intrigué. A peine assis devant leurs tasses de thé, Diane lui tendit un pli scellé par un cachet de cire, lui disant simplement : " Je perds un chevalier servant mais je gagne l'amitié d'un baron ". L'émotion les étreint un instant et Henri, en remerciant, ne sut que lui offrir son fameux sourire.

C'était donc le baron de Valmont qui épousa Marie Letourneur de Craon le 20 avril 1765. La réception se passa dans le manoir que possédait la famille Letourneur près de Creully. Ce fut un des grands moments de la saison mondaine 1765. Les invités étaient nombreux et du côté d'Henri, il y avait son père qui avait grande allure dans un costume réalisé par un grand faiseur de Caen. Mariette, qu'Henri était allé voir à plusieurs reprises avait décliné avec fermeté toute invitation. Il y avait également la tante Louise avec son mari, venus avec leur fils Clément et sa femme. Charles Martigny avait fait le déplacement de Paris avec sa femme et leur fils, Joseph âgé de dix huit ans et leur fille Anne Marie âgée de quinze ans et déjà très belle.

Tard dans la soirée, Henri s'éclipsa ramenant sa femme à Caen. Arrivée devant le domicile de la rue Saint Jean, il l'aida à descendre du cabriolet. Il se sentit tout à coup pris d'une gêne inexplicable et c'est Marie qui se jeta dans ses bras et l'embrassa avec fougue.

Une nouvelle ère commençait pour lui.

Chapitre 6 - Premières naissances à la Pommeraye

Les semaines qui suivirent le mariage furent un véritable tourbillon de plaisir, le nouveau couple ne pouvant répondre à toutes les invitations. Henri se forçait à aller passer une heure ou deux à son cabinet, mais commençait aussi à se poser des questions. En quinze ans, il avait accompli une brillante réussite, il était sûrement le plus important avocat d'affaires de la région. Oui ! Mais à quel prix, il avait perdu une partie de son âme en défendant des affaires pas toujours très honnêtes. Où était passé ce jeune avocat frais émoulu, décidé à défendre de grandes causes ? Cet admirateur de Voltaire qui, lui, avait accepté l'embastillement et l'exil pour défendre des causes justes ? Ne venait-il pas, à nouveau, de prendre des risques en se battant pour obtenir la réhabilitation de Calas ?

Il ressassait ces idées et finit par s'en ouvrir à Marie. Celle-ci, ne souhaitant pas non plus passer sa vie dans un appartement, aussi beau soit-il, fit valoir à son mari, qu'ensemble, ils devaient se créer une nouvelle vie et, petit à petit, l'idée leur vint de tout abandonner, de se bâtir " une campagne " qui serait le refuge de leur bonheur. De plus, elle lui fit valoir que sa dot - considérable - serait largement suffisante pour financer leur projet. De son côté, Henri fit valoir que la cession de son cabinet ainsi que le produit de la vente de son appartement de la rue saint Jean participerait également et que leurs deux fortunes réunies seraient suffisantes, et pour leur projet et pour leur train de vie future. De plus, leur avenir était assuré par les rentes de la ferme de la Pommeraye, Henri étant le seul héritier.

Le projet germait, était presque leur seul sujet de conversation. Henri convainquit facilement Marie qu'il serait souhaitable de se rapprocher de Saint Germain du Val pour être à même, plus tard, de mieux surveiller la marche de la ferme. De plus, le terrain ne leur coûterait rien.

Ils partirent donc passer quelques temps à la ferme, Marie, par sa gentillesse, fit la conquête de Mariette. De plus, pour marie, jouer à la fermière était un enchantement. Henri n'était pas dupe, sachant que cela n'aurait qu'un temps, que le confort rudimentaire rebuterait vite sa femme, l'hiver venu.

Marie souhaitait un château mais aussi conserver un aspect champêtre à l'ensemble. Ils optèrent finalement pour un endroit situé près de la ferme, au milieu des herbages plantés de pommiers. Au bout d'un pré, il y avait un bois, pas très grand, certes, mais suffisant pour leur donner l'idée d'en faire le fond du parc, cela donnerait déjà de la verdure et l'on percerait ce bois de deux ou trois allées, tout en lui conservant son aspect sauvage. Sur tout le côté droit de la propriété, on garderait les herbages plantés de pommiers comme le souhaitait Marie et l'on limiterait le domaine par de grandes haies et des futaies qui existaient déjà en partie. Là, passeraient quelques vaches qui fourniraient le lait quotidien ainsi que quelques moutons. De ce fait on aurait l'aspect champêtre souhaité par Marie.

Le côté gauche à l'arrière du parc serait occupé par un verger et un potager à créer, fermé sur l'extérieur par un long mur. Y seraient également construites la serre et l'orangerie pour les plantes rares. Cette partie se prolongerait devant par un pré avec quelques arbres fruitiers et fermé sur l'extérieur par un bâtiment tout en longueur qui comporterait les remises pour les voitures, l'écurie avec sa sellerie, l'étable et la bergerie, le feuil et un pressoir ; l'étage pouvant être aménagé en chambres pour les domestiques. Un local pour le four à pain ne devait pas être oublié.

La partie parc de loisir occuperait toute la partie centrale ainsi bien devant que derrière et les limites latérales seraient données par des plantation de tilleuls.

Devant, le parc à la française avec deux grandes pelouses entre lesquelles un chemin aboutirait au château, serait fermé à l'extérieur par des grilles, au-delà desquelles une grande avenue bordée d'arbres mènerait à la route de Caen. A l'arrière, également une grande pelouse et ses massifs de fleurs, coupée en son milieu par un grand bassin avec jet d'eau à vasque, dans lequel on mettrait des nénuphars et des poissons rouges.

Quant au château lui-même, ils s'étaient mis d'accord sur un bâtiment suffisamment important pour élever une famille qu'ils voulaient nombreuse mais surtout respectant des proportions harmonieuses.

L'automne étant venu, ayant trouvé leur terrain, ils rentrèrent à Caen où leurs soirées furent occupées de façon fiévreuse à peaufiner leur projet.

Ils convoquèrent les meilleurs architectes et finirent avec l'un deux, à se mettre d'accord sur un plan : Au rez de chaussée, le bâtiment serait coupé en deux par une vaste entrée à laquelle on aboutirait par un perron, donnant sur un grand salon ayant son ouverture sur le parc arrière. Des boiseries recouvriraient les murs du salon et des camaïeux représentant des scènes champêtres orneraient le dessus des portes, le sol étant dallé. A gauche, sur la partie avant, une grande salle à manger aux murs également recouverts de boiseries mais dont le dessus des portes représenterait des natures mortes. Sur la façade arrière, de part et d'autre du grand salon, un petit salon que l'on souhaitait plus chaleureux pour les soirées d'hiver serait parqueté et, au dessus des lambris, une grande toile tendue racontant la guerre de Troie devrait recouvrir tous les murs., puis la chambre d'Henri et Marie, parquetée également, les murs recouverts de toile peinte et de chaque côté du grand lit à baldaquin, deux portes, l'une donnant sur un cabinet de toilette et l'autre sur le dressing.

Sur la droite de l'entrée, au fond, une pièce qui serait le bureau d'Henri, l'escalier menant aux sous-sols, et la grande cage d'escalier menant à l'étage comportant deux paliers intermédiaires, ou deux petites portes donneraient sur les lingeries. Le grand palier de l'étage serait consacré à la bibliothèque et enfin un grand couloir desservant sept chambres, chacune ayant son cabinet de toilette avec sa table de marbre, sa cuvette et son broc de porcelaine et sa grande glace.

Au bout du couloir, une petite porte devait donner sur l'escalier menant au grenier, celui-ci occupant toute la surface du château, à part trois petites chambres destinées aux domestiques.

Au sous-sol, une vaste cuisine avec sa grande table de ferme pouvant accueillir la domesticité, éclairée par des vantaux. Puis une série de petites pièces servant de cave à vins, cave pour les tonneaux de cidre, fruitiers, bûcher, ...

On s'aperçut que l'on avait oublié un grand portail donnant sur l'extérieur de la propriété, côtés communs, ceci pour éviter de faire traverser le parc au vaches et les divers charrois. On vérifia aussi, en creusant un puits que la nappe phréatique était bien suffisante comme l'avait assuré le sourcier.

Début 1766, les travaux purent commencer occupant le couple presqu'à plein temps. Ils firent même le voyage à Jouy en Josas, chez Oberkampf, avec leur tapissier, pour donner les maquettes des tapisseries à réaliser sur mesure. Henri et Marie étaient comme sur un nuage, leur rêve se concrétisait.

Ils faisaient de fréquents voyages à Saint Germain pour surveiller les travaux, et ceci, à la plus grande joie de Charles et de Mariette.

Fin 1768, les travaux de gros œuvre du château étaient terminés et le parc en cours de création, lorsque Marie tomba enceinte à la grande joie de tous. Henri, souhaitant que la naissance ait lieu à Saint germain, pressa les entreprises, promettant des primes.

Le 14 juillet 1769, dans la grande chambre du château de la Pommeraye, naquit une petite fille pleine de vigueur. Henri, avec l'approbation de Marie, tint à l'appeler Héloïse en hommage à Rousseau. Auparavant, on avait juste eu le temps de déménager avec quelques domestiques. Henri emmena avec lui Valentin, son valet de chambre ainsi que sa cuisinière. Quant à Marie, seule, sa demoiselle de compagnie l'avait suivi. Dans les jours qui suivirent, on trouva au village une femme de ménage qui devait aider aussi à la cuisine, ainsi qu'une lingère. Un peu plus tard, le cousin Clément trouva à Henri un cocher, chargé de l'écurie, de l'entretien de la sellerie et des voitures. Puis lorsque le parc fut pratiquement terminé, Marie, par ses relations au Jardin des Plantes, trouva un chef jardinier qui serait secondé par deux aides recrutés au village. Il ne manquait plus qu'un homme à tout faire pour aider à diverses tâches et couper le bois. On le trouva aisément à Saint Germain.

Seuls, Valentin, la cuisinière et la demoiselle de compagnie couchaient au château, dans les trois chambres aménagées au grenier. Le chef jardinier qui était marié ainsi que le cocher, se virent aménager des logements dans les communs. Les autres, leurs taches terminées, rentraient chez eux au village.

Les mois passèrent, le bonheur escompté était bien là. Henri parcourait souvent à cheval le domaine Valmont, y prenant un grand plaisir. Il allait régulièrement à la ferme, son père, fier de la tenue de ses livres de compte, l'initiant à la marche de la ferme. D'ailleurs, Charles commençait à se faire vieux et Henri prit de plus en plus les rênes en main. Avec sa femme, ils avaient souvent insisté pour que ses parents viennent habiter le château, mais Mariette s'y était résolument refusée et Charles ne voulait pas la quitter. De plus, elle avait la joie de voir souvent sa petite fille que la demoiselle de compagnie lui amenait lorsqu'il faisait beau, parfois accompagnée de Marie. Il faut dire que la ferme était tout près, on avait tracé une allée qui traversait le bois, et qui aboutissait à une petite porte percée dans le mur d'enceinte, il n'y avait plus alors qu'un pré à traverser pour arriver à la ferme.

Marie, quant à elle, passait ses journées dans le jardin, des discussions souvent enflammées la partageaient avec son chef jardinier, jaloux de ses prérogatives. Mais les plantations avançaient et Marie avait réussi le tour de force d'intéresser Henri aux plantes.

L'autre passion de Marie, la musique, n'était pas délaissée, pour autant. Souvent, on entendait résonner le son du clavecin qui avait été installé dans le grand salon.

Le baptême d'Héloïse avait eu lieu à l'église de Saint Germain ; Seuls quelques intimes furent invités dont faisaient partie Simon de Triqueville, sa femme et leur tout jeune fils Adolphe âgé de quatre ans.

Cette petite église dont la patine du temps donnait beaucoup de charme - déjà un siècle que les boiseries étaient installées, du temps de l'abbé Delalande - voyait la présence fidèle de la baronne de Valmont tous les dimanches, accompagnée de sa dame de compagnie tenant la petite Héloïse. Elles occupaient le banc, le premier de la rangée, richement décoré, jadis réservé à la famille de Colleville et désormais dévolu à la famille de Valmont.

Quelle évolution depuis le petit Corentin en haillon. Quelle joie devait l'habiter s'il voyait cela du monde des ténèbres où il errait désormais.

Henri quant à lui, au grand regret de sa femme, ne se montrait pratiquement jamais à l'église ; en fidèle Voltairien, il voulait bien croire à la rigueur qu'un être suprême régissait tout, mais que cette façon de l'implorer n'était que simagrées qui enrichissaient le clergé. Voltairien, il l'avait été plus que jamais lorsque celui-ci partit à nouveau en campagne pour défendre le chevalier Lefebvre de la Barre, accusé de blasphème et de profanation, qui fut tout de même exécuté après qu'on lui eu coupé la langue.

La France, malgré tout, et grâce à la clairvoyance de Choiseul, que le roi avait appelé comme Premier Ministre, connaissait alors une relative croissance économique.

Dès 1770, ayant entendu parler d'un nouvel élément végétal découvert par Parmentier, Henri pressa son père d'essayer la culture de la pomme de terre. Etant l'un des premiers dans la région à avoir osé se lancer, les gains en furent appréciables.

Héloïse avait déjà trois ans lorsque naquit son petit frère en 1772. Il fut prénommé François en hommage à Voltaire. Comme on l'avait fait pour Héloïse, on planta un arbre pour fêter sa naissance, ce qui deviendrait espérait Henri, la tradition dans la famille de Valmont. Il fut baptisé à Saint Germain, comme sa sœur, par le jeune curé Bottineau dont le baptême d'Héloïse avait été le premier, à son arrivée à Saint Germain du Val.

L'année suivante, Charles s'éteint à l'âge de soixante seize ans. Il traversa de grandes souffrances ; dans son délire, il crut revivre l'amputation de son bras, maudissant à plusieurs reprises l'abbé Tancrède, croyant par moments brefs, voir Hélène et ses parents qui l'appelaient. Mariette ne quittait pas chevet, désespérée de ne pouvoir rien faire de plus que le docteur Bonnard, qui venait régulièrement lui administrer des potions et lui faire des saignées qui étaient sensées le soulager. Puis il s'en alla au milieu d'une nuit noire où, à la lueur tremblotante des deux bougies, Mariette crut voir un ultime sourire éclairer le visage de Charles. Elle resta prostrée sur sa chaise jusqu'au petit matin, et c'est ainsi que la découvrit Henri, qui prit sa mère tendrement dans ses bras, sans un mot. Il y eut un enterrement sobre comme l'avait souhaité Charles, qui alla rejoindre ses ancêtres dans le petit cimetière privé.

Henri dût rapidement songer à trouver un régisseur, les moissons approchantes, il finit par engager Guillaume Leray et sa femme Arlette qui devaient rester jusqu'à leur mort à la ferme.

Henri insista à nouveau auprès de sa mère pour qu'elle vienne habiter au château. Maintenant que Charles n'était plus là et que la ferme était habitée par des étrangers, elle finit par accepter et prit une des chambres de l'étage qu'on lui fit spécialement aménager. Elle s'y installa, refusant systématiquement que la femme de chambre vienne y faire le ménage, et s'y enfermant lorsqu'il y avait des invités. Sinon, elle aimait à se promener dans le parc et à discuter légumes avec le jardinier, et surtout, elle adorait ses petits enfants qui la consolaient un peu de la grande douleur qu'elle avait eu en perdant Charles.

Henri suivait toujours la politique du royaume avec intérêt, soit en discutant avec des amis soit en lisant des gazettes. En 1774, Louis XV mourut de la petite vérole dans l'indifférence générale, alors qu'il avait commencé son régime avec le surnom de " Bien Aimé ". Ce fut un roi incontestablement libertin car, en plus de ses liaisons officielles avec la Pompadour, puis la Dubarry, il faisait de fréquentes incursions au " Parc au Cerfs " où de fraîches jeunes filles couchaient avec lui, porteur d'un loup, sans savoir que c'était le roi. Il se laissa sans doute influencé par ses maîtresses dans la marche de la politique et navigua entre une politique de réforme et une politique réactionnaire.

La France avait un besoin impérieux de réformes libérales que réclamait à grands cris les deux héros vieillissants d'Henri : Voltaire et Rousseau.

Louis XVI, ce grand dadais, comme le surnommaient déjà certains courtisans irrespectueux à Versailles, serait-il le roi qui saurait amener ces réformes ? Henri en doutait.

Chapitre 7 - Naissance de Jean Jacques

Le parc du château commençait à prendre la forme souhaitée par Henri et Marie. Il y avait déjà six ans qu'ils vivaient heureux à la Pommeraye, lorsqu'un beau matin du printemps 1775, je vis le jour. Suivant la coutume déjà prise pour ma sœur Héloïse et mon frère François, mon père tint à me prénommer Jean Jacques en hommage à Rousseau. Mon premier souvenir concerne mon frère : je devais avoir à peine trois ans alors qu'il tomba d'un arbre qu'il essayait d'escalader, son genou saignait abondamment et à sa vue, il se mit à pousser des cris d'orfraie, ce qui m'effraya et me fit fondre en larmes. A ces cris, Mademoiselle ainsi appelions nous la demoiselle de compagnie de notre mère accourut et emmena François. Je les suivais en larmoyant.

Chaque jeudi, sur l'insistance de ma mère, l'abbé Bottineau venait déjeuner et c'est lui qui nous inculqua nos premières notions de lecture, d'écriture, et même de latin. Mon père et lui s'envoyaient souvent des signes, l'abbé déplorant l'absence régulière de mon père à la messe, mais chacun d'eux avait suffisamment d'humour pour que ces discussions ne dégénèrent pas.

Je dus, moi aussi, comme Héloïse et François, accompagner ma mère à la messe, ma grand mère Mariette venant parfois. Je suivais le déroulement : Kyrie Eleison, Sanctus, et enfin Agnus Dei qui annonçait le proche Ite Misa Est. On sortait alors et les paysans ne manquaient pas de saluer Madame la Baronne, qui faisait toujours un petit détour par le cimetière. Je crois sincèrement que ma mère était aimée au village, elle avait à cœur d'aider les pauvres et l'on ne venait jamais à elle en vain.

Ma grand mère Mariette, elle aussi, a ensoleillé mon enfance. Elle aimait à nous faire des pâtisseries dont je n'ai plus jamais retrouvé le goût. Par ailleurs, nous étions les seuls qu'elle autorisait à entrer dans dan chambre et nous écoutions les histoires, parfois terrifiantes qu'elle nous contait dans son patois, dont elle ne s'était jamais débarrassée. Elle nous raconta la terrible légende de la tour aux corbeaux, nous narrant, à sa façon avec quel courage notre arrière grand père Corentin, enfant, avait osé s'en approcher.

Mon père avait fait fabriquer par le cocher, une petite voiture et qu'elle ne fut pas notre joie la première fois que nous avons fait le tour du parc dans cette voiture, attelée à une belle petite chèvre blanche que nous appelions Cornette, les deux grands épagneuls, Castor et Pollux, courant autour en aboyant.

Héloïse qui avait maintenant dix ans était une belle petite fille aux tresses blondes, sage mais avec du caractère, et coquette. Mon père disait souvent qu'elle était tout le portrait de sa tante Louise. François était ce que l'on pourrait appeler un casse cou et, conscient de l'admiration que je lui portais, il m'entraînait dans ses aventures, cherchant toujours à en faire plus pour m'épater. Il paria une fois de traverser le bois, la nuit venue et de revenir en traversant les sous-sols dans les ténèbres, et déserts à cette heure-ci. Il gagna bien sûr son pari et je me du d'en faire autant. Dans la nuit, les branches des arbres prenaient des formes terrifiantes et le moindre bruit faisait bondir le cœur dans la poitrine. Je revins, certainement aussi terrifié que lui, mais fier de recevoir ses félicitations.

La cuisinière se faisait vieille et tyrannique et ma mère estimait qu'elle faisait de la bonne cuisine, certes, mais un peu trop rustique pour les invités de plus en plus nombreux au château. Aussi mon père annonça avec les plus grandes précautions à sa vieille et fidèle domestique qu'il était temps pour elle de se reposer. Elle n'avait plus de famille, aussi lui proposa-t-il de lui verser une petite rente, coutume assez répandue pour les vieux et fidèles serviteurs, et de lui faire installer deux petites pièces dans les communs. Terrifiée à l'idée de finir ses jours à l'asile, elle accepta avec chaleur remerciant chaudement " Monsieur le Baron ". Arriva une cuisinière de haute volée, habituée à préparer les mets les plus fins qui, après avoir inspecté la cuisine, en interdit l'accès et régna en tyran sur les domestiques qui prenaient leurs repas à la grande table.

Mais mon père tenait absolument à nous initier à la littérature et, sortant comme des trésors ses trois premiers livres offerts par sa tante Louise et qu'il avait gardé précieusement, il nous raconta comment il les avait eus et dans quelles conditions il les avait lus. Nous nous mimons donc à la lecture et, comme mon père, nous fûmes particulièrement passionnés par Robinson Crusoé et essayâmes, comme lui autrefois, de construire la même cabane dans les bois. Puis il y ajouta les voyages de Gulliver de Jonathan Swift et, un peu plus tard, avec quelques explications préalables, il nous fit lire Don Quichotte. Il nous demandait toujours ce qui nous avait le plus intéressé, et pourquoi, et nous avions avec lui des discussions passionnées. Mais l'auteur qui nous ouvrit à nos premiers émois romantiques et qui nous fit rêver par ses récits de voyage en Russie et à l'Ile Bourbon, fut Bernardin de Saint Pierre, avec son grand roman Paul et Virginie.

De son côté, notre mère n'était pas en reste, tenant absolument à nous initier à la musique. Après pleurs et grincements de dents, nous commençâmes à tirer quelques sons harmonieux du clavecin. Ma sœur, particulièrement, interprétait assez joliment des sonates de Corelli, ainsi que celles d'un nouveau compositeur dont on parlait beaucoup, appelé Mozart.

Lorsque j'atteins mes cinq ans, François en ayant huit et Héloïse onze, nos parents décidèrent de confier notre éducation à un précepteur. Admirateur de la démocratie anglaise, mon père finit par trouver un homme encore assez jeune, Monsieur Dickinson, qui vivait en Angleterre à Stratford-on-Avon, cité natale de Shakespeare, ce dont il n'était pas peu fier. Il avait un air guindé, ne nous parlait qu'en anglais ; il parlait le français avec un terrible accent, et n'avait pas son pareil pour déclamer des vers de Spenser, de Watson, ou d'autres. Il avait une grande conscience de la supériorité des anglais sur tous les autres peuples du monde... Par moment, sa diction française, ses dents du haut saillant curieusement, nous faisait rire sous cape mais, dans l'ensemble, nous le respections. Lorsqu'il arriva notre père n'ayant jamais oublié les dix coups de verge reçus chez les Jésuites et, sachant que les punitions corporelles étaient encore largement en vigueur en Angleterre, le prévint qu'il n'accepterait pas cela chez lui et que tout manquement grave à la discipline devait lui être rapporté. Ce curieux Monsieur Dickinson accompagna nos études jusqu'aux humanités et nous conservâmes finalement de lui, un assez bon souvenir.

Durant nos moments de loisirs, nous étions presque tout le temps dehors, le champ de nos découvertes étant quasiment épuisés on commença à s'aventurer en dehors des limites du parc, et nous primes l'habitude, mon frère et moi, de nous rendre souvent à la ferme où nous avions découvert un nouveau compagnon de jeu en la personne de Jean, le fils des régisseurs, qui avait un an de plus que mois ; François restant l'aîné. Même lorsque quelques gamins du village venaient se joindre à nous, il devenait naturellement le chef de la bande et moi, son fidèle second, j'en étais très fier.

Ma mère avait réussi le tour de force d'intéresser mon père aux plantes, aidé en cela par son frère Julien qui apportait en plus la caution scientifique. Il sut intéresser mon père aux thèses de Line, son grand maître et l'incita vivement à se plonger dans " l'histoire Naturelle générale et particulière " de Buffon qui avait donné un développement sans précédent au Jardin du Roi*. Des noms barbares comme Anémochore, Arum, Datura, Dénature et bien d'autres me devinrent familières et je me surpris à écouter avec attention les théories développées par mon oncle Julien.

Je me promenais maintenant dans le parc en regardant les plantes d'un autre œil et en essayant de les reconnaître. Ma mère n'avait pas été sans le remarquer et, sur ses conseils, je me suis mis avec passion à commencer un herbier. Mais l'un de mes endroits favoris restait tout de même la bibliothèque, et si Paul et Virginie n'avait donné mes premiers émois romantiques, je recherchais maintenant quelque chose de plus réaliste en lorgnant vers la rangée du haut où mon père avait mis les livres déconseillés aux jeunes. Avec mille précautions, je me régalais à la lecture de certains contes grivois de La Fontaine ou en me plongeant avec délice dans les " Liaisons dangereuses " de Choderlos de Laclos, ou plus encore avec " Le pornographe " ou " Le paysan perverti " de Restif de la Bretonne. Mon père n'était pas dupe mais feignait d'ignorer mes incursions à la dernière rangée. Ayant été lui-même un grand libertin, il estimait tout à fait logique que je suive ses traces, et donc que ne m'instruise...

Notre éducation, par ailleurs, n'était pas limitée à M. Dickinson. Chaque mercredi, nous suivions les cours d'un maître à danser venu nous enseigner son art, et, le jour suivant, c'était le tour d'un maître d'armes qui venait nous apprendre à tirer l'épée en vrai gentilhomme.

Par ailleurs, nous avions chacun notre cheval et nous en étions personnellement responsable. Si le cocher avait le droit de nous conseiller, nous devions seller et desseller nous même notre monture et, nos chevaux étant souvent en sueur après les galopades que nous adorions faire dans la campagne, nous devions également les panser.

Comme je l'ai déjà dit plus haut, mes parents recevaient souvent. Le vieil ami de mon père, Simon de Triqueville, était un habitué. Il nous rendait visite avec sa femme et son fils Adolphe, beau jeune homme de vingt ans dont les regards échangés avec ma sœur Héloïse, qui allait en avoir dix sept, ne trompaient pas sur les sentiments qu'ils éprouvaient l'un envers l'autre ; et ce, au grand désespoir de M. Dickinson, secrètement amoureux de notre sœur. Il n'avait pas été difficile de s'en rendre compte en voyant ce pauvre Dickinson rougir et bredouiller lorsqu'il s'adressait à Héloïse. Enfants cruels que nous étions, cela nous divertissait beaucoup. Régulièrement, l'après-midi, Héloïse se mettait au clavecin, Adolphe négligemment appuyé dessus, et jouait avec ravissement quelques morceaux de ce nouveau Mozart. Les mères se pâmaient devant ce tableau charmant. Alors que ces Messieurs se retiraient souvent au Petit Salon, parlant politique.

Déjà, depuis le renvoi de Necker, la France allait cahotant, obligeant Calonne, son successeur à lancer un emprunt ; l'hiver 83/84, particulièrement dur avait détruit les semis, provoquant une nouvelle disette et, l'année suivant éclatait l'affaire du collier de la Reine, éclaboussant le cardinal de Rohan et, allant jusqu'à compromettre la Reine. Vue de province, cette affaire déconsidérait complètement la Cour et l'on plaignait le bon roi Louis XVI, brave homme, mais bien incapable de surmonter les difficultés.

* Actuel Jardin des Plantes

Fin 1786, j'eus la plus grande peine de ma courte vie : Mariette quittait ce monde où elle ne s'était jamais vraiment sentie à l'aise. Elle avait été très heureuse pendant les dix premières années de sa vie commune avec Charles, jusqu'au départ de son fils Henri pour le collège des Jésuites. Certes, Charles avait toujours été très bon avec elle mais elle n'était plus la même depuis le départ de son fils qui, lorsqu'elle le revoyait, lui paraissait désormais appartenir à un autre monde. Lorsque Charles était mort, il y avait déjà 13 ans, elle s'était sentie perdue et seule au monde, elle avait repris petit à petit le goût à la vie grâce à la gentillesse d'Henri et de Marie, à l'univers qu'elle avait su se recréer dans sa chambre, et surtout au grand bonheur que lui avait apporté ses petits enfants. On nous avisa que nous devrions aller nous recueillir et la voir une dernière fois avant la mise en bière, une fois que la " toilette du mort " serait faite. Nous entrâmes en grand silence, intimidés. Elle reposait sur son lit dans sa belle robe du dimanche, elle avait un visage de marbre, bien poudré, encadré de son bonnet de coton à franges de dentelles qu'elle ne quittait jamais ; se mains, croisées sur sa poitrine, tenaient le chapelet qui ne la quittait guère habituellement et auquel elle tenait tant. J'eus envie de crier : Non, ce n'était pas ma grand mère, cette espèce de gisant ! Ses paupières closes pour l'éternité cachaient son regard si tendre et qui avait conservé un brin de malice.

Nous suivîmes le cortège funèbre jusqu'à la petite église de Saint Germain, la messe fut sauvée par le sermon de l'abbé Bottineau auquel je sus gré d'avoir rappelé quelle grande mère exemplaire elle avait été.

Puis elle fut enterrée avec Charles, selon son souhait, et chacun se pressa de parti, une petite pluie fine et pénétrante s'étant mise à tomber.

Quelques jours plus tard, un simple prénom : Mariette 1705-1786 fut gravé sous le nom de Charles.

En revenant au château avec les quelques intimes qui avaient fait le déplacement, un encas était prévu et tout le monde s'installa dans la salle à manger. Je fus profondément choqué de voir tous ces gens, dans un brouhaha, parler des choses habituelles. Ma grand mère Mariette n'aurait pas attendu bien longtemps pour tomber dans l'oubli. Le lendemain je ne pus m'empêcher de m'en ouvrir à mon père qui, surmontant l'émotion qu'il ressentait lui-même, surtout en me voyant désemparé, se lança dans de longues explications mais ce que je retins surtout c'est que chaque être qui partait était le maillon brisé d'une chaîne qu'il fallait s'empresser de remplacer et que l'utilité du cimetière était de rappeler aux générations suivantes ceux qui les avaient précédés, comme l'avait souhaité avec tant de force mon arrière grand père Corentin.

Mon grand père maternel étant décédé depuis quelques mois, mes parents décidèrent de tenir compagnie à ma grande mère pour le Noël de 1788. Exceptionnellement, mon père accepta d'accompagner la famille à la messe de minuit mais, de toute évidence, s'y ennuya ferme. Comme de coutume, nous eûmes nos étrennes le premier janvier et nos parents décidèrent de nous sortir un peu. On donnait une pièce de théâtre d'un auteur contemporain, Beaumarchais, qui s'intitulait " Le mariage de Figaro ", et nous fûmes surpris de voir applaudir avec ardeur ce public composé en majorité d'aristocrates alors que la pièce les critiquait avec tant d'insolence.

Nous rentrâmes à Saint Germain à la mi janvier. A Versailles, les événements se précipitaient : après les émeutes de l'été dernier durement réprimées par le Maréchal de Biron, Luis XVI rétablit les parlementaires dans tous leurs droits et ceux ci étaient acclamés par la foule. Pour éviter la convocation des Etats Généraux, clergé et noblesse finissent par renoncer à leurs privilèges fiscaux, mais finalement Louis XVI en maintint le principe. Mon père, toutefois, voyait ces événements avec un certain optimisme, toujours voltairien dans l'âme, il pensait que cela déboucherait sur une monarchie constitutionnelle à l'anglaise et que c'est ce qui pouvait arriver de mieux à la France.

La noblesse provinciale continuait à aller de fêtes en fêtes comme si de rien n'était. Tout naturellement, notre sœur Héloïse épousa Adolphe de Triqueville et la réception qui fut grandiose eut lieu en Mai 1789 au Manoir de Triqueville. Ce fut l'événement mondain de la saison mais aussi le chant du cygne de cette société.

En effet les discussions allaient bon train : on discutait du bien fondé de l'ouverture de Etats Généraux, après les émeutes à Paris, rue de Montreuil, que le duc d'Orléans était largement soupçonné d'avoir fomenté.

Les discussions étaient souvent enflammées, mais personne n'était vraiment inquiet.

Et, pourtant l'histoire avançait à grand pas.

Chapitre 8 - La Révolution

14 juillet 1789. Mon père, qui avait approuvé la réunion des Etats généraux au mois de mai, applaudit au Serment du Jeu de Paume laissant entrevoir la possibilité d'une monarchie constitutionnelle, fut profondément choqué par les débordements de la foule qui massacrèrent Launay, le gouverneur de la Bastille, ainsi que Flesselles, le prévôt des marchands, promenant leurs têtes sur une pique à travers la ville. Quelques jours plus tard, Caen connaissait les mêmes débordements : le commandant de la garnison, comte de Belz uns, que mon père avait eu l'occasion de rencontrer dans les salons et apprécié pour sa modération quittait la protection de ses troupes cantonnées au château et se présentait courageusement à la foule afin de parlementer. Il fut massacré et, de la même façon qu'à Paris, sa tête fut promenée au bout d'une pique à travers la ville. Il était d'autant plus désemparé qu'il approuva l'abolition des privilèges dans la nuit du 4 août et fut enthousiasmé par la déclaration des Droits de l'Homme à la fin de ce même mois, alors que cette déclaration était inspirée en partie par son idole, Rousseau, mort l'année précédente, curieusement la même année 88 que Voltaire.

J'étais encore jeune pour comprendre la portée de tous ces événements, mais j'écoutais avec intérêt les discussions passionnées entre mon père et François. Ce dernier, c'était décidé, serait avocat et prêt à défendre de grandes causes. Henri se revoyait au même âge, avec les mêmes grands idéaux et était plein d'indulgence et d'amour pour ce fils auquel il escomptait bien éviter toutes les embûches du métier.

Durant ce même mois d'août, la Normandie fut l'une des trois provinces avec l'Alsace et la Franche Comté, à connaître les pires débordements dans les campagnes où des bandes de paysans armés s'attaquaient aux châteaux et aux abbayes. Curieusement, Saint Germain du Val fut épargné mais sûrement grâce à la bonté connue de mes parents. L'événement le plus grave et qui commença à alarmer sérieusement mon père, se situa en octobre : Un grand banquet était donné à Versailles en l'honneur de l'arrivée du régiment de Flandres, banquet aux cours duquel, dit-on, la cocarde tricolore fut foulée aux pieds. La nouvelle se répandit comme une traînée de poudre, d'autant plus que Paris avait faim. Ce furent les femmes du faubourg Saint Antoine et des Halles qui excitèrent l'opinion et un cortège, grandissant sans cesse, se dirigea sur Versailles. Le lendemain, entouré par cette foule hurlante, la famille royale regagnait Paris pour résider aux Tuileries. C'en était fini de Versailles.

Chaque nouvelle était attendue avec impatience et commentée fiévreusement. Mon père et François étaient au moins d'accord sur un point : Les débordements terribles étaient certes regrettables, le roi était prisonnier des parisiens, mais toujours roi de droit divin, et le passage à une monarchie constitutionnelle souhaitée par la grande majorité, ne pouvait se faire sans de grands séismes.

En 1790, François était inscrit à l'Université pour faire son droit. Il logeait chez son oncle Julien, ce qui était bien pratique compte tenu de la proximité. L'oncle Julien vivait seul avec son valet de chambre et sa cuisinière, ma grande mère étant morte peu de temps après Noël 88 passés ensemble. François et son oncle prenaient leurs repas ensemble et mon frère partait souvent dans des grandes envolées lyriques, annonçant l'avènement prochain d'une grande Démocratie Française qui serait un exemple pour le monde. Il y avait bien sûr des excès, mais c'était, Hélas ! inévitable en période de grand changement. Julien l'écoutait avec bienveillance mais, s'il souhaitait une Démocratie, comme son neveu, il désespérait de l'Homme et ne pouvait pas accepter les massacres. Il se réfugiait dans son laboratoire pendant des journées entières, au milieu de ses files et bocaux de toutes les couleurs, de ses pipettes et alambics, annotant soigneusement sur un cahier le résultat de ses expériences. Le soir, il passait des heures dans la bibliothèque, comparant ses propres déductions sur les plantes avec les thèses de Line. Ses rares sorties le menaient toujours au Jardin Botanique où il était reconnu comme un grand spécialiste.

Le début de cette année 90 sembla donner raison à no père : Une assemblée Constituante détenait le pouvoir souverain, avec un roi détenant seulement un droit de veto. La Monarchie Constitutionnelle tant souhaitée semblait en marche. Seulement la France connaissait de graves problèmes financiers et sur la proposition de Talleyrand, le gouvernement envisagea la nationalisation des biens du clergé, faisant de leurs membres des salariés de l'Etat et leur donnant deux mois pour prêter serment de fidélité à la Constitution. Cet épisode donna lieu, pour la première fois, à de vives discussions entre mon père et l'abbé Bottineau qui souhaitait rester fidèle au pape Pie IV, ennemi de la Révolution, alors que mon père faisait valoir que la confiscation des biens du clergé n'était qu'un épisode dans le grand changement devant déboucher sur une nouvelle société et que, de plus, le clergé n'avait pas à se comporter en affairistes. Quant à moi, je restais seul à la Pommeraye, étudiant avec Monsieur Dickinson qui ne pensait qu'à regagner l'Angleterre, terrifié par les événements. Mes parents vieillissaient heureux, s'attachant à l'embellissement constant du parc et il faut dire qu'en un peu plus de vingt ans, la végétation ayant poussée, le dessin initial avait pris la forme souhaitée et était une réussite parfaite. Ma mère n'avait jamais abandonné la musique et le son du clavecin venait chaque jour égayer le château. Tout ceci me faisait paraître bien loin les événements qui menaçaient.

Mon père passait la Monarchie Constitutionnelle en marche mais, pour cela, il aurait fallu un autre roi, une autre reine et d'autres conseillers...
En effet, fin Juin éclata comme une coupe de tonnerre, la nouvelle de la fuite du roi, son arrestation à Varennes et le retour à Paris de la famille royale dans des conditions dégradantes. Mon père rentra dans des colères incroyables, ne comprenant pas tant de bêtise de la part d'un roi, partant se réfugier à l'étranger pour y chercher du secours et combattre son propre pays. Il avait désormais apporté son propre pays. Il avait désormais apporté de l'eau au moulin de ses détracteurs, qui avaient maintenant beau jeu pour l'accuser de trahison.

François, venu passer quelques jours au château était du même avis que son père et, désormais, nous étions tous très inquiets devant l'avenir incertain. Nous nous rendions un peu plus compte chaque jour que nous avions eu raison d'être inquiets : les ultras de la Révolution, terme désormais employé lorsque la législative remplaça la constituante, des gens comme Robespierre, Danton ou Marat mettaient en avant les oubliés de la Révolution, exclus du vote, victimes de la disette. L'Assemblée surenchérissant, prit des mesures plus sévères envers les émigrés et les prêtes réfractaires. De son côté, le roi ne sut qu'utiliser son droit de veto, espérant toujours l'intervention étrangère, poussé en cela par Marie Antoinette qui ne cessait de presser son frère, l'empereur Leopold. Devant ce durcissement de la situation, Simon de Triqueville décida de partir en Angleterre, emmenant sa femme, son fils Adolphe et ma sœur Héloïse, sa femme. En effet, la famille de Triqueville était cataloguée comme résolument aristocrate et avait tout à craindre. Mr Dickinson en profita pour regagner son pays avec eux. Mon père, en leur faisant ses adieux, les approuva. En effet, en leur faisant ses adieux, les approuva. En effet, dans les semaines qui suivirent, le bourreau commença à avoir beaucoup de travail et la place St Sauveur devient le rendez-vous quasi hebdomadaire d'une foule hargneuse hurlant à la mort, poussant de grands " Han ! " à chaque coup de hache, car c'est encore avec cet instrument que les malheureux suppliciés étaient décapités. Julien, ces jours-là, ne sortait plus de son sous-sol et, bien qu'il se bouche les oreilles des deux mains, les cris lui parvenaient encore. François qui, pris dans la foule, assista, bien malgré lui, à une exécution, se pressa de rentrer et ne put s'empêcher de vomir. Quel dégoût cette haine, ces cris de mort !

D'ailleurs, devant cette situation grave, mon père décida de faire revenir François au château.

L'abbé Bottineau refusait toujours de prêter serment à la Révolution et courait de graves dangers. Aussi, malgré leurs divergences de vue, mon père réussit à trouver une filière pour lui faire gagner Cherbourg et, de là, prendre un bateau qui le mènerait en Angleterre où il retrouverait une famille de Triqueville et notre sœur Héloïse à laquelle il adressa une lettre qu'il confia à l'abbé.

Devant les querelles internes, presque tous les dirigeants espéraient la guerre, en faire une croisade contre les tyrans. Aussi Louis XVI s'empressa-t-il le 20 avril 92 de déclarer la guerre au " roi de Bohème et de Hongrie ", mais pour des raisons évidemment différentes, car il pensait que la France, rapidement vaincue, il retrouverait facilement tous ses pouvoirs.

Les premières batailles semblèrent lui donner raisons par de cinglantes défaites françaises, mais le sursaut de la Nation amena la Grande victoire de Valmy, suivie de celle, non moins glorieuse de Jemappes. Nous suivions ces campagnes avec passion et l'orgueil national déclenché par ces deux victoires décisives nous enthousiasma et nous perçûmes, pour la première fois peut-être en France, l'apparition d'un sentiment national.

Nous allions parfois à Caen rendre visite à notre oncle Julien et l'on en profitait pour aller aux séances du Comité de Salut Public qui ne tenaient dans l'église Saint Pierre où les nouvelles en provenance de l'Armée et les nouveaux décrets étaient commentés. Une tribune circulaire avait été aménagée afin que les femmes, apportant leur tricot, puissent se pénétrer avec leurs enfants, de la fibre patriotique.

Trois personnages émergeaient, soit Robespierre Danton et Marat. C'est à partir de leurs déclarations que notre père montra son désaccord : Ils demandaient tant de sacrifices, cela supposait tant de sang versé qu'il ne pouvait être en accord ; la vie du roi, emprisonné au

Temple avec sa famille ne tenait qu'à un fil, surtout depuis la découverte dans un placard des tuileries, des preuves de sa trahison. Tant de maladresses de la part d'un roi le navrait profondément. Aussi ne faut-il pas surpris lorsque le procès du Roi s'ouvrit le 21 septembre. Par contre, nous fûmes tous foudroyés lorsque le 14 janvier 93, il fut reconnu coupable et condamné, avec seulement cinq voix de majorité, à la peine de mort. François, surtout, criait au scandale, il aurait voulu faire partie des défenseurs du Roi, le criait haut et fort, même lorsque nous allions à Caen et mon père tentait en vain de le modérer.

Mon père continuait à voir régulièrement son cousin Clément Martigny à Cauterel ou alors, celui-ci venait avec sa femme passer la journée à la Pommeraye. François venait parfois avec nous à Cauterel et lorsque Louis XVI fut exécuté, il ne se priva pas non plus, à Saint Pierre l'Eglise, de déclarer à qui voulait bien l'entendre, la haine qu'il éprouvait pour ces régicides assoiffés de sang. D'ailleurs la Vendée commençait à se soulever, approchant la Normandie jusqu'à Domfront. Une petite bande, commandée par une certaine Angot, prêtre réfractaire, réussissait même à faire régner, quelques temps, la terreur dans le Bessin, mais il fut pris, nia toute participation mais fut confondu par son propre père ! Il fut l'un des premiers à inaugurer la guillotine, arrivée depuis peu à Caen. Il mourut dignement au cri de " Vive le Roi ! ". Authentique. De son côté, la toute nouvelle République décrétait la terreur. La France rentrait dans un cycle infernal.

Un décret du 13.6.93 obligea chaque département à avoir sa guillotine, engin pensé par le docteur Guillot et dont l'ultime mise au point fut réalisée par le docteur Louis, chirurgien. Que n'a-t-on pas écrit sur cet engin merveilleux ? Le gouvernement l'avait adopté dans un but humanitaire, certaines gazettes allèrent même jusqu'à dire que l'on ressentait une douce fraîcheur au cou lorsque le rasoir national tombait !!! Ce que l'on n'ajoutait pas, c'est que la Louisette (autre surnom moins connu dit au docteur Louis) permettait d'améliorer de façon considérable le rendement... Elle arriva à Caen dans le courant de l'été 93 et resta en permanence, prête à fonctionner, place Saint Sauveur.

Nous allions voir de temps en temps l'oncle Julien. Il ne sortait quasiment plus, était maussade et s'enfermait dans de longs silences. Au mois d'Août, par une journée superbe, nous étions, nos parents, François et moi au château lorsque Valentin vint annoncer une visite à mon père. En voyant entrer le valet de chambre de Julien, il supputa tout de suite un malheur. Il prit la lettre qui lui était tendue puis se tourna vers la fenêtre pour la lire. Il y eut un moment de silence qui nous parut une éternité, puis il se retourna, les yeux remplis de larmes, c'était d'autant plus bouleversant que nous n'avions jamais vu pleurer notre père. Il nous expliqua qu'il s'agissait d'une lettre de notre oncle Julien qui avait décidé de mettre fin à ses jours. Il expliquait simplement qu'il n'avait plus foi en l'homme, que celui-ci était devenu un loup prêt à dévorer ses frères, que la Révolution, cette hydre assoiffée de sang annonçait les prémisses de l'enfer. Il préférait donc quitter ce monde avec la liberté de choisir lui-même l'heure de sa mort. Nous étions tous bouleversés, nous aimions ce doux rêveur. Un juste s'en allait.

Notre mère était dans le parc. Nous la vîmes revenir, un beau sourire éclairait son visage et elle tenait une brassée de fleurs. Elle entra, se figea en voyant nos mines. Notre père lui dit simplement : " Julien est mort " et la prit dans ses bras alors qu'elle perdait connaissance.

Le valet de chambre nous raconta plus tard que son maître avait dépéri à vue d'œil, il restait enfermé dans son laboratoire, vivait dans la pénombre, tenant à ce que les rideaux soient fermés pour ne pas apercevoir la guillotine qui le narguait. De plus, il ne pouvait pas se retirer à la campagne, le manoir ayant été incendié. Que ne nous avait-il demandé de venir à la Pommeraye ? Nous l'eussions accueilli avec joie. Le dernier jour, ne voyant pas son maître à l'heure du repas, il descendit frapper à la porte du laboratoire ; sans réponse il entra et découvrit alors son maître à son bureau, la tête appuyée sur les deux bras. Il s'était empoisonné.

Louis, tel était donc le nom du valet de chambre de Julien, avait aussitôt pris une voiture de louage pour saint Germain du Val. Il repartit aussitôt après avoir pris les consignes. La décision fut prise de partir dans l'heure pour donner à Julien une sépulture décente, et malgré les dénégations de notre père, il dut finalement accepter que notre mère, qui avait repris connaissance vint également.

Nous arrivâmes en fin d'après-midi place Saint Sauveur, le lourd portail s'ouvrit pour laisser entrer l'équipage dans la cour, mais chacun de nous avait bien aperçu la guillotine, nul n'en parla, et c'est en silence que nous pénétrâmes dans les pièces sombres et froides de l'hôtel. Louis, aidé de la cuisinière, avait déposé le corps de Julien sur son lit, notre mère éclata en sanglots. Nous veillâmes le corps toute la nuit. Aucun de nous ne dormit guère et je ne pus m'empêcher d'aller faire quelques pas dans ce grand hôtel désert qui, lui aussi, semblait porter le deuil de son maître. Mes pas me menèrent au salon, un rayon de lune passait par l'interstice des rideaux tirés et je me dirigeai naturellement vers la fenêtre, jetant un coup d'œil sur la place. En tirant les rideaux, je reçu un choc dans la poitrine, j'avais oublié quelques instants la présence de la guillotine qui, éclairée par la lune, projetait sur les pavés son ombre gigantesque ; le silence total su cette place déserte à cette heure la rendait particulièrement sinistre, et me communiqua un grand sentiment de malaise. Le cœur au bord des lèvres, je rejoignis les miens, mon père somnolait dans un demi-sommeil, ma mère avait le regard fixe et François me lança un regard interrogatif.

Le lendemain matin, notre père partit de bonne heure à la recherche d'un prêtre, alors que François et moi, nous occupions de trouver un cercueil et un corbillard. Les prêtres réfractaires avaient émigré ou se cachaient ou se cachaient, et c'est finalement un prêtre assermenté qui accepta de dire quelques prières sur la tombe de Julien, qui fut enterré au cimetière Saint Gilles, à côté de ses parents.

Le lendemain, avant de repartir, notre père devenant l'unique héritière de la fortune des Letourneur de Craon, remercia Louis pour sa fidélité et, lui remettant une bourse, lui demanda de rester pour maintenir en état et garder hôtel, ce qu'il accepta, remerciant " Madame la Baronne " de la confiance qu'elle lui accordait.

Après avoir franchi le portail pour reprendre la route de Saint Germain, chacun ressentit le même malaise à la vue de la guillotine.

Dans les semaines qui suivirent, François et moi essayâmes de nous étourdir dans les folles galopades que nous aimions tant. La fin de l'été était resplendissante, la nature abondante offrait toutes les gammes de vert et les champs fraîchement moissonnés étaient des terrains parfaits pour lancer nos chevaux au grand galop. Je m'essayais aux sonates de Mozart que ma mère interprétait si bien et je me plongeais dans de longues lectures. Le romantisme commençait à poindre et je faisais mes délices d'un roman écrit par un auteur allemand, Goethe, intitulé Werther.

Mais ces moments de bonheur cachaient mal le grand malaise qui planait sur nous tous, malaise alimenté par la terreur qui régnait en France et le récent suicide de notre oncle qui avait semblé être un ultime message. Je n'oublierai donc jamais ce 25 septembre 1793. Nous avions réuni tous les quatre au salon lorsque Valentin entra annonçant que l'on réclamait Monsieur François. La peur qu'il ressentît transparaissait et mon père décida d'aller voir lui-même ce qu'il en était, nous le suivîmes. Trois Sans culotte attendaient dans l'entrée, vêtus du classique pantalon rayé rouge et blanc, de la veste courte et coiffés du bonnet phrygien à cocarde tricolore, des chaussures éculées, l'un d'eux était en sabots. Tous les trois portaient un sabre au côté. L'un d'eux, qui paraissait être le chef s'adressa alors à mon père :

" Je me présente, citoyen Valmont, je m'appelle Adrien Legandois. Legandois, ça ne te dit rien ? "

On se souviendra sans doute d'Etienne Legandois, chassé à tout jamais par mon arrière grand père Corentin, ayant été la cause, par sa méchanceté et sa brutalité, de la mort de sa fille Hélène. Errant de fermes en fermes, dans le pays d'Auge où mon grand père Charles l'avait cherché en vain, faisant de petits travaux de journaliers et se bagarrant fréquemment, il avait fini par être engagé comme valet dans une grosse ferme à côté de Noyer en Ouche. Il ressassait sa rage impuissante et ses idées de vengeance. Il eut un fils avec une servante, auquel il raconta son histoire et sa façon, insistant sur le fait que les Valmont lui avaient volé son dû et que, sans leur méchanceté, lui, Etienne Legandois serait maintenant maître d'une belle ferme. Ce mensonge sauta encore une génération, le petit fils d'Etienne étant persuadé que les Valmont étaient responsables du malheur de sa famille. Adrien Legandois clamait haut et fort dans tout Saint Pierre l'Eglise, sa haine pour les aristos, et son souci de vengeance. De plus, il offrait facilement des tournées à l'auberge et, malgré le fait qu'il soit connu comme braconnier et chapardeur, sa personnalité le fit remarquer et il fut rapidement considéré comme un patriote exemplaire et à ce titre obtint rapidement un poste au Comité de Salut Public de Saint Pierre l'Eglise. Lorsque l'on commença à parler un peu trop des déclarations imprudentes de François de Valmont, il sut que l'heure de la vengeance avait sonné.

Mon père resta interdit, oui, ce nom lui rappelait vaguement quelque chose, ce Legandois dont lui avait parlé son père avait été le responsable de la mort de sa tante Hélène qu'il n'avait jamais connu.

Le temps de réflexion de mon père dura quelques secondes et l'homme reprit avec impatience :

" - Alors, Legandois, Etienne Legandois ?

- Vaguement " répondit mon père

" - Bien, trêve de discussion, nous venons chercher ton fils, le citoyen Valmont François, accusé de haute trahison ".

Ma mère qui était arrivée entre temps, et mon père blêmirent. J'étais terrorisé et apercevais, derrière les trois sans culotte, par la porte restée entrouverte, un fourgon noir arrêté devant le perron, escorté par des gardes nationaux à cheval.

" - C'est impossible que mon fils ait trahi qui que ce soit. C'est moi le chef de famille, emmène-moi à sa place.

- Je voudrai bien tous vous emmener répondit-il narquois, mais je n'ai pas la place, ce sera avec plaisir pour une autre fois. Et toi, gamin, dit-il en se tournant vers moi, tiens-toi tranquille, sinon ce sera bientôt ton tour ".

Et avec ses deux compagnons, ils prirent François par le bras pour l'emmener. Ma mère se précipita alors, implorant.

" - Attendez au moins que je lui fasse un bagage.

- Là où il va, rétorqua méchamment Legandois, il n'aura pas beaucoup l'occasion de faire le coquet. "

Ils attrapèrent à nouveau François et, malgré les supplications de ma mère, l'emmenèrent et le poussèrent sans ménagement dans le fourgon, deux des sans culottes montant avec lui. Le troisième s'installant sur le siège du conducteur, prit les rennes et le fourgon s'ébranla, toujours escorté par les gardes nationaux.

Entre l'arrivée de Legandois et de ses sbires, et leur départ, la scène n'avait pas duré vingt minutes. Nous étions tous les trois sur le perron, interdits, regardant le fourgon s'éloigner dans l'avenue. Et même lorsqu'il eut disparu au tournant menant à Saint Pierre l'Eglise, nous étions toujours là, silencieux. Tout à coup mon père s'écria : " Nous te sortirons de là François, je te le jure que nous ferons tout. "

Le reste de la journée fut épouvantable, on ne savait pas quoi se dire et ce sentiment d'impuissance était le plus difficile à endurer. Mon père décida que nous partirions le lendemain, pour Saint Pierre l'Eglise. Son cousin Clément était assez bien vu et, de plus, ayant un fils et un gendre officiers républicains, se battant aux frontières et ayant combattu à Valmy et à Jemappes, il était pratiquement intouchable. Je ne parle pas de la nuit épouvantable que nous passâmes. Ne pouvant rester au lit à ressasser mes angoisses, je me levai, errai dans le château silencieux, allai faire quelques pas dans le parc mais chaque endroit, chaque objet, me ramenait à François.

Le lendemain, prêts de bonne heure, nous partîmes aussitôt. Arrivés à Cauterel, Clément et sa femme nous accueillirent avec joie, n'étant pas au courant des événements. Dès que mon père eut parlé, son cousin lui promit de tout tenter et de se rendre l'après-midi même au Comité de Salut Public. Un déjeuner fut servi auquel on ne toucha guère et Clément, tenant à être seul, partit pour Saint Pierre l'Eglise. L'attente commençait. Je me dirigeai vers la bibliothèque, espérant trouver une lecture qui me fasse, ne serait-ce que quelques instants, oublier mes angoisses. Alors que mon regard s'attardait sur les rayons, la porte s'ouvrit et ma cousine Charlotte entra. Elle était très belle, mariée à cet officier qui combattait au loin. Elle avait un an de plus que ma sœur Héloïse et m'avait toujours traité en gamin, ce qui m'énervait considérablement. Devant mon air désemparé, elle s'approcha pour me déposer un baiser sur la joue. Je ne sus jamais expliquer mon geste mais je lui pris les lèvres et, au lieu de s'écarter, elle répondit avec fougue à mon baiser, puis, me prenant par la main, sans un mot, elle m'entraîna vers sa chambre

Ce fut tendre et violent, merveilleux et désespéré. Nous restâmes étendus sur le lit, la main dans la main et c'est au son des voix que je me précipitai sur mes affaires pour me rhabiller et descendre au salon. Elle me regardait, songeuse, je voulus l'embrasser avant de partir mais elle tourna la tête, je n'insistai pas, au risque de la compromettre. Nous nous sommes souvent revus, elle agissait comme si rien ne s'était passé et je dois dire que je lui en voulus un peu.

Clément venait de rentrer et rapportait à mon père les pauvres résultats de sa démarche : il n'avait pas pu voir François, tenu au secret le plus absolu, accusé comme il l'était de haute trahison. Clément avait simplement pu apprendre que François serait transféré dans les prochains jours à Caen, à la prison des carmélites, où il devrait attendre de passer en jugement.

Nous rentrâmes à la Pommeraye, découragés mais mon père ne voulait pas s'avouer vaincu. Dans l'ambiance actuelle, craignant le pire d'un jugement, il décida que nous partirions nous installer à Caen et qu'il trouverait bien quelque chose.

Une fois installés place Saint Sauveur, mon père se mit en quête immédiatement, revoyant toutes ses anciennes relations, mais la plupart des gens, craignent pour leur propre vie, n'osait prendre le moindre risque. Il finit seulement par apprendre que l'ouverture du procès aurait lieu le 31 Octobre, nous étions déjà le 15 et le temps pressait. Par ailleurs, toutes visites étaient interdites, pour raison de sûreté de l'état, à l'ancien couvent des Carmélites transformé en prison et où était détenu François. Que devenait-il ? Il devait être totalement découragé et, le cœur serré, je pensais souvent à lui, l'inaction me pesait et j'aurai voulu agir, faire quelque chose pour lui. Enfin, c'était, je crois me souvenir le 19, mon père découvrit une filière d'évasion et, ceci, à prix d'or.

Une vieille dame louait à l'heure une petite pièce de son appartement situé rue de l'Oratoire. Cette pièce sur le couvent des carmélites et les familles de détenus venaient là espérant apercevoir qui un père, qui un mari, qui un fils.

Enfin, j'allais pouvoir faire quelque chose pour François, participer à l'action. En effet, le 23 au soir, je devais me trouver dans cette pièce et, vers 11 heures, un gardien soudoyé à prix d'or lui aussi, devait m'amener François. De là, je devais l'emmener dans une ferme à Verson où j'aurai préalablement amené deux chevaux. Cette ferme servait de lieu de rendez-vous aux évadés. Après quoi, François devait partir à brides abattues en direction de Cherbourg où il embarquerait sur un bateau au pavillon neutre, en direction de l'Angleterre. Un relais était prévu à Formigny et l'autre à Valognes pour changer de cheval et prendre les directives pour l'étape suivante car, pour des raisons de sécurité, le fermier de Verson ne connaissait que la ferme de Formigny et non la suite de la filière. En cas de problème, ça donnait le temps de prendre des mesures. De mon côté, je devais revenir le plus vite possible à la Pommeraye, éviter l'Hôtel de la Place Saint Sauveur où la police irait sûrement en premier.

Le jour dit, j'étais dans cette petite pièce depuis plus d'une heure, dans le noir complet, c'était une nuit sans lune et j'écarquillais les yeux, aux aguets, examinant chaque passant, attentif au moindre bruit. Mon cœur battait mais j'étais prêt à l'action, enfin j'allai revoir François et, pour une fois, c'était moi qui aurais dirigé l'action.

Une demie heure était passée depuis l'heure fixée pour le rendez-vous, j'étais impatient et l'inquiétude commençait à me gagner. Tout à coup, j'aperçus une dizaine de silhouettes en uniforme, éclairées par des torches, accourant vers la maison où je me trouvais. Sans réfléchir, je me précipitais dans l'escalier mais c'était déjà trop tard, des cris accompagnaient les bruits de bottes montant l'escalier, je fis demi-tour, gravissant un étage, deux étages, pour m'apercevoir que j'étais coincé, aucune lucarne ne donnait sur l'extérieur. Tout à coup, une porte s'ouvrit, une poigne solide m'attrapa par le bras et me mena rapidement vers une fenêtre donnant sur les toits. Je ne vis que l'ombre d'un homme et ne sus jamais le nom de mon sauveteur. Je marchais précautionneusement, accroupi et finis par trouver une lucarne que je réussis à ouvrir. Je me retrouvai dans un escalier puis dans la rue Saint Jean. Je m'arrêtai quelques instants, désespéré, l'opération était un fiasco dû certainement à une trahison.

Il me fallait maintenant rejoindre la ferme de Verson pour récupérer les chevaux que j'y avais laissé l'après-midi même, repérant avec précision le chemin que j'aurai dû parcourir avec François. Au bout de la rue Saint Jean, non loin de l'endroit où je me trouvais, apercevais les silhouettes, éclairées par un feu, de deux sentinelles gardant le pont de Vaucelles. On devait me rechercher et je m'empressai de gagner la Prairie que j'avais prévu de traverser pour rejoindre Verson. Dans la nuit complète, le chemin était plus difficile et je mis plus de temps que prévu. J'arrivai en vue de la ferme vers 2 heures du matin et aperçu au loin un va et vient de torches et, en m'approchant un peu plus, reconnu les uniformes. La trahison était confirmée et il ne me restait plus qu'à regagner la Pommeraye à pied.

Aux environs de minuit, des grands coups étaient frappés au portail d'hôtel où étaient mes parents, une voix criante : " Au nom du Peuple, ouvrez ! " Une horde de Sans Culotte grossiers et brutaux pénétra dans hôtel, hurlant, terrorisant ma mère, et fouillant la maison des sous sols au greniers. Ne trouvant personne, à part Louis et la cuisinière, terrorisés eux aussi, ils repartirent en proférant des menaces.

Je reprenais donc le chemin de Saint Germain du Val, évitant les grands axes. Fourbu, je dus m'arrêter un peu, sommeillant une petite heure dans un fossé. Je repris ma route et me trouvais à la Pommeraye aux environs de midi. Personne n'était au courant des détails, sauf le fait que " Monsieur François " avait été arrêté. Je fis une lettre à mes parents, leur racontant ma mésaventure due à une trahison certaine, leur précisant que je partais me réfugier à Cauterel. Je confiais cette lettre au cocher qui prit le pli dans sa botte et partit au grand galop pour Caen, avec la consigne absolue de ne le remettre qu'en main propre.

Je pris juste le temps de me laver un peu et de changer de vêtements, sellai un cheval et partis pour Cauterel. J'arrivai au Manoir dans le milieu de l'après midi, mon oncle et ma tante qui étaient maintenant presque des vieillards, se reposaient à l'ombre d'un grand marronnier. Je m'approchai d'eux, ils se levèrent, souriants mais interrogatifs. Je commençai le récit de ma mésaventure mais ne pus aller jusqu'au bout, les larmes me venant aux yeux, la tension nerveuse et la fatigue je n'avais pas dormi depuis près de trente six heures - firent que je demandai à me retirer. Mon oncle m'accompagna jusqu'à la chambre et je m'effondrai sur le lit sans même prendre le soin de me déshabiller, retirant seulement mes bottes. Je sombrai dans un sommeil profond et ne me réveillai que douze heures plus tard avec un sentiment de culpabilité. Avais-je le droit de dormir, alors que je me devais avant tout de sauver François ?

Les deux jours qui suivirent furent un enfer, je tournais comme un lion en cage, rendu fou par mon impuissance à aider François. Le troisième jour, malgré les hauts cris de mon oncle et de ma tante, je sautai sur mon cheval et prenais la direction de Caen. Cette inaction était vraiment trop insupportable.

Lorsque j'arrivai place Saint Sauveur, mon père était sorti et ma mère se jeta dans mes bras et, tout en pleurant, me gronda de prendre tant de risques, me racontant la visite terrifiante des Sans Culotte. Sur ces entrefaites, mon père arriva, me regarda fixement, comprenant que l'attente, au loin, dans nouvelles, était insoutenable.

Nous étions maintenant le 27 et il n'y avait plus aucune chance de faire évader François. Mon père me dit alors : "Fais-moi confiance, j'ai été avocat, que diantre ! Je défendrai cette cause comme aucune autre ; je le sauverai !!! " Il croyait-il ou voulait-il simplement s'en persuader ?

Le jour fatidique arriva. Mon père pensait trouver un tribunal comme il en avait connu où chaque partie pouvait développer ses arguments dans le silence. On arriva dans une salle bondée, aménagée en gradins avec une galerie circulaire où se trouvaient les femmes et leur tricot ; d'ailleurs, dans le souvenir populaire, ces spectatrices, souvent haineuses, garderont le nom de tricoteuses. On réussit à se frayer un chemin en jouant des coudes afin de trouver une place en vue des accusés. Un brouhaha de voix couvrait toute conversation mais ce n'était rien à côté des hurlements qui éclatèrent à l'arrivée des accusés : " A mort les aristos ! " ou " Vive le rasoir national ! " et bien d'autres. Dans cette ambiance surchauffée et bruyante, commença le procès, qui ne fut qu'un simulacre, les arguments de la défense étant couverts à chaque fois par des cris hargneux. Mon père, leva le bras à plusieurs reprises, demandant la parole mais personne ne fit attention à lui. François nous avait aperçu et nous lançait des regards criant au secours, c'était déchirant. Nous comprenions seulement maintenant quelles forces du Mal avait libéré cette révolution attendue par beaucoup, même par mon père, à ses débuts. Le Peuple Souverain écrasait toutes velléités de s'exprimer, chaque parole suspecte classant son auteur dans le clan des aristos, vermine infâme à détruire...

Les quatre pauvres individus tremblants attendaient la décision du Tribunal. A ce moment seulement, il se fit un grand silence lorsque le juge leva la main pour demander la parole. Ces quatre pauvres êtres furent condamnés à mort pour Haute trahison envers l'Etat. La sentence était exécutoire dès le lendemain. A ces mots, un immense " Hourra ! " s'échappa des poitrines. Les loups auraient leur spectacle. Mon frère se tourna vers nous, les larmes aux yeux, mais fut emmené rapidement avec brutalité.

La salle se vidait, mon père s'était laissé tomber assis, la tête entre les mains. Lorsque la salle fut presque vide, il se leva et nous rentrâmes à l'Hôtel sans un mot. Je ne pleurais même pas, un énorme sentiment de haine m'avait envahi contre ce Peuple mais je ne pouvais pas me venger contre un Peuple entier, soudain, un nom me vint, Legandois, je le tuerai.

La soirée fut terrible, personne n'osait parler, mes parents passèrent la nuit assis dans le salon, ma mère priante. Quant à moi, j'allai d'un endroit à l'autre, je ne pouvais rester immobile et je me répétais que je n'avais pas le droit de me plaindre. Qu'en était-il de François, Était-il seul ou entouré ? Je me devais de lui donner la force d'affronter la mort.

Je finis par m'asseoir et, contre mon gré, m'assoupis un peu au petit matin.

Je me réveillai à 8 heures et me préparai rapidement pour partir. Mes parents, craignant pour moi, insistèrent pour que je reste mais je fus inflexible. Je me pressai et arrivai à la prison des Carmélites où une foule déjà nombreuse attendait que le spectacle commence. Au bout d'environ une heure, le portail s'ouvrit laissant passer une charrette attelée à un percheron, entourée de gardes nationaux. Sur cette charrette, quatre pauvres hères, debout, en chemise dont le col avait été découpé grossièrement, ainsi, que les cheveux, l'un d'eux était mon frère. Ils avaient les mains attachées dans le dos, le regard fixe, ont traqué, à la recherche de quelques visages amis. J'essayai de me rapprocher car j'étais encore trop loin pour que François put me distinguer dans cette foule. Le cortège s'engagea dans la rue Saint Jean, puis place Saint Pierre, tourna à gauche pour s'engager dans la rue du même nom, puis la rue Notre Dame. La foule était dense et joyeuse, beaucoup de gens étaient aux fenêtres, il y avait comme un air de fête... La foule reprit en chœur le fameux refrain :

" Ah ! Ça ira, ça ira, ça ira

Les aristocrates à la lanterne

Ah ! Ça ira, ça ira, ça ira

Les aristocrates, on les aura ".

Jouant des coudes, j'avais pu me rapprocher petit à petit de la charrette et ce n'est qu'en s'engageant dans la rue Monte à Regret que François m'aperçut. Son regard qui n'était déjà plus de ce monde, sembla exprimer un peu de soulagement. Je voulais à tout prix lui insuffler la force d'affronter sa dernière heure, aussi, je ne le quittai guère du regard. Arrivé face à l'infâme engin, le cortège s'arrêta, la foule s'impatientait, les marchands de boissons ambulants circulaient et les mères grondaient leurs enfants, les incitant à la patience, des poitrines s'échappait le cri infâme : " A mort ! ".

Un roulement de tambour, incita la foule au silence, le spectacle allait commencer... On fit monter un condamné sur l'échafaud, la planche bascula et le couperet tomba, alors, ce fut un énorme " Hourra ! ". Mon frère, que je ne quittai pas des yeux, regarda vers les fenêtres de l'Hôtel et se retourna vers moi, interrogatif, je fis un signe d'assentiment et alors je vis de grosses larmes rouler sur ses joues. J'étais dans un état second, il ne fallait pas que je pleure, il fallait que je l'accompagne jusqu'au bout. Un deuxième condamné fut emmené, puis un troisième et ce fut le tour de mon frère. Mon regard se porta un instant vers l'Hôtel et il me sembla voir les rideaux du salon bouger imperceptiblement. Nous nous regardâmes une dernière fois, la planche bascula et l'horrible bruit du couperet me transperça jusqu'au plus profond de moi-même.

C'en était fini, je restai sans bouger, sans aucune pensée, comme, moi, aussi, transporté dans un autre monde. La foule s'égaillait, j'étais bousculé sans m'en rendre compte. Le bourreau et ses aides mettaient les corps dans la charrette. La place était presque vide, je reprenais conscience et me dirigeai vers hôtel. J'entrai dans le salon, mes parents étaient toujours à la même place. Je m'effondrai dans un fauteuil et fus secoué par de longs sanglots. Mes larmes, trop longtemps contenue, coulaient à flot.

Le lendemain matin, un groupe de sans culotte vint déposer le cercueil contenant la dépouille de François, dans la cour de l'Hôtel. Il s'agissait plutôt d'une boîte, faite de mauvaises planches clouées.

L'après-midi, mon père prit une voiture de louage pour transporter les restes de mon frère à Saint Germain du Val. Mes parents suivaient dans le cabriolet et moi, à cheval.

François fut enterré le lendemain dans une fosse creusée par les jardiniers dans notre cimetière. Ma mère voulait la présence d'un prêtre mais mon père refusa catégoriquement que le nouveau curé de Saint Germain soit présent. Prêtre ayant prêté serment à cette infâme république, il ne voulait pas en entendre parler. Ma mère pria longuement. Je rejoignais, je crois, les pensées de mon père : Si un Dieu existait, ce ne pouvait être celui que priait ma mère, ce Dieu si bon que l'on nous enseignait, pouvait-il permettre de telles horreurs ? Mais nous espérions que François irait rejoindre ses ancêtres dans cet univers inconnu qui nous attendait tous.

Chapitre 9 - Jean Jacques s'enfuit

Dès le lendemain, mon père craignant pour moi, se mit en quête d'une nouvelle filière d'évasion. Ce fut tout simplement le régisseur de la ferme qui lui indiqua un de ses amis, fermier à Bréville les Monts qui servait de relais pour les évasions vers l'Angleterre. Après avoir été prendre les renseignements chez ce fermier de la part de son régisseur, il fut convenu que je devais faire partie du prochain départ dans la nuit du 15 au 16 Novembre.

Au jour dit, je fis mes adieux à mes parents qui me confièrent une lettre pour Héloïse dont nous étions sans nouvelles. Nous avions tous le cœur serré et le minimum de mots fut échangé. Je sautais sur mon cheval que le cocher devait récupérer le lendemain. J'arrivai à la tombée de la nuit à Bréville les Monts, la ferme était dans le noir, seule une pièce était éclairée aux bougies. Je frappai à la porte et entrai dans une pièce où deux autres personnes attendait déjà. Le passeur devait venir nous chercher à dix heures, à la marée montante. En attendant, il nous fut servi une soupe aux choux bien chaude et revigorante par cette froide nuit de novembre.

Le passeur fut à l'heure et nous partîmes en le suivant de près afin de ne pas nous égarer dans le noir de la nuit. Arrivés en baie de Sallenelles, on s'accroupit dans les herbes hautes. A marée haute, une barque devait venir nous chercher et nous emmener vers un voilier qui devait attendre à quelques encablures, pour ensuite cingler vers l'Angleterre. Une heure se passa, une patrouille de gardes nationaux passa non loin de nous, et l'on se tassa un peu plus dans l'herbe. Nous étions transis de froid, une humidité pénétrante, traversait nos vêtements et nous glaçait jusqu'aux os. Minuit, la marée était haute et l'on entendait le petit clapotis des vaguelettes de cette mer bien calme. La lune avait percé les nuages et la mer brillait comme de l'argent, mais nulle barque ne se présentait et nulles voiles ne se découpaient à l'horizon. On attendit jusqu'à deux heures du matin puis le passeur dit seulement : " Ils ne viendront plus cette nuit ". Découragés, on regagna la ferme où le passeur nous prévient qu'il nous ferait savoir la date du prochain rendez-vous.

Chacun repartit de son côté. Je sus plus tard que l'un de mes compagnons d'infortune était l'ancien curé de Saint Gilles, traqué depuis qu'il avait refusé de prêter serment ; fuyant de places en places, il finit par être arrêté dans les bois de Mathieu où il se cachait ne sachant plus où aller, et affamé. Il fut guillotiné rapidement et sans jugement. *

J'arrivai vers cinq heures du matin au château. Une faible lueur brillait dans le bureau de mon père. Entendant le bruit de la porte, il vint à ma rencontre et son regard exprima tout le découragement du monde. Il ne pouvait donc rien pour ses fils !

Dans les jours qui suivirent, mes parents tremblaient pour moi, on avait aménagé une cache dans le bois où je devais me précipiter à la moindre alerte.

Puis, au début du mois de décembre, Clément et sa femme rendant une visite à leurs cousins, mon père s'ouvrit à lui, disant combien ils tremblaient, sa femme et lui, pour moi, le seul fils qu'il leur restait désormais.

Clément, tout à coup, soumit à mon père l'idée de m'envoyer en secret chez son frère Charles à Paris. C'était la dernière chance et mon père accepta avec empressement. Il fut décidé que je partirai le plus vite possible, porteur d'une lettre de Clément car les Martigny de Paris ne m'avait aperçu, encre enfant, qu'au mariage d'Héloïse et seraient sûrement dans l'incapacité de me reconnaître. Un problème restait encore à régler : on ne pouvait quitter son département qu'avec un passe port, et ce fut encore Clément qui, avec les relations qu'il avait à Saint Pierre l'Eglise, put me faire avoir un " vrai-faux passeport " sur lequel je m'appelais désormais Frédéric Filmons.

Afin d'éviter toute indiscrétion, mon père décida de m'accompagner lui-même et, non pas à l'Auberge des deux Corbeaux où la diligence faisait halte, mais jusqu'au Relais de Poste de Lisieux, afin de brouiller les pistes.

Le cocher ayant préparé le cabriolet, nous partîmes à huit heures du matin. Je fis mes adieux à ma mère qui, en me serrant dans ses bras, me dit seulement : " garde toi bien ! ".

La route était déserte en ce petit matin d'hiver, un jour blême se leva, le ciel était tout gris et les naseaux de notre cheval laissaient échapper de la buée. La capote du cabriolet était tirée et nous étions assis, les jambes et une partie du corps, recouverts par une épaisse couverture de voyage. A l'arrivée au relais de Poste, nous étions en avance, ce qui nous permit de nous asseoir et d'avaler une soupe bien chaude et revigorante, mon père me répétait ses directives insistant sur le fait que je devais faire bien attention à la bourse qu'il m'avait remise, les tire-laine étant nombreux et particulièrement habiles dans la foule dense de la capitale.

* Authentique

Enfin, la diligence arriva et je m'y engouffrai, jetant un dernier regard à mon père qui avait bien du mal à cacher son émotion.

Sortie de Lisieux, la diligence s'engagea vers Paris, traversant de grandes plaines, quelques arbres, squelettiques en cette saison, se découpaient sur l'horizon, du ciel cotonneux tombaient en virevoltant quelques rares flocons de neige, il faisait un froid vif et les voyageurs étaient recroquevillés sous leurs couvertures. Tout cela n'incitait pas à la gaieté et François était omniprésent dans mes pensées. En m'éloignant de ma famille, j'avais l'impression de fui et même plus, de déserter, et j'en avais le cœur serré.

La diligence arriva à Evreux en fin d'après-midi où une étape était prévue au Relais de Poste. On entra dans la salle commune où une douce chaleur nous envahit, un grand feu pétillait gaiement dans une immense cheminée, un brouhaha de voix nous étourdit quelques instants, et l'hôtesse, nous accueillant avec jovialité, nous pria de nous asseoir autour de la grande table commune. Il nous fut servi un dîner, ma foi, fort correct mais, en allant me coucher, je dus passer à côté d'une table où quelque sans culotte braillards trinquaient à la santé de la Patrie et à la mort des aristos. Je ne pus m'empêcher de ressentir une grande répulsion.

J'eus du mal à m'endormir, j'entendais à travers les cloisons le braillement des ivrognes qui s'attardaient. Enfin, je sombrai dans un sommeil agité et, réveillé en sursaut pour reprendre la route, je mis un moment à réaliser où j'étais.

En fin d'après-midi, nous arrivâmes à Paris ; traversant la Seine à Saint Cloud, la diligence s'engagea Cour ci-devant la Reine et s'arrêta à destination peu après avoir dépassé les remparts construits sous Louis XIII. Il était déjà assez tard, une nuit froide tombait et je commençais à marcher à vive allure pour me réchauffer, suivant le plan que m'avait fait Clément. La famille Martigny habitait rue Saint Severin et je mis plus de deux heures pour y arriver. Mais le temps ne me parut pas si long, plus j'avançai vers le cœur de Paris, plus j'étais étonné mais il faisait bien sombre et je me promettais de consacrer les prochains jours à la découverte de la capitale.

J'arrivai enfin à destination, je franchis un porche et montai au deuxième étage, étage que les gens de qualité se devait d'occuper. Je frappai et un valet de chambre vint m'ouvrir me faisant pénétrer dans un grand appartement. Je me rendrai compte plus tard, qu'en fait, il s'agissait de la réunion de deux appartements permettant d'avoir deux pièces consacrées aux réceptions. La famille avait dîné et se tenait au salon autour de la cheminée dans laquelle flambaient quelques bûches. Il se levèrent, souriant, à mon arrivée, le vieil oncle Charles, grand, fort et de tempérament sanguin m'accueillit jovialement par cette simple phrase : "Voilà donc le fils de ce grand libertin d'Henri ", et me présenta sa famille : tout d'abord sa femme, Léontine, souriante, mais de toute évidence, vivant, apeurée, sous la coupe de son marin ; son fils Joseph, la quarantaine passée, type même du grand bourgeois, homme d'affaire, et sa femme Anne Marie, belle femme qui, je l'apprendrai plus tard, était la seule à oser tenir tête à son beau-père mais, en fait, il s'était établi entre eux une certaine complicité. Et enfin leurs deux enfants, Louis qui avait le même âge que moi et me parut arrogant et Augustine, charmante jeune fille d'à peine dix-sept ans. Il s'agissait là d'un clan bien soudé et je me sentais comme une pièce rapportée, parasite qu'ils allaient devoir supporter. On me servit un en-cas et l'on eut la délicatesse de ne pas poser trop de question. Toutefois, j'allai me coucher dans cette chambre qui allait devenir la mienne, pour combien de temps ? J'avais le cœur gros.

86/1

Le lendemain matin, je me réveillai sans trop savoir où j'étais, le jour était déjà levé, j'avais dormi tard mais non pas longtemps, ayant eu du mal à trouver le sommeil. J'examinai la chambre depuis mon lit à baldaquin, elle était petite, certes, mais donnait une impression de confort, avec sa cheminée surmontée d'un miroir, une table de travail avec une chaise et une armoire, d'épais tapis accentuant l'effet de confort. Une petite pièce contiguë servait de cabinet de toilette avec sa table en marbre surmontée d'une glace, sur laquelle était posée la traditionnelle cuvette avec son broc en porcelaine. Enfin, une fenêtre de taille modeste avec ses petits carreaux donnait sur la rue Saint Severin, d'où me parvenaient les bruits assourdis de la ville.

Une fois prêt, je traverse le grand appartement sans trop savoir ce que j'allais faire. Le valet de chambre, m'apercevant, me signala que son maître m'attendait dans son bureau. Lorsque j'entrai, il était assis devant son bureau à cylindre. Sur le mur, des rayonnages contenaient des livres de droit et de nombreux dossiers, enfin, une petite table entourée de deux fauteuils. Il me fit signe de m'asseoir, me disant simplement : " Raconte. " Alors je luis dis tout : Julien, les tentatives d'évasion ratées et enfin, François. Il se fit un moment de silence au bout duquel, il me dit tendrement : " Mon pauvre petit ", puis après un nouveau silence, il commença à parler : " Tu es chez toi ici, en famille, tu n'as rien à craindre et tu verras, la jeunesse a ceci de formidable, c'est une capacité de récupération que de vieux bougres comme moi n'ont plus. Tu te marieras, tu auras de enfants, tu seras heureux, sois en certain. Non tu n'oublieras jamais, mais la cicatrice qui, maintenant, est à vif, se refermera petit à petit. Et, pour commencer, mon petit fils Louis va te faire visiter nos locaux commerciaux dès cet après-midi ".

Louis que j'avais pris tout d'abord pour un fat, se montra finalement de compagnie assez agréable. Pour la première journée, nous allâmes seulement faubourg Saint Honoré où se tenaient les locaux de la sellerie et bourrellerie Martigny. Je fus ébloui par le luxe de cette boutique. En plus des articles équestres, Louis me précisa qu'ils avaient créé une ligne de bagages de luxe qui, marqués du fameux M, se vendait très bien et fort cher. Si, toutefois, le chiffre d'affaire du faubourg Saint Honoré avait un peu baissé depuis la chute de l'Ancien Régime, c'était très largement compensé par les commandes de l'Armée, la Société d'importation des Cuirs d'Argentine dont les bureaux et les entrepôts se trouvaient quai des Morfondus, marchaient fort bien. Nous nous arrêtâmes prendre un café, boisson nouvelle pour moi, dans un de ces établissements qui commençait à fleurir un peu partout. J'étais un peu étourdi par cette animation et ces embarras de la circulation qui me changeaient du calme habituel de Caen, sauf peut-être les jours de marché. Il se dégageait de cet univers, une espèce de sensualité qui me donnait envie de me perdre dans cette foule pour y chercher l'aventure. Louis, qui parut deviner mes pensées, me conseilla vivement d'aller, un de ces prochains jours, faire un tour dans les galeries du Palais Royal, lieu de perdition où, dit-il, je trouverai facilement une accorte jeune femme pour me dépuceler. J'eus bien envie de lui répondre que c'était déjà fait et, qui plus est, avec sa cousine Charlotte.

Le soir la conversation s'attarda sur la politique entre Charles et son fils Joseph. 1793 se terminait dans quelques jours et Charles estimait que le point le plus positif de cette année était l'assassinat du sanguinaire Marat qui attisait la haine dans son journal " L'ami du Peuple ". A quand le tour de Robespierre, Il s'insurgeait contre cette république qui se nourrissait du sang de ses citoyens, mais ne souhaitait pas non plus le retour d'un

86/2

Roi qui ramènerait avec lui les ultras émigrés, qui ne penseraient qu'à se venger. Cercle infernal ! Il espérait une troisième voie, mais qui serait capable de la créer ? De mon côté, je n'étais pas peu fier que ce soit une caennaise, Charlotte Corday qui ait assassiné Marat.

Joseph était en titre le maître des affaires Martigny, mais je me rendis vite compte que Charles conservait la haute main, entre deux crises de goutte qui le faisaient affreusement souffrir, malgré les potions préconisées par les médecins, et les saignées. De plus, pendant ces crises, condamné à ne se nourrir que de bouillons, il ne décolérait pas.

1793 bascula et j'eus droit, comme Louis et Augustin à des étrennes. Je sus gré à mes oncles surtout du fait qu'ils tenaient avant tout à me démontrer que je faisais partie de la famille.

Le temps passait, j'avais fait quelques incursions dans la capitale et en revenais toujours ébloui. Je fus émerveillé par Notre Dame après être passé sur l'Ile Saint Louis par le Petit Pont, m'être promené dans les rues animées et avoir rejoint le Pont Notre Dame par la rue de la Juiverie. Ce pont recouvert de hautes constructions ne manqua pas de m'étonner. Après l'avoir traversé, je regagnai à nouveau l'Ile par le Pont aux Changes également couvert de constructions et me retrouvai Cour du Palais, admirant la sainte Chapelle. Prenant alors la rue de la Hachette, je me retrouvai rue Saint Severin, enchanté de ma promenade.

Puis je m'aventurai un peu plus loin, admirant au passage, le Louvre, les Tuileries mais, sans le savoir, je débouchai sur la place de la Révolution que j'évitais désormais soigneusement, la silhouette de la guillotine se détachant, menaçante, en permanence. Plus loin, j'apercevais la campagne des Champs Elysées où, parait-il, les parisiens aimaient à aller se promener aux beaux jours en emportant une collation.

Les discussion politiques allaient toujours bon train rue saint Severin. L'année 1794 avait commencé par une mesure appréciée par tout le monde : l'abolition de l'esclavage aux colonies. Mais la lutte au sein des dirigeants faisait toujours rage avec autant de férocité, en mars, dix neuf Hébertistes furent guillotinés, suivis en Avril par les Dantonistes. Des figures comme Danton ou Camille Desmoulins étaient exécutes eux aussi. Robespierre faisait le vide autour de lui, promoteur de l'horrible loi de Prairial permettant d'exécuter tout accuser, sans jugement, sur simple " preuve morale " ! Mais tous ces abus aboutirent en juillet à son arrestation, après une tentative de suicide, arrestation qui sera suivie, fin juillet par son exécution ainsi que celles de cent trois de ses partisans. Que réservait l'avenir ?

Mais je m'aperçois que je suis déjà arrivé en juillet, sept mois après mon arrivée et je n'ai pas encore parlé de ma cousine Augustine. C'était vraiment une jeune fille charmante, d'une grande gaieté. Qui plus est, de tempérament artiste, douée pour la peinture, elle m'initia au dessin et, souvent, je l'accompagnai sur les berges de la Seine où elle posait son chevalet, j'emportai, moi aussi mon cahier de dessin et eus assez rapidement un assez bon coup de crayon.

J'anticipe un peu mais au mois de novembre, le Muséum français s'ouvrit au Louvre présentant au public quelques cinq cent trente sept tableaux et cent vingt quatre bronzes sauvés du vandalisme grâce à la création par l'Assemblée en 1790 d'une commission des Monuments. Augustine devint une habituée des galeries du Louvre où je l'accompagnais souvent.

Mais je m'en voulais de passer mon temps à me promener et à accompagner Augustine, je me sentais désœuvré et inutile, aussi, à la rentrée 1794, je m'inscrivis à la Sorbonne pour y suivre des cours de littérature et philosophie, mes grandes passions. Je me sentis vite comme un poisson dans l'eau dans ce quartier latin, presque exclusivement fréquenté par des étudiants.

Marat, Robespierre et leurs sbires ayant disparu, un vent de liberté soufflait sur ce quartier et débordait même sur la capitale. A titre d'exemple, j'assistai avec de nouveaux amis à une pièce qui faisait grand bruit dans la capitale, elle était du vandellie alors en vogue Arsène Valcourt, et s'intitulait " Le vous et le toi " qui se moquait copieusement de l'injonction à se tutoyer et à s'interpeller citoyen au lieu de Monsieur. Le public avait besoin de s'amuser, d'oublier ne serait-ce que quelques instants, toutes les atrocités. Aussi, se précipita-t-il pour applaudir l'acteur corse, devenu une grande vedette, en jouant chez Nicolet le personnage de Mme Angot, poissarde des Halles, devenue reine de Paris.

Paris reprit goût à la vie, aux distractions futiles, mais les parisiens avaient faim et, par deux fois, ils se soulevèrent en 1795, allant jusqu'à envahir la Convention. Les royalistes eux-mêmes relevèrent la tête et organisèrent une importante manifestation en octobre et il fut fait alors appel à un jeune général, Bonaparte, qui fit tirer le canon sur les manifestants et les poursuivit jusque sur les marches de l'église Saint Roch. Cette même année je découvris un livre qui venait de sortir et qui donnait un éclairage nouveau sur l'homme, il s'agissait d'une " Esquisse d'un tableau historique des progrès de l'esprit humain ", écrit par un mathématicien nommé Condorcet, que je lus et relus avec attention et passion.

Heureusement, je n'étais pas sans nouvelles de mes parents, ni eux de moi, car les deux frère Charles et Clément qui s'écrivaient régulièrement pour leurs affaires, avaient mis au point un système de code, insérant certains mots convenus à l'avance, dans leur courrier.

Toujours amateur de musique, je suivais les saisons musicales de l'Opéra qui se tenait dans la salle du Jeu de Paume de la Bouteille. Le tout premier auquel j'assistai fut Castor et Pollux de Rameau mais je fus particulièrement conquis pas Cois Van Tutte de ce fameux Mozart dont j'avais travaillé les sonates au clavecin. Je vis, je crois tous ses opéras, avec un goût particulier pour Dons Juan et l'Enlèvement au Sérail. J'appréciai aussi deux opéras d'un compositeur allemand, Gauck, " Iphigénie en Alide " et " Iphigénie en Tauride ". Mais ceci n'est qu'un échantillon de tout ce que j'ai vu, entendu et admiré. D'ailleurs j'avais demandé l'autorisation à mes oncles d'acheter un piano qui remplaçait de plus en le clavecin, et je me remettais à étudier Mozart que ma mère m'avait enseigné, travaillant également deux compositeurs allemands qui m'enchantaient, Bach et Haydn, dont je me suis mis à étudier quelques sonates. Souvent Augustine venait installer son chevalet dans la même pièce et nous gouttions ainsi des moments rares.

1796 s'ouvrit sous de meilleurs auspices, un calme relatif régnait dans la capitale alors qu'en province, la guerre de Vendée qui avait connu une trêve, repartit de plus belle, aiguillonnée en sous-marin par le comte d'Artois. Sanglante, comme la première guerre, elle se termina au printemps lorsque Charette fut exécuté. Nous

Nous tenions au courant de tous ces événements en lisant certains des très nombreux journaux qui paraissaient à Paris, nous lisions " Le Journal des Hommes Libres " de tendance jacobine et il fut même autorisé une certaine presse de tendance royaliste comme " La Quotidienne ", mais une censure impitoyable mit rapidement fin à nombre de parutions.

Pendant ce temps, j'étais emporté par la vague de plaisirs dans laquelle les parisiens se jetaient avec frénésie, après ces années de terreur. J'allais toujours à la Sorbonne et, avec les amis que je m'y étais fait, nous dévalions les petites rues du quartier latin en chantant des chansons paillardes à la recherche de plaisirs rapides et faciles. Comme me l'avait conseillé, au début, mon cousin Louis, je fis une incursion dans les galeries du Palais Royal, mais ces plaisirs vénaux et les tripots où l'on perdait une fortune en une nuit, ne me tentèrent guère. Tous les excès étaient autorisés et nous nous moquions de cette mode des Incroyables et des Merveilleuses qui, vêtus de façon excentrique et souvent impudique pour les femmes, cherchaient à tout prix à se faire remarquer par un langage pédant ; par exemple, l'emploi de la lettre R était " interdit ". J'avais des moments de grande tristesse et le remords m'envahissait souvent. Comment pouvais-je me distraire ainsi alors que j'avais perdu mon frère de façon aussi tragique ? Je me rendais compte à quel point le discours que m'avait tenu le vieil oncle Charles à mon arrivée était prémonitoire. Mais je n'en étais pas moins effaré, je ne voulais pas que cette plaie se cicatrise, surtout, je ne m'en sentais pas le droit.

Pendant ce temps, l'Histoire était en marche, des luttes d'influence opposaient les Jacobins et les royalistes qui relevaient de plus en plus la tête. Dans la nuit du 4 septembre 97, le général Augereau entra dans Paris avec douze mille soldats et arrêta deux directeurs. Le Directoire se retrouva alors avec Barras comme chef pratiquement unique.

Pour détourner l'opinion parisienne des déconvenues de la politique intérieure, une grande expédition fut montée pour aller conquérir l'Egypte. On mit à sa tête le brillant et déjà célèbre général Bonaparte qui avait acquis ses lauriers en remportant des brillantes victoire en Italie. Après le succès de l'expédition, Paris devint fou " d'Egyptérie ". On créa une place du Caire, les maisons s'ornaient de sphinx, lotus, ou hiéroglyphes. Les Ramsès conquirent Paris et même le prince Eugène de Beauharnais couvrit un vieil hôtel de la rue de Lille de décorations à l'égyptienne.

Malgré tous ces artifices, le Directoire impuissant n'était plus soutenu par personne. Bonaparte, soutenu par Barras qui voyait en lui l'homme qui restaurerait la royauté, parvint avec l'aide de la troupe à disperser le corps législatif et à se rendre maître du pouvoir. Ce fut le coup d'état du 18 Brumaire de l'An VII (09.11.99) qui fit de Bonaparte un Premier Consul.

Le vieil oncle Charles, sujet de plus en plus à de douloureuses crises de goutte et dont la santé commençait à vaciller, suivait toutefois les événements avec attention, pensant qu'enfin, avec Bonaparte, la France avait trouvé sa troisième voie qu'il avait tant espéré.

Il s'éteignit peu de jours avant le nouveau siècle. J'avais aimé ce pater familias et j'accompagnai, avec sa famille, sa dépouille au cimetière.

Bonaparte s'était réconciliée avec l'Eglise, avait promulgué un décret invitant les émigrés à rentrer et je pensais qu'il était temps pour moi, de retourner auprès de mes parents. Tout danger semblait désormais écarté.

Le service de diligence, un moment interrompu face au brigandage généralisé venait d'être rétabli, mais la révolution avait laissé un pays exsangue, le Commerce et l'Industrie était en partie ruiné, la dévaluation atteignait près de cent pour cent et, souvent, les rentes n'étaient plus payées. Il n'y avait plus de budget établi, on vivait au jour le jour.

Dès le lendemain de l'enterrement, je fis mes adieux à ma famille d'adoption, nous étions tous très émus et je ne savais comment les remercier, Augustine pleurait, elle était peut-être amoureuse de moi ? Je l'avais trouvé charmante, j'aimais sa compagnie mais je la considérais comme une sœur. Louis m'accompagna en voiture jusqu'au point de départ de la diligence. Nous nous étreignîmes, nous promettant de nous revoir. Je montai dans la diligence qui allait me ramener vers ma Normandie.

86/6

Chapitre 10 - Vengeance

Je traversai les mêmes paysages qu'il y avait maniement exactement six ans. Après avoir quitté les bords de la Seine, les chevaux peinèrent dans une grande côte qui aboutissait sur la grande plaine dénudée avec ses arbres squelettiques. Le même ciel cotonneux annonçait la neige. Le soir, une étape était prévue au même relais qu'à l'aller, la même hôtesse joviale nous accueillit et lorsque je partis me coucher, je reconnus la table où les sans culotte trinquaient alors à la mort.

Le lendemain, une fine couche de neige couvrait la campagne, un soleil qui s'annonçait resplendissant se levait à l'horizon dans un ciel dégagé de tous nuages. Malgré un froid vif, on était heureux de respirer un air aussi pur, de la buée s'échappait de nos bouches à chaque expiration. La diligence s'ébranla et lorsque le soleil fut complètement levé, ce fut une véritable féerie avec la blancheur de la campagne et les squelettes des arbres qui, givrés, étaient transformés en véritables sculptures scintillantes. Le temps semblait prendre part à la joie que j'éprouvais de revoir mes parents.

Une deuxième étape était prévue à Lisieux et, enfin le troisième jour, après avoir traversé une campagne plus vallonnée, la diligence s'arrêta devant l'Auberge des deux Corbeaux. Le soleil était éclatant et l'air d'une pureté sans égal. Je descendis, pris mon bagage et m'engageai vers le château. C'était l'heure de midi et il n'y avait personne, seul, un homme âgé me dit respectueusement : " Bonjour, Monsieur le Baron, vous v'la donc de retour au pays ". Monsieur le Baron ! A moi ! Je n'en revenais pas. Je lui répondis quelques banalités et poursuivis mon chemin. Et oui ! Monsieur le Baron Jean Jacques de Valmont était de retour, plus que jamais décidé à assouvir sa vengeance. Quelle différence avec Frédéric Filmons, désespéré, fuyant vers Paris.

Je m'engageai dans la grande avenue, les arbres avaient grandi et au fond, le cœur serré d'émotion, j'apercevais le château, laissant échapper de la fumée par ses cheminées. Je pressai le pas, franchis la grille et enfin ouvris la porte, me retrouvant dans l'entrée. J'entendais mes parents qui parlaient dans la salle à manger et j'ouvris la porte. Un moment de stupéfaction figea leurs traits, puis l'on se précipita dans les bras les uns les autres, pleurant, riant. Le premier instant d'émotion passé, j'aperçus les mets sur la table et, la nature reprenant ses droits, je me sentis affamé. Je m'attablai et mes parents, assis, ne bougeaient pas, ne cessant de me contempler. Entre deux bouchées, je leur racontai tout, en désordre, terminai par la mort de Charles que mes parents venaient d'apprendre par Clément. Lorsque nous nous dirigeâmes vers le salon, je me rendis compte alors combien mes parents avaient vieilli. Mon père, se déplaçait avec difficulté, s'appuyant sur une cane et ma mère s'était littéralement desséchée, ses cheveux avaient blanchi et je me rendrai compte, un peu plus chaque jour que, malgré ses sourires, ses yeux gardaient un fond de tristesse insondable. On évita soigneusement de parler de François, mais il était omniprésent.

L'après midi, mon père tint à me présenter aux nouveaux domestiques. Seule, la cuisinière, toujours aussi tyrannique, n'avait pas changée, mais il y avait une nouvelle équipe de jardiniers et un nouveau cocher, un nouveau valet de chambre aussi, que mon père, trop habitué au précédent, s'obstinait à appeler Valentin alors que ce n'était pas son nom.

Dans les jours qui suivirent, je me réaccoutumai petit à petit, goûtant la vie calme de la campagne, retrouvant non sans émotion, mes livres d'enfance et mon herbier. Le parc s'était embelli, les arbres avaient grandi, que cela devait être joli, les beaux jours revenus. Je me promenai dans le bois et eu le cœur fendu en retrouvant quelques pauvres restes de notre cabane de Robinson.

Puis mon père me fit venir dans son bureau pour commencer à m'initier à la marche de la ferme ainsi qu'à la gestion de la fortune importante de ma mère, seule héritière depuis le suicide de l'oncle Julien, de la fortune des Letourneur de Craon.

Un mois avait passé depuis mon retour et j'avais toujours en tête ma vengeance. Le lundi étant toujours jour de marché à Saint Pierre l'Eglise et la foule toujours aussi importante, je décidai de m'y rendre et de poser discrètement quelques questions afin de savoir où était maintenant Adrien Legandois. Ce fut beaucoup plus facile encore que je ne l'eusse espéré. Cet ignoble individu aux mains tâchées de sang avait tant fait pour démontrer son zèle patriotique sous la Terreur, qu'il avait été envoyé à Caen et qu'il y officiait maintenant en tant que commissaire de police.

Revenu au château, je décidai dès le lendemain de partir m'installer une semaine à Caen afin de découvrir un moyen de supprimer Legandois. Je partis le lendemain, sans donner bien sûr à mes parents la raison de mon absence, prétextant l'envie de revoir Caen et quelques anciens amis.

Je m'installai place Saint Sauveur mais ce grand hôtel, inhabité depuis longtemps me causa un grand malaise. Les murs humides, les sièges recouverts de draps, les toiles d'araignées, cette espèce d'odeur incomparable, tout cela exhalait une senteur de mort, on aurait pu se croire à l'intérieur d'une crypte. Les âmes de l'oncle de Julien et de François semblaient vouloir me parler. Je m'empressai de tirer les rideaux du salon et d'ouvrir les fenêtres, aérer cette atmosphère putride. La vue sur la place me rappela la guillotine, je revoyais avec précision certains visages déformés par la haine, hurlant à la mort. Cette atmosphère m'aiderait dans ma soif de vengeance mais je me promettais bien, une fois tout cela fini, d'inciter ma mère à vendre cet hôtel.

Je me mis en quête pour connaître l'adresse d'Adrien Legandois et, la encore, ce ne fut pas très difficile. Un commissaire, ça a une vie publique. L'après-midi même, je me procurai un pistolet.

Je me mis alors à attendre tous les soirs, dissimulé dans une encoignure de porte de la rue Ecuyère où habitait une proie. Je pus noter qu'il rentrait souvent tard dans la soirée, sortant de quelque bordel ou tripot. Cela m'arrangeait bien, la rue étant presque toujours vide à partir de vingt heures, surtout que nous étions début février et que le froid était vif, incitant les gens à rester chez eux. Après quelques jours, ma décision fut prise. Ce serait ce soir. J'attendais depuis plus d'une heure, il avait plu légèrement, la température s'était un peu radoucie et les pavés brillaient à la lueur des becs de gaz, et comme je l'avais supputé, la rue était déserte, nul passant n'était venu troubler mon attente. Soudain j'aperçus une silhouette, elle s'arrêta non loin de moi, cherchant ses clés, c'était bien mon homme. Alors je m'approchai et lui dis seulement :

- "Bonsoir, citoyen Legandois "

A cette appellation de citoyen, tombée en désuétude, il se retourna vivement et me scruta, remarquant immédiatement le pistolet que je braquai sur sa poitrine.

- " Tiens ", dit-il, " voilà maintenant le petit frère du traître, j'aurai dû t'emmener aussi. Je dois reconnaître que ton frère a su mourir avec courage. Qu'en sera-t-il de toi ? Car tu n'ignores pas que le fait de menacer un commissaire est un cas très grave. "

Je ne répondais pas, mon bras tenant le pistolet était ferme. Je voulais qu'il sache qu'il allait mourir, je voulais lire la peur dans ses yeux. Je n'en remarquai pas moins sa main droite qui se dirigeait lentement vers sa poche. Mon silence sembla l'impressionner, il commençait à comprendre que j'étais là vraiment pour le tuer.

- "Tu n'oseras pas tirer ", dit-il en essayant de crâner mais je voyais avec satisfaction la peur s'insinuer petit à petit dans son regard.

- "Non tu n'oseras pas tirer ", reprit-il, " les Valmont ne sont qu'une bande de conards ".

Sa main pénétra rapidement dans sa poche, alors, je lui déchargeai mon pistolet en pleine poitrine. Un immense étonnement parut dans son regard et il tomba foudroyer.

Je rentrai à l'Hôtel, tout proche, envahi par un grand calme. Je m'écroulai dans un fauteuil, vidé, éreinté, mon esprit hors de toutes pensées. Puis je fus pris de tremblements incoercibles qui semblèrent durer une éternité et me calmai enfin. Je me réveillai le lendemain au petit jour, au même endroit, l'esprit libre. Oui, le vieil oncle Charles avait eu raison, la cicatrice semblait se refermer mais je ne t'oublierai jamais, François, et j'espère que, de là où tu es, tu es fier de ton frère.

Je rentrai à la Pommeraye et, allant trouver mon père dans son bureau, je lui dis seulement :

- " François est vengé. "

Il me regarda avec tout l'amour dont il était capable, me priant instamment de n'en rien dire à ma mère.

Le surlendemain, les gazettes parlèrent de l'assassinat mystérieux du commissaire Legandois à Caen.

L'enquête conclut à un crime crapuleux d'autant plus, mais cela les gazettes ne faisaient que l'évoquer avec discrétion, on connaissait les fréquentations du commissaire, pas toujours très recommandables.

Quelques jours plus tard, je disais à ma mère que j'avais passé une semaine exécrable à Caen, hôtel étant porteur de trop de mauvais souvenirs. Il fut vendu quelques mois plus tard et je n'y revins jamais.

Février, mars passèrent, j'avais de fréquentes discussions avec mon père qui, comme l'oncle Charles en son temps, espérait que ce Bonaparte, dont les Armées volaient de victoires en victoires, serait la troisième voie qui saurait réconcilier les Français, n'avait-il pas fait déjà un pas envers le Clergé et envers les émigrés, dont beaucoup d'entre eux regagnaient la France.

Les Triqueville d'ailleurs rentrèrent en Avril, le pauvre Simon, le vieil ami de mon père, très malade, rentra pour se coucher et ne se releva plus, son agonie dura presqu'un mois et, durant ce temps, mon père ne le quitta guère. Il était assis dans un fauteuil, face à son vieil ami, la main droite tenant sa canne et la gauche tenant souvent la main de Simon. Je me souviens de mes nombreuses visites durant ce mois d'Avril. La famille Triqueville avait réintégré l'Hôtel du Cour la Reine. Celui-ci, inhabité depuis trop longtemps, suait l'humidité de partout, du moisi attaquait les boiseries et les tapisseries et, malgré les grands feux allumés dans toutes les pièces pour essayer de sécher l'atmosphère, il se dégageait l'impression de pénétrer dans un tombeau. La femme de Simon errait dans cette grande demeure, au désespoir, faisant venir les médecins les plus réputés et malgré les potions, les saignées et les cataplasmes de Bella dona, rien n'y faisait, Simon dépérissait dans de grandes souffrances.

Depuis leur départ précipité vers l'Angleterre, ils avaient été tenus dans l'ignorance de nos faits et gestes. Aussi Héloïse tomba-t-elle effondrée dans mes bras lorsqu'elle apprit la fin atroce de François. Son mari Adolphe, compatit avec apparemment beaucoup de sincérité, à nos malheurs. Durant leur séjour forcé en Angleterre, ils avaient eu deux enfants, deux jumeaux nés en 93 nommés Jacques et Jean et que je surnommais immédiatement " les Anglais ", appellation qui leur restera.

Début mai, on sentit la fin prochaine de Simon. Mon père était à bout de force mais il tenait à accompagner son vieil ami jusqu'à la fin, lui rappelant leurs souvenirs communs, mais Simon entendait-il seulement ? Il essayait de se faire comprendre par des pressions de sa main, parler lui demandait désormais trop d'efforts.

Il s'éteignit dans la première semaine de mai alors que, dehors, la nature reprenait tous ses droits. Un beau soleil resplendissait et des promeneurs, insouciants, allaient et venaient sur le Petit Cour, face à hôtel.

Au mois de juillet, nous fûmes invités, mes parents et moi à passer une journée à Cauterel, Léon, le fils de Clément et Lucien, le mari de Charlotte, étant au Manoir pour quelques jours, à l'occasion d'une permission. Léon qui avait mon âge était lieutenant et Lucien, de onze ans son aîné était capitaine. Ils avaient fière allure dans leur grande tenue de hussards - pantalons bleus et Jacquette bleue, courte et à brandebourg - le sabre traînait au côté presque jusqu'à terre. Ils avaient participé aux campagnes d'Italie et d'Egypte. Ils ne tarissaient pas d'éloges sur ce jeune général Bonaparte qui, avec ses généraux, était en train de bâtir sa légende. Mais leur morgue, leur dédain à peine dissimulé envers le civil que j'étais, me les rendait parfaitement antipathiques. Charlotte, quant à elle, semblait réellement amoureuse de Lucien ; l'après-midi, elle fit un tour dans le parc tenant le bras à son mari et, il faut reconnaître que cette jolie femme, vêtue d'un déshabillé à l'Apollon recouvrant une robe rose à fleurs, munie d'une ombrelle, faisait un couple charmant aux côtés de ce beau militaire. Quant à nous, nous étions assis sous le grand marronnier, prenant des rafraîchissements. Clément essayait d'intéresser son fils à la marche des affaires Martigny mais, de toute évidence, cela laissait Léon indifférent. Il avait bien de la chance d'avoir une sœur qui, maintenant que son père se faisait vieux, avait appris à mener l'affaire de main de maître.

Charlotte restera, d'ailleurs, pour moi, une énigme. Notre aventure, aussi brève que voilement sensuelle, ne semblait nullement l'avoir touchée, elle me traitait presque comme un étranger, nul n'aurait été capable de deviner qu'il s'était passé quelque chose entre nous, et pourtant, je la désirais encore.

Au printemps 1794, elle était devenue mère d'une charmante petite fille. Certes, son mari avait eu une permission neuf mois avant, mais, moi aussi j'avais eu cette aventure environ neuf mois avant et je ne pouvais m'empêcher de penser que cette petite fille de six ans qui jouait au cerceau dans le parc aurait pu être ma fille.

Chapitre 11 - Vie et mort à la Pommeraye

Les deux années 1801 et 1802 furent des années d'espoir. La Révolution avait laissé une France ruinée et le premier Consul semblait avoir les capacités de la remettre en marche. La terreur avait bien porté son nom : en deux ans, on compta presque cinquante mille guillotinés auxquels s'ajoutaient les morts par exécutions sommaires à l'arme blanche, les canonnades, les fusillades ou la noyade, cette dernière façon de tuer ayant fait quatre mille huit cents victimes à Nantes, certaines de ces exécutions, destinées à distraire le public, s'appelaient " mariages Républicains " : on attachait solidement un homme et une femme ensemble, totalement nus, et on les jetait dans la Loire.

Par ailleurs, on cita le chiffre de six cents mille morts dans les deux camps, lors des guerres de Vendée.

Ainsi, comme je m'en étais rendu compte à la fin de mon séjour à Paris, une grande soif de plaisirs avait saisi les français, une fois un certain calme revenu. Cette soif de plaisir s'accompagnait des pires excentricités et l'on peut même dire que les français tombaient dans la licence. Les hommes portaient des tenues " incroyables " en habits à queue, manches à gigot et larges revers bourrés d'ouate, culotte collantes, cravates garrottant le cou, coiffure frisottée à la Titus. Quant aux femmes, elles se déshabillaient de " Merveilleuses " robes transparentes remontant la taille sous les aisselles, tuniques de gaze découvrant la gorge et les bras et laissant dernier le reste...

Tout cela incitait à la licence et, si la province était toutefois beaucoup plus sage que Paris, un vent de liberté appelant au plaisir y soufflait également. Je participais à cet engouement, allant d'aventures en aventures et, mon père qui avait été un grand libertin (" ce fils de libertin " furent, rappelons-nous les paroles d'accueil du vieil oncle Charles) voyait non sans amusement son fils suivre le même chemin. Je n'étais pas, comme lui, habitué des salons caennais. Je me dois d'avouer que je fuyais Caen, trop sage, et surtout rappel de trop de mauvais souvenirs. Non, j'allais de réceptions en réceptions dans les châteaux environnants où de somptueuses fêtes étaient données pour oublier ces années terribles et, croyaient certains, fêter le retour prochain du roi grâce à ce glorieux général Bonaparte...

Mon père voyait quant à lui, s'ouvrir cette troisième voie qu'il avait espéré. Le premier Consul gagnait de grandes batailles, sa dernière victoire éclatante était Marengo mais, à travers ces victoires, il semblait rechercher la paix. N'avait-il pas signé avec les autrichiens un pacte qui restera dans l'Histoire sous le nom de Paix de Lunéville et il avait également signé un traité important avec la Russie. Par ailleurs, un grand programme de réhabilitation des routes et des Ports était lancé, une aide importante était apportée à l'industrie et, pendant ce temps, l'incitation à de nouvelles cultures comme la betterave, entre autres, faisait progresser l'Agriculture de plus de vingt pour cent. Tout cela, certes, prêchait en sa faveur.

Adolphe de Criqueville et sa femme, ma sœur Héloïse, rentrés en possession de l'énorme fortune des Criqueville s'étaient lancés dans un programme de réhabilitation de l'hôtel, ainsi que du château, celui-ci ayant subi quelques dégradations durant la Terreur. Au mois de juin 1802, les travaux étant terminés, une fête somptueuse fut donnée où nous fûmes, bien sûr, invités, mes parents et moi. Cette fête fut digne des grandes réceptions de l'Ancien Régime. Les laquais en grande tenue accueillaient les invités arrivants nombreux dans leurs calèches. On dansa, on joua, on mangea, on s'amusa beaucoup. Toutefois certains groupes discutaient avec fièvre du " coup " de Bonaparte, se faisant réélire Consul pour une nouvelle période de dix ans. Certains royalistes fervents commençaient à s'élever contre cet usurpateur, d'autres faisaient valoir la façon ferme avec laquelle il avait ramené le calme, la prospérité et la grandeur de la France. Et malgré l'amnistie totale accordée par Bonaparte à tous les émigrés qui regagneraient leur patrie, à nouveau, un fossé semblait se creuser entre deux clans. Un nouveau traité fut signé à Amiens, décidément, ce premier Consul cherchait bien la paix.

A cette même époque, la mode des Incroyables et des Merveilleuses va disparaître petit à petit, victimes de ses outrances et de son impudeur. La France, mais cela ne durera pas, devint à la mode pour les Britanniques qui influèrent sur la façon de s'habiller. Le jeune homme à la mode deviendra un dandy, féru d'anglomanie vêtu d'un frac noir ou bleu, pommadé et chaussé de bottes à l'écuyère. En ce qui concerne les femmes, les nudités à la Grecque vont perdurer un peu mais, même les gazettes comme " La Mésangère " vont commencer à se gausser de cette mode, un chroniqueur signalant même dans un article savoureux, les dangers du contre jour. Même Bonaparte s'en mêlera qui, lors d'une soirée dans les salons du Luxembourg, affectant de bourrer la cheminée, déclara " Vous voyez bien que les femmes sont nues ! ". Madame Tallien elle même sera tancée pour s'être montrée en déshabillé de Diane au balcon de l'Opéra. Une nouvelle mode sera lancée par le grand couturier d'alors, Leroy, qui créera de magnifiques robes pour la future impératrice Joséphine.

Si les réceptions auxquelles j'étais convié n'avaient pas l'éclat des soirées parisiennes, la province essayait de suivre la mode.

On pouvait croire à une vie frivole, certes, je m'étourdissais dans de nombreuses fêtes, j'avais de nombreuses aventures galantes mais, toutefois, aidé par les conseils de mon père, c'est désormais moi qui m'occupais de contrôler la marche et les comptes de la ferme, ce qui m'avait permis de retrouver mon compagnon de jeu d'enfance, Jean Lerat, qui travaillait avec son père. La première fois qu'il me revit, il était de toute évidence, très gêné, il y avait François entre nous, et il ne savait que dire. Il m'appela Monsieur le Baron, ce qui me fit bien rire et j'insistais pour que l'on se tutoie, comme dans notre enfance. Il n'osa jamais, ce fut d'abord Monsieur Jean Jacques, puis, ultime audace, Jean Jacques, mais il ne put jamais se débarrasser du vouvoiement.

Par ailleurs, j'allais souvent à Caen afin de contrôler la marche des affaires de ma mère, auquel cas, il m'arrivait de passer la soirée en ville pour quelque concert ou pièce de théâtre. La lecture restait une de mes principales distractions j'avais beaucoup aimé les Pensées et les Maximes de Chamfort mais, surtout, un nouvel écrivain annonçait la nouvelle vague romantique. J'avais lu avec passion Atala de ce nouveau Chateaubriand, ainsi que le Génie du Christianisme et surtout René, ces deux nouveaux romans parus la même année 1802.

Ma mère s'occupait avec autorité de la marche du domaine et son lieu de prédilection restait le jardin, elle aimait discuter avec le chef jardinier, créer de nouveaux espaces et surveillait avec précaution les plantes exotiques que l'on rentrait dans l'orangerie, dès les premiers frimas. Elle passait des heures dans la serre, essayant de créer de nouvelles espèces. Je l'accompagnai souvent, intéressé aussi, je dois le dire par toutes ces expériences sur les plantes sur les plantes.

A de nombreuses reprises, je lui avais demandé de se remettre au clavecin pour me jouer un air du Mozart qu'elle interprétait si bien, mais rien n'y fit, depuis la mort de François, elle n'avait jamais voulu rejouer.

Nous ne savions plus que penser de ce Premier Consul qui avait créé les Lycées, établi un nouveau code civil, mais qui choquait le vieux voltairien qu'était resté mon père en recherchant les faveurs du clergé et en se réconciliant avec la papauté.

Surtout, Bonaparte fit savoir aux émissaires discrets de Louis XVIII qu'ils ne devaient pas compter sur lui pour rétablir la monarchie, comme ils l'avaient espéré un moment. Il leur ferma la porte en leur déclarant de manière cinglante : " Vous ne devez pas souhaiter votre retour en France, il vous faudrait marcher sur cent mille cadavres... " Le point culminant fut l'enlèvement, hors des frontières, du duc d'Enghien descendant du grand Condé, accusé d'être l'instigateur du complot fomenté par Pichegru et les frères Polignac. Il fut ramené en France, et après un simulacre de procès, fut exécuté dans les fossés de Vincennes. Ce dernier épisode consacra la rupture entre royalistes et Bonapartistes.

Le dernier acte fut le sacre de Bonaparte comme empereur, le 2 décembre 1804, sous le nom de Napoléon Premier. Le pape Pie VII lui-même, vint consacrer ce nouveau monarque à Notre Dame.

C'est au printemps suivant, en Mai 1805 que les Martigny de Paris vinrent à Saint Pierre l'Eglise pour revoir, sans doute pour la dernière fois, l'oncle Clément qui se faisait bien vieux. Seul, Louis était resté à Paris pour surveiller la marche des affaires.

Tantôt nous allâmes à Saint Pierre, tantôt les Martigny vinrent à la Pommeraye. J'étais content de les revoir, surtout Augustine, si charmante et qui passait son temps à poser son chevalet, enchanté par la campagne normande et ses pommiers en fleurs. De toute évidence, elle m'aimait encore, mais moi, si je l'aimais bien, je ne l'aimais pas. Comme je l'ai déjà dit, je la considérais comme ma soeur.

Les Martigny étaient enthousiastes sur la tournure que prenait la France. Ils n'avaient pas de mots assez forts pour faire l'éloge de Napoléon. Bien sur, ils reconnaissaient que certaines libertés étaient restreintes, qu'une mesure impitoyable muselait la presse et l'édition, mais ceci n'était-il pas moindre mal au regard de la grandeur retrouvée de la France et l'ordre rétabli. Ce que l'oncle Joseph disait moins fort, c'est que la maison Martigny était l'un des fournisseurs agrées des Armées et, qu'à ce titre, il gagnait beaucoup d'argent. Mon père, ne souhaitant pas se lancer dans un grand débat qu'il savait inutile, restait, quant à lui, le fidèle voltairien qu'il avait été toute sa vie : déçu par la troisième voie qu'il avait espérée, la Monarchie Constitutionnelle à l'anglaise comme il l'avait souhaité, lui paraissait être désormais du domaine de l'utopie, et, désabusé, il refusait tout débat politique. Il accompagnait sa femme dans le parc, s'intéressant à ses boutures, aux créations florales et arboricoles, se reposant fréquemment et marchant de plus en plus difficilement en s'appuyant sur sa canne. Lorsqu'ils se trouvaient ensemble, son cousin Clément et lui, ils ne faisaient que ressasser leurs frasques de jeunesse et riaient souvent au souvenir de leurs aventures libertines.

1805-1806. La France remportait de grandes victoires : Ulin, Austerlitz, Iena mais les Anglais restaient invincibles dans leur île et réussissaient à contourner le blocus continental.

1806 vit la mort de Clément suivie deux mois après par mon père, son vieux complice qui alla rejoindre au cimetière la dynastie Valmont. C'était au cours d'un été éclatant. Le parc de la Pommeraye était arrivé à maturité et la nature exubérante de Juin et Juillet lui donnait un charme fou. Les fleurs, pensées par ma mère, formaient des tâches de couleur chatoyantes et les plantes exotiques avaient été sorties de l'orangerie et disposées avec soin dans leurs grands pots cubiques en bois. Rita, ma petite chienne cocker me suivait pas à pas et je me prenais par moment à être heureux malgré le décès de mon père que j'avais aimé et admiré, et le fantôme de François qui venait souvent me visiter. Mais je commençais à ressentir un manque, j'avais besoin de partager mes sensations avec un être cher. Avec septembre arriva l'époque de la chasse, j'étais souvent invité à des chasses à courre, j'aimais les départs le matin, à cheval au milieu de cette meute de chiens excités, impatients de courir sus à la proie, j'aimais ces galopades en forêt, ces appels, mais j'évitais tant que possible la curée, voir cet animal aux abois, cerné par une meute hurlante, me faisait trop penser à d'horribles souvenirs et j'ai toujours refusé l'invitation du piqueur à servir le cerf*. A la Pommeraye, bien que la chasse au lièvre se pratiquât parfois à courre, j'invitais à la chasse à pied. Ces journées donnaient lieu surtout à d'énormes agapes et, souvent l'après midi se passait à l'affût, les ouvriers de la ferme étant mobilisés pour le rabattage, et le " tableau de chasse " était exposé en fin d'après midi dans la cour d'honneur.

Que dire des trois années qui suivirent ? Je menais le même rythme de vie, partagée entre la marche des affaires et les loisirs. Je me plaisais à la Pommeraye, je lisais toujours autant, m'intéressant à ce Chateaubriand et dévorais avec plaisir les Martyrs, son dernier roman paru en 1809. Comme je l'ai déjà dit, ma mère refusait obstinément de se remettre au clavecin et, ayant entendu en concert à Caen des œuvres de ce nouveau Beethoven, je décidais de me remettre à la musique et, pour ce faire, je fis l'acquisition d'un piano Erard, facteur réputé depuis 1780 ; le demi queue remplaça au salon le clavecin qui émigra au grenier. J'étudiais des sonates de ce compositeur qui me touchait particulièrement et que j'admirais.

N'avait-il pas dédicacé, avant sa parution, sa troisième symphonie Héroïque à Napoléon ? Il voyait celui-ci, encore premier Consul, comme le grand Libérateur des peuples opprimés par la tyrannie. Mais, dès qu'il se rendit compte de la mégalomanie de cet homme, se faisant sacrer empereur et installant sa famille sur tous les trônes d'Europe, il déchira sa dédicace avec colère. Napoléon paraissait invincible, après Ulm et Austerlitz, brillante victoire lui ouvrant les portes de Vienne, ce furent les victoires éclatantes de Iena, Anerstaedt, Eylan, Friedland, la prise de Lisbonne et l'occupation de l'Espagne ainsi que celle de Rome. C'est d'ailleurs en Espagne qu'il connut ses premiers soucis, car il ne se trouvait pas confronté à une armée ennemie en rase campagne, mais à une guérilla de tout un peuple, refusant l'occupation où l'ennemi était souvent invincible. Il prit Saragosse en 1809 mais ce fut une victoire sans lendemain.

Je ne savais trop que penser, certes il avait rétabli une paix intérieure souvent au prix du sang et redonné un élan économique à la France, mais je pensais que toutes ces victoires, si grandes soient-elles auraient une fin et que la chute n'en serait plus lourde. J'avais trop été éduqué par ce vieux voltairien qu'avait été mon père, pour ne pas souhaiter une Monarchie Constitutionnelle vivant en paix avec ses voisins. Mais, pour l'instant, l'impérialisme était solide et faisait abondamment couler le sang sur les champs de bataille. J'étais devenu un habitué des célèbres chasses à courre du comte de Forgeville qui possédait un magnifique château entre Falaise et Argentan avec plaines et forêts offrant un espace idéal pour la chasse. Lors d'une de ces chasses, en septembre 1809, je galopais dans une allée cavalière pour rejoindre les chasseurs, me guidant au son de la troupe. Soudain, j'aperçus une cavalière en difficulté, son cheval apeuré refusant obstinément de franchir un tronc d'arbre barrant le chemin. Elle montait en amazone et, fort bien, car le cheval faisait des ruades mais n'arrivait pas à désarçonner sa cavalière. Je stoppais alors mon cheval et, sautant à terre, je pris sa monture par les rênes, lui caressant l'encolure et lui parlant avec douceur. Ainsi, je pus lui faire franchir l'obstacle. Je remontais et chevauchais à côté de la jeune femme qui me remercia chaudement, me révélant un charmant sourire. Nous étions au pas et commencions à parler l'un et l'autre et l'un de l'autre. C'était peut-être la première fois que je me sentais aussi bien aux côtés d'une femme, elle avait un tel don pour écouter, acquiescer avec son charmant sourire tout en restant sur sa réserve, que je me trouvai immédiatement conquis.

Nous arrivâmes en vue des chasseurs et le chemin que nous avions fait ensemble m'avait paru bien court. Lors de la réception au château, je m'arrangeai à me rapprocher d'elle et nous reprimes notre conversation avec, apparemment un plaisir partagé.

J'appris qu'elle s'appelait Clémence Moreau-Lantheuil, veuve d'un commandant tué deux ans plus tôt lors de la bataille de Friedland, qu'elle vivait seule avec sa mère dans un hôtel particulier sis Porte du Château à Falaise. La soirée s'avançait, elle était invitée pour quelques jours chez la comtesse et je finis par lui arracher le consentement d'aller lui rendre visite à Falaise.

La semaine qui suivit me vit sur des charbons ardents, je n'avais qu'une hâte, revoir Clémence. Au bout de huit jours, je lui fis parvenir un pli lui annonçant ma visite. Au jour dit, je frappais à la porte de l'Hôtel de la Porte du Château et fus introduit par une femme de chambre dans un intérieur douillet. Le salon où je fus introduit était meublé avec goût de confortables bergères, de petites tables dont une, marquetée, fort belle ; sur la cheminée, une belle garniture au milieu de laquelle trônait une superbe pendule, tout en porcelaine de Paris d'un bleu éclatant, les sols parquetés recouverts d'épais tapis d'Orient, une vitrine remplie d'objets hétéroclites dont quelques petites statuettes égyptiennes, rapportées, je l'apprendrai plus tard, par le commandant Moreau Lantheuil qui avait fait la campagne d'Egypte avec Bonaparte. Je me trouvai enchanté et j'étais entrain de contempler cette vitrine lorsque Clémence entra. Elle était vraiment charmante dans sa robe bleue et blanche, la taille très haute, suivant la mode, les manches courtes et bouffantes et la tunique droite, épousant ses formes sans les accuser, ses pieds chaussés de minces cothurnes et ses beaux cheveux châtains rehaussés de rubans.

Elle me fit la grâce de son charmant sourire en me priant de m'asseoir. Comme lorsque nous avions chevauché côte à côte, on entama une conversation qui aurait pu durer des heures sans qu'aucune lassitude ne nous envahisse. Un immense courant nous entraînait et nous rapprochait. Quelques temps après, sa mère nous rejoignit et un thé fut servi accompagné de quelques friandises.

*Achever l'animal par égorgement.

Je devins un habitué de la Porte du Château. Lorsqu'il faisait beau, nos pas nous entraînaient vers les ruines du vieux château féodal de Guillaume. Falaise était bien calme et nous préférions les galopades dans la campagne normande, nous partions souvent la journée entière, nous arrêtant manger dans quelque auberge des bords de l'Orne, enfouie dans la verdure, vers Pont d'Ouilly ou même parfois jusqu'à Clécy, la nature se faisant la complice de notre amour. Je ne sais plus quant cela arriva exactement mais je n'eus pas à la demander en mariage, ce fut une décision commune. Qui en parla le premier ? Aucun de nous deux ne s'en souvint. Le fait est que le mariage fut fixé pour mai 1840 afin de profiter des beaux jours. Nous décidâmes de le faire à la Pommeraye, l'Hôtel de Falaise étant un peut trop petit pour recevoir les invités. De toute façon, nous ne voulions pas d'un grand mariage, nous n'avions pas besoin de la foule pour consacrer notre amour et François était toujours vivant en moi.

J'appris par ailleurs avec horreur que nous avions un point commun épouvantable, son père ayant été guillotiné sous la Terreur. Elle avait alors dix ans et adorait son père qui, je l'appris par elle, avait bien des points communs avec le mien. Elle eut, par contre, la délicatesse de ne jamais parler de son mari, je n'en sus que le stricte nécessaire.

Elle vint avec sa mère à la Pommeraye et fit immédiatement la conquête de ma mère, admirant sans restriction le parc qui sembla réellement l'enchanter, s'intéressant également aux boutures et essais que ma mère entreprenait dans la serre.

Le mariage fut donc célébré dans l'intimité au mois de Mai, comme convenu. Nous avions seulement chacun une dizaine d'invités, de mon côté, il y avait Charlotte avec son mari Lucien récemment promu commandant, et son frère Léon, toujours célibataire et désormais capitaine, ces deux militaires toujours aussi élégants dans leurs grandes tenues mais également toujours aussi fats et antipathiques. De toute évidence, ils estimaient que leur seule présence mettait en valeur la réception et ne parlèrent que batailles, charges héroïques, étalant leur admiration sans bornes pour l'Empereur. La petite Marie, fille de Charlotte, qui avait maintenant seize ans et était bien belle me mettait mal à l'aise, je ne pouvais m'empêcher de penser qu'elle était peut-être ma fille. Il y avait également les Martigny de Paris étalant leur prospérité : mon oncle Joseph et sa femme Anne Marie, Louis, toujours célibataire et sa soeur Augustine qui devait se marier dans quelques mois, me l'annonçant en rougissant. Et enfin, bien évidemment, ma soeur Héloïse et son mari Adolphe avec les jumeaux, " les anglais ", qui avaient maintenant seize ans et firent les yeux doux à Marie durant toute la journée.

De son côté, Clémence avait également une douzaine d'invités dont le comte et la comtesse de Forgeville, vieux amis de la famille Moreau-Lantheuil.

La cuisinière qui se faisait bien vieille, aidée de trois extras, s'était surpassée et les invités ne manquèrent pas de me faire de grands compliments sur la qualité des mets.

Le lendemain du mariage, comme c'était souvent la coutume, je présentai ma femme aux domestiques et leur offris un déjeuner de fête auquel nous participâmes. Après cet ultime effort, la cuisinière demanda à prendre sa retraite auprès des quelques membres de sa famille qui lui restaient à Potigny. Je lui constituais une petite rente, lui demandant seulement d'attendre sa remplaçante.

Ma femme se trouva rapidement enceinte à la grande joie de tous et un beau garçon vit le jour au mois de juin 1811, que nous prénommâmes Jérôme. Mais hélas ! la grossesse et la naissance furent très difficiles, et le médecin nous prévient qu'une nouvelle grossesse mettrait sérieusement la vie de Clémence en danger.

Les années qui suivirent furent des plus heureuses. Ma mère qui commençait à se faire bien vieille, avait tenu à se retirer dans une chambre de l'étage, afin de nous laisser la grande chambre du bas. Elle sortait peu, s'appuyant sur mon bras ou celui de Clémence pour faire sa promenade quotidienne dans le parc. Elle avait demandé qu'on lui installe un fauteuil roulant dans la serre et elle y passait des heures ; D'ailleurs, elle avait réussi pleinement à nous communiquer sa passion pour la botanique. Clémence, de toute évidence, était heureuse, elle passait une grande partie de son temps à pouponner Jérôme et à la promener dans son landau. Lorsqu'il marcha, elle avait réussi un petit exploit qui amusait beaucoup Jérome : en donnant régulièrement à manger aux poissons rouges du bassin, il y en avait un, toujours le même sans doute, qui, à l'approche de Clémence, sortait de sous les nénuphars et faisait un petit saut hors de l'eau. On avait fini par l'appeler Neptune.

J'essayai de me tenir informé des événements mais, il fallait saisir les bruits et les trier, car une censure impitoyable muselait la Presse, j'étais abonné au " Journal de l'Empire ", ancien " Journal des Débats " mais toute information donnée par ce journal était forcément orientée.

L'année de naissance de Jérome, Napoléon eut un fils avec l'impératrice Marie Louise, auquel fut décerné le titre de roi de Rome. La dynastie impériale avait désormais son dauphin. Napoléon était au fait de sa gloire, il semblait invincible ; seule, dans son île, l'Angleterre résistait et infligeait des défaites navales à la France. L'empereur pensa alors que l'invasion de la Russie et sa défaite inévitable, isolerait définitivement les anglais. Ce fut donc la désastreuse campagne de Russie, l'entrée dans Moscou, désertée de la plupart de ses habitants et en flamme et, enfin, la retraite cruelle, au coeur de l'hiver russe impitoyable. Napoléon battant retraite, poursuivit jusque sur le sol français ; il remporta encore quelques victoires sans lendemain avec une " Grande Armée " affaiblie. Obligé d'abdiquer, l'empereur déchu s'embarqua pour un exil à l'île d'Elbe.

Incroyable ! Un roi est de nouveau sur le trône, et c'est Louis XVIII, le propre frère de Louis XVI. Vingt cinq ans de tourmente pour en arriver là. Le drapeau blanc remplace le drapeau tricolore et la cocarde est abolie. Le roi est l'objet constant de petites intrigues de cour, les ultras essayant de l'entraîner vers une politique réactionnaire et revancharde mais on doit reconnaître que, sans dire ni oui ni non, il saura louvoyer et éviter les excès.

Lucien et Léon avaient refusé de se rallier au nouveau régime et ils passaient leurs journées à refaire le monde et revivre les grandes batailles auxquelles ils avaient participé. Charlotte avait renoncé depuis longtemps à essayer de les intéresser aux affaires. La chance avait voulu qu'elle ait réussi non seulement à conserver la tannerie et la Sellerie Bourrelerie, mais, qu'en plus, elle les ait fait prospérer. Mais elle était inquiète pour l'avenir : comment serait le mari de Marie, celle-ci paraissant, pour l'instant, avoir des goûts bien frivoles, ne s'intéressant pas non plus aux affaires, admirant beaucoup son père et son oncle. Ceux-ci, non contents de se désintéresser des affaires, dépensaient en plus de grosses sommes au jeu et avaient évité de justesse de se battre en duel, toisant avec morgue ces royalistes qui acceptaient de bon coeur l'occupation du sol national par des troupes étrangères. Des soldats russes avaient campé leurs régiments sur les champs Elysées !!! Eux, des anciens de la grande Armée ne pouvaient pas l'admettre.

Quel ne fut pas le coup de tonnerre quand la nouvelle arriva du débarquement de Napoléon à Golfe Juan le 01.03.14, et de sa remontée triomphale vers la capitale. Les troupes envoyées pour l'arrêter, se ralliaient aussitôt, en le voyant. Même le maréchal Ney, surnommé " le brave des braves ", rallié à Louis XVIII et lui ayant promis de lui ramener Napoléon dans une cage de fer, se mit à genou devant son empereur à Lons le Saulnier. Pour ce fait, lors de la nouvelle Restauration, il fut fusillé, commandant lui-même le peloton d'exécution et recommandant aux tireurs de bien viser au coeur, allant ainsi jusqu'au bout de sa légende.

Lucien et Léon, malgré leur âge, fous de joie, ressortirent leurs uniformes et partirent rejoindre leurs régiments et l'empereur.

On connaît la suite ; Waterloo, défaite définitive dont la cause principale fut la trahison de certains chefs, dont le plus connu Groudy, aurait même peut-être communiqué le plan de bataille de Napoléon au général Blücher. Et exil, cette fois définitif, vers Sainte Hélène, îlot rocheux perdu dans l'Atlantique sud, au large de l'Afrique.

Seul, Léon rentra à Canterel. Lucien était tombé glorieusement à Waterloo. Malgré tous ses défauts, Charlotte l'aimait encore passionnément et elle se sentait maintenant bien seule. Sa mère était morte l'année précédente, Marie, qui pleura beaucoup son père, ne songea plus qu'à s'amuser et s'éloigna de sa mère. Quant à Léon, désormais seul à ressasser ses souvenirs, il passait ses journées à refaire les batailles avec des petits soldats de plomb, ou il partait dans de folles galopades, ou il s'attablait dans quelque tripot où il perdait de grosses sommes. Il arriva inévitablement qu'il se prit de querelle avec un royaliste et que le duel au pistolet soit décidé. Il reçut une balle dans la cuisse, lui qui avait traversé tant de batailles sans une blessure, balle qui le laissa boitant pour le reste de sa vie, il sombra dans la boisson.

La nouvelle restauration entraîna alors les pires excès, on revint à un régime policier où l'arbitraire était de mise, cette " Terreur Blanche " entraîna cent milles arrestations et nombres d'exécutions sommaires revanchardes. Les ultras avaient beau jeu maintenant de faire valoir qu'il fallait éradiquer la mauvaise graine républicaine et bonapartiste. L'Europe entière avait tremblé sur ses bases et des accords furent conclus entre les monarchies régnantes afin de s'entraider les uns les autres en cas de " danger ".

Toutefois à partir de 1818, une certaine liberté commença à revenir. Je m'étais abonné au journal " Le Constitutionnel ", journal d'aspect libéral, osant la critique. Si les pertes humaines dues à la guerre avaient été importantes (on ne sut jamais le nombre exact : estimations fantaisistes allant de 460 000 à 3 000 000 !), la censure impitoyable, faisant de l'Empire une période stérile en littérature (seuls trois écrivains notables, malgré leur opposition au régime réussirent avec difficulté à faire paraître leurs œuvres, soit Madame de Stael, Chateaubriand et Benjamen Constant) par contre l'Economie, les grands travaux, l'agriculture, l'industrie, la sidérurgie étaient en forte progression. La Normandie s'enrichissait en grande partie grâce aux tissages, utilisant le nouveau métier de l'inventeur Jacquard.

On semblait rentré dans une période de prospérité. Cette monarchie constitutionnelle que nous avions souhaité mon père et moi, était-elle en marche ?

Nous étions parfaitement heureux, clémence et moi, à la Pommeraye, avec notre petit Jérome qui avait l'esprit de plus en plus vif. Nous allions parfois passer la journée à Falaise, mais le plus souvent, c'est la mère de Clémence qui venait passer quelques jours au château. Nous avions régulièrement des invités et, après le repas, invariablement, Clémence obtenait son petit succès, en faisant faire des cabrioles à Neptume.

En 1816, ma mère nous quitta et alla rejoindre les Valmont au cimetière. Une simple messe fut dite avec quelques intimes. A la grande désolation du curé, le banc des Valmont restait le plus souvent vide, bien que l'abbé Boitard ne soit assez sympathique. Mais mon éducation voltairienne et les malheurs que nous avions subi, Clémence et moi, faisait que l'Eglise, disons plutôt, le clergé, qui faisait tant de prosélytisme, pour un Dieu si bon mais qui acceptait tant d'horreur, nous paraissait du domaine du folklore. De plus, l'Eglise avait un tel passé d'involture, qu'il m'était vraiment impossible de me rallier.

En 1817, le cocher se faisant vieux, exprima le désir de se retirer au près des siens, je lui demandai seulement de bien vouloir attendre que je lui aie trouvé un remplaçant. Le hasard voulut que, quelques jours plus tard, un homme franchit la grille du château et vint frapper à la porte demandant à parler au maître. C'était le type même du " demi-solde ", coiffé du chapeau claque, évasé vers le haut, revêtu d'une longue redingote et chaussé de bottes, la figure barrée d'une grosse moustache. Il se présenta comme le sergent Blacher, ayant servi dans la Grande Armée, connaissant bien les voitures et les chevaux, ayant été dans le train, Devant son regard franc, j'acceptai de le prendre à l'essai comme cocher. Je m'eus qu'à me louer de ses services. Un jour il retrouva, dans le fond d'une remise, la petite voiture dans laquelle nous nous promenions, François et moi, tirés par Comette. Il la remit en état, trouva une chèvre à la ferme et, tout fier, vint chercher Jérome. Ravi, celui-ci adopta tout de suite son nouvel équipage et prit l'habitude d'aller souvent voir Antoine, tel était le prénom du sergent Blacher, qui avait toujours quelque tour à lui montrer.

Suivant scrupuleusement les événements politiques, je voyais avec satisfaction Luis XVIII obligé de conserver, cahin caha, les acquits essentiels de la révolution. Mais l'assassinat du duc de Berry (organisé en sous-marin par les ultras ?) allait servir à museler un peu plus une opposition active dont l'un des principaux membres n'était autre que Benjamen Constant, cette lutte des ultras débouchant sur l'exécution des quatre sergents de la Rochelle, dont l'attitude força l'admiration. Le règne de Louis XVIII allait s'achever par sa mort en 1824, laissant la France aux mains des ultras après l'élection d'une " chambre retrouvée " donnant la majorité absolue aux conservateurs. Une censure impitoyable fut même rétablie.

C'était à désespérer des hommes et des leçons de l'Histoire et je décidai de ne plus recevoir aucun quotidien, l'indépendance de vues n'étant plus qu'un leurre. Je m'enfermai dans mon paradis qu'était la Pommeraye, me consacrant de plus en plus à la botanique, lisant beaucoup et travaillant le piano à travers les oeuvres de Beethoven et de son tout nouvel émule Schubert, dont certains impromptus m'enchantaient. J'avais de fréquentes relations avec Jean Lerat concernant la marche de la ferme et je me rendais toujours régulièrement à Caen rencontrer les hommes d'affaires qui faisaient prospérer la fortune de ma mère. Pendant ce temps, Jérome grandissait et faisait notre admiration. Déjà treize ans et un esprit ouvert et éveillé comme nous le confirmait souvent son précepteur. Et, à l'inverse de son grand père qui avait reçu dix coups de verges pour avoir dit des mots désobligeants envers Jules César, Jérome, lui, se passionnait pour ses campagnes et était incollable sur l'histoire du premier Empire et de Napoléon. Ce que nous ne saurions que plus tard, c'est que notre fils écoutait avec ferveur les récits des grandes batailles de l'Empire auxquelles le sergent Antoine Blacher avait participé, que celui-ci avait un don particulier pour lui raconter les attaques de front au son du tambour, tous mis derrière le drapeau, les charges héroïques de cavalerie sabre au clair, l'odeur de la poudre, les cris, l'Empereur lui-même venant remercier ses soldats après le combat, les derniers carrés luttant jusqu'à la mort à Waterloo, noyés par le nombre des ennemis et périssant à cause de la trahison de certains généraux.

Il avait confectionné une réplique en bois parfaite de sabre pour Jérome qui ne quittait plus cet instrument, taillant à grands coups dans les herbes folles, se voyant déjà luttant et triomphant d'un ennemi supérieur en nombre.

En 1825, Louis Martigny atteignait la cinquantaine et se mariait avec une jeunette ne comptant que la moitié de son âge. Clémence et moi fimes le voyage jusqu'à Paris afin d'assister aux noces. Je fus content de revoir la rue Saint Séverin, la petite chambre qui fut la mienne durant plusieurs années et qui nous fut dévolue. L'appartement n'avait guère changé. L'oncle Joseph et sa femme Anne Marie se faisaient bien vieux, mais, avec leur fils Louis qui respirait la prospérité, ils nous firent un accueil des plus chaleureux qui nous toucha beaucoup. Ce fut un grand mariage avec grandes orgues à Notre Dame, alors que lors de mon séjour forcé dans la capitale, ce merveilleux édifice s'appelait Temple de la Raison et qu'on y donnait des spectacles, parfois libertins. Nous profitâmes de la dizaine de jours passée à Paris pour assister à une représentation du Barbier de Seville à la Comédie Française et de Cosi fan tutte de Mozart à l'Opéra. La ville me parut encore plus trépidante, les encombrements encore plus nombreux, mais quel plaisir nous avons trouvé à musarder dans ces rues vivantes, où de nombreux nouveaux boutiquiers étaient apparus.

Je revis bien sûr aussi Augustine qui avait pris du poids, mère de deux enfants, et devenue modèle de la bourgeoisie aisée avec son mari, de toute évidence ultra, qui me parut fade et fat.

C'est en rentrant à la Pommeraye que Clémence se rendit compte d'une grosseur au sein qui commençait à la gêner. On fit venir des médecins qui détectèrent une tumeur maligne, qui essayèrent divers traitements sans succès. J'étais au désespoir et malgré les éminents spécialistes que je fis venir, Clémence me quitta un soir d'hiver 1827 après avoir souffert le martyr durant plusieurs semaines. J'en voulais au monde entier, je maudissais ce Dieu, s'il existait, de permettre tant de souffrance. Clémence alla rejoindre les Valmont au cimetière, seuls Jérome et moi, ainsi que quelques personnes de Saint Germain du Val suivirent le corbillard. En effet, je voulais rester seul avec ma douleur, je n'aurais pas supporté des invités se lançant obligatoirement dans des propos futiles, ce qui m'avait tant choqué lors du décès de ma grand mère Mariette.

Le printemps 1828 revint, la nature reprit ses droits, la fraîcheur agréable des petits matins, la nature en pleine éclosion, tout cela incitait à la vie, mais Clémence me manquait cruellement et je pensais parfois à François avec un sentiment de révolte : Le temps efface tout, les êtres chers tombent dans l'oubli. Neptune n'oublia pas Clémence qui, plus jamais ne fit ses cabrioles à mon approche.

Histoire, éternel recommencement, Charles X qui a succédé à son frère Louis XVIII en 1824 ne cache pas son penchant pour un pouvoir exclusif et est appuyé par les ultra ; une censure féroce revient, et celle exercée contre deux quotidiens : " Le National " et " La

Tribune ", fera déborder le vase et aboutira aux Trois Glorieuses, ces trois journées révolutionnaires qui auraient pu déboucher sur la République, mais vit apparaître ce qui restera dans l'Histoire la Monarchie de Juillet, avec un " roi bourgeois " qui, sous des allures débonnaires, était en fait un homme très autoritaire, imbu de lui-même et décidé à ne pas s'effacer devant ses ministres. Malgré cela, le début de son règne fut marqué par de réelles concessions qui permirent d'espérer. Il continua la conquête de l'Algérie commencée par son prédécesseur, campagne qui devait bouleverser la Pommeraye.

Pendant toutes ces années, Jérome avait grandi, s'était rapproché de moi et nous passions parfois des heures à refaire le monde. Il était plutôt pour la manière forte et c'est en 1829 qu'il m'annonça sa décision de faire carrière dans l'Armée. Il avait soif de gloire, de nouveaux horizons et, malgré les nombreux essais que je fis pour l'en dissuader, il resta inflexible. Le ver avait été mis dans le fruit par les récits du sergent Antoine Blacher comme jadis, l'abbé Tancrède avec mon grand-père Charles. L'intolérance en moins, toutefois. Sa décision restant ferme, je fis le nécessaire pour le faire rentrer à Saint Cyr, la grande école militaire fondée sous Bonaparte en 1802. Et c'est l " coeur gros que je le vis partir au début de l'année en 1830.

Je fus donc très inquiet lors des Trois Glorieuses mais appris plus tard que, lors des événements, les cadets avaient été consignés dans leur école.

Nous nous écrivions régulièrement, il paraissait heureux. Quant à moi, je me retrouvais seul à la Pommeraye. Pas événements marquants, un nouveau valet de chambre entra à mon service, le vieux Valentin s'étant retiré. Je fis désormais comme mon père et appelai le nouveau, Valentin, bien que ça ne fut pas bien sûr son nom.

Nous étions en plein romantisme et mes nombreux moments de mélancolie étaient bercés par certains nocturnes de ce nouveau Chopin, prodigieux pianiste et compositeur, ou par la lecture de poèmes d'un nouvel écrivain, grand romantique, Lamartine, dont la lecture de ses Méditations Poétiques récemment parues alimentait ma mélancolie, mais était aussi devenu une nourriture essentielle de mon esprit.

Le lieutenant baron Jérome de Valmont, après quelques courtes permissions, vint passer un séjour un peu plus long en 1833. Je dois dire qu'il avait fière allure dans sa tenue de hussard, arme de la cavalerie légère qu'il avait choie mais cela me rappelait un peu trop Lucien et Léon que je n'avais guère aimé. Il allait souvent discuter avec le cocher qui le regardait comme son oeuvre.

Jérome fut muté dans une caserne en région parisienne mais il s'y ennuyait ferme comme il m'en faisait part dans ses lettres, et en 1835 il revint à nouveau à la Pommeraye pour un séjour un peu plus long encore, m'annonçant avec joie que sa demande pour partir en Algérie participer à la pacification avait été enfin acceptée. Il partit à l'automne et continua à m'écrire régulièrement, me disant combien il était heureux de cette vie au grand air, à la recherche d'un ennemi souvent invisible et qui glissait entre les mailles du filet, après de brefs engagements souvent violents.

L'été 1839 fut radieux et Jérôme revint à nouveau passer une longue permission ? Je vis arriver, je dois le dire non sans fierté, ce capitaine des hussards, forci, tout en muscles, au visage hâlé. Il me racontait avec fougue la vie menée là-bas entre les campements à la belle étoile, le chant des cigales, interrompu de temps à autres par le hurlement lugubre du chacal, les marches harassantes sous un ciel aveuglant et un soleil sans pitié, les pauses dans des oasis de verdure. Ou alors, les permissions à Alger dont la casbah conservait tout son mystère, ces femmes voilées au regard brûlant, ces senteurs épicées... Il était plein d'admiration pour son chef, le général Bugeaud qui poursuivait sans relâche le dernier grand chef arabe, Abd El Kadder, et ne tarderait pas, il en était sûr, à le rencontrer et à le vaincre.

Jérôme repartit et je me sentis encore plus seul. Je n'avais plus goût à grand chose, même Chopin, même Lamartine n'arrivaient plus à combler ma solitude et la tristesse qui m'envahissait. Mon seul plaisir restait la promenade dans le parc, les discussions, comme au temps de Clémence avec les jardiniers. Un certain, jour, je passai devant les arbres plantés pour Héloïse, François et moi, ainsi que celui que j'avais planté pour Jérôme. L'arbre de François était devenu un chêne d'assez belle taille, que d'années passées... Aurai-je l'occasion de planter un nouvel arbre ?

Au mois de mai 1843, je faisais ma promenade quotidienne lorsque je ressentis une sueur froide me couler du front et une violente douleur m'envahir la poitrine, tout tournait autour de moi et je m'appuyai contre un tilleul, glissant petit à petit. Dans un brouillard, je vis accourir un jardinier avec son grand tablier bleu, qui me souleva et m'aida à rejoindre le château et à m'allonger sur mon lit. Il avait appelé Valentin qui chargea le cocher d'aller chercher d'urgence le docteur Boumard à Saint Pierre l'Eglise. La douleur était passée mais je ressentais une immense faiblesse. Le docteur arriva, me donna quelques potions, recommandant le repos absolu pendant quelques jours, puis il repartit.

J'apercevais le dos de Valentin entrain de préparer les potions, le lit se mit à tanguer, le ciel du baldaquin se rapprochait doucement puis s'éloignait à nouveau, je regardais la miniature de Clémence que j'avais fait faire après sa mort d'après le grand tableau de la galerie de l'étage, et que j'avais posé sur la table de nuit ; elle semblait me sourire. Je m'enfonçai de plus en plus dans mon lit avec l'impression de couler, couler, couler... J'aperçus François qui se penchait vers moi en souriant puis, tout à coup, Jérôme, sanglant m'appelant à son secours, je lui hurlais : " Attends-moi ! ", une douleur atroce me transperça à nouveau la poitrine et je sombrais dans un trou noir sans fond.

Valentin ayant vu les lèvres de son maître remuer, se pencha pour écouter quelque message et ne reçut que son dernier souffle.

Au même moment, au delà des mers, le capitaine Jérôme de Valmont tombait, foudroyé par une balle en pleine tête, en poursuivant les derniers fuyards de la Smala d'Abd El Kadder, enfin rattrapé par Bugeaud.

LA POMMERAYE

Deuxième partie

Chapitre 1 - Renaissance

Jérôme tué durant la prise de la Smala d'Abd El Kadder, dernier et unique descendant des Valmont, la dynastie, tant souhaitée par Corentin, n'aura duré que cinq générations. N'ayant donc pas de descendance directe, la fortune des Valmont, comprenant également les héritages Letourneur de Craon et Moreau Lantheuil, échut aux " Anglais " Jacques et Jean, les fils d'Héloïse, tante de Jérôme. Jacques et Jean de Criqueville étant déjà à la tête d'une grosse fortune, se virent promus première fortune du département avec l'héritage Valmont.

Hélas ! Il n'y avait personne pour aller habiter la Pommeraye et le château fut fermé, Jacques et Jean ne laissant que Valentin et un jardinier pour ne pas laisser complètement à l'abandon cette belle propriété. En effet, Jacques de Criqueville, marié en 1820 et père de deux garçons, Jean Marie né en 1822 et Jean Philippe en 1824, habitait l'hôtel particulier de Caen et ne souhaitait pas quitter la ville où il menait une vie mondaine, était membre de plusieurs sociétés savantes et était très pris par ses activités municipales ; on parlait d'ailleurs de lui comme prochain maire. A l'inverse, son frère, Jean de Criqueville, marié en 1822 et père d'une fille, Jacqueline, née en 1825 et d'un fils Alphonse né l'année suivante aimait à mener une vie retirée dans le grand et beau château de Criqueville ; vie retirée mais non dénuée de faste. Grand amateur de chevaux, il élevait quelques purs sangs qu'il faisait participer aux courses, mais était surtout amateur de concours hippiques où il avait brillé dans sa jeunesse. Ses chasses à courre étaient réputées et donnaient lieu à des fêtes somptueuses.

Le nom des Martigny s'éteignit également à Saint Pierre l'Eglise avec la mort de Léon, tué par l'ennui et l'alcool, la même année que Jean Jacques de Valmont. Charlotte suivit l'année suivante, seule, se sentant délaissée par sa fille qui avait mené une vie bien frivole et s'était mariée en 1822 - mariage forcé -, avec un vieux libertin de vingt ans son aîné, Jean Charles de Mercoeur, riche propriétaire terrien. Ils eurent un fils la même année, que Marie tint à appeler Lucien, comme son père qu'elle avait beaucoup admiré. Idée qu'elle trouva plus dérisoire lorsqu'elle apprit, de la bouche même de sa mère, prise de remords sur son lit de mort, qu'en fait, elle était la fille de Jean Jacques de Valmont. Cela la peina quelques temps, mais ne la choqua pas compte tenu de sa jeunesse dissolue.

Le nom de Martigny ne s'était pas éteint dans la branche parisienne, Louis, comme on l'a déjà vu, s'était marié sur le tard et avait eu un fils prénommé Charles, comme son grand père, en 1827. La société Martigny était florissante et le retour de la Monarchie, la folie des grandeurs faisait que la boutique du Faubourg Saint Honoré marchait fort bien et rapportait beaucoup d'argent. La " Société d'Importation des Cuirs d'Argentine " avait conservé sa position de fournisseur officiel des Armées, malgré le changement de régime, et rapportait aussi beaucoup d'argent. Louis était un homme d'ordre et avait apprécié le régime autoritaire de l'Empire mais estimait tout de même que la Monarchie avait du bon. Quant à Augustine, mariée à trente-trois ans avec un riche oisif épris de lui-même, Edmond Debulois, elle avait pris du poids et était devenue apathique. Elle habitait un grand appartement rue des Canettes, derrière l'église Saint Sulpice où elle avait sa place attitrée et était l'une des paroissiennes préférées du curé pour ses largesses envers les pauvres. Malgré son mariage tardif, elle avait réussi à avoir deux enfants qu'elle avait élevé en les chérissant, Sylvain en 1811 et Jacqueline en 1813.

Jean Marie de Criqueville et son frère Jean Philippe s'aimaient comme deux frères mais ne pouvait rester plus d'une heure ensemble sans se disputer. Autant Jean Marie était calme, posé, rêveur aimant à se plonger dans de longues lectures, et appréciant la solitude, autant Jean Philippe était remuant, ne pouvant rester sans rien faire et pestant pour un rien.

Des troubles éclatèrent dans la campagne en 1846, dus à de mauvaises récoltes de blé et de pommes de terre. Des bandes d'affamés parcouraient la campagne, n'hésitant pas à piller les châteaux. Jacques et son fils Jean Philippe s'insurgèrent contre cette racaille qu'il fallait mater à tous prix avec l'aide de l'armée.

L'opposition en profita pour organiser de grands banquets à travers la France, et Jean Marie, au grand dam de sa famille et, en particulier de son frère qui faillit en venir aux mains, n'était pas insensible aux discours de jeunes dirigeants de l'opposition comme l'avocat Ledru Rollin, le journaliste Louis Blanc, ou l'écrivain Lamartine qui se battaient, entre autres, pour le suffrage universel, fait inadmissible pour les Criqueville : La voix du pauvre auquel Jacques de Criqueville faisait l'aumône, aurait la même valeur que la sienne ! Impensable !

Une gauche extrême essayait d'imposer ses vues, souhaitant même remplacer le drapeau tricolore par le drapeau rouge.

-" Ah ! Il est beau ton Louis Blanc ! ", s'écriait Jacques en s'adressant à son fils Jean Marie, " le drapeau rouge, la journée travail ramenée à onze heures, l'augmentation des impôts ! Ils vont nous ruiner ! Et pourquoi pas le retour de la Terreur, la guillotine en permanence place Saint Sauveur ! Et le nouveau départ en exil ! Souviens-toi qu'à cause de cette racaille je suis né en Angleterre et n'ai connu mon pays qu'à l'âge de sept ans ! "

Jean Marie ne répondait pas mais il savait qu'une plus grande justice devait voir le jour. Trop de gens souffraient et avaient faim. Il se mit à espérer dans les élections du vingt-trois avril 48 où pour la première fois neuf millions d'électeurs votèrent au lieu de neuf cent quarante mille habituellement. Mais la France était encore à soixante-quinze pour cent rurale et la prévention contre un Paris révolutionnaire amena une Assemblée constituante majoritairement de droite. La deuxième République se mit en place, sans doute pas aussi libérale ni aux idées avancées qu'il avait souhaitées, mais au moins, malgré les cinq cents morts, onze mille prisonniers et quatre mille trois cents déportés, l'avenir ne s'annonçait pas aussi sanguinaire que ne l'avait été la Terreur encore trop proche et qui expliquait en partie la " prudence " des électeurs.

Jean Marie se maria en 1849 avec une jeune fille de la bonne bourgeoisie, l'absence de particule ne manqua pas d'être relevé par son père mais la dot confortable le fit revenir à de meilleures dispositions. Juliette était élégante, douce et tendre, mais un feu intérieur brûlait qui s'exprimait parfois dans son regard. Ils semblaient s'aimer beaucoup mais étouffaient dans l'atmosphère de l'hôtel.

C'est alors qu'un jour de juin 1850, Jacques demanda à son fils d'aller chercher quelques papiers à la ferme Valmont où un nouveau régisseur avait été nommé, les Lerat étant décédés. Il fit atteler le cabriolet et décida de faire de cette belle journée qui s'annonçait, une promenade en amoureux avec sa jeune femme. Après ses démarches à la ferme, il alla faire un tour au château. L'herbe des pelouses était haute, quelques herbes folles poussaient dans les allées et les arbres demandaient à être taillés, mais cette belle demeure endormie aux volets clos, comme la princesse du comte, ne demandait qu'à être réveillée. Valentin qui entretenait tant bien que mal l'intérieur, les fit entrer et ouvrit les volets du salon. Un flot de lumière pénétra et le parc imaginé par Marie et Henri releva tout son charme malgré le laisser aller. Il raconta à sa femme le peu d'histoire qu'il connaissait de cette propriété : construite en 1765 par son grand-père maternel Henri de Valmont, elle revint en héritage à son fils Jean Jacques mort sans descendance directe, son fils unique Jérôme ayant été tué durant la prise de la Smala d'Abd El Kadder. Il avait bien eu un frère, prénommé François, croyait-il se souvenir, mais celui-ci avait été guillotiné pendant la Terreur. Il ne restait plus que leur grand-mère Héloïse, descendante directe âgée de quatre-vingt ans, qui finissait ses jours chez son oncle Jean au château de Criqueville.

Conquis tous les deux, étouffant dans l'ambiance de l'hôtel Criqueville qui semblait ne vouloir abriter que des ultras, le seul libéral, Adolphe n'y ayant passé qu'un mois dans son lit de souffrance à son retour d'exil, ils décidèrent sur le champ de venir habiter à la Pommeraye.

Le mois suivant, Jean Marie et sa femme arrivèrent à la Pommeraye avec la domesticité, un gros travail de nettoyage et de remise en état du parc attendait les jardiniers. La serre était envahie de hautes herbes, quelques fleurs à l'éclat brillant, fruit des boutures de Marie émergeaient çà et là. En entrant dans l'Orangerie, on était envahi de senteurs lourdes émanant de ces plantes exotiques dont certaines, faute de soin, pourrissaient dans leurs bacs.

Après un hiver rigoureux, la Pommeraye se réveilla au printemps 1851, tout pimpant. Une nouvelle ère commença au château. Deux enfants naquirent : Julien en 1852 et Amélie en 1854. Deux arbres furent plantés pour leurs naissances, sans le savoir, non loin de ceux plantés pour Héloïse, François et Jean Jacques. Ces arbres étaient devenus de beaux chênes adultes, signes du temps qui passe.

Jean Marie et Juliette vécurent heureux à la Pommeraye, recevant peu, sortant peu, amoureux de leur domaine et s'attachant à l'embellir. Même Neptune, mais c'était sûrement un descendant, recommença à faire des cabrioles hors de l'eau, lorsque Juliette s'approchait du bassin.

Julien leur fils, après des études brillantes, d'abord au lycée crée à Caen par Napoléon et, ensuite à la faculté de médecine, n'exerça jamais sa profession de médecin et se retira plus tard à la Pommeraye, succédant à son père au poste de maire de Saint Germain du Val.

Quant à Amélie, au grand désespoir de ses parents, elle entra au couvent des Carmelites. Juliette et Jean Marie n'étaient pas particulièrement pratiquants, allaient parfois à la messe, le banc était toujours scrupuleusement réservé pour les propriétaires du château.

Jean Marie avait eu sa curiosité mise en éveil par les noms figurant dans le cimetière et s'était mis à établir un arbre généalogique. Il fut amusé d'apprendre que Lucien de Mercoeur habitant le Manoir de Cauterel était un lointain cousin et décida de faire sa connaissance.

Mais remontons aux parents de Lucien, cette frivole Marie et ce vieux libertin de Jean Charles de Mercoeur. Finalement, ce mariage forcé, se déroulait harmonieusement et ils avaient pris goût à vivre ensemble. De plus, fait inattendu, Jean Charles s'intéressait aux affaires Martigny. Le fameux M qui brillait avec tant de succès à Paris, ne touchait qu'un petit nombre de gens aisés à Saint Pierre l'Eglise et le magasin de la rue Notre Dame n'était devenu qu'une sellerie bourrelerie ordinaire, rapportant peu. La tannerie de Cauterel marchait un peu mieux mais ces deux affaires réunies auraient eu du mal à maintenir le train de vie des Mercoeur. Heureusement, Jean Charles avait un important patrimoine terrien et surtout une idée qui fera la fortune des générations suivantes. Il avait entendu parler de la découverte de Marie Harel dans les petits villages de Camembert, proche de Vimoutiers et non loin, donc de Saint Pierre l'Eglise. Il engagea un maître fromager qui connaissait le secret de Marie Harel et commença la fabrication dans un petit local des dépendances du manoir de Cauterel. Assez rapidement, le camembert commença à être réclamé sur tous les marchés et, Jean Charles mourant en 1848, c'est son fils Lucien qui donna une véritable impulsion, agrandissant les bâtiments, créant une véritable petite industrie.

Revenons à nouveau à Jean Marie et Juliette. Ils décidèrent un beau jour d'aller faire la connaissance de la famille Mercoeur, l'accueil fut courtois, eux-mêmes vinrent à la Pommeraye et ils se virent de loin en loin. C'est seulement à la génération suivante que leurs deux fils Julien et Gérard devinrent de grands amis.

Jacques de Criqueville, sa femme et son fils Jean Philippe menait toujours une vie mondaine dans leur Hôtel du Cour la Reine à Cane. Jacques et sa femme étaient accoutumés à faire leur promenade hebdomadaire le dimanche, se promenant à l'ombre des Tilleuls de la place Royale, allant même jusqu'à la belle promenade des fossés Saint Julien où Jacques, sa femme lui tenant le bras, était flatté de recevoir les nombreux saluts respectueux des citadins auxquels il répondait avec condescendance. Caen était en pleine évolution, depuis la visite que lui avait rendu le roi Louis Philippe en 1833. Monsieur Gui, le grand architecte caennais de l'époque, auteur entre autres des aménagements du Théâtre, et surtout, du déménagement de la Poissonnerie vers la rue Basse, au bord de l'eau et des abattoirs dans le quartier de

Vaucelles, ces deux édifices étant auparavant dans le centre en empuantissant les quartiers environnants, ce Monsieur Gui, donc, était un habitué de l'Hôtel de Criqueville. De plus, membre de plusieurs sociétés savantes, Monsieur de Caumont était aussi un intime, qui avait fondé l'Association Normande en 1832 et la Société Française d'Archéologie en 1834. Chaque hiver, la Prairie était inondée et Jacques aimait à contempler depuis son hôtel, les jeunes gens qui étaient accoutumés alors à aller ramer sur ce grand lac temporaire. Jacques et son fils, qui avaient les mêmes idées, virent avec soulagement sombrer la deuxième République. Ils avaient espéré un moment le retour de la royauté ; déjà, grâce à la droite majoritaire, la restriction du suffrage universel de quarante pour cent, les contenta pleinement et l'on put donc croire, grâce aux négociations entre Orléanistes et légitimistes qu'un roi serait bientôt de retour. Ce fut alors le coup de tonnerre du coup d'état du 2 décembre 51, suivi, après bien des péripéties par le plébiscite du 7 novembre 52 accordant la dignité impériale au prince Louis Napoléon Bonaparte qui régna sous le nom de Napoléon III.

Bien sûr, pensèrent-ils, c'était le neveu de l'usurpateur mais la France était en plein désordre et ils n'étaient pas mécontents de voir arriver un régime qui serait autoritaire, ils n'en doutaient pas. En tant que personnalités municipales, ils furent d'ailleurs aux premières loges, lors de la visite du prince président en 1850 et de sa nouvelle visite comme empereur en 1858 pour inaugurer le canal qui reliait désormais Caen, à la mer. En effet, le nouveau bassin, inauguré dix ans plus tôt avait dû se contenter de l'Orne qui ne facilitait pas la remontée jusqu'à Caen des navires de gros tonnage. L'activité portuaire qui en ressortit amena nombre d'ateliers et entreprises à déménager vers le cours Caffarelli.

Alphonse de Criqueville, le fils de Jean, avait depuis son plus jeune âge, un goût prononcé pour les armes. Il n'avait pourtant pas eu d'abbé Tancrède ou de sergent Antoine Blacher pour lui échauffer l'esprit, mais il était tenté par des horizons lointains et de grandes épopées que, selon lui, seule l'Armée pouvait lui apporter. Sa mère était inquiète mais son père n'essaya pas de le dissuader : après tout un officier de haut grade ne pouvait qu'être valorisant pour la famille et il décida, en conséquence de l'aider. Alphonse n'était pas très grand mais était bâti en force et était un cavalier émérite, s'étant déjà fait remarquer dans certains concours, à la grande fierté de son père. Il entra donc en 1850 à la caserne de Vaucelles, entièrement rénovée et dont les nouveaux bâtiments avaient été inauguré en 1833. Mais il n'était pas fait pour la vie de caserne et, l'année suivante, n'y tenant plus et ayant entendu parler de cette nouvelle troupe, la légion étrangère, crée par Louis Philippe en 1831, il se porta volontaire immédiatement. Le lieutenant Alphonse de Criqueville partit le mois suivant pour l'Algérie afin d'y conforter la pacification. Comme Jérôme, il fut conquis par ce pays, malgré les très dures conditions de la vie de légionnaire, chargé d'ouvrir les routes vers le sud, sous un soleil écrasant. Il revint en permission à Criqueville en 1853 et son père fut fier de présenter ce beau capitaine de la Légion à tout son entourage. Un mariage fut organisé avec une jeune fille sortant de son couvent, effarouchée par la vie et tremblant devant son mari. Celui-ci eut le temps de lui faire un enfant avant de repartir, cette fois-ci, pour une véritable guerre, celle de Crimée, où il participa avec bravoure à la prise de Sébastopol. Il rentra de nouveau en permission, faire la connaissance de son enfant : Une fille ! C'est tout juste s'il n'accusa pas sa femme d'en être responsable. Entre deux chasses et deux concours, où son habit d'officier faisait le plus bel effet, il fit un deuxième enfant à sa femme. Encore une fille ! Il repartit combattre en Italie, découragé que sa femme ne put lui faire un fils pour assurer la descendance ! Le commandant de Criqueville, revint en 1860, après s'être brillamment comporté à la bataille de Magenta. Il fit à nouveau un enfant à sa femme et oh ! miracle ! Ce fut un fils qui fut prénommé Robert.

Puis il s'embarqua avec son régiment pour le Mexique, soutenir l'empereur Maximilien mis en place grâce à Napoléon 3. Il participa au siège de Puebla mais ne fut pas présent à la bataille de Camerone, restée légendaire dans la légion : soixante-deux légionnaires résistèrent une journée entière aux assauts de deux milles Mexicains, leur infligeant trois cents morts ; le soir venu les cinq survivants, à bout de munitions, sortirent, chargeant à la baïonnette et se faisant massacrer.

Rentré en France, le colonel Alphonse de Criqueville participa à la désastreuse guerre de 1870 mal préparée par Napoléon, victime de sa vanité, mais n'ayant pas le génie militaire de son oncle, malgré les belles victoires de Sebastopol, Magenta ou Solférino.

Bardé de décorations, le colonel de Criqueville donna sa démission à l'Armée au lendemain de 1870. Rentré à Criqueville pour assister aux derniers souffles de son père, il continua sur ses traces, organisant de grandes choses, assistant à tous les concours hippiques de la région et fidèle à l'hippodrome de Deauville qui commençait à être à la mode. Sa femme le suivait rarement, ayant traversé la vie comme une ombre ; son seul mérite, d'après son mari, ayant été de lui donner un fils.

La fortune de Charles Martigny

Sylvain Debulois, fils d'Augustine Martigny, mariée à Edmond Debulois, rentier aisé, fade et autoritaire, naquit en 1811 dans l'appartement familial de la rue des Canettes, derrière Saint Sulpice, église où sa mère passait de nombreuses heures. Ce fut d'abord un enfant chétif qui devint ensuite un adolescent mollasson, mais tellement chéri par sa mère qui estimait avoir en lui le plus beau et le plus intelligent des garçons qu'il finit par croire lui-même être quelqu'un d'exceptionnel, enfant gâté auquel rien ne devait resister. Il commença à s'habiller avec élégance e tavec sa mine fragile et son regard coulé, il se rendit assez vite compte du succès qu'il obtenait auprès de certaines femmes, souvent plus âgées que lui. Il fut d'ailleurs dépucelé par une amie de sa mère, fidèle paroisienne, elle aussi, de Saint Sulpice qui courut ensuite se confesser avec gourmandise auprès du curé qui faisait son régal de ces confessions coquines, faisant répeter certains détails.

Sa soeur Jacqueline, née deux ans après, était tout l'inverse. Se sachant moins aimée, elle dut s'assumer plus tôt et devint une jeune fille de caractère n'hésitant pas à tenir tête à sa mère. Son père, n'en parlons pas, il se désinteressait totalement de l'éducation de ses enfants, passant son temps à compter ses coupons, fidèles aux séances de la Bourse. Il était peu chez lui, passant les restes du temps à dépenser quel'argent avec des cocottes. Lorsqu'elle eut vingt ans, profitant de la quasi-absence du père et se passant, avec parfois certains éclats, de la persmission de sa mère, elle aimait à courir les bals qui fleurissaient un peu partout dans Paris. Faisant partie d'une bande de jeunes délurés, ils allaient parfois jusqu'aux Champs Elysées au célèbre bal Mabille, situé allée des Veuves* où elle d'étourdissait en dansant des scottishs, des friseas ou bien d'autres, joués avec un entrain incomparable par l'orchestre d'Olivier Métra. Elle éprouvait un plaisir sensuel à se sentir frôler par ces calicots, ces grisettes et même parfois quelques lorettes. Il existait des loges où les grands bourgeois aimaient à venir s'encanailler en regardant évoluer et s'amuser le peuple. Un jour, elle y aperçut son oncle Louis Martigny, alla lui dire bonjour, l'embrassant sur la joue et remarquant non sans contentement que les mains de Louis s'attardaient un peu plus longtemps que la bienséance l'eut voulu sur son corps. Elle le regarda dans les yeux avec son air canaille et fut satisfaite de remarquer le trouvle de son oncle. Se dégageant, elle repartit, riant, vers quelques danses effrénées. C'est au bal Mabille qu'elle rencontra Georges Couliboeuf, homme d'une bonne quinzaine d'années de plus qu'elle, habillé avec une élégance un peu vulgaire mais qui dégageait une force et une vitalité peu commune et qui semblait dépenser sans compter, ce qu'elle remarqua tout de suite, en femme de tête ayant les pieds sur terre. Ils se mirent ensemble à fréquenter un peu tous les bals de Paris, même la Reine Blanche, bal populaire fréquenté en pajeur partie par les cocottes endimanchées et les porteurs de casquettes à trois pouts, ou alors le Valentino où était né la fameuse polka " ah ! Il a des bottes Bastien ".

Georges Couliboeuf était fou de jacqueline. En vraie coquette, celle-ci aguichait Georges mais s'était toujours refusé à lui, à tout autre aussi d'ailleurs. Fou de désir, il finit par lui demander de l'épouser. Jacqueline accepta sans avoir l'aval de ses parents. Lorsque ceux-ci apprirent que Georges Couliboeuf était grossiste aux Halles (qui étaient en cur de construction non loin, étudiées par l'architecte Baltard), le scandale éclata rue des Canettes, le ton ne faisant que monter lorsque Jacqueline précisa qu'elle l'avait connu au bal Mabille. Lorsque le ton baissa un peu, elle dit simplement : "Vous acceptez ou je m'en vais ". Le mariage eut lieu en septembre 1847, peu de temps don, avant les évenements de 48, et dans la plus stricte intimité. Ils s'installèrent dans le petit appartement qu'habitait Georges rue des Lombards.

Le roi Louis Philippe souhaitait donner au peuple de Paris l'image d'un roi bourgeois, surnommé roi des épiciers et des maçons, sortant avec un parapluie et découpant lui-m^me le rôti, fredonnant les chansons de Béranger, mais sous ces dehors débonnaires, il était d'une grande autorité, aimant à décider seul. Toutefois, sous son règne, une grande impulsion sera donnée à l'Industrie et, particulièrement aux chemins de fer. Le roi sera le premier à utiliser ce nouveau mode de transport eninaugurant avec sa famille en 1837 la première ligne Paris - Saint Germain qui sera suivie sous son règne par Paris - Orléans, Paris - Rouen, Prais - Creil et Paris - Tonnerre.

En 1832, une terrible épidémie de choléra envahit Paris et Louis Martigny décida de partir avec sa jeune femme et son fils Charles, âgé de cinq ans, pour la campagne. Il décida un retour aux sources et partit pour le Manoir de Cauterel, berceau de la famille Martigny. Il fit ainsi la connaissance de sa lointaine cousine Marie et sympathisa avec son mari Jean charles de Mercoeur, parlant essentiellement argent et politique, deux domaines où ils avaient les mêmes idées. Mais, assez rapidement, et malgré la gentillese de ses hôtes, tout danger semblant écarté, Louis décida de rentrer à Paris. Il s'ennuyait à la campagne, la vie trépidante de Paris et les séances du Palais Brongniard lui manquaient. Ils promirent avec effusion de se revoir, sachant très bien l'un et l'autre que ce ne serait pas le cas.

Il retrouva Paris avec plaisir, ce Paris trépidant en pleine mutation, assistant à l'inauguration de l'Arc de Triomphe et à l'erection de l'obelisque de la place de la Concorde, remplaçant la statue de Louis XV. Et surtout, il se surprit à avoir la larme à l'oeil, en ce froid 5 décembre 1840 lorsque la dépouille mortelle de Napoléon Premier, ramenée de Saint Hélène sur la frégate Belle Poule, descendit les champs Elysées, escortée par la grande Armée, vêtue de ses vieux et glorieux uniformes. Sous ses six cercueils successifs, l'empereur reposait désormais aux Invalides.

L'émotion de Louis était due à l'ambiance régnante si bien décrite par Victor Hugo, mais certainement pas à un quelconque sentiment patriotique. La patrie de Louis, c'est l'argent et l'ordre, et l'Empire lui rappelle cette époque bénie où les troubles avaient disparus, sévèrement réprimés.

En 1844, il visita avec son fils Charles, la tente de l'Empereur du Maroc, prise à l'Isly. L'année précédente, la prise de la Smalah d'Abd El Kader avait donné lieu à des festivités, Louis ignorant qu'un lointain cousin, Jérôme de Criqueville, y avait péri.

Paris conspire contre le régime mais Paris s'amuse. Le dessinateur Gavarni crée pour les jeunes femmes, le costume de " débardeur " qui fait fureur au carnaval, période qui s'étend sur presque deux mois après le mercredi des Cendres. Mais, après une récolte de blé désastruse, Paris a faim en 1847 et est outré par les scandales politiques et les pots-de-vin. Et, alors que les rangs des intellectuels républicains s'accroissent, Guizot premier ministre, refuse toute réforme.

L'interdiction du grand banquet réformiste du 19 janvier 48 est la goutte d'eau qui fait déborder le vase, la foule se répand dans Paris et l'armée, se croyant débordée, tire sur cette foule boulevard des Capucines, faisant vingt morts. C'est alors l'appel aux armes, des barricades s'érigent et la Garde nationale passe aux insurgés. Louis Philippe et sa famille quittent précipitament la capitale pour Saint CLOUD. Les Tuileries sont envahies, pillées et le trône royal est emporté place de la Bastille où il est symboliquement brûlé.

Le 24 février 1848 est instauré la deuxième République. Un arbre de la Liberté est planté sur la place de l'Hotel de Ville, le 10 mars, les ouvriers acceptent de mettre trois mois de misère au service de la République, le clergé adhère au nouveau régime et bénit les arbres, les bonapartistes relèvent la tête et la bourgeoisie, rassurée, se laisse aller à l'enthousiasme.

Pendant ces journées révolutionnaires, Georges et Jacqueline Couliboeuf qui s'étaient découvert un vif sentiment républicain, avaient passé leur temps dans les rues, humant cet air de liberté, envahi eux-mêmes par l'enthousiasme régant, et avaient même prêté la main à l'erection d'une barricade.

Les Debulois, par contre, étaient restés cloitrés chez eux, tremblant de peur, de même que les Martigny, Louis ayant connu la terreur, craignant le retour de la canaille. Aussi, est-ce avec un grand soulagement qu'ils virent la tournure que prirent les évenements à partir du 24 février. Mais ils déchantèrent vite, de nouvelles barricades font échec à l'armée au mois de juin. La répression est féroce et le régime est déconsidéré aux yeux de tous. C'est alors que Louis Napoléon, ayant juré fidélité à la république le 20 décembre 1848, se compose un ministère d'amis et dissout l'Assemblée nationale le 2 décembre 51, faisant arrêter les chefs de l'opposition. Le 20 décembre, un plébiscite lui donne une très forte majorité, et après une tournée en province sur le thème " L'Empire c'est la paix ", le Prince Président est accueilli le 16 novembre 52 au cri de " vive l'Empereur " et le 2 décembre, un nouveau plébiscite approuve le rétablissement de la dignité impériale.

Les Debulois exultaient, les Martigny, n'en parlons pas : Louis, qui devait mourir l'année suivante affirma que ce 2 décembre 52 était le plus beau jour de sa vie, confiant à son fils qu'un grand avenir s'ouvrait devant lui.

A la mort de son père, Charles avait 26 ans, il avait admiré en lui, l'homme d'affaire, eut un moment d'émotion vite réprimé, se sentant des ailes, désormais seul à diriger la Société Martigny, bien décidé à appliquer le conseil donné il y avait quelques années par Guizot : " Enrichissez-vous ! ".

Charles possedait une grande élégance naturelle, avait " de la branche ", disaient certains. Il était parfait en tout : parfaitement habile, rusé et sans scrupule, parfaitement menteur et charmeur, infidèle en amitié comme il le sera en amour. Son seul but : l'argent, toujours l'argent. En résumé, un être parfaitement ignoble. Il ne voyait en chaque être que le service qu'il pourrait éventuellement en tirer. Il fréquentait peu ses cousins Debulois, ayant toujours considéré, comme son père, l'oncle Edmond Debulois comme un gagne petit. Celui-ci était mort en 1850, suivi deux ans plus tard par sa femme Augustine. Quant à son cousin

Sylvain de seize ans son aîné, il le considérait comme un être fat, particulièrement niais, donc, à mettre en réserve. E quant à sa cousine Jacqueline, son assurance et son impertinence le mettait mal à l'aise, et il trouvait vulgaire la jovialité de son mari, donc il éviterait au possible ces deux-là.

Avant de mourir, Louis avait confié à son fils, dans le plus grand secret, un carnet relié de maroquin noir, lui en expliquant les grandes lignes. Dès le lendemain de la mort de Louis, Charles se plongea dans l'examen du petit carnet. Un vrai trésor ! Durant toute sa vie, Louis avait anoté les tares et les vices de quiconque avait quelque pouvoir. Il découvrit avec délice et le plus grand intérêt un monde glauque de gens respectables avec leurs travers. Quelle aide lui avait fourni son père ! Il voyait déjà tout le prati qu'il pourrait en tirer.

En 1852, Napoléon III installe à la préfecture de la Seine, un administrateur à poigne d'origine alsacienne, Haussman. La capitale manque de tout, marchés couverts, halles, églises, mairies, cimetières, fontaines. Bientôt, la fièvre des travaux publics anime tout Paris. Le grand chambardement était lancé et tombait à pic pour Charles qui voyait là un moyen de faire des montagnes d'argent.

C'est cette même année que Charles décida qu'il se devait d'être marié pour asseoir sa position et assurer sa descendance. Ce qu'il recherchait avant tout dans une femme, c'était sa représentativité ; qu'elle soit belle ferait des envieux et, pourquoi pas, le servirait. L'intelligence, peu lui importait. Quant à l'amour, sentiment qu'il ignorait, c'était bon pour les grisettes dans les romans à qutre sous. Il se contentait de femmes faciles, au besoin de professionnelles vénales, s'étant dit une fois pour toute qu'une femme que l'on paie, côute moins cher qu'une femme entretenue. Il se méfiait comme de la peste de ces demies mondaines - mot lancé par Alexandre Dumas - comme la Païva ou Cora Pearl, qui ruinaient allègrement leurs proies. Il demanda à sa mère de se charger des recherches. Celle-ci ravie de cette mission qui la sortait de sa routine, se mit immédiatement en quête d'une belle fille. Après quelques présentations qui ne convinrent pas à Charles, elle crut enfin avoir trouvé la perle rare : elle s'appelait Janine de Saint Aubert, et habitait seule avec son père veuf, dans un grand appartement de l'Ile Saint Louis, sombre et triste à mourir. Son père, dernier d'une lignée de comtes de Saint Aubert, chevalier de l'Ordre du Saint Sépulcre, de l'Ordre souverain de Malte, de l'Ordre du Saint Esprit et de l'Ordree de Saint Louis, régnait en tyran sur son petit monde qui ne comptait plus qu'un valet de chambre et une cuisinière - femme de chambre ; le compte n'ayant plus les moyens de mener grand train et d'avoir équipage. Il ne sortait guère que pour se rendre aux réunions de l 'Iinstitut, section Histoire, dont il était un membre éminent. Sa fille Janine, agée de vingt ans, frâiche émoulue du couvent, ne rêvait que de fuir cette ambiance et était prête à épouser n'importe qui.

Sûre d'elle-même, cette fois-ci, la mère de Charles, pensant avoir trouvé la belle fille idéale qui saurait lui obéir en tout, décida de faire les présentations. Elle arriva donc avec son fils au domicile du compte de Saint Aubert, par un froid après-midi de Novembre 52. Charles sut de suite que Janine de Saint Aubert serait sa femme : elle avait un port de princesse, sa taille, d'une grande minceur, serrée dans une belle robe mauve, s'évasant jusqu'au sol et dégageant un buste ivoirin sur lequel Charles avait envie de déposer des baisers ; les cheveux était d'un blond vénitien, avec quelques petites mèches folles savamment arrangées et se terminant derrière par un sage chignon. Mais c'est surtout le regard qui conquit Charles, regard qui s'accordait parfaitement avec son attitude réservée de jeune fille sortant du couvent, mais qui s'allumait parfois et serait sûrement capable de faire chavirer les coeurs les plus endurcis. Charles fut autorisé à faire sa cour par le comte de Saint Auber qui se disait que, finalement, les temps avaient bien changé : sa fille allait perdre sa particule en " épousant un boutiquier ", mais il n'avait pas les moyens de donner une grosse dot et la fortune apparemment importante des Martigny serait une consolation.

Le mariage eu lieu au printemps 1853 à Notre Dame, ce ne fut pas un grand mariage, mais un mariage chic, avec des invités, une cinquantaine tout au plus, triés sur le volet. Du côté de Charles, la famille se réduisait aux cousins Debulois, il avait fini, après bien des hésitations, à inviter aussi les cousins Couliboeuf. Il avait tenu à inviter son principal banquier, le grand et célèbre Simon Lazare, ainsi que le conseiller de la Ville, responsable de l'urbanisme, dont il s'était arrangé, depuis quelques temps à faire la connaissance et à traiter royalement dans les plus grands restaurants parisiens, lui mettant de belles femmes entre les bras, essayant de le compromettre, suivant ainsi les préceptes du petit carnet noir.

Sylvain Debulois avait été ébloui par la beauté de Janine. Lui-mêm était marié depuis 1840 avec une petite bourgeoise fade et fidèle, choisie par sa mère, qu'il trompait allègrement, menant une vie en tous points comparable à celle de son père. Le rôle de sa femme, qui ne sortait que très peu avec son mari, devait, selon lui, se borner à surveiller la bonne marche de la maison et à l'éducation des deux enfants qu'elle lui avait donné : Albert en 1842 et Maurice en 1844.

Le décor était maintenant planté, Charles était prêt à partir à la conquête de Paris. Charles avait comme banquier le fameux Simon Lazare admiré et envié du tout Paris, sauf de l'aristocratique boulevard Saint Germain où l'on aurait été deshonoré d'être vu chez ce " métèque " et, à plus forte raison de le recevoir.

Simon Lazare était réellement un personnage : Grand et bel homme, un visage aux traits sémites, recouvert en partie par une barbe fournie, soigneusement entretenue ; d'une élégance parfaite que certains essayaient de copier. Son grand père, arrivé de Turquie à Paris sous le premier empire avec déja une assez belle fortune, avait créé cette fameuse banque et crût rapidement grâce aux relations qu'il avait su se faire auprès de certains hommes inflents du régime - on parlait même de talleyrand, homme si habile qui avait réussi à résister et même à servir trois régimes : Empire, République, Monarchie - De plus, mécène avisé, il avait contribué à faire connaître certains artistes devenus célèbres grâce à lui. Il s'était fait construire un somptueux Hotel dans le quartier Monceau, meublé uniquement avec des piièces rares du 18e siècle, " le Grand Siècle de l'Art " disait-il. On y trouvait pèle mêle des consoles de Charles Cressent, des commodes de Léonard Boudin, des méridiennes, ottomans secrétaires de Pierre Macret, Nicolas Petit ou bien d'autres ébénistes célèbres, des sculptures d'Allegrain ou de Pigalle. Aux murs, étaient accrochés des tableaux de Watteau, Boucher ou Fragonard.

Charles se flattait d'être parmis les invités habituels des somptueuses fêtes que donnaient Simon Lazare et sa femme Esther, femme d'une grande élégance, beauté froide qui le mettait mal à l'aise.

Il se félicitait chaque jour un peu plus d'avoir pris Jeanine comme femme. En effet, celle-ci se montrait à l'aise dans ces réceptions où son charme de jeune femme vertueuse et perverse faisait des ravages, elle était souvent entourée d'hommes qui essayaient de la courtiser en vain, et l'on entendait parfois perler son rire de gorge qui affolait tant Sylvain. Pour un peu, Charles serait tombé amoureux de sa femme, un comble ! Ils étaient également régulièrement invités aux bals que donnaient quatre fois l'an la Municipalité à l'Hotel de Ville, et Jeanine Martigny, devint l'une des coqueluches de la vie parisienne, étant même invitée avec son mari, aux " petits lundis " de l'Impératrice Eugénie où, parfois, six ou sept cents invités se retrouvaient aux Tuileries. Elle fut parmi les premières à lancer la mode des crinolines qui étalera les robes jusqu'à l'exagération. Après avoir compris tout le parti qu'il pouvait tirer de sa femme, il lui glissa à l'oreille, un beau jour de 1854, qu'il lui serait vraiment gré de s'occuper du cousin Sylvian, accompagnant sa demande d'un magnifique bijou réalisé à grand frais par le célèbre orfèvre Jean Baptiste Claude mais il considérait cet achat comme un investissement et n'eut pas à le regretter. On vit de plus en plus souvent Jeanine en grand équipage parcourant les Champs Elysées pour se rendre avenue du Bois, où le Tout Paris se retrouvait. Et, souvent, à ses côtés, le cousin Sylvain Debulois était présent en amoureux éperdu. Il était mur pour accepter n'importe quelle manoeuvre.

Pour se consacrer totalement à ses nouvelles ambitions, Charles engagea un directeur pour s'occuper des affaires martigny, Samuel Kaplan, conseillé par Simon Lazare. Il n'eut pas à le regretter car, cinq ans plus tard, le fameux M, symbole du luxe parisien était présent à Vienne et à Londres dans de très luxueuses boutiques ; et, par ailleurs, la Sociétés d'Importation des Cuirs d'Argentine avait étendu son action à l'importation de tous produits ou denrées en provenance d'Amérique du Sud.

On était en 1857 et Charles se décida à exposer son plan à Simon Lazare. Les deux personnages s'estimaient mais se défiaient l'un de l'autre, se doutant bien que cette " amitié " tenait à la réussite et, qu'en cas de faux pas, ils ne devraient pas compter l'un sur l'autre.

Charles avait donc mis en place à la Mairie un réseau d'informateurs et de personnages inflents qui lui étaient " forcément " tout dévoués. Charles, à l'aide du petit carnet noir de son père, des jolies femmes qu'il avait su mettre dans leurs bras, dans l'intimité de cabinets particuliers où étaient servis des diners fins ; et enfin grâce à de pots de vin versés en contrepartie de renseignements précieux, était sûr de la fiabilité du réseau mis en place. Certes, tout ça avait coûté un certain prix, mais il était sûr que cela lui serait rendu au centuple.

Sachant les bouleversements importants que connaitrait Paris dans les prochaines années, il était en mesure d'acheter des quartiers entiers à très bas prix, ses complices se chargeant de prévenir les propriétaires de leur prochaine expulsion, et de les faire ensuite racheter par la ville, parfois jusqu'à dix fois leur prix d'achat initial.

Charles avait donc besoin des capitaux de la banque Lazare pour financer son projet. Celui-ci, après avoir émis quelques réticences et prévenu Charles des dangers encourrus, finit par accepter de le financer et de manipuler les comptes contre un pourcentage qui parut démesuré à Charles, mais malgré cette importante commission et les divers pots de vin versés à la Mairie, il lui resterait quand même de très grosses sommes.

Le coup de génie de Charles fut la création d'une " Société pour l'avenir de Paris " dont le siège occupait de luxueux bureaux dans le quartier du Louvre, et à la tête de laquelle il nomma son cousin Sylvain Debulois, celui-ci ne puvait refuser. En effet, Charles l'avait convoqué et accueilli froidement en lui disant :

- " Dis-donc, on me dit que tu vois beaucoup ma femme en ce moment et que tu te montres très empressé. Aurais-tu l'intention de me tromper ? "

Cueilli à froid, le pauvre Sylvain ne sut que bredouiller de pauvres explications, mais Charles le coupa brutalement :

- " Mais je ne t'ai pas fait venir pour elle, j'ai besoin d'un directeur pour une nouvelle société que je monte ; confiant en tes capacités, j'ai pensé à toi. Il y a beaucoup d'argent à gagner et mes autres occupations me prennent trop pour que je puisse occupper ce poste, il me fallait trouver quelqu'un de confiance et c'est Jeanine qui a eu la bonne idée de penser à toi ".

Sylvain se senti flatté au-delà de toutes limites que Charles, et surtout Jeanine, aient pensé à lui pour ce poste de confiance. Même s'il n'aimait pas beaucoup Charles, il admirait een lui le grand homme d'affaire et accepta donc aussitôt sans savoir ce dont il s'agissait, remerciant son cousin avec chaleur.

Charles était on ne peut plus satisfait, tout se déroulait suivant ses plans : les contrats seraient signés par Sylvain, les billets à ordre également et, ainsi, son nom n'apparaitrait nulle part. Il ne craignait pas certains doutes qui pourraient venir effleurer Sylvain, car, à la moindre alerte, il ferait intervenir le charme de Jeanine.

Janine ! Il admirait sa femme, son élégance, son savoir-faire, sa façon d'amener les hommes à ses pieds sans jamais rien leur accorder, et même si... il n'allait pas se mettre à être jaloux ! Bien sûr, elle lui coûtait cher, les notes de ses couturiers qu'il réglait régulièrement étaient souvent coquettes. Pour être tout à fait heureux, il ne lui manquait plus que d'assurer sa descendance. Armé d'un bijou de prix, il s'en ouvrit à sa femme qui fut d'abord réticente : Elle allait grossir, être difforme pendant plusieurs mois, qui sait ? Malade ? Mais devant l'insistance de son mari qui était si généreux et si compréhensif, elle finit par accepter. Charles laissa donc un temps ses cocottes pour aller retrouver Jeanine dans sa chambre. Il se prirent à partager un plaisir qu'ils n'avaient pas connu jusqu'àlors, mais c'était un plaisir éprouvé beaucoup plus par deux associés que par deux amants.

En 1858, comble de bonheur pour Charles, naquit un fils qu'il prenomèrent Edouard, il avait tant craint d'avoir une fille. Pour l'occasion, il offrit une magnifique parure de diamants à sa femme. Jeanine, estimant sa mission accomplie était, résolue à reprendre sa vie de plaisir, après la privation de ces derniers mois. On la revit dans son bel équipage, avenue du Bois, toujours accompagnée de Sylvain dont elle commençait à se lasser, elle lui laissait sa main à baiser avec des airs d'ennui et prenait un air offusqué lorsqu'il lui volait un petit baiser dans le cou. Sylvain atteignait la cinquantaine et elle avait envie de goûter la compagnie de ces jeunes élégants et beaux qui lui lançaient des regards de feu, et avaient tant d'esprit.

Après s'être écrié en voyant son fils à sa naissance : " Mon Dieuqu'il est laid ! ", et pour être tout à fait libre, elle avait confié Edouard à une nourrice.

Dans les années qui suivirent, Charles gagna des montagnes d'argent et Sylvain qui en gagnait aussi pas mal, se voyait déjà dans la peau d'un grand homme d'affaire. Il signait avec hauteur contrats et billets à ordre, la plupart du temps, sans les lire. Charles passait en coup de vent lui demander sa signature, toujours pressé et repartait rapidement avec ses liasses de papiers signés par Sylvain.

Bien sûr, Jeanine était de moins en moins libre pour lui mais, ayant désormais de gros moyens, il avait pris goût à ces diners fins servis dans des cabients particuliers, en galante compagnie.

Il ne voyait que très peu sa famille mais avait estimé que la rue des Canettes n'était plus à la hauteur de sa position, aussi acheta-t-il un grand appartement dans un de ces nouveaus immeubles rue Réaumur, au deuxième étage, bien sûr. Il y installa confortablement sa femme et ses deux enfants qui étaient maintenant presque des hommes et qu'il n'avait pas vu grandir. Ceux-ci étaient très proches de leur mère qu'ils plaignaient d'être ainsi délaissée, et haïssaient leur père qui n'avait qu'un Dieu : l'argent ! Ils n'avaient pas été sourds aux voix des sirènes communistes et s'étaient penchés avec le plus grand intérêt sur le " Manifeste du parti Communiste " écrit par un certain Karl Marx. L'aîné, Albert, avait fait des études sérieuses et était arrivé au poste de professeur de Français - Latin ; le second, maurice, après, comme on dit avoir " jeté sa gourme ", se retrouvait à l'âge de vingt et un ans sans situation, amer, il crut trouver une revanche en s'inscrivant à la nouvelle " Association Internationale des Travailleurs ", largement influencée par Karl Marx. En 1866, à l'âge de vingt-deux ans, il finit par trouver une place de vendeur au tout nouveau " Printemps " grand magasin dont la mode avit commencé en 1852 avec l'ouverture de la " Maison du Bon Marché " par le visionaire Normand Boucicaut.

Revenons à Charles, richissime et adulé. Il estimait désormais que la rue saint Séverin, berceau de la famille martigny depuis maintenant cent ans n'était plus siffisant pour son standing. Afin de ne pas avoir l'air de copier son ami Lazare, il voulut donner dans le modernisme et s'adressa au très célèbre Victor Baltard, pour lui construire un hotel boulevard des Capucines, comportant les derniers développements de la technique : chauffage central par calorifère, salles de bain modernes avec eau chaude, éclairage au gaz qui sera vite transformé en éclairage électrique. Avec sa femme, ils souhaitèrent un intérieur chaleureux, des bois noirs décorés de motifs peints et incrustés de nacre, des meubles en fonte mélangés avec des meubles en rotin, des tissus luxueux et voyants en velour de soie, lamps ou satin, des rideaux lourds d'indiennes, des tapis de Gobelins ; aux murs étaient accrochés des Boudin, Courbet, gavarin ou Meissonier et des sculptures d'Antoine-Auguste Préault ou de Jean Baptiste Carpeaux trônaient sur leurs piedestals.

Charles était loin d'apprécier ce décor mais sa totalité et, qui, de plus, lui avait conté, avec la construction de l'Hotel, l'équivalent de plusieurs immeubles mais il fallait être à la mode et à la hauteur de sa réputation. De plus Jeanine se pâmait et trouvait d'un goût exquis toutes les extravagances conseillées par Victor Baltard.

L'Hotel fut terminé en 1866 et donna lieu à une inauguration somptueuse où le tout Paris se bouscula, le grand comédien Feuillet lui-même déclama de façon grandiloquente un compliment écrit à la gloire de Jeanine. Charles était triomphant et sa femme eut désormais ses " petits mardisé pour ne pas faire concurrence, déclarait-elle avec son rire de gorge, aux " petits lundis " de l'Impératrice Eugénie.

C'est à la fin de cette année 1866 que le Figaro fit éclater le scandale des pots de vin versés par la " Société pour l'Avenir de Paris " à des fonctionnaires corrompus de la ville. Le scandale ne fit que s'amplifier, repris par d'autres journaux comme le Petit Journal, ou le Temps qui en faisait sa Une. Sylvain Debulois devint la cible préférée des journalistes et des varicaturistes, et ne tarda pas à être assigné en justice. Affolé, il demanda conseil à son cousin Charles qui lui répondit cyniquement :

- " Que veux-tu, tu as vu trop grand, tu signais tout sans regarder ! "

Abattu, puis pris de la colère incontrôlée des faibles, il menaça son cousin de le faire couler avec lui. Charles éclata d'un grand rire, lui expliquant comment il avit monté son affaire, sans que son nom n'apparaisse nulle part, et qu'il avit les moyens de se payer les plus grands avocats.

Désespéré, Syllvain essaya de faire appel à Jeanine mais celle-ci faisait toujours répondre qu'elle n'était pas libre ou absente.

Sylvain, devant les sommes énormes qu'il devait rembourser, fut complètement ruiné, obligé de céder ses titres et actions, l'appartement de la rue des Canette ainsi que celui de la rue Réaumur et, de plus, à vil prix devant l'urgence. Cela ne suffisant pas, il fut incarcéré. Deux semaines plus tard, on le retrouva pendu dans sa cellule.

L'oraison funèbre de Charles se résuma à ce seul mot : " L'imbecile ! ".

Les noms de Charles Martigny et de Simon Lazare furent bien murmurés mais l'affaire avait été montée de main de maître et il n'existait aucune preuve. Charles ayant vu son nom dans un article du Figaro, s'éleva avec outrance contre cette médisance et menaça le journal de l'attaquer en diffamation.

Petit à petit, l'affaire tomba dans l'oubli, Charles était plus riche que jamais et Jeanine tomba amoureuse d'un jeune dandy pédant de plus de dix ans son cadet.

La pâle Octavie, épouse de Sylvain se voyait déjà faisant l'aumône dans la rue. Ses deux fils l'aidèrent et ils allèrent habiter tous les trois dans un pauvre appartement au quatrième étage boulevard de la Villette. L'aîné, Albert, se maria l'année suivante avec une petite bourgeoise revêche ; Maurice suivit en 1869 avec une charmante petite blanchisseuse. Octavie se retrouva seule, voyant peu ses enfants et, plus tard, ses petits-enfants. Elle traina une vie d'ennui, obligée de compter sou par sou l'argent que lui allouaient chichement ses enfants. Sa seule consolation étant dans les nombreuses heures qu'elle passait à l'eglise Saint Georges, non loin de chez elle.

Chapitre 3 - Georges Couliboeuf en Normandie - La Commune

Pendant ce temps, Georges et Jacqueline Couliboeuf menaient une vie de couple parfaitement heureuse. Jacqueline s'était découvert un goût pour les affaires et donnait souvent des conseils judicieux à son mari. Dans les premières années de leur mariage, ils avaient continué à sortir beaucoup, retournant au bal Mabille où ils s'étaient connus, s'élançant dans de folles polkas enlevées par les danseuses Pomaré, Mogador ou Rigolboche et leurs compères Chicard, Brididi ou Pritchard. Plus tard, ils devinrent des adeptes des cafés concert à la mode comme l'Alcazar, l'Eldorado ou le Bataclan reprenant en choeurs les refrains des chansons de la fameuse chanteuse comique Thérésa, comme " La femme à barbe ", " Il ne fallait pas qu'il y aille ", ou bien d'autres encore. Ils furent éblouis par les opéras-bouffes de cet Offenbach à la mode, fredonnant les airs de " La belle Hélène ", la " Vie Parisienne " ou " La grande princesse de Gerolstein ". Ils suivirent l'ascension du frère de Jacqueline, bien que Georges, depuis le début, fut persuadé que " les choses n'étaient pas claires. Lorsque le scandale éclata, il ne put que conclure qu'il avait eu raison et ne parla plus que " du cousin de ma femme, Charles Martigny, vous savez bien, cet escroc ! " Jacqueline versa bien une larme lorsqu'elle apprit le suicide de son frère, mais ne revit jamais sa belle soeur, lui envoyant de temps en temps quelques petites sommes, de façon anonyme.

En 1850, leur naquit une fille, prénommée Hélène, puis une deuxième, Eugénie, en 1852 et enfin, un fils, Grégoire en 1855. L'appartement de la rue des Lombards devenant trop petit, ils louèrent un bel appartement rue Rambuteau. D'ailleurs, leurs affaires marchaient bien et la gouaille de Georges, " grande gueule ", était connue et appréciée sur tous les marchés. Sa femme qui le suivait souvent était également appréciée pour son air de " dame mais pas fière ". Mais le succès et l'argent vinrent avec l'ouverture des nouvelles Halles Baltard où Georges se sentait comme chez lui, devenant l'un des tous premiers grossistes spécialisés en produits laitiers.

En 1862, au hasard d'un entretien avec sa femme, s'il savait déjà que sa belle-mère était une demoiselle Martigny, il ignorait qu'elle était une lointaine cousine de la famille Mercoeur, les fameux camemberts de Saint Pierre l'Eglise, berceau de la famille Martigny. Ayant mis un petit pécule de côté, il décida d'emmener sa famille à la découverte de la mer et de ses origines. Profitant d'un mois de juillet radieux, ils prirent tous le train pour Rouen, prenant soin d'emporter un panier de victuailles, puis ensuite la diligence pour Etretat où ils furent éblouis par le spectacle de ces falaises et de cet arche si caractéristique, plongeant dans une mer à l'horizon sans fin, l'étonnement ne faisant que grandir à la vue des quelques baigneurs dans leurs longs collants et des baigneuses dans leurs pantalons bouffants, coiffées d'une espèce de drapeau mou. Excités, les enfants tinrent à se mouiller les pieds, au grand effroi de leur mère. Georges tenant à goûter les produits régionaux, ils passèrent la nuit à l'hôtel après avoir fait un dîner copieux composé de fruits de mer, poissons, et en buvant un cidre pétillant.

Le lendemain matin, ils reprirent la diligence pour le Havre où ils admirèrent les grands navires à voile et eurent même la chance de voir sortir du port le Victoria, l'un des rares paquebots à vapeur, avec ses grandes aubes et ses deux cheminées crachant une fumée noire. L'activité du port était intense et ils passèrent là trois jours fort agréables, se promenant le soir sur le front de mer, suivant l'habitude des Havrais, les enfants gambadant et prenant plaisir à aller jusqu'au bord de l'eau y jeter des galets.

Enfin, dernière étape prévue, ils reprirent la diligence qui les emmena jusqu'à Saint Pierre l'Eglise, passant près du château de la Pommeraye, sans se douter que, là aussi, avaient vécu de lointains ancêtres. Ils étaient enchantés par le spectacle du paysage que leur offrait la Normandie en ce bel été : les prés à l'herbe grasse où paissaient de nombreuses vaches, au milieu des pommiers, les maisons si typiques à pans de bois, souvent recouvertes de chaume, ces petites routes bordées de futaies qui allaient parfois jusqu'à fournir un tunnel, ces nombreux ruisseaux serpentant dans les près tapissés du jaune des boutons d'or, le soleil brillant de ce mois de juillet donnant un air de fête à cette belle campagne vallonnée.

Ils arrivèrent à Saint Pierre l'Eglise. Après s'être renseigné du chemin, nul fiacre n'étant en vue, ils partirent à pied pour Cauterel. Ils avaient avisé les Mercoeur de leur visite mais en ne donnant qu'une date approximative. Ils furent impressionnés lorsqu'ils arrivèrent, près d'une heure après, en vue du manoir, au bout de cette allée plantée d'arbres centenaires.

Ils furent accueillis avec effusion par Lucien de Mercoeur et sa femme Juliette. Lucien était un bel homme, la quarantaine élégante, et ses manières de " grand Monsieur " impressionnèrent un peu les Couliboeuf, mais il sut rapidement les mettre à l'aise. Sa femme

Juliette était tout sourire, elle appela ses enfants : Gérard qui avait le même âge qu'Hélène Couliboeuf et Suzanne qui avait dix ans, comme Eugénie. Avec Grégoire, le plus jeune des Couliboeuf, ils partirent en courant dans le parc.

Ce furent quinze jours inoubliables, surtout pour les enfants qui ne se laissaient pas des promenades dans la campagne, des parties de pêche dans l'étang, apprenant même à monter sur des poneys. Quant à Lucien et Georges, malgré leurs personnalités bien différentes de gentilhomme campagnard pour Lucien et de parisien blagueur au léger accent de faubourg pour Georges, ils parurent s'entendre à merveille. Georges fut impressionné par la modernité des nouveaux bâtiments récents de la laiterie - fromagerie, posant de nombreuses questions. Quant à Lucien, il s'intéressait vivement à la vie de ce " ventre de paris ", ces nouvelles halles Baltard dont il avait tant entendu parler. Le cabriolet étant trop petit, Lucien fit atteler la carriole et emmena famille et cousins passer une journée à la Pommeraye. Encore une fois, les Couliboeuf furent impressionnés par ces gentilshommes campagnards, un baron ; " reçu par un vrai baron ! On ne le croira jamais au Halles ". Leur vie qui s'écoulait lentement, sans heurts, avec bonheur, au rythme de la campagne et des saisons, comme elle était différente de la vie trépidante des Halles où Georges se sentait comme un poisson dans l'eau. Il avait admiré, avait été impressionné par le décor, charmé par le savoir vivre et les manières de ces gens, mais il n'aurait pas pu vivre sans l'atmosphère grouillante des Halles, ses cris, ses grandes tapes dans le dos, ses " p'tits blancs ", pris sur le zinc, au milieu du brouhaha, ces charrettes des quatre saisons qui essayaient de se frayer un chemin à grands renforts de cris. Les enfants garderaient par contre toute leur vie le souvenir ébloui de ce mois de juillet passé en Normandie, les jeux, la compagnie des animaux, le lait frais sorti du pis de la vache qu'ils avaient essayé de traire en vain. Et tout ça en compagnie de charmants cousins, de leur âge, Gérard et Suzanne, et même Julien et Amélie de Criqueville qu'ils ne reverraient peut-être jamais.

Au bout de quinze jours, George ne tenait plus et, prenant prétexte de ses affaires, décida du retour. Après des adieux émouvants et des promesses de se revoir, Lucien les accompagna prendre la diligence à Saint Pierre l'Eglise, puis rentra au Manoir, trouvant la maison bien calme après les galopades de ces cinq enfants.

Lucien, continuant l'oeuvre commencée par son père Jean Charles, avait incontestablement accompli une belle réussite : l'usine marchait à plein rendement et commençait à nouveau à être trop petite, les produits laitiers Mercoeur, surtout les camemberts, étaient présents sur toutes les bonnes tables de France et il se demandait s'il n'avait pas eu tort de se laisser convaincre par Georges Couliboeuf, de lui laisser la quasi exclusivité de la distribution des produits Mercoeur en région parisienne.

Les Mercoeur et les Criqueville de la Pommeraye se voyaient régulièrement. Lucien et Jean Marie, du même âge se sentaient très proches. Pourtant, l'un était resté un gentilhomme campagnard, philosophe, éminent botaniste et musicien correct, mais ils avaient tous les deux le même humour et aimaient à critiquer avec ironie leurs petits travers, aimant à chevaucher de concert dans de grandes randonnées à la campagne. Bien que peu amateur de chasse, la tradition voulait que, chaque année, Jean Marie fasse une ouverture donnant lieu à une grande réception où, bien sûr, son cousin Lucien, pitre tireur, était invité.

Le hasard avait voulu que leurs femmes portent le même prénom : Juliette. Celles-ci s'entendaient à merveille et Juliette de Criqueville avait même converti sa cousine à la botanique, l'amenant à faire construire une serre à Cauterel.

Jacques de Criqueville, habitant toujours l'hôtel du Cour la Reine à Caen avait conservé le type même de l'aristocrate. Veuf, approchant les soixante-dix ans, il était toujours très occupé par les réunions de nombreuses sociétés savantes dont il faisait partie, mais demeurait quelque peu amer de ne pas avoir été maire de Cane, comme il l'avait espéré un moment. Il ne vivait pas seul, son deuxième fils, Jean Philippe, portrait type de son père, ne s'était pas marié et vivait aussi à l'hôtel. Certes, il n'avait que trente-huit ans mais il vivait un amour impossible avec une femme mariée qu'il épousera dans les années 80 lorsqu'elle sera veuve, trop tard pour avoir des enfants. La branche Criqueville de Caen s'éteignit alors mais il restait la descendance de Jean au château de Criqueville, avec Alphonse qui, comme on l'a déjà vu, eut trois enfants. La branche Criqueville de la Pommeraye avait également assuré sa descendance avec la naissance de Julien et Amélie.

De retour à Paris, satisfait d'avoir obtenu la quasi exclusivité de la distribution des produits Mercoeur, afin d'augmenter encore les ventes, Georges Couliboeuf eut l'idée de faire de la réclame par affiches et dans les journaux et l'on vit fleurir sur les murs de Paris et dans le Petit Journal, des affiches et des encarts vantant la qualité des produits Mercoeur. Il avait en lui-même l'idée de ce slogan, simple, pour ne pas dire simpliste mais qui était sur toutes les lèvres, devenu comme un refrain populaire ; " Un camembert Mercoeur est toujours fait à coeur ". La vente des produits de Cauterel augmentait sans cesse et Lucien dût à nouveau investir pour agrandir l'usine.

Les couliboeuf sont devenus maintenant des bourgeois aisés et, si Georges n'a pas perdu sa gouaille, il n'en aime pas moins aller, vêtu désormais par de bons faiseurs, prendre quelques rafraîchissements en famille, au Café Anglais ou au Café Riche, pouvant ainsi contempler sa réussite, mêlé à ces bourgeois aisés. Il n'a pas encore d'équipage, mais, par certains dimanches ensoleillés, il aimait louer un fiacre qui les emmène par l'allée de l'Impératrice, faire une promenade au Bois de Boulogne récemment réaménagé par l'architecte Davioud et l'horticulteur Barillet - Deschamps.

La famille Couliboeuf reflète l'image d'une famille parfaitement heureuse et unie. Hélène, l'aînée qui a maintenant dix-neuf ans est une belle jeune fille aux cheveux d'un beau châtain -roux, la silhouette légèrement enrobée mais pulpeuse et désirable, très courtisée mais au caractère affirmé ; sa soeur Eugénie, de deux ans sa cadette est plus réservée mais non moins ravissante. Quant au " petit dernier " Grégoire, âgé de quinze ans, c'est tout le portrait de son père ; il s'ennuie ferme au lycée et n'a qu'une hâte : travailler avec son père qu'il admire.

Cette joie de vivre parisienne tant enviée à travers le monde, ces fortunes rapidement faites ou rapidement défaites, tout ceci va s'écrouler lorsque le dix-neuf juillet 1870, Napoléon III déclare la guerre à la Prusse. Cette guerre vit une succession d'erreurs des généraux français, trop timorés : Bazaine qui aurait eu l'occasion de battre les Allemands préféra s'enfermer dans Metz et dût capituler ; Mac Mahon, envoyé à sa rescousse est lent et hésitant et voit son plan dévoilé à l'ennemi par la Presse ! Depuis Paris, Ducrot possédant hommes et matériels, aurait pu prendre les Allemands à revers mais n'osa pas. Le colonel Rossel, évadé de Metz et plein d'ardeur, aurait pu gagner la bataille de Coulnier - Orléans - Arthenay mais Gambetta eut peur de l'ardeur de sa jeunesse et le remplaça par Fraycinet, qui conduisit l'armée au désastre. Faidherbe remporta une belle victoire à Bapaume mais n'osa pas poursuivre son avantage.

Jules Favre était décidé à mettre fin coûte que coûte aux hostilités, ayant peur d'un soulèvement révolutionnaire parisien. Par ailleurs, les Allemands, fatigués par une année de guerre, ayant eu cent trente mille morts contre cent vingt milles pour les Français, étaient décidés à signer une paix blanche avec la France, pour éviter une deuxième année de guerre. Une tentative de paix échoua à Ferrière après la rencontre Favre - Bismarck. Gambetta quitta Paris en ballon afin de gagner Tours, les parisiens plébiscitent le gouvernement de Défense

Nationale et, après une nouvelle tentative de paix infructueuse à Versailles en Thiers et >Bismarck, le gouvernement se replia sur Bordeaux.

L'année 1871 commença par la démission du général Trochu, gouverneur de la capitale qui avait juré que " le gouverneur de Paris ne capitulerait jamais... " Des émeutes s'ensuivirent alors que les élections générales du 8 février firent ressortir une majorité monarchiste et bonapartiste. A Bordeaux, Thiers fut élu chef du pouvoir exécutif et signa des premiers préliminaires de paix avec Bismarck alors que les gardes nationaux parisiens prenaient le nom de Fédérés. Le peuple de Paris esprit sous-alimenté, la capitale étant cernée, le blocus était parfait. Les habitants furent scandalisés par les ordres de Thiers, leur intimant de rendre les armes par la suppression de la solde des gardes nationaux, et par le moratoire exigeant le paiement des dettes de ouvriers sans ressources. Grâce à la liberté totale de la Presse et des réunions, une propagande révolutionnaire se développa, commentée dans les clubs.

Thiers ayant perdu la guerre, était bien décidé à gagner la bataille contre les parisiens, encouragé par Bismarck.

Pendant ce temps-là, les parisiens connaissaient la famine, on abattait les chevaux, ou mangeait les animaux domestiques et ceux du jardin d'acclimatation. Une file d'attente était ininterrompue de huit heures à quinze heures devant l'épicerie Felix Potin. Les bouchers vendaient du chien, du rat, du mulet, de l'ours, du chameau, du chat, du tigre...

Les Martigny pâtissaient un peu moins. Comme d'habitude, les riches avaient les moyens de s'offrir des denrées au marché noir et, même s'ils faisaient maigre, ils n'avaient pas la faim au ventre comme la majorité des parisiens. Charles et sa famille cloîtrés dans l'hôtel du boulevard des Capucines, terrorisés : " la canaille était de retour ! ".

Les Couliboeuf arrivaient tant bien que mal à subvenir à leurs besoin, sortant " aux nouvelles ". Ils étaient désemparés et ne comprenaient pas la situation : Comment Thiers qui venait de combattre les Prussiens pouvait-il accepter leur aide ? En effet les batteries prussiennes ouvraient le feu contre les forts du Sud. Pour la première fois, des projectiles tombaient sur Paris, le cimetière Montparnasse, la rive gauche, le quartier latin étaient touchés et la garnison parisienne échoua dans sa tentative de sortie sur Buzenval.

Quant aux Debulois, ils exultent. Enfin ils voient poindre la Révolution tant attendue qui mettraient au pouvoir de vrais " croyants " comme Louise Michel ou Jules Vallés. Albert, l'aîné des Debulois, le professeur de Français Latin, écrit des articles enflammés dans une presse libre momentanément et prend la parole avec emphase dans les clubs. Son frère

Maurice combat sous l'uniforme des Fédérés, rêvant d'un découdre avec les défenseurs du Capital.

Mais le 23 janvier, Jules Favre obtient un armistice général et, après quatre mois et dix jours de résistance, le combat cesse le 27 à zéro heure. Le 8 février, on vote dans toute la France et ce sont les candidats pour la paix qui l'emportent. L'Assemblée siège à Versailles ou le roi de Prusse se fait nommer Empereur d'Allemagne. Le premier mars, il passe ses troupes en revue sur l'hippodrome de Longchamps, troupes qui défilent ensuite sur les champs Elysées. Occupation éclair qui va être suivie de tragédies.

Après diverses péripéties, le 27 mars, l'Hôtel de Ville est pavoisé de rouge, la Commune de Paris est proclamée, le petit groupe de partisans de Blanqui, dont fait partie Albert Debulois, gouverne Paris. Tiraillé entre le Comité Central et les élus de l'Hôtel de Ville aucune mesure n'est prise par la Commune, alors que les troupes versaillaises sont déjà à Neuilly. Le 24 mai, les Versaillais pénètrent rive gauche et c'est alors un combat sans merci, sans prisonniers ; les communalistes fusillent l'archevêque de Paris, le curé de la Madeleine et quatre autres prêtres. La bataille fait rage partout à l'arme blanche au fusil, au revolver, au canon. Des incendies éclatent partout, les dégâts sont considérables, le Louvre est gravement endommagé et les Tuileries ont péri dans les flammes. Les Fédérés reculent sans cesse et le combat se termine au Père Lachaise dans un bain de sang, les derniers combattants Fédérés fusillés, adossés aux murs du cimetière. Le total de cette semaine de combats aura fait plus de morts que l'ensemble des victimes de la Révolution de 1789 dans la France entière, en six ans.

Maurice faisait partie des derniers combattants du Père Lachaise. Atteint d'une balle à la tête mais qui ne lui fit qu'une estafilade et lui remplit le visage de sang. Le choc fut toutefois suffisant pour lui faire perdre connaissance quelques instants, et c'est ce qui lui sauva la vie. Il ne fut considéré que comme un cadavre au milieu de tous ceux qui jonchaient le sol. Reprenant conscience, il se rendit compte que, non loin de lui, il y avait une crypte dont les grilles avaient été forcées, il rampa, faisant le moins de mouvements possibles et y pénétra, se dissimulant au milieu des tombeaux profanés. Il grelottait de froid, de peur et de fièvre, il entendait les cris des derniers combattants, les ordres hurlés, puis il y eut un moment de calme relatif, suivi des ordres : " En joue ! Feu ! ". Il comprit alors que l'on fusillait les survivants, nombreux étaient ceux qui criaient " Vive la Commune ! " avant de s'écrouler. Il fut alors envahi d'un grand désespoir : tout était irrémédiablement fini ! Au bout de deux heures, trois heures, il n'avait plus la notion du temps, la nuit était tombée depuis longtemps et un calme, aussi terrifiant que le bruit de la fureur des combats, était retombé sur le cimetière. Il se décida à sortir prudemment de sa cachette mais, pour aller où ? Sa femme serait sûrement surveillée, ainsi que sa mère, son frère n'en parlons pas, c'était un rebelle comme lui. Il pensa alors à son oncle Couliboeuf, sa dernière chance.

Il se mit alors en marche, rasant les murs, le ciel rougeoyait des derniers incendies, une fumée âcre prenait à la gorge. Il se dirigea vers la Bastille, puis vers l'Hôtel de Ville qui fumait encore de l'incendie qui l'avait ravagé quatre jours plus tôt, la rue de Rivoli pleine de gravats reflétait encore la violence des combats, puis il se dirigea vers la rue Bambuteau.

Il frappa à la porte, il était quatre heures du matin et Georges tarda un peu à ouvrir. N'ayant pas revu son neveu depuis longtemps, lorsqu'il vit cet homme aux vêtements déchirés et au visage en sang, il eut un mouvement de recul. Aussitôt, Maurice tenta de le rassurer : " C'est moi, Maurice, votre neveu, sauvez-moi mon oncle, je vous en supplie ! ". Alors Georges n'eut plus aucune hésitation et le fit entrer.

Le lendemain, on envoya Grégoire rassurer la femme de Maurice qui s'était réfugiée avec son fils Paulin âgé d'un an chez sa belle-mère, boulevard de la Villette

Georges et sa femme Jacqueline n'hésitèrent donc pas à cacher leur neveu chez eux jusqu'à ce que les événements se calment. Maurice laissa passer l'été, puis, en tout premier, dès sa première sortie, il courut boulevard de la villette se jeter dans les bras de sa femme et embrasser son fils et sa mère qu'il n'avait pas revue depuis près de quatre mois. Les jours suivants, il se présenta au Printemps pour reprendre sa place mais, non seulement elle était prise mais on lui fit savoir sans ménagement qu'on ne voulait pas d'un rouge. La situation était critique boulevard de la Villette où l'on ne vivait qu'avec quelques sous d'économie de sa mère qu'elle avait pu constituer grâce à la vente de ses derniers bijoux. La misère était proche, Maurice ne trouvait pas de travail et s'en ouvrit à nouveau à son oncle. La seule chose que put faire Georges, prévenant son neveu de la dureté du travail, fut de le faire engager comme manutentionnaire de nuit. Maurice arrivait à la nuit dans le monde grouillant de ce ventre de Paris qu'étaient les Halles Baltard. Il transportait sacs, colis, cageots, tout ce qu'on lui donnait à porter, il ne tenait que grâce à la camaraderie qui régnait entre ces manoeuvres, rentrant au petit matin, porteur de quelques victuailles pas toujours fraîches, qu'il avait pu ramasser car invendables, et, exténué, se jetait sur son grabat, dormant la plus grande partie de la journée.

Deux mois passèrent ainsi, Maurice pensait qu'il ne pourrait pas tenir encore bien longtemps, et c'est encore l'oncle Georges qui vint à son secours, le faisant engager comme serveur à la brasserie du Charolais rue des Halles. Il y resta toute sa vie, devint une figure du quartier, la clientèle du Charolais ne voulant être servie que par Maurice qui connaissait les habitués par leur prénom et savait les conseiller sur les bons petits plats qui leur plairaient.

En 1873, il eut une fille prénommée Yvette. Il n'oublia jamais les Couliboeuf qui lui avaient probablement sauvé la vie et sorti de l'ornière leur rendant des visites régulières avec sa femme et ses deux enfants.

L'année suivant la naissance d'Yvette, la situation financière s'étant un peu améliorée, entre ses gains et ceux de sa femme, toujours blanchisseuse, ils déménagèrent, se rapprochant de leur travail, dans un quatre pièces louées sous les toits faubourg Saint Denis, où ils vécurent avec sa mère qui s'éteignit avec le siècle en 1899.

Mais revenons en 1871, qu'était devenu le frère de Maurice, Albert ? théoricien de la révolution, auteur d'articles enflammés, il avait été incarcéré et jugé sommairement, mais n'ayant pas été pris les armes à la main, il sauva sa tête de justesse et fut déporté en Nouvelle Calédonie. Sa femme, réduite à la misère avec son fils Joseph né en 1869, se vit contrainte de demander asile à ses parents. Ceux-ci, petits bourgeois, cherchaient le moindre prétexte pour prendre une revanche sur la peur qu'ils avaient ressenti durant ces dures journées, restant terrés dans leur appartement de la rue Vieille du Temple. Aussi, acceptèrent-ils d'accueillir leur fille unique tout en l'accablant de reproches, ne passant pas une occasion de critiquer son mari, " ce rouge qui avait bien mérité sa déportation et qui aurait mérité cent fois la mort. " Elle vécut ainsi pendant dix ans, essayant de conserver à Joseph l'image d'un père aimant, " grand personnage " de la Révolution, celui-ci n'ayant que trop tendance à écouter ses grands-parents qui ne parlaient que de son voyou de père, et qui le gâtaient.

En 1881, bénéficiant d'une grâce, Albert regagna la France, abattu et amer. Ses beaux-parents refusèrent de le recevoir, lui laissant tout de même occuper une chambre de bonne sous les toits. Albert, dont les dernières images qu'il avait conservé de Paris, étaient des images de guerre, se sentait dépaysé dans cette capitale qui avait cicatrisé ses plaies, qui avait retrouvé sa vie trépidante et sa joie de vivre. Il se sentait comme un étranger dans son propre pays. Par ailleurs, il se' rendit très vite compte que l'Education Nationale ne voulait plus de lui : On lui avait juste trouvé un poste dans le sud Algérois ! Pour aller enseigner le Latin ? ! Il passait souvent l'après-midi au Charolais devant un verre d'absinthe, et serait vite tombé dans l'alcoolisme sans l'énergie de son frère.

Enfin, grâce à sa calligraphie et à la tournure de ses phrases parfaite, il finit par trouver une place de gratte papier chez un huissier rue de Meaux, dans une officine sombre où il arrivait le matin pour faire ses dix heures de travail quotidien. Il enfilait alors une blouse grise passait ses manches de lustrine et coiffait ce curieux bonnet rond et noir. Il chassait alors ses lorgnons et se plongeait dans ses écritures, taciturne, ne parlant que peu. Il finit ainsi sa vie, écrivant aussi parfois le dimanche pour se remémorer ses vieux souvenirs de révolutionnaire ; il avait aussi entrepris l'écriture d'un livre que personne ne lirait sans doute jamais, mais c'était son seul plaisir, avec son fils Joseph, l'emmenant parfois au Jardin d'Acclimatation ou à la Ménagerie du Jardin des Plantes, lui payant, au retour, une grenadine servie par l'oncle Maurice.

Chapitre 4 - Charles se lance dans la politique

Hélène se maria en 1873 avec Marcel Durand, unique héritier de la " Grande Brasserie des quat'saisons ", sise dans le bas de la rue Saint Denis. Cette brasserie était devenue une véritable institution, le décor fait de cochons roses, de boeufs gras paissant sous les pommiers, ou de fruits et légumes de couleur trop vive, tout cela peint sur un fond bleu ciel sur le mur, n'était certes pas du meilleur goût, avec le grand bar clinquant en zinc et cuivre recouvert de marbre rose, comme les tables ; mais la clientèle y avait pris ses habitudes et, aux heures de repas, il fallait souvent faire la queue tant les parents de Marcel étaient reconnus pour ne pas avoir leurs pareils pour préparer les abats ou servir une bonne côte de boeuf à la moelle. Le repas de mariage eut lieu à la brasserie qui ferma ses portes exceptionnellement. Une cinquantaine d'amis se goinfrèrent à qui mieux mieux, puis, au moment du dessert, une assemblée rougeaude reprit en choeur les fameuses chansons comme " La femme à barbe ", "Il a des bottes Bastien " ou bien d'autres, chacun se levant à son tour pour chanter, comme c'était la coutume. Quand le tour de Maurice arriva, seul membre de la famille avec sa femme et son tout jeune fils qui dormait dans son coin malgré le bruit, un silence se fit et ce fut le moment d'émotion du jour. En effet, Maurice demanda aux invités d'avoir une pensée pour son frère déporté en Nouvelle Calédonie, et entonna " Le temps des cerises ". Quelques larmes coulèrent, vite oubliées.

Tout naturellement, Hélène prit sa place derrière la caisse, au bout du bar, et y trôna toute sa vie, comme une reine, régentant tout son petit monde. Les parents de Marcel étaient aux cuisines, venant faire de temps en temps un petit tour parmi la clientèle, avec Marcel qui apprenait tous les petits secrets culinaires de ses parents. Hélène était rayonnante, pulpeuse à souhait, elle avait pris quelques kilos mais qui ne nuisaient pas à son type de beauté, sa poitrine, déjà généreuse, était rehaussée par un corset qui la martyrisait et qu'elle ôtait avec délice en se couchant ; elle faisait loucher plus d'un regard masculin mais si elle plaisantait souvent avec les clients, elle avait un sens incomparable de la répartie, sachant remettre les gens à leur place sans jamais les vexer. Très rapidement, grâce aux opérettes d'Offenbach qui se jouaient encore avec succès, on ne l'appela plus que la Belle Hélène. Une certaine frange de la bourgeoisie fêtarde, allait souper, après le spectacle, non pas à la " Grande Brasserie des

Quat'saisons " mais chez la belle Hélène, pour laquelle plus d'un de ces messieurs élégants auraient fait des folies.

La soeur d'Hélène, Eugènie, se maria l'année suivante avec Louis Boulard, élégant jeune homme à fine moustache, qui tenait un magasin de nouveautés sur le Sébasto (boulevard Sebastopol) à l'enseigne : " L. BOULARD - Laines - Tapisseries - Canevas ". Le mariage fut également réussi, qui se déroula, comme pour Hélène, à la " Grande Brasserie des quat'saisons ", mais plus sage, les invités ne se composant pas uniquement de ce gens des halles, exubérants, comme cela avait été le cas pour Hélène.

Quant à Grégoire, il obtint de son père de quitter le lycée en 1871, à seize ans. D'ailleurs, Georges souhaitait assurer sa succession et, à partir du moment ou son fils savait lire, écrire et compter correctement, il estimait que c'était grandement suffisant. Il n'eut qu'à s'en féliciter, Grégoire apprenait rapidement les ficelles du métier et paraissait assez doué pour les affaires.

Charles Martigny qui était resté terré avec sa famille, dans son hôtel des Capucines, pendant les dures journées de 1871, commença à respirer avec l'arrivée de Thiers au pouvoir. Il fut parmi les premiers à souscrire à l'emprunt lancé par le " Sauveur " (surnom de Thiers), se prenant alors pour un grand patriote. Il avait beaucoup d'admiration pour cet homme à poigne qui avait écrasé la Commune avec la plus impitoyable férocité et, malgré ses sympathies bonapartistes, il ne voyait pas d'un trop mauvais oeil l'instauration d'une " République Conservatrice ". Mais, l'Assemblée, à majorité royaliste poussa Thiers à la démission et mit à sa place le général de Mac Mahon, vieux soldat sans expérience de la politique. Un accord étant intervenu entre les Bourbon et les Orléans, on crut un moment au retour de la Monarchie mais devant l'intransigeance du prétendant, le comte de Chambord, tenant au retour du drapeau blanc et de la majorité des privilèges, la République résista sous la présidence de Mac Mahon, véritable marionnette aux sympathies royalistes. Les républicains progressaient, et aux élections de 1876, ils obtinrent la majorité des sièges à la Chambre des Députés. Les royalistes firent une dernière tentative en obligeant Mac Mahon à dissoudre l'Assemblée, mais les nouvelles élections, malgré quelques sièges perdus, permirent aux Républicains de conserver la majorité. Les élections de 1879 donnèrent aussi pour la première fois, une majorité républicaine au Sénat. Mac Mahon donna sa démission et fut remplacé par le vieux républicain Jules Grévy. La République avait définitivement gagné.

Charles se rassura assez vite, tout rentrait dans l'ordre : le riche est riche, le pauvre est pauvre ! et les privilèges sont bien gardés. Il se remet à sortir, goûtant à l'animation des boulevards, se rendant parfois à l'hippodrome de Longchamps, surtout pour y faire des rencontres, car les chevaux ne l'intéressant moyennement. Le 5 janvier 1875, le maréchal de Mac mahon, président de la république, inaugura solennellement l'Opéra conçu par l'architecte Garnier. Le foyer de l'Opéra deviendra alors une sorte d'annexe du Jockey Club et Charles s'empressa d'avoir sa loge louée à l'année, où on le voit souvent avec sa femme et son fils Edouard, " beau jeune homme " de dix-sept ans.

La fortune de Charles était colossale, entre les sociétés Martigny qui fonctionnaient très bien et dont les produits représentaient le summum du " chic parisien ", le patrimoine immobilier considérable et ses divers titres et actions. Aussi se trouva-t-il des ambitions politiques, mais auparavant, il souhaitait régler une affaire qui le gênait.

Jeanine qui, depuis la disparition de Sylvain, avait pris un goût certain pour les jeunes dandys, s'était amouraché de l'un deux, de plus de vingt ans son cadet. Oh ! non pas qu'il fut jaloux, mais il avait estimé Jeanine, depuis leur mariage, pour son caractère pervers qui faisait de nombreuses victimes ; or, là, c'était elle la victime : son jeune amant lui soutirait des sommes folles et lui avait fait perdre la tête. Or Charles n'aimait pas les perdants : il n'avait pas vraiment de compassion pour sa femme, mais il avait peur que les Martigny deviennent la cible des rieurs.

Il réglait toujours les factures de couturiers, parfumeurs ou autres, toujours rubis sur l'ongle. Il décida donc, dans un premier temps, de suspendre tout règlement. Peu après, Jeanine se présenta chez le célèbre couturier d'alors, Charles Frédéric Worth, en son magasin de la rue de la Paix. Cherchant quelle nouvelle robe elle pourrait se faire faire, CF Worth eut un sourire gêné, lui annonçant que, faute de paiement des factures arriérées, il ne pouvait plus lui ouvrir de crédit. Parlant d'une erreur, elle sortit, hautaine, en claquant la porte, mais elle se retrouva dans la rue, affreusement gênée.

Rentrée boulevard des capucines, elle alla trouver son mari dans son bureau, lui contant, en prenant son rire de gorge " l'incroyable aventure qu'elle venait de vivre ". Charles se tournant vers elle, avec le ton charmeur qu'il savait prendre lui déclara tout de go :
- " Que voulez-vous, ma chère, votre jeune dandy nous coûte une fortune et je n'y puis plus subvenir. Je réglerai donc les arriérés et cesserai de payer tout nouvelle facture ".
Atterrée, Jeanine essaya le charme, le désespoir et la colère mais rien n'y fit.

Rentrée furieuse et désespérée dans sa chambre, elle pensa tout à coup à sa dot et à l'argent résultant de la vente de l'appartement de son père, décédé récemment. Charles lui avait dit qu'il s'occuperait de faire fructifier sa fortune. Elle se précipita donc chez son homme d'affaire, à nouveau plein d'espoir. Elle fut effondrée d'apprendre que son mari avait fait d'excellents placements mais que, pour y toucher, sa signature était indispensable. Effondrée à nouveau, elle rentra boulevard des Capucines, monta dans sa chambre, et se regarda dans le miroir, se trouvant une mine affreuse. Elle avait allègrement dépassé la quarantaine et était toujours d'une grande beauté, mais son jeune amant, âgé d'à peine vingt-cinq ans, type même de l'éphèbe, avait su la rendre folle. Alors qu'elle s'était peu intéressée à son fils Edouard, elle avait, pour son amant, des attitudes à la fois de mère et de maîtresse, un besoin de protection dont celui-ci n'avait certainement pas besoin.

Que lui dire ? alors qu'elle allait le voir le soir même. Elle décida de lui dire la vérité, voulant se persuader qu'ils s'aimaient assez pour affronter ensemble cette difficulté qu'elle espérait passagère. Elle fut heureuse de constater qu'elle avait eu raison, son jeune amant avait paru compréhensif mais, dans les jours qui suivirent, elle le taquina, le trouvant rêveur, amoureux peut-être... ? Elle espérait tant l'entendre dire : je t'aime.

Huit jours après, il était parti. Il avait sûrement trouvé une nouvelle protectrice.

Elle s'enferma dans sa chambre pendant plusieurs semaines, se faisant monter quelques nourritures par sa femme de chambre. Elle se voyait désormais vieille, elle en avait cassé de rage le miroir de sa coiffeuse. Elle pensait à toutes ces femmes qu'elle avait méprisé, parlant " popote ", mariage de tel ou tel, des petits enfants et colportant tous les petits potins, étant sûre que ces femmes-là faisaient des gorges chaudes de son histoire " Pensez-donc, ma chère, une femme de près de quarante-cinq ans avec un jeune homme de moins de vingt-cinq, où va donc se cacher le vice ? ". Et toutes ces dames patronnesses qui lui rappelaient sa jeunesse au couvent, ces corneilles bien pensantes et intolérantes qu'elle haïssait. Elle ne voulait pas de ce monde-là, elle avait trop aimé la vie frivole du Tout Paris. Elle songea même à se tuer mais n'en eut pas le courage.

Charles vint la voir à plusieurs reprises, pris curieusement d'une certaine compassion mais l'attitude butée de sa femme l'énervait rapidement et il ne tardait jamais beaucoup.

Au bout de deux mois, ayant dû excuser à plusieurs reprises l'absence de sa femme, " très malade ", il monta un jour dans sa chambre la prier instamment d'être présente à une réception, très importante pour lui.

Le jour venu, Jeanine descendit l'escalier, resplendissante dans une de ses robes de chez Worth. Charles lui sut gré d'avoir été parfaite, mais il avait bien remarqué que l'éclat des yeux de Jeanine, qui faisait une grande partie de son charme, avait disparu.

Deux ans plus tard, assistant depuis leur loge à l'Opéra, à une représentation d'Aïda, Jeanine aperçut son ancien amant, empressé auprès d'une femme approchant sûrement la soixantaine, outrageusement maquillée, et qui, au brillant des bijoux, devait être très riche. Elle tressaillit pensant que cela aurait pu être elle dans quelques années. Charles et Edouard, qui avait accompagné ses parents, ne remarquèrent, ni le couple hideux, ni le tressaillement de Jeanine. Cette vision agit comme un baume, lui faisant réaliser qu'elle aurait pu devenir grotesque. Elle était guérie de son jeune amant, ne pouvant pas toutefois oublier qu'il lui avait donné l'illusion de l'éternelle jeunesse, sur laquelle elle avait refermé la porte. Elle était entrée dans un monde qui lui faisait peur. Son fils Edouard la traitait comme une étrangère, mais n'en était-elle pas responsable ? Il admirait son père et faisait bloc avec lui. Quant à Charles, il menait une vie parallèle, se montrant avec sa femme et son fils dans les lieux publics ou dans les réceptions, afin de donner l'image d'une famille unie, ce qui lui semblait indispensable pour ses ambitions politiques.
Jeanine fut brusquement réveillée de ses songes mélancoliques par le public, debout, qui applaudissait à tout rompre.

C'est peu de temps après que le vicomte Olivier de Brissac, membre du Jockey club, osa lui déclarer l'amour qu'il avait pour elle depuis des années. On les vit désormais souvent ensemble, il devint l'ami fidèle, le confident, mais de plus car, paradoxalement, à part sa folie passagère et le tourbillon qu'avait été sa vie, Jeanine avait été une épouse fidèle.

Le monde est en marche, en 1878 ; Charles visite avec son fils l'exposition Universelle s'extasiant devant les nouvelles techniques comme l'électricité, le téléphone, le phonographe qui ne tarderont pas à être installés boulevard des Capucines, en son hôtel. Mais, parallèlement à toutes ces découvertes, au dynamisme des entreprises et de l'industrie, une misère terrible écrase la plupart des cinq cent cinquante ouvriers parisiens, la capitale comptant au total un million huit cent mille habitants. Le Mont de Piété n'a jamais eu autant de clients, qui, souvent, vont récupérer jusqu'à leurs matelas, au soir de la paye, pour recommencer plus tard, c'est un cycle infernal qui maintient les ouvriers dans un état de misère épouvantable. Seuls les maçons et les charpentiers s'en sortent un peu mieux, mais ils viennent souvent de la province pour une saison, repartant pour faire des récoltes. Ce monde-là ne pense pas politique et la politique les oublie.

Charles analyse soigneusement, avec son fils tous ces éléments. Visant les élections de 1881, il a tout le temps de préparer une campagne qu'il envisage avec soin, comme tout ce qu'il entreprend. Il tient à se forger l'image d'un homme à poigne, garant de l'ordre établi pour rassurer les riches, mais bon et généreux, défenseur de la famille...

Pour commencer, se servant des appuis qu'il a dans la presse, il pose la première pierre en 1877 de la Fondation Charles Martigny, destinée à recueillir les orphelins. Les journaux ne tarissent pas d'éloges. Puis, toujours encensé par la presse, il se fait remarquer par des dons généreux à diverses oeuvres de charité. Pour s'attirer les sympathies du clergé, on le verra désormais tous les dimanches en famille, à la grand'messe de la Madeleine, s'attardant à la sortie, à serrer les mains.

Edouard, comme il a été dit admirait beaucoup son père. Il faut dire que Charles portait la cinquantaine avec élégance et n'avait rien perdu de son charme. Edouard faisait des études de droit et fut un agent électoral de tout premier ordre à la faculté. Charles était très fier de son fils qui, incontestablement, marchait sur ses pas. Comme son père, Edouard était d'une grande élégance, habillé suivant le dernier cri, mais sans tomber dans le dandysme. Ses succès féminins étaient nombreux et cela ravissait Charles.

En 1881, Charles fut élu sous la bannière des Conservateurs. Il exultait, c'était le summum de sa carrière. On le voit désormais partout, le 14 juillet 1883, il est présent à l'inauguration de la statue de la République érigée place du Château d'Eau, l'année suivant, il est encore là pour assister au départ de la statue de la Liberté réalisée par le sculpteur Bartholdi et offerte par la France à la ville de New York. A la chambre, ce sont de grandes envolées lyriques. Il se fait le héros de la lutte anti-corruption ! S'élève contre le scandaleux pots-de-vin ! S'insurge contre le désordre, partisan d'une répression impitoyable à la moindre rébellion, et incitant les français à se consacrer à la famille ! La plupart de ses confrères députés rient sous cape, connaissant bien le personnage, mais sachant qu'il peut être dangereux de s'attaquer à lui, ou alors, il faut être irréprochable, car le petit carnet de maroquin noir confié à Charles par son père, s'est considérablement enrichi.

Quelques mois passèrent dans l'euphorie, même Jeanine n'était pas mécontente de s'entendre appeler Madame la Députée. Puis Charles, pensant que tout céderait contre ses désirs, envisagea une carrière nationale, pourquoi pas ministre ? Il fallait à tout prix ne pas lâcher la pression et il envisagea des tournées en province. Tout naturellement, il pensa d'abord à la Normandie, envisageant sa tournée sur le thème : " Visite d'une enfant du pays ". C'était très exagéré, le dernier Martigny de la branche parisienne, né à Saint Pierre l'Eglise, était son arrière grand-père qui, curieusement, se prénommait également Charles, mais il n'était pas à ça prêt, sachant se sortir de toutes les situations avec habileté.

Un mois avant son départ, il envoya son fils Edouard, dans lequel il avant toute confiance, pour préparer le terrain.

Edouard arriva au printemps 1882 au Manoir de Cauterel et reçut un accueil chaleureux. Il fut séduit par cette famille paraissant heureuse : le patriarche Lucien qui approchait des soixante-dix ans et conservait toute sa prestance sous son épaisse toison blanche, son épouse Juliette, charmante petite bonne femme ayant dépassé la soixantaine, ne quittant guère son mari, le fils Gérard, trente ans, qui avait repris la direction de la Laiterie Fromagerie, avait une femme charmante épousée un an plus tôt, et enfin la fille, Suzanne, âgée de trente ans et qui causa un grand choc à Edouard par sa beauté resplendissante, son rire et son regard franc, c'était le genre de femme qu'il n'avait pas l'habitude de rencontrer à Paris.

Il se trouva tout de suite intégré dans cette ambiance familiale qu'il n'avait jamais connue, il pensa avec amertume à la vie que menaient son père et sa mère, quelle différence ! Tout lui paraissait trop beau, trop bien réglé pour être vrai, lui qui avait grandi au centre de petites manoeuvres sournoises, chacun essayant de tirer parti de l'autre. Il se mit donc au travail tout de suite, établissant avec son " très lointain " cousin et son père Lucien, une liste des personnalités à inviter, prenant contact avec la Mairie de Saint Pierre l'Eglise pour trouver un endroit où faire le banquet. Dans ses rares moments de liberté, il apprit, non sans quelques difficultés, à monter à cheval, avec Suzanne comme professeur. En si peu de temps, il ne devient qu'un piètre cavalier qui commençait à être amoureux de son professeur, de six ans son aînée.

Le grand jour arriva, Charles et Jeanine étaient arrivés depuis une semaine ; Charles reconnut) peine les lieux où il était venu à l'âge de cinq ans avec ses parents, fuyant l'épidémie de choléra qui frappa la capitale en 1832.

Edouard avait bien fait les choses, les rues étaient pavoisées de banderoles souhaitant la " bienvenue à l'illustre enfant du pays ". Un stand était ouvert où les enfants, venant chercher un drapeau tricolore et un portrait de Charles, se voyaient gratifier de nombreuses friandises. De nombreux journalistes, même parisiens, comme le reporter du Petit Journal, étaient présents pour rapporter l'événement.

Après une grand'messe dite à l'Abbatiale par le chanoine Duparc, ami de la famille Mercoeur, un grand banquet fut donné dans les belles halles médiévales, orgueil de Saint Pierre l'Eglise, sises place du Marché. Environ deux cents invités avaient été conviés et de nombreux discours furent prononcés, à commencer par le Maire qui rappela tous les bienfaits de la famille Martigny à la commune, et les retombées dues au succès des produits Mercoeur. Charles clôtura cette série de discours en remerciant l'assemblée pour toutes les belles paroles qu'il venait d'entendre, et l'accueil qu'il avait reçu, puis développa son programme politique.

Ce fut une incontestable réussite, les nombreux articles de presse furent commentés de diverses manières par le Tout Paris, mais chacun s'accorda à reconnaître l'habileté de ce vieux fripon de Charles Martigny dont l'ambition paraissait sans limites. Georges Couliboeuf conclut en déclarant à sa femme : " Il faut reconnaître qu'il est bougrement fort, ton escroc de cousin ! ".

Lucien de Mercoeur était non seulement un lointain cousin de Julien de Criqueville, mais aussi son meilleur ami et, de plus, ils étaient sensiblement du même âge. Aussi proposa-t-il aux Martigny d'aller passer quelques jours à la Pommeraye. Ceux-ci furent d'abord envoûtés par le charme que dégageait cette propriété au milieu d'un si beau parc, mais Charles s'ennuya assez rapidement. Il était énervé d'entendre les femmes de Gérard et Lucien ne parler que de leur bébé, comparer leurs poids, leurs façons de manger, la petite promenade de l'après-midi dans la petite voiture attelée à la chèvre et tout le monde s'extasiant devant la mine des enfants en riant. Il ne se sentait pas à l'aise dans cette ambiance sucrée à la comtesse de Ségur. Par ailleurs, le soir, il était obligé de jouer au bridge, lui qui n'aimait pas les cartes, était un piètre joueur et n'aimait pas perdre !

Il faut dire que la province avait été peu touchée, ni par la guerre de 1870, ni par les événements de la Commune, exclusivement parisienne. C'était aussi la raison de leur vote, la capitale représentant le désordre. Mais si Charles et Gérard auraient pu trouver là une sorte d'accord, ils étaient en désaccord sur tout le reste. Gérard dont le père était maire de Saint Germain du Val, se tenait tout de même au courant des événement et, s'il n'était qu'adolescent au moment de la Commune, il n'en déclara pas moins à Charles, outré par ces propos, que Thiers s'était comporté comme un boucher lors de la répression de la Commune. Son père Jean Marie, de cinq ans l'aîné de Charles, prenant son plaisir en s'initiant à l'art d'être grand père, n'en restait pas moins un grand philosophe érudit, un " sage " et était en parfait accord avec son fils. Pour finir d'exaspérer Charles, il lui parla des sympathies qu'il éprouvait pour certaines thèses socialistes de Jules Guesde. Puis il évoqua les grands romans de Zola qu'il lisait avec passion des leurs parutions, s'attardant sur " L'Assommoir " qui décrivait si bien la misère des ouvriers et déclara qu'il estimait " Les Misérables " de Victor Hugo comme le plus grand roman du siècle.

Charles, qui avait réussi à se contenir, passa une nuit épouvantable, ne décolérant pas, criant qu'il était tombé dans un guet-apens, disant à sa femme que ces " inconscients, ou plutôt, ces imbéciles de nantis, finiraient pendus par leurs amis les rouges ! "

Le lendemain, invoquant un programme chargé, il demanda que le cocher le conduise avec sa famille à la gare proche de Mézidon, où il devait prendre le train pour Cane.

Les Martigny arrivèrent à Caen en fin d'après-midi et se rendirent à l'hôtel du Coq Hardi rue Saint Pierre où leurs chambres étaient réservées.

Le lendemain, ils se présentèrent à l'Hôtel du Cour la Reine où Jean Philippe de Criqueville et sa femme les attendaient, ayant été prévenus par Jean Marie. Le comte Jean Philippe de Criqueville était le type même de l'aristocrate mais le député Charles Martigny n'était nullement impressionné : " Des aristocrates, j'en rencontre à la pelle à Paris " dit-il à sa femme en sortant. A l'inverse de son frère, Jean Philippe était, comme on l'a déjà vu, un homme d'ordre avant la répression sévère, le meilleur moyen de briser toute rébellion dans l'oeuf. Ils se lancèrent dans une longue conversation au cours de laquelle ils se trouvèrent de nombreux points communs, Jean Philippe reprochant seulement à Thiers, l'idole de Charles, d'avoir refusé d'aider la monarchie, laissant la place à ce niais de Mac Mahon, royaliste, certes, mais sans aucune expérience ni volonté politique. Un déjeuner était prévu le lendemain, et Charles sortit de cet entretien tout revigoré " il existait tout de même encore en province, des gens sensés ".

Le lendemain midi, Charles, Jeanine et Edouard, se rendirent au déjeuner convenu ou quelques invités, dont le maire de Caen, triés sur le volet avaient été conviés. Charles fut particulièrement brillant comme, souvent lorsqu'il sentait que le public était acquis à ses idées. De plus, il remarqua avec plaisir, que sa femme aussi avait été très remarquée pour son élégance " très parisienne ", son maintien (" c'est une des nôtres ") et la finesse de son esprit.

En rentrant à l'hôtel, Charles exultait, en cas de besoin, il pourrait compter sur ces gens. Pour un peu, il aurait été fêter ça avec son fils, dans l'une de ces maisons closes du Vaugueux, fréquentées par Maupassant et Flaubert. Il décida, dans l'euphorie, de rester deux ou trois jours de plus. Le lendemain après-midi qui était un dimanche, il suivit avec Jeanine le mouvement de la foule qui les emmena d'abord Fossés Saint Julien, puis les ramena place

Royale où ils s'essayèrent à l'ombre des tilleuls pour écouter un concert donné par des musiciens militaires installés sur un kiosque. Mais que l'on doit s'ennuyer en province : lorsque l'on fait la même promenade tous les dimanches, que l'on connaît par coeur le clocher gothique ou le porche roman, qu'on passe tous les jours à côté de la statue du grand homme local, sommeillant dans la paix d'une placette, qu'on rencontre toujours les mêmes gens qui s'épient, que reste-t-il à faire ? Charles aimait le grouillement parisien assurant à chacun son anonymat.

Enfin le jour suivant, la famille Martigny se rendit à la gare pour prendre le train qui les ramènerait à Paris. Seul, Edouard était mélancolique : il ne pouvait s'empêcher de penser à Suzanne.

Rentrés à Paris, la vie trépidante reprit. Charles était dans son élément. Edouard aussi, mais il pensait souvent à Suzanne, comme elle était différente de ces jeunes filles volages et artificielles qu'il rencontrait ici ! Il se décida à lui écrire, elle lui répondit par une lettre pleine de gentillesse et un échange régulier de courrier s'ensuivit. Il tomba vraiment amoureux, elle lui manquait et il avait une envie folle de la revoir. Il finit par s'en ouvrir à son père, qui l'écouta attentivement sans faire la moindre remarque qui put vexer son fils, puis lorsqu'il fut seul, il se remit à penser à la conversation qu'il venait d'avoir. Edouard était amoureux ! Il n'avait jamais ressenti ce sentiment qui, pour lui, s'appelait désir. De plus, pour Charles, un mariage devait être une sorte d'association, une affaire conclue où chacun y trouvait son avantage. Un mariage d'amour, quelle incongruité ! Mais, à la réflexion, une alliance avec les Mercoeur serait peut-être utile un jour, qui sait ? Et, de plus, ce pied en province pourrait peut-être servir ses ambitions politiques, sait-on jamais ? Finalement, il s'amusa beaucoup à cette amourette...

L'été 1883, Edouard prévint les Mercoeur, leur demandant l'autorisation de leur rendre visite. En arrivant, il eut un choc en voyant Suzanne, plus belle et plus fraîche encore que dans ses rêves, et son assurance habituelle le quitta. Quelques jours plus tard, après que Suzanne ait accepté de devenir sa femme, il fit sa demande officielle auprès des parents qui ne firent aucune objection.

Le mariage eut lieu au printemps 1884 et fut l'événement mondain de cette province endormie. La célébration se fit à l'Abbatiale de Saint Pierre l'Eglise par le chanoine Duparc. On s'extasia devant l'élégance de Jeanine qui accompagna son fils jusqu'à l'autel et l'on trouva la mariée bien belle. Puis, quatre cents invités se pressèrent au banquet donné sous les fameuses Halles de Saint Pierre.

Bien évidemment, Charles profita de ses relations dans la Presse pour faire relater l'événement à Paris. On parla de l'émouvante cérémonie à la belle Abbatiale, du somptueux buffet donné sous les Halles, de la beauté du jeune couple et de l'émotion de Charles...

Suzanne n'était jamais allée à Paris et fut éblouie par la beauté des monuments, la dimension de ces grandes avenues, l'intensité de la circulation et ce grouillement de la foule qui la changeait tant de la campagne. Un peu étourdie, elle se retrouva à l'Hôtel du boulevard des Capucines où la domesticité, en rang, attendait pour saluer la femme de Monsieur Edouard. Elle trouva curieux et même, n'aima pas beaucoup le modernisme qui, à peine âgée de vingt-cinq ans, lui donna l'impression d'être démodée. Elle trouva le décor un peu froid, étant habituée au mobilier ancien de Cauterel. Mais c'était un détail et elle se dit qu'elle s'arrangerait " son coin ". Elle était vraiment amoureuse, c'est cela qui comptait. Elle aima tout de suite la vie parisienne, ne se lassant pas de visiter les musées. On la voyait partout avec son mari : Applaudir Sarah Bernhardt à la Comédie Française, s'enflammer pour la première de Manon, de Jules Massenet, depuis sa loge de l'Opéra, prendre un chocolat au Café Riche. E toujours en compagnie de son mari. Elle fit la conquête du Tout Paris pas sa fraîcheur et sa spontanéité et ce couple qui paraissait si amoureux, c'était si rare... Edouard qui avait appris, tant bien que mal, à monter à cheval, accompagnait sa femme au Bois, elle montait magnifiquement en amazone ; on les vit ainsi dans les allées de l'hippodrome de Longchamps assister aux grands prix qui n'avaient jusqu'alors que peu intéressé Edouard.

En 1885 naquit un premier fils prénommé Gilbert, suivi deux ans plus tard par Jean Louis.

Jeanine avait perdu sa mère à cinq ans, elle avait alors passé toute sa jeunesse chez les soeurs, ne sortant qu'en groupe et passant ses vacances dans l'appartement de l'île Saint Louis, triste à mourir, avec ce père austère qui l'aimait sans doute, mais ne lui montra jamais, regrettant secrètement de ne pas avoir eu de fils. Aussi découvrit-elle la vie en se mariant, la dévorant à pleines dents après ces vingt ans perdus. Elle n'avait pas vraiment su ce qu'était l'amour. Son mari avait conclu une affaire en l'épousant, il était généreux, certes, mais par calcul et ils ne s'étaient jamais aimés, ils s'étaient associés. Elle avait cru aimer son jeune dandy mais croire aimer n'est-il pas déjà aimé ? Il ne lui laissait aucun regret, que des remords. Quant à son ami Olivier de Brissac, elle trouvait ce vieux célibataire émouvant, mais elle " l'aimait bien ", seulement.

Aussi, à cinquante-cinq ans, toujours miraculeusement aussi belle mais ayant perdu ce regard légèrement pervers qui avait fait tourner tant de têtes, alors qu'elle ne s'était jamais occupé d'Edouard, elle tomba folle de son petit-fils Gilbert, puis, plus tard, de Jean Louis. Elle devint une merveilleuse grand-mère.

Elle avait enfin rattrapé le temps.

Chapitre 5 - Robert de Criqueville le Colonial

Alphonse de Criqueville, ce brillant officier légionnaire, bardé de décorations, avait élevé son fils Robert dans le culte de l'armée, se désintéressant totalement de ses deux filles dont il laissa l'éducation à sa femme. Il en fit d'abord un brillant cavalier, comme c'était la tradition chez les Criqueville. Robert se distingua dans divers concours, sous l'uniforme des cadres noirs de Saumur, où son père l'avait envoyé. Frais émoulu, il souhaitait participer activement à l'aventure coloniale qui battait son plein. Il venait d'apprendre que la France, qui possédait déjà la Cochinchine et le Cambodge et souhaitait également l'Amam et le Tonckin, s'était vu contrer par la Chine, protectrice naturelle de l'Amam. En 1884, la flotte de l'amiral Courber avait donc ouvert le feu sur l'arsenal de Fou Tchéou et la Chine s'était inclinée. Ces noms, ce continent lointain, faisaient rêver Robert qui finit par partir en 1887. Il arriva à Pékin l'année suivante et fut affecté à la Légion Française. Il menait surtout une vie mondaine au milieu de ces légations anglaise, russe et allemande réunies dans le même quartier. Ses seuls et rares moments de plaisirs, il les trouvait lorsqu'il partait, à la tête de ses hommes, vers quelques missions isolées, ravitailler et, au besoin, assurer la protection de ces hommes qui essayaient d'inculquer la foi chrétienne aux chinois.

Les années passèrent puis, en 1893, devenu capitaine, il rencontra Joan, fille du colonel Alec O'Higgins, attaché à la légation anglaise, type même du colonel de l'armée des Indes avec ses grosses moustaches en broussaille et son allure raide. Il avait fait toute sa carrière aux colonies et ne rêvait, en buvant de nombreux whiskys, que de retrouver sa verte Angleterre. Quant à Joan, c'était une ravissante jeune fille de vingt ans, typiquement anglaise avec des cheveux blonds tirant sur le roux, des yeux merveilleux, bleus ou verts, on ne savait pas trop, la taille fine et une allure féline. Avec l'accord du colonel, il commença à lui faire la cour, sous la surveillance assidue de sa mère. Robert parlait assez bien l'anglais mais défaillait lorsqu'il entendait Joan essayer de parler Français avec son charmant accent.

Ils se marièrent en 1894 à la chapelle de la légation anglaise, Robert acceptant de bon coeur que la cérémonie se fasse suivant le rite anglican, c'était, en quelque sorte, les prémices à " l'entente cordiale " qui devait rapprocher les deux pays quatre ans plus tard. Un fils, prénommé Jack naquit l'année suivante. Mais des événements nouveaux se profilaient à l'horizon, la Chine et le dépeçage de son territoire commençait, la France obtenait la baie de Kouang Tchéou et la concession des chemins de fer du Yun Nan. L'Angleterre, l'Allemagne et la Russie prenaient aussi leurs parts du gâteau. La Chine rentrait dans le système colonialiste, malgré l'opposition de la cruelle régente Tsen Hi qui détestait les occidentaux. Les missionnaires faisaient de très nombreux nouveaux chrétiens, bénéficiant du prestige de la puissance occidentale.

En 1898, naquit Elisabeth de Criqueville.

Tous ces événements mécontentent une frange de chinois nationalistes qui n'acceptent pas que leur pays tombe sous la coupe des occidentaux. C'est dans ce climat qu'une secte sut trouver un milieu favorable à une remarquable extension, son nom, traduit littéralement du chinois, signifiait les " Poing de Justice ", aussi les Occidentaux les appelèrent-ils Boxers ou Boxeurs. A Pekin, ils sont des milliers réclamant le départ ou le massacre des Occidentaux, et ils peuvent agir au grand jour, la régente Tsen Hi et la Cour les soutenant. Ils sont facilement reconnaissables avec leurs foulards rouges sur la tête et les rubans, rouges également, qui leur enserrent poignets et chevilles. Leurs drapeaux annoncent clairement qu'ils combattent pour l'Empereur. Leurs slogans affirment que tous les malheurs de la Chine sont dus aux " diables de l'Ouest ", que même les esprits sont outragés par leur présence. La preuve ? Le serpent de fer (lignes télégraphiques) est dégoulinant de sang, (qui n'est autre que l'eau rouillée). Ils se disent insensibles à la douleur et invulnérables : les balles occidentales ne peuvent tuer les Boxers et pour frapper une population ignorante, un truquage montre un Boxer atteint par une balle, tombant, puis se relevant, tenant la balle à la main.

Dans ce climat inquiétant, le quartier des légations commence à se barricader, on constitue des stocks de provisions et des petites troupes sont envoyées pour essayer de ramener les missionnaires en grand danger. Dans le courant de l'été 99, le capitaine Robert de Criqueville partit en tête de ses hommes vers l'une de ces missions. Arrivés sur place, un grand silence se fit, les soldats étaient frappés de stupeur et de terreur devant le spectacle atroce qui s'offrait à leurs regards. Les missionnaires avaient été crucifiés après qu'on leur eut crevé les yeux qui dégoulinaient de sang, un grand nombre de chinois, sans doute convertis, avaient été décapités, leurs têtes fixées sur un bâton planté en terre, les yeux grands ouverts reflétant encore la terreur. Les soldats récupérèrent les corps des missionnaires pour leur offrir une sépulture décente, et la troupe rentra au plus vite, chacun ayant son fusil armé, prêt à défendre chèrement sa peau.

Quelques militaires osaient encore sortir du quartier des légations mais il fallait que ce soit pour une mission bien précise. Femmes et enfants devaient se tenir éloignés des barricades.

En 1900, l'ambassadeur allemand est tué non loin du quartier des légations, en pleine rue. On organise désormais un camp retranché que l'armée régulière chinoise commence à bombarder.

Un souvenir restera à jamais gravé dans la mémoire de Robert et des soldats présents à ce moment-là. Un petit groupe de Boxers réussit à enlever une sentinelle anglaise. Quelques instants après, au coeur de cette horrible nuit, on entendit un cri déchirant à glacer le sang, puis des gémissements, des appels au secours, de nouveaux cris, des sanglots, des appels de ce pauvre soldat torturé à sa mère ; Robert eut le plus grand mal à empêcher les soldats à se précipiter pour sauver leur compagnon, leur expliquant que c'était ce que recherchait les Boxers, dix fois, cent fois plus nombreux qu'eux. Tout à coup, un grand silence si fit, peut-être encore plus terrible, puis un objet atterrit aux pieds de Robert qui, en se penchant, vit la tête de cette pauvre sentinelle.

La défense s'était organisée en plusieurs barricades successives, heureusement car, après un assaut d'envergure, les troupes occidentales, cédant sous le nombre, avaient dû concéder la première barricade. Un nombre incroyable de cadavres chinois jonchait le sol, l'attaque ayant été menée de manière fanatique par ces combattants hurlants, n'ayant pas peur de la mort. Il fallait avoir vraiment les nerfs solides pour ne pas craquer et s'enfuir. Robert, vêtu du pantalon bleu clair pris dans des bottes reluisantes, de la veste bleue plus foncée à boutons dorés et coiffé du casque colonial blanc avait paru, lui aussi, invulnérable. Restant debout, le revolver dans la main gauche et le sabre dans la droite, il commandait ses hommes, leur donnant l'exemple du courage. Sa seule crainte était pour sa femme et ses enfants, lui, était prêt à mourir. Les familles avaient été regroupées dans un bâtiment central, le plus loin possible des combats mais le bruit, l'odeur de la fumée et de la poudre parvenaient tout de même jusqu'à eux et Joan serrait très fort ses enfants dans les bras.

Les points de défense commençaient à céder de partout, la faim et la soif commençaient à tenailler les combattants et les familles et, après cinquante-cinq jours de résistance héroïque, une troupe internationale commandée par le général allemand Vons Waldersec, arriva enfin à leur secours.

C'était fini, mais la répression fut épouvantable autorisant vol, viol et assassinats sans discernement. Après ces événements dramatiques, Robert fut rapatrié avec sa famille, après avoir passé treize en Chine. Malgré l'épisode tragique des Boxers, il garderait un bon souvenir de ce beau pays, de la gentillesse de ses habitants, de ces longues courses à tête de ses troupes, rencontrant ces seigneurs de guerre, magnifiques, fiers, farouches et d'une grande cruauté raffinée, théoriquement vassaux de l'Empire mais qui avaient constitué leurs propres troupes formées de combattants intrépides ne craignant pas la mort, totalement dévoués à leur chef. Ces chefs s'étaient taillé des territoires sur lesquels ils régnaient en maître absolu. Par eux, Robert avait été initié au plaisir de fumer une pipe d'opium, sans tomber dans la dépendance.

Dans des bagages qui voyageraient à part, il s'était constitué, avec l'aide de Joan qui avait un goût très sûr, une belle collection d'objets. Il avait pensé aménager un salon chinois à Criqueville où il irait, de temps à autres fumer une pipe d'opium en rêvant de ces grands espaces. Il y avait là, pèle mêle, des porcelaines Ming ou Celadon au vert pâle incomparable, des émaux peints du XVIIIe siècle ainsi que des estampes également de l'époque Ming, des peintures d'école individualiste, des jades, des paravents en laque de Coromandel, des ivoires, des tables basses, une armoire basse ornée d'émaux de Canton et, enfin, bien évidemment, un lit de fumer d'opium.

Le retour se fit à bord d'un Aviso (navire moderne en acier et à vapeur pouvant filer vingt-trois noeuds) de la Marine Nationale, commandé par le capitaine de vaisseau Hervé de Kervalen dont la famille avait donné de nombreux marins à la France depuis Louis XIV. Les Criqueville prenaient leurs repas à la table d'Hervé de Kervalen, avec lequel Robert s'était trouvé de nombreux points communs, le capitaine de vaisseau se forçant, toutefois, à ne pas faire de gaffes envers Joan, étant anglophobe, comme de nombreux marins de la " Royale ". Les journées en mer étaient longues et Robert et Joan avaient du mal à tenir Jack qui courait sur le pont, sa soeur Elisabeth trottinant derrière lui avec difficulté. Très vite, les enfants devinrent la mascotte de l'équipage et le " cuistot " les emmenait souvent aux cuisines, leur confectionnant quelques friandises.

Partis de Shanghaï, six jours après, l'Avison faisait escale au Comptoir Français de Pondichéry pour faire du charbon, puis, après avoir doublé Ceylan, le navire essuya un peu de gros temps dans la région des Maldives, en plein Océan Indien. Puis à nouveau, après une bonne semaine de navigation, l'Aviso remonta la Mer Rouge et s'engagea dans le canal de Suez ouvert depuis une trentaine d'années, et fit à nouveau escale à Port Saïd pour refaire du charbon et s'approvisionner en produits frais. Après deux jours, ayant visité la ville grouillante de monde, colorée et aux senteurs d'Orient épicées, ils reprirent la mer et après presque un mois, accostèrent enfin à Toulon.

C'était la première fois que Joan mettait les pieds sur le continent européen. Elle était née en Inde où elle avait passé sa prime jeunesse, puis avait suivi ses parents en Chine. Elle était émue et avait soif de faire connaissance avec cette civilisation européenne qu'elle ne connaissait que par les livres. Ils prirent le petit train qui suivait la côte, s'émerveillant sur ce ciel et cette mer bleue, puis arrivèrent à Marseille où ils prirent le train pour Paris.

A sa grande déception, Joan ne vit que peu de choses de Paris, mais Robert lui promit d'y revenir. Ils prirent un fiacre qui les emmena jusqu'à la gare Saint Lazare, contemplant avec étonnement les quelques véhicules automobiles que se frayaient difficilement un chemin à travers la circulation hippomobile des plus dense.

Ils montèrent dans les Paris-Cherbourg, coup de sifflet strident et fumée noire, et le train s'ébranla pour les laisser quelques trois heures plus tard à la gare de Lisieux où le cocher les attendait. Durant le voyage, Jack et Elisabeth n'avaient pas dit un mot, écarquillant de grands yeux pour tout voir.

C'était bientôt Noël et quelques flocons de neige voltigeaient, il faisait un froid vif et ils se coulèrent sous les épaisses couvertures de voyage. En arrivant en vue du château, Robert, parti depuis près de quatorze ans eut un moment d'émotion, Joan fut impressionnée par la masse imposante de ce château d'où s'échappait la fumée des nombreuses cheminées. Joan et Elisabeth, dont on n'apercevait que le bout du nez, rougi par le froid, les grands yeux écarquillés, paraissaient impressionnés. Il faut dire que c'était la tombée du jour et que cet imposant château, vue à contre-jour, à travers les quelques flocons de neige qui voltigeaient, avait quelquechose d'irréel.

Alphonse qui, à près de soixante-cinq ans n'avait rien perdu de sa prestance était sur le pas de la porte d'honneur pour les accueillir, à ses côtés, sa femme, frêle silhouette effacée, avait hâte de revoir son fils, de faire connaissance de sa belle-fille et, surtout, de ses petits-enfants.

Puis, derrière eux, la vingtaine de personnes qui représentaient la domesticité, attendait en rang pour faire la connaissance de la jeune comtesse et de ses enfants.

Noël approchait et, pour le grand jour, en homme de cheval qu'il était, Alphonse offrit un poney à son petit-fils qui laissa échapper sa joie et l'appela tout de suite Wang, du nom du serviteur chinois qu'ils avaient à Pékin, quant à sa soeur, entre très petite, elle fut émerveillée par le poney nain qui lui échut et, reprenant naturellement sa langue maternelle, elle l'appela simplement " Little ".

Dans les jours qui suivirent, Alphonse organisa un grand repas familial pour présenter sa belle-fille dont le charme avait paru ouvrir une faille dans sa misogynie. Entre les

Criqueville de la Pommeraye, le Criqueville de Caen et les soeurs aînées de Robert, Elisa, la préférée de son père parcequ'elle avait épousé Gilles de Croixvie, propriétaire d'un beau haras, et Cécile qui avait épousé un important notaire de Lisieux, cela faisait une vingtaine de personnes à table et au moins autant d'enfants mangeant à part et qui s'égaillèrent rapidement dans le parc, chacun voulant chevaucher Wang, Elisabeth tenant amoureusement Little par l'encolure.

La conversation roula sur de nombreux sujets, Joan apportant une touche charmante d'exotisme en racontant ses souvenirs de Chine avec son accent. On en vint finalement à parler de l'affaire Dreyfus qui avait été gracié par le Tribunal de Rennes le 19 septembre 99. Alphonse s'écria - "Gracié ne veut pas dire innocent ! Pour moi ce youpin est un traître, comme la plupart de ses congénères apatrides ; d'ailleurs, des hommes intègres comme Paul Deroulède et Jules Guerin ne se sont-ils pas révoltés contre la décision du Tribunal ? " Les cousins Criqueville de Caen approuvaient avec chaleur, rajoutant que le soi-disant suicide du colonel Henry dans sa cellule, était un crime politique, comme l'avait bien dévoilé le journal " La libre parole " - " Tout de même " intervinrent les Criqueville de la Pommeraye " Clémenceau n'a-t-il pas donné la parole à Zola dans son journal l'Aurore qui dévoile tous les dessous de l'affaire dans son magnifique article : J'accuse " - " Tissus de mensonges ", hurla Alphonse, hors de lui. Les deux gendres d'Alphonse n'osaient pas trop se prononcer, bien que le notaire, essayant de lutter contre cette méfiance ancestrale des siens envers les juifs, pensait effectivement que cela sentait le coup monté.

Le ton était dangereusement monté et c'est Joan qui sauva la situation, en saisissant l'occasion d'un bref moment de silence, pour proposer de passer au salon et, prenant son beau-père par le bras, elle lui proposa : " Et si vous nous parliez un peu cheval ? " Son mari Robert fut rempli d'admiration devant le tact de sa femme.

Les jours passèrent, l'hiver parut bien long à Joan qui trouvait la campagne bien triste et, bien que s'étant aménagé un appartement confortable dans une aile du château, elle devait quand même traverser ces longs couloirs glacials.

Le printemps revint enfin et le parc commença à refleurir, un grand nettoyage fut entrepris et Joan trouva finalement Criqueville très acceptable, " very fine ". Entre temps, conquis par l'automobile, Robert acheta un phaéton de Dion, au grand dam de son père qui était persuadé qu'il s'agissait là d'une mode et qu'on ne remplacerait jamais le cheval. Robert avait finalement obtenu le certificat de capacité spéciale permettant de conduite sur route à trente kilomètres / heure et en ville à vingt kilomètres / heure, certificat que Joan, impatiente de conduire obtint également. Les beaux jours arrivants, on les vit souvent à Deauville aller prendre leur bain, les enfants, tout excités, assis derrière, ou jouant quelque argent aux casinos. Joan et ses enfants avaient pris un goût certain pour les bains de mer et elle avait loué à l'année une cabine roulante qu'un garçon de plage lui amenait jusqu'au bord de l'eau.

Les objets et les meubles chinois arrivèrent et Robert et Joan firent aménager avec soin le salon chinois qu'ils avaient imaginé. Satisfaits du résultat, ils prirent l'habitude d'y venir, surtout Joan pour son inévitable " five o'clock tea ".

L'Algérie était pacifiée, la Tunisie conquise depuis le traité du Bardo en 1881. Restait le Maroc qui paraissait indispensable à la France pour compléter son ensemble nord-africain. A la fin de l'année 1902, Robert fut rappelé pour partir combattre pour la pacification du Maroc. Compte tenu de l'état d'insécurité, il laissa femme et enfants à Criqueville. Il rejoignit les troupes de Lyautey appelé à rétablir l'ordre aux confins algéro-marocain.

Robert écrivit de longues lettres à Joan, lui décrivant l'enthousiasme qu'il avait ressenti devant le spectacle de cet océan de sable qu'était le Sahara, ses couleurs qui changent continuellement, ces nuits étoilées avec un ciel d'une clarté qu'on ne rencontre nulle part ailleurs. Ces chefs Touareg au regard farouche, ces hommes bleus dont la noblesse lui rappelait un peu les seigneurs de guerre chinois. Il connut quelques combats sporadiques mais la plupart du temps était consacré à la recherche d'un ennemi souvent invisible. Il envoya une photo de lui, pantalon blanc pris dans des bottes, veste bleue, sabre au côté et casque colonial blanc, discutant avec un méhariste monté sur un dromadaire, vêtu d'un pantalon blanc bouffant, d'une veste bleue et coiffé d'une chéchia rouge, le fusil en bandoulière, avec, en toile de fond, quelques palmiers d'une oasis. Joan fit encadrer cette photo qui devait figurer des années dans le salon chinois.

Il lui disait aussi toute l'admiration qu'il éprouvait pour Lyautey, dont il faisait sienne sa devise, simple vers de Shelley : " La joie de l'âme est dans l'action ". Lyautey avait ce don de subjuguer son entourage, que ce soit ses officiers ou une foule d'indigènes. Enfin, Casablanca fut occupée en 1907 et Robert fut rapatrié en 1908.

Durant ces cinq années, de son côté, Joan avait également fait une conquête, celle de son beau-père qui ne jurait plus que par elle. Elle avait réussi à apprendre à monter suffisamment correctement pour suivre les chasses à courre qui restaient un des passe-temps favoris d'Alphonse. Jack, qui avait maintenant treize ans, était déjà un cavalier émérite, un peu casse-cou, capable d'accomplir correctement un parcours de cross. Même Elisabeth chevauchait correctement son nouveau poney : elle avait dix ans et Little était toujours son meilleur ami, mais était maintenant devenu trop petit.

De plus Alphonse, malgré sa répugnance pour le cheval vapeur, avait dû s'y résoudre. Agé maintenant de quatre vint deux ans, il n'avait abandonné la monte, avec désespoir, qu'à soixante-quinze ans et devait se résoudre à ne suivre ses chasses qu'en voiture à cheval, la voiture automobile l'emmenant assister aux divers concours de la région, dont l'un, important, se tenait à Lisieux qui remettre encore pendant des années le prix Alphonse de Criqueville.

Robert, nommé lieutenant-colonel, rentra donc en 1908 à Criqueville, juste à temps pour dire adieu à son père. Sa mère, petite femme pâlotte, ayant traversé la vie comme une ombre, s'éteignit quelques mois plus tard.

Chapitre 6 - Dreyfus - Anarchie - Avant-guerre

Cette fin de siècle voit la France se transformer profondément, il y aura eu " avant l'auto " et " après l'auto ". En effet, ce nouveau moyen de locomotion auquel peu de gens croit, permettra d'agrandir considérablement le rayon d'action par rapport au cheval, ce qui va bouleverser le commerce et les loisirs ; le téléphone devient l'outil indispensable et l'électricité fait de Paris la Ville Lumière.

Le boulevard reste le pôle de la vie parisienne. Après les Incroyables, les Gaudins, les Dandys, les Goumeux et bien d'autres, voici maintenant avec leurs monocles et leurs cigares les Pschutteux et les snobs. Bien sûr, il y toujours beaucoup de misère et les anarchistes commencent à faire parler un peu trop d'eux, mais Paris continu à donner l'image de la gaieté, les théâtres sont pleins et il n'y a qu'à contempler les tableaux de Manet : "Bal masqué ", " Au café-concert ", ou les " Régates d'Argenteuil " de Monnet, pour s'en convaincre.

Mais la grande affaire de cette fin de siècle sera sans aucun doute l'affaire Dreyfus, permettant de faire éclater en plein jour, l'antisémitisme latent de la plupart des gens. Ce capitaine d'artillerie de l'Etat Major fut accusé d'avoir livré à l'Allemagne des documents intéressant la Défense Nationale. Son grand malheur fut d'être juif.

Chacun suivait avec passion le déroulement de cette affaire dans son journal habituel. Des membres, d'une même famille, en arrivaient même à se quereller.

On a vu l'ambiance du déjeuner à Criqueville où le drame fut évité grâce au tact de Joan. Alphonse et son fils suivaient cette affaire dans " La libre parole " fondée par Drumont, leur journal habituel, qui lançait des attaques d'une rare violence.

Charles et son fils Edouard suivaient les événements dans " Le Gaulois " mais ils étaient beaucoup plus nuancés. Charles n'avait eu qu'à se louer de ses relations d'affaires avec Simon Lazare et le gérant des affaires Martigny, Joseph Kaplan, qui avait succédé à son père Samuel, continuait à lui faire gagner beaucoup d'argent. Dans la société viscéralement antisémite, il n'aurait pas été jusqu'à se faire le défenseur de Dreyfus, ce qui aurait pu lui nuire... reconnaissant que " les juifs n'étaient pas comme les autres " mais il se gardait d'attaques violentes, se permettant même, suivant son auditoire, d'émettre quelques doutes sur la culpabilité de ce juif (il évitait soigneusement le mot youpin).

Chez les Couliboeuf ou Grégoire avait repris le flambeau, son père étant décédé en 1890, on lisait de temps à autres " Le Petit Journal ". Grégoire s'était marié en 1885 et avait eu deux enfants. Ernest et Eugénie. Que ce Dreyfus soit Juif, Chrétien ou Musulman lui importait peu, il était seulement attentif à savoir s'il était vraiment un traître car, comme beaucoup de français, il avait le regard tourné vers la " ligne bleue des Vosges ", vers cette Alsace et cette Lorraine perdues en 1870.

Les beaux-parents d'Albert Debulois étaient décédés depuis peu de temps et avaient laissé une petite rente à leur fille qui permit à Albert de cesser son travail peu rémunérateur et peu intéressant. Il se consacrait donc à temps complet à ses écritures et à ses lectures, lisant assez régulièrement " La petite république, de tendance socialiste. Il avait un voisin de palier, réfugié russe, juif ayant fui les pogroms nombreux et atroces surtout en Ukraine d'où il s'était échappé avec sa famille. Il réussissait à survivre en faisant quelques petits travaux de couture, et avait trouvé une oreille attentive avec Albert, lui parlant de la grande révolution russe qui ne manquerait pas d'éclater un jour. Albert lui raconta les grands espoirs qu'avait suscité la Commune, et tous les deux passaient leurs soirées à refaire le monde et à rêver d'un avenir meilleur. Tout naturellement, donc, Albert fut un Dreyfusard convaincu.

Maurice, moins cultivé que son frère, avait tout de même bien réalisé que, si cette affaire avait pris une telle importance, c'était bien à cause du fait que Dreyfus était juif. On ne parlait que de l' " affaire " et il écoutait les uns et les autres, en servant ses clients au Charolais. Il réalisait de plus en plus que la droite était anti Dreyfus, il décida donc qu'il serait Dreyfusard, que celui-ci soit juif ou non lui importait peu.

On a vu que Jacques de Criqueville, qui devait mourir en 1900 et son fils Jean Philippe, étaient des antis sémites convaincus, se délectant des thèses de Drumont développées dans " La gazette de France ", le fait qu'il fut gracié en 1899 ne changea rien à leur opinion, ni la réintégration du capitaine en 1906, élevé au grade de commandant. Jean Philippe ajoutait même que le fait d'avoir accordé la Légion d'honneur à ce youpin déshonorait la France.

Pour les Criqueville de la Pommeraye, ce fut d'abord un cas de conscience. Ils n'étaient pas vraiment convaincus de la culpabilité du capitaine mais il s'agissait d'un juif et, bien que n'en ayant jamais rencontré un de leur vie, il leur fallait se débarrasser de cette vieille méfiance envers cette " race ". Ils se voulaient à tout prix tolérants mais, même Voltaire, l'idole d'Henri de Valmont, ce type même de la tolérance incarnée, avait eu, lui aussi, quelques propos anti sémites. Mais lorsqu'éclata la bombe de l'article de Zola dans " L'Aurore ", ils n'eurent plus aucune hésitation et devinrent des Dreyfusards convaincus, ainsi que les Mercoeur qui partagaient leur opinion.

A la brasserie des Quat'saisons, dès qu'éclata l'affaire, Marcel Durand s'empressa d'apposer sur sa vitrine une affiche déclarant sans ambages : " Juifs indésirables " qu'Hélène, " La belle Hélène, s'empressa d'arracher aussitôt ; non pas qu'elle fut Dreyfusarde, cette affaire la dépassait, mais elle estimait qu'en tant que commerçants, ils se devaient de respecter une stricte neutralité, d'ailleurs, qui sait ? déclara-t-elle à son mari, " tu as peut-être déjà servi des juifs ", ce qui mettait Marcel en rage. Quand on lui demandait son opinion, elle avait toujours la même réponse : " Oh moi ! vous savez, ces choses de la politique, je n'y entends rien ", alors que Marcel rongeait son frein.

Depuis que l'astucieux Normand Bondicaut avait ouvert la " Maison du Bon Marché ", d'autres avaient suivi : " Le Louvre " en 1855, le " Bazar de l'Hôtel de Ville " en 1860, " Le Printemps " en 1865 et " La Samaritaine " en 1869, fondée par un camelot du Pont Neuf. Aussi le petit commerce avait souffert et, au risque de se trouver en cessation de paiement, Louis Beliard, le mari d'Eugénie, soeur d'Hélène, avait dû se résoudre à vendre son magasin de nouveautés du boulevard Sébastopol. Il eut la chance de retrouver assez vite un emploi de chef de rayon au printemps. Mais ce " grand dadais " comme l'appelait souvent son beau-père, répéta toute sa vie qu'il avait été ruiné par les juifs. Allez savoir pourquoi ? Lui-même aurait été bien embarrassé de fournir une explication, il se contentait de prendre un air mystérieux.

~

Albert Debulois avait eu un fils, on s'en souvient, né en 1869 et prénommé Joseph. Il avait réussi à lui communiquer sa foi dans un monde meilleur grâce à l'avènement du socialisme, lui contant les grandes espérances qu'avait soulevé la Commune. De plus, il était fier de lui : après avoir fait de bonnes études, Joseph était maintenant instituteur dans le quartier de la Bastille. Aussi celui-ci venait-il se mêler souvent aux discussions que son père avait avec ce russe qui était devenu son ami, Louri Abramof. Il écoutait avec passion les récits de cet homme arrivé de ce grand pays lointain et mystérieux, qui s'enflammait pour les thèses de Herzen et de Bakonine, ceux-ci ayant dû s'exiler et vivaient désormais en Angleterre. Il préférait toutefois Horzen qui, s'appuyant sur les thèses de Proudlon affirmait que l'avènement du socialisme se ferait par le libre jeu des relations économiques, alors que Bakonine souhaitait faire table rase et repartir à zéro. Ces idées avaient donné naissance en Russie à de petits groupes terroristes prêts à mourir pour leur cause. L'un d'eux avait condamné le tsar à mort, par la voix de son journal clandestin intitulé " La voix du peuple ", et effectivement le 13 mars 1881 une bombe tua Alexandre II. Lui succéda alors Alexandre III, faible, mais qui, poussé par une aile ultra réactionnaire, prit des mesures impopulaires. Tous les attentats perpétrés par ce groupe n'apportant que plus de répression, l'un de ses membres, Plekkanov, émigra vers la Suisse et se rapprocha des thèses de Marx.

Ses écrits séduisant alors des révolutionnaires comme Lénine ou Trotsky. La France devint l'amie de la Russie, souscrivant en masse aux emprunts russes et, quand le Tsar Nicolas II vint en visite à Paris, Louri Abramof resta enfermé chez lui, haïssant trop ces tsars qui laissaient le champ libre à leurs cosaques pour perpétrer les affreux massacres de juifs, les pogroms. Un grand espoir le saisit lors de la Révolution en 1905 commencée avec la mutinerie des marins du cuirassé Potenkine, mais cette révolte fut tuée dans l'oeuf par une répression impitoyable, et il dut attendre 1917 pour voir enfin ses espoirs réalisés, mais il était alors devenu un vieil homme qui mourut loin de son pays.

Après avoir passé dix ans au bagne et " gratter " du papier pendant quinze ans dans son trou sombre, Albert finissait sa vie dans des conditions heureuses, libéré, grâce à l'héritage de sa femme, des soucis financiers. Lorsqu'il avait retrouvé son fils, au retour de la Nouvelle Calédonie, celui-ci avait déjà près de treize ans. Ses grands parents avaient bien essayé de lui faire croire que son père était une sorte de bandit, aussi, fut-il très étonné en découvrant sa vraie nature. Petit à petit, il commença à aimer son père, puis à l'admirer, écoutant ses rêves de justice et, on l'a vu, venant se mêler aux discussions que son père avait avec son ami Louri. Il l'accompagna aux obsèques de Victor Hugo en 1885, écoutant les envolées lyriques de Barrès ou de Romain Rolland, puis en 1889, ils allèrent ensemble visiter l'exposition universelle admirant au passage la toute nouvelle Tour Eiffel. Père et fils vivaient donc en parfaite symbiose. Joseph épousa en 1895 Emilie qui faisait ses onze heures de travail quotidien harassant chez Paquin, le grand couturier de la rue de la Paix. Ils eurent deux fils : Gustave en 1895 et André en 1898.

Pendant toutes ces années, Maurice, le frère d'Albert venait parfois participer aux soirées avec Louri. Maurice était beaucoup plus excité et impatient que son frère, il le traîna même avec Louri à une commémoration au Père Lachaise, rappelant les fusillades des

Fédérés et, alors qu'il avait échappé là à la mort, il fut presque assommé par la police qui avait interdit cette manifestation.

Ayant autrefois adhéré à l'A.I.T., il s'inscrivit à la CGT issue de l'union des deux tendances Jules Guesde et Fernand Pelloutier, mais trouva que les résultats se faisaient attendre et délaissa rapidement les thèses de Marx pour se tourner vers Proudhon et Bakonine, approuvant avec enthousiasme les thèses de l'abolition de l'Etat et de la propriété, regrettant les excès de la violence comme l'assassinat de Sadi Carnot en 1894, mais les comprenant. Son fils Paulin qui l'accompagnait parfois, avait le regard dur et était prêt à poser des bombes, comme Ravachol qui avait fait sauter un hôtel particulier, et Vaillant qui lança une bombe en pleine séance de la chambre. Albert, comme son fils Joseph était impressionné par la violence contenue avec peine de Paulin, et avait essayé de mettre Maurice en garde, mais celui-ci, tout fier, avait répondu - "Au moins un qui ne se laissera pas faire ! ".

Paulin et sa soeur Yvette avaient grandi pratiquement seuls, leur père travaillant toute la journée au charolais et leur mère à la blanchisserie. Ils rentraient tous les deux harassés, consacrant peu de temps à leurs enfants. Maurice avait mis quelques idées révolutionnaires dans la tête de son fils, lui parlant du dernier combat des Fédérés auquel il avait participé, et lui communiquant sa haine de la bourgeoisie. Les deux enfants grandirent dans la rue. Paulin devint un adolescent musclé qui n'hésitait pas à " faire le coup de poing " et Yvette, une jeune fille qui n'avait " pas froid aux yeux ". Ils étaient de toutes les manifestations et se battaient comme de beaux diables. Ils commencèrent à être remarqué par certaines bandes qui hantaient Paris entre la Bastille et la place du Tertre à Montmartre. Puis arriva un jour ou un grand échalas tout en muscle, le regard dur, la casquette légèrement penchée et un foulard au cou, les arrêta pour les inviter à boire au " Lapin agile ". Il était connu à Montmartre sous le pseudonyme de Julot la Castagne et il ne faisait pas bon s'opposer à lui, il avait le surin facile. Il leur parla de la révolution, des bourgeois qu'il fallait écraser comme de la vermine, du devoir sacré de leur prendre leur argent pour le redistribuer aux pauvres. Il se disait anarchiste et admirateur de Bakonine, mais il aurait bien été en peine de développer ses thèses. Tout se mélangeait dans la tête de Paulin et Yvette. Rapidement celle-ci devint l'égérie de la petite bande que dirigeait Julot. Puis ils participèrent à des cambriolages, n'en retirant que peu de bénéfices, Julot gardant le plus gros pour " La cause... ". Mais ils commençaient toutefois à mener grand train, s'habillant avec recherche, toujours le couteau dans la poche, allant applaudir La Goulue et Valentin le Désossé au Moulin Rouge. Puis, fatalement, l'impunité qu'ils avaient connue jusqu'alors, incita la bande à prendre plus de risques pour l'argent, toujours plus d'argent ! La cause anarchiste avait eu bon dos et était bien loin.

Ils décidèrent donc de s'attaquer à une agence bancaire sur les grands boulevards mais, la police était-elle sur leurs traces ? Y avait-il eu trahison ? Le fait est qu'ils tombèrent dans un traquenard, la police les attendait. Cette fois-ci la bande avait des armes à feu et tira. Paulin s'effondra, blessé à mort, quant à Yvette, elle réussit miraculeusement à se fondre dans la foule.

Elle revint à l'appartement familial, resta prostrée pendant des heures : Paulin ! son frère chéri Paulin était mort, le reste de la bande, dont certains gravement blessés étaient sous les verrous. Lorsque ses parents rentrèrent, elle leur relata l'événement avec une grande froideur qui les glaça. Maurice sanglotait et celui-ci serrait les dents et les poings, les larmes au bord des yeux. Certes, il n'avait pas connu vraiment son fils mais il admirait secrètement sa force et son caractère volontaire, persuadé qu'il avait l'âme et l'envergure d'un chef. Maurice et sa femme traînèrent le restant de leur vie dans la monotonie et la tristesse, sans volonté de s'en sortir, malgré l'intervention d'Albert. Plus les années passèrent, plus Maurice eut tendance à déifier son fils, parlant de lui comme un héros, tué par la société bourgeoise, mort pour la cause anarchiste.

Quant à Yvette, malgré l'insistance de ses parents, elle refusa d'habiter avec eux. Elle ne ressentait rien de commun et se trouvait à l'étroit. Elle avait connu ces escapades nocturnes, parfois la peu, mais cette amitié virile, qui soudait les membres de la bande de Julot, lui manquait terriblement et le désir de retrouver cette ambiance l'emmena à nouveau vers les territoires entre Bastille et Montmartre.

Par un triste matin de l'hiver 99, elle se retrouva, anonyme, parmi les deux cents ou trois cents personnes qui vinrent assister à l'exécution de Julot la Castagne. Lorsque celui-ci apparut entouré de ses gardes, il se fit un grand silence, il traversa la foule, regardant les gens avec son regard fier, monta à l'échafaud puis hurla " Vive l'Anarchie ! "avant que le couperet ne tombe. Y avait-il vraiment cru ? Yvette ne le pensait pas mais admira ce panache. C'en était donc bien fini cette fois. Elle traîna ses pas, qui l'amenèrent presqu'involontairement au " Lapin agile " où Paulin et elles avaient connu Julot, presque six ans déjà ! Elle connaissait bien le patron et lui raconta la fin de Julot. Il ne dit rien, sortit la bouteille d'absinthe et servit Yvette en lui disant : " Bois, soûle-toi, tu n'oublieras pas mais ça t'aidera ".

Quelques temps plus tard, il lui demanda ce qu'elle comptait faire et, devant sa réponse évasive, lui demanda si elle savait chanter ; en fait, elle chantonnait assez juste, mais c'était tout. Il lui proposa d'essayer et elle se produisit quelques soirs de suite, avant le grand

Aristide Bruand, sans attirer beaucoup d'applaudissements. Ensuite, elle traîna dans Montmartre, chantant dans quelques bastringues ; elle avait pris le style chanteur réaliste et avait réussi à interpréter correctement quelques complaintes de Bruant, mais le succès ne vint jamais. Elle était assez jolie, savait prendre des airs provoquants et terminait souvent la nuit dans le lit de quelque client aisé qui n'oubliait pas de lui laisser " un p'tit cadeau ". Sans le reconnaître, elle en était arrivée à se prostituer. Tant que son physique resta séduisant, elle arriva à s'en sortir, puis vinrent les premières rides, elle devint moins difficile sur la clientèle qui commençait à se faire rare. Ses parents, qu'elle n'avait revu que de rares fois, moururent bizarrement la même année 1920, lui laissant un petit pécule qui aurait pu lui permettre de vivoter, et qui fila en l'espace de six mois, dilapidé avec ses " amis ". Elle devint miséreuse, se rapprocha des Halles et sa silhouette devint familière dans le quartier où tout le monde ne l'appelait que " la viocque ". Elle quémandait quelques sous aux passants et ramassait les rognures de légumes qui traînaient sur le sol des halles.

En 1940, les Allemands triomphants, occupaient la capitale, l'hiver fut très rude et on découvrit un matin le corps de la pauvre Yvette, enfoui sous des tas de chiffons où elle avait essayé de trouver quelque chaleur.

~

Albert Debulois, on l'a vu, menait enfin une vie heureuse, s'entendant à merveille avec son fils Joseph puis adorant ses petits-enfants, Gustave né en 1896 et André deux ans plus tard. Il se passionna tout de suite pour le cinématographe ayant fait partie des quelques badauds qui avaient assisté en s'extasiant à la première représentation donnée en 95 dans le sous-sol du Grand Café, boulevard des Capucines, et il échappa de justesse, quatre ans plus tard, à l'incendie du Bazar de la Charité, dû à l'embrasement d'une lampe de projection, qui fit cent quarante morts.

En 1900, il emmena Gustave qui n'avait que quatre ans à l'exposition Universelle, lui faisant faire un tour sur la Grande Roue et montant avec lui à la Tour Eiffel.

Mais la politique reste sa principale préoccupation, il avait été bouleversé par la fin de son neveu mais pas très étonné. Il essaya de consoler son frère mais, à chaque fois, celui-ci ne parlait que du héros disparu pour la cause, persuadé qu'il aurait un jour sa statue... Il en voulait au monde entier et refusait tout autre débat.

Albert était devenu inséparable de son ami Louri, suivant avec enthousiasme la politique anticléricale de Waldeck Rousseau et de Milleraund, applaudissant à la déclaration de Combes qui souhaitait " assurer la suprématie de la société laïque sur l'obédience monacale " et triomphant en 1905 lorsque le Parlement, après avoir entendu un rapport d'Aristide Briand, vota la loi de séparation de l'Eglise et de l'Etat. A sa grande surprise, son ami Abramof ne l'approuva que mollement, estimant que l'excès en tout était nuisible. Surpris, oui, Albert fut surpris, mais il ne l'en admira que plus.

Mais inévitablement, son grand homme fut Jean Jaurès. Professeur, comme lui, une fois élu député, il se fit le défenseur de la classe ouvrière, mais n'adhéra jamais à la totalité des thèses marxistes. Il s'engagea à fond pour Dreyfus, et Albert fut subjugué par son grand charisme, même à un grand sentiment de tolérance. Dès le premier numéro de son journal, l'Humanité, Albert les acheta tous, les lisant avec avidité, et son livre " Histoire Socialiste " devint son livre de chevet.

A partir de l'affaire d'Agadir ou l'Allemagne envoya une canonnière pour intimider la France qui était en train de s'approprier le Maroc, Albert eut peur. En effet, un grand courant semblait vouloir entraîner la France dans la guerre, ne rêvant que de reconquérir l'Alsace et la Lorraine, Paul Déroulide en tête qui avait créé la ligue des patriotes. Sur terre et sur mer, la course aux armements s'accéléra. Jaurès essaiera tout pour sauver la paix mais Albert pensa que, désormais, l'union des socialistes européens, n'était plus qu'une utopie, emportée par de vastes élans sentimentaux et irrationnels, dus au nationalisme très vivace à travers toute l'Europe. A partir de l'attentat contre l'Archiduc d'Autriche à Sarajevo le 28 juin 1914, les dés étaient jetés : l'Allemagne se fit l'alliée de l'Autriche, la Russie défenseur naturel de la Serbie leur déclara la guerre, suivie, par le jeu des alliances, par la France et l'Angleterre.

En juillet 1914, un exalté, Raoul Villain tua Jean Jaurès au Café du Croissant et le 2 août la France mobilisa, tout était prêt pour le grand carnage. Albert connu un grand moment de découragement en voyant partir ces socialistes allemands et français qui marchèrent les uns contre les autres avec le sentiment d'être fidèles à leur cause comme à leur patrie.

Son fils Joseph partageait totalement ses idées et ils étaient tous les deux au désespoir de voir Gustave et André, heureusement encore trop jeunes pour être mobilisés, enflammés par la propagande gouvernementale et l'ambiance régnante, chacun se donnant rendez-vous à Berlin pour Noël...

~

Hélène " La belle Hélène ", commençait à prendre des rides et à se lasser d'être derrière sa caisse et d'entendre toujours les mêmes plaisanteries, laissa sa place au début du siècle à sa fille Eulalie, aussi attirante que sa mère. Les affaires marchaient fort bien, la réputation de la brasserie n'était plus à faire depuis longtemps. Marcel pensa alors à ouvrir un deuxième restaurant à la même enseigne, à la Vilette, dans le quartier des Abattoirs. La brasserie ouvrit en 1902, dirigée par son fils Eugène, et le succès fut presque immédiat. Eulalie épousa, au début du siècle un négociant aux halles, fort capable, et qui prit la direction de la brasserie avec sa femme lorsque Marcel et Helène se retirèrent, juste avant la guerre, non sans avoir fait peindre sur leur vitrine une alsacienne en costume traditionnel et cette simple phrase : " Nous les aurons ! " Il était animé d'un patriotisme farouche, n'ayant ni enfant, ni petits enfants en âge de partir à la guerre et, comme de nombreux parisiens il applaudit ces soldats qui partaient la fleur au fusil pour la dernière et la plus facile des guerres...

~

Depuis la vente de son magasin du Sebasto, Louis avait régné en petit tyran, comme chef de rayon au Printemps ; les vendeuses, en s'adressant à lui, l'appelaient " Monsieur Louis " avec un respect exagéré, proche de l'effronterie, mais ne se rendait compte de rien, approuvant cette politesse en se rengorgeant. Il se promenait souvent dans le magasin, sa moustache conquérante à l'affût de la moindre faute qu'il pourrait sanctionner. Il passa ainsi de longues années. Il emmenait parfois sa femme le dimanche, prendre un rafraîchissement sur les boulevards, assis à une terrasse, critiquant la mine de certains passants. Ils allèrent écouter les vedettes de la chanson : Yvette Guilbert et Jane Avril, et ne manquèrent pas d'aller, avec leur tout jeune fils Antonin, visiter l'Exposition universelle de 1900 ; l'emmenant également au cirque voir les fameux clowns Footit et Chocolat.

La retraite sonna pour Louis à la veille de la guerre. Il passait son temps à errer dans les rues ou à lire son journal à la terrasse d'un café. Il lisait " l'Echo de Paris ", plutôt de droite et, parfois, " La libre parole ", journal dans lequel Drumont vomissait sa haine des juifs. Louis s'en régalait et apprenait certaines phrases par coeur. La presse qu'il lisait appelait plutôt à la guerre et il ne pouvait s'empêcher de se poser certaines questions, ayant pour son petit-fils Jacques, qui devrait partir avec la classe 15 si la guerre n'était pas finie.

~

Grégoire Couliboeuf qui avait toujours fait montre d'un esprit revanchard était de plus en plus inquiet. Ses affaires étaient florissantes et l'entente avec son fils Ernest parfaite, celui-ci le secondant avec efficacité dans les affaires, mais, plus les risques de guerres augmentaient, plus son inquiétude montait car ce fils, qu'il aimait et qu'il destinait à sa succession était encore en âge de partir et, malgré ses vingt-sept ans, ni marié, ni à plus forte raison père de famille, éléments pouvant aider pour ne pas se trouver en première ligne. Lorsque les affiches couvrirent les murs de paris, le 2 août 1914, appelant à la " Mobilisation générale ", il fut effondré. Il accompagna son fils et fut stupéfait par ces fous qui se bousculaient, même les réformés et les exemptés exigeaient d'être enrôlés, tous voulaient partir, donnant rendez-vous à Berlin et promettant aux civils de leur rapporter " la moustache à Guillaume ". De l'autre côté du Rhin, c'était le même enthousiasme, les Allemands partant sous le cri de ralliement : " Nach Paris ! ".

Quelques jours plus tard, Grégoire et sa femme accompagnèrent leur fils gare de l'Est, prendre le train vers cette fameuse ligne bleue des Vosges qui avait tant fait rêver. La bousculade était intense, ils firent des grands gestes pour signaler leur présence à Ernest qui montait dans le train. Grégoire avait le coeur serré, un sombre pressentiment l'avait saisi et il rentra à son domicile, sans dire un mot à sa femme, au milieu de cette foule en liesse. Inconscients qu'ils étaient !

~

Pendant toutes ces années, qu'étaient devenus les Martigny ? Charles qui, comme on l'a vu, était devenu député en 1881, avait été élu sénateur en 1889. Il avait délégué ses pouvoirs à son fils Edouard pour diriger les affaires Martigny, tout en gardant la haute main. Entre ses séances au Sénat, sa présence au Palais Brognard où il tenait encore à se montrer, et sa vie mondaine, son temps était bien occupé, et, de ce fait, il avait abandonné ses ambitions nationales. Il s'était assagi, ne sortant plus beaucoup avec les cocottes, et on le voyait souvent avec sa femme afin de soigner son image. Il est de toutes les manifestations, assistant en 1894 au départ de la première course automobile Paris - Rouen, l'année suivante, il est encore présent au spectacle de ces vingt-huit chevaux nécessaires pour tirer la " savoyarde ", l'une de plus grosses cloches du monde, fondue à Annecy et offerte par les diocèses de Savoie au tout nouveau Sacré Coeur. Il reçoit en son Hôtel du boulevard des Capucines nombre de personnalités dont le polytechnicien Fulgence Bienvenue qui a entrepris la construction du métro. Il est bien sûr à la première de " l'Aiglon " d'Edouard Rostand interprété par la divine Sarah Bernhardt, et fera partie des personnalités inaugurant l'Exposition de 1900. Il devient vraiment une personnalité célèbre en découvrant sa caricature dans " La lanterne ", exécutée par caran d'Ache qui le montre bedonnant, engoncé dans un grand manteau, chaussures vernies et guêtres, chapeau claque luisant, moustache fournie et barbiche à la Napoléon III, étui de lunettes en bandoulière, lui n'aime pas les courses ! Cela le fait sourire et il n'est pas mécontent de sa popularité, malgré les critiques inévitables. En 1910, à soixante-treize ans, il fait de l'équilibre sur des planches pour aller se montrer aux journalistes qui prennent des photos de l'inondation du siècle, faisant de l'Ile Saint Louis une cité Lacustre, et un lac des jardins des Champs Elysées.

Voyant les risques de guerre approcher, il se fait le chantre de la Revanche, de la reconquête de l'Alsace et la Lorraine. Il a suffisamment de relations à l'Etat Major pour éviter que ses petits-fils ne partent au front. Il mourra quelques jours après la déclaration de guerre et eut droit à des funérailles grandioses à la Madeleine, des discours émouvants encensant ce grand patriote, cet homme d'une grande intégrité qui avait consacré sa vie au service de la Patrie... Durant toutes ces années, Jeanine était devenue une autre femme. Certes, elle fréquentait toujours le Tout Paris, était assidue à l'Opéra, mais elle, qui n'avait jamais su être mère fut une merveilleuse grand-mère et finit ses jours, adulée par ses petits-enfants, au lendemain de la victoire.

Depuis son mariage avec Suzanne de Mercoeur, Edouard filait le parfait amour. Il aimait passionnément sa femme, ce qui était une curiosité dans le monde où il évoluait. Il prenait de plus en plus de poids dans les décisions concernant le groupe Martigny. Il avait engagé un nouveau directeur, Joseph Kaplan ayant pris sa retraite. Sur sa recommandation, il avait engagé un certain David Venistein qui devait porter au pinacle le fameux M déjà très célèbre. C'est lui qui insista pour ouvrir une succursale à New York, lançant, pour l'occasion des foulards portant un M brodé d'or dont les motifs exclusifs étaient des reproductions de peintures des plus grands artistes du moment. Ce fut l'occasion pour Edouard et Suzanne de faire la traversée de l'Atlantique à bord du Lusitania, dont c'était le premier voyage. Merveilleurx voyage réservé aux plus grandes personnalités de la politique, des affaires, de la finance et du spectacle. Ils dînaient souvent à la table du commandant et s'y retrouvèrent un soir en compagnie de Colette et de son mari Willy qui trouvèrent ce couple d'amoureux " charmants ", un autre soir Robert de Montesquiou, snob à la nouvelle mode, et bien d'autres, richissimes et moins célèbres.

Cette Amérique qui ne savait quoi faire de son argent, se précipita à l'inauguration de " Martigny's " sur la cinquième avenue et le succès fut immédiat.

Ce fut encore David Venistein qui eut l'idée de lancer un parfum coûteux qu'il appela Mylord en détachant bien le M, parfum qui connut immédiatement un grand succès.

Depuis qu'il avait épousé Suzanne, l'habitude avait été prise d'aller passer le mois d'Août à Saint Pierre l'Eglise, la semaine du 15 août étant réservée au grand prix de Deauville où ils avaient leur suite réservée à l'Hotel royal. Les cousins s'entendaient très bien et les enfants étaient d'âge voisin : Gilbert était né en 1885, son frère Jean Luis deux ans après et, chez les Mercoeur, Adrien était né en 1882 et sa soeur Colette en 1885. Assez rapidement, au fil des années Gilbert et Colette tombèrent amoureux. Lorsque toute la famille se déplaçait au Hôme Varaville où les Mercoeur avaient fait construire une grande villa au bord de l'eau, ils s'arrangeaient toujours pour s'isoler, échangeant leurs premiers baisers sous les pins qui couvraient les dunes de sable et, revenant, suscitant les sourires moqueurs et les railleries de Jean Louis. En effet, Gilbert et Jean Louis, bien que frères, étaient totalement différents. Autant Gilbert était rêveur, idéaliste et romantique, autant Jean Louis était d'un réalisme féroce, paraissant avoir hérité de toutes les " qualités " et défauts de son grand père.

Septembre était consacré à Biarritz ou Edouard et Suzanne avaient acheté une somptueuse villa. Souvent les Mercoeur étaient invités et Gilbert et Colette reprenaient leur amourette sous les quolibets de Jean Louis.

Les vacances de 1914 furent brutalement annulées avec l'ordre de mobilisation du 28 juillet. Le lieutenant Jean Louis Martigny partit vaillament prendre le poste que lui avait acquis les relations de son grand père, au secrétariat d'Etat à la Défense, boulevard Saint

Germain. Quant à Gilbert, il écrivit une longue lettre d'amour à Colette, lui demandant de l'attendre, lui jurant de revenir de cette guerre qui, à n'en pas douter, serait courte. C'était bien une demande officielle en mariage, mais Gilbert n'avait pas voulu s'engager plus tôt : sentant la guerre arriver, il ne voulait pas faire une jeune veuve. Et sa conscience lui commandait d'aller se battre pour la patrie. Devant rejoindre les premières lignes, il fit ses adieux à ses parents, Edouard ne décolérant pas et Jeanine étant effondrée.

~

Depuis que Robert de Criqueville était rentré du Maroc en 1908, il menait une vie en tous points comparable à celle qu'avait mené son père. Homme de cheval avant tout, membre actif de la Société d'Encouragement, il remettait lui-même tous les ans la coupe Alphonse de Criqueville au grand concours hippique de Lisieux. Ses chasses à courre de Grande Venerie étaient célèbres, pouvant réunir jusqu'à quatre-vingt chiens de meute, des Beagles - Harreirs en majorité ; le maître d'équipage et le piqueux se distinguant par la couleur de la tenue, propre à la maison de Criqueville, bleue à parements cramoisis, le bouton de livrée portant un C doré. Après avoir " servi " l'animal et l'avoir dépecé pour la curée (donné aux chiens), le maître d'équipage remettait, en compagnie du piqueur, le pied antérieur droit à la personne que Robert avait désigné avant la chasse et qui s'en trouvait particulièrement honoré. Joan était toujours à ses côtés et ils formaient tous les deux un couple parfaitement uni. Une fois par an, en général, ils allaient passer trois semaines en Angleterre, dans la famille de Joan qui possédait un beau manoir dans les Highlands et qui chassaient le renard à courre.

Entre ces chasses, ces concours, les réceptions qu'il donnait ou celles auxquelles il se rendait, et la gestion de la fortune qui commençait à avoir du mal à assumer ce train de vie, Robert aimait parfois à se retirer dans son salon chinois pour fumer une pipe d'opium en rêvant à ces chefs de guerre farouches.

A partir de 1910, son fils Jack fut autorisé à suivre les courses et il faut dire que Robert et Joan étaient particulièrement fiers de ce jeune homme de quinze ans, cavalier émérite, un peu trop téméraire, de l'avis de Robert. Quant à la petite Elisabeth qui n'avait que douze ans, elle trépignait d'impatience de suivre son frère. Trop jeune mais déjà bonne cavalière, sa mère disait d'elle qu'elle était un vrai garçon manqué.

Tous les deux se distinguaient dans des études assez brillantes. Jack, dès la sixième, après avoir étudié les premiers rudiments avec un précepteur, était rentré chez les Jésuites à Evreux. La discipline et l'inconfort, surtout en hiver, lui avait forgé un caractère particulièrement bien trempé. Il se distinguait surtout dans les matières scientifiques où il était toujours dans les premiers. Quant à Elisabeth, ses parents l'avaient inscrite également dès la sixième au collège de la Vierge Fidèle à Douvre la Délivrande, où la petite fille avait eu du mal à se couler dans le moule de la discipline et faisait souvent preuve de rébellion, suivant l'annotation des soeurs, qui lui reconnaissaient, toutefois, de bonnes aptitudes aux études.

Dès son plus jeune âge, avec l'arrivée du phaeton De Dion à Criqueville, Jack s'était passionné pour l'automobile, puis, un peu plus tard, pour l'aviation. Il gardait soigneusement tous les numéros de l'illustration traitant de ces deux sujets. Il avait bien entendu parler de Clément Ader, mais son premier souvenir d'aviation fut la relation du premier vol homologué le 23 octobre 1906, effectué par Alberto Santos Dumont, sur la pelouse de Bagatelle, à bord de son appareil, le 14 bis : il s'éleva à trois mètres et parcourut soixante mètres ! Puis les progrès se firent à grand pas : en 1907, Farman et Esnault Pelteric pulvérisèrent le record de vitesse à quatre-vingt huit kilomètres / heure au champ de manoeuvres d'Issy les Moulineaux, et, l'année suivante, réussissent le premier kilomètre bouclé. Son plus beau souvenir remonta incontestablement à janvier 1909. Il avait alors quatorze ans et insista tant, que son père finit par accepter de l'emmener à la première exposition aéronautique qui eut lieu au Grand Palais. Il put enfin contempler de près, ces engins qui le faisaient tant rêver. Puis ce fut l'exploit de Blériot traversant la Manche en juillet de la même année, et la course Paris - Madrid que disputèrent trois aviateurs déjà célèbres : Garros, Gilbert et Védrines.

Jack passa brillamment son baccalauréat en 1912 et réussit sans difficulté à passer l'examen d'entrée à l'Ecole des Techniques Aéronautiques et de la Construction Automobile (ETACA) qui se situait rue Bouterie, en plein quartier latin. Il logeait dans un petit appartement loué boulevard Saint Michel et put aller assister au grand meeting aérien du 26 juillet 1913 qui eut lieu à Juvisy, stupéfait par les figures réalisées à des vitesses folles - déjà dès 1911, Védrines avait battu un nouveau record en atteignant deux cents kilomètres / heure - et enthousiasmé, deux mois plus tard par l'exploit de Roland Garros, traversant la Méditerranée en avion pour la première fois.

Mais de grands événements dramatiques se préparaient. Rentré depuis trois ans du Maroc, Robert avait déjà craint un conflit entre la France et l'Allemagne avec l'affaire d'Agadir en 1911. En juillet, le croiseur allemand Pauther avait été envoyé pour " protéger les ressortissants allemands ". En fait, l'Allemagne a peu de colonies et cherche à prendre sa part du gâteau. Ce ne seront que trois ans de répit.

~

A la mort de Jean Philippe de Criqueville et de sa femme, curieusement la même année 1900, n'ayant pas de descendants, le partage se fit entre Robert de Criqueville, ses deux soeurs Cécile et Elisa et leurs cousins de la Pommeraye Julien et Amélie, mais cette dernière étant rentrée dans les ordres, refusa tout héritage. L'Hôtel du Cour la Rein échut à Julien et celui-ci décida de venir vivre à Caen en hiver, regagnant la Pommeraye aux beaux jours et ce, pour faciliter les études de leurs enfants : l'aîné, Laurent, avait déjà vingt ans et avait entrepris des études de médecine, Christine, âgée de dix-sept ans, venait d'avoir son baccalauréat, fait rarissime pour une jeune fille à cette époque, et ne savoir quoi entreprendre. Quant au dernier, Bernard, il était encore en troisième au lycée Malherbe.

Ils participaient activement à la vie caennaise, abonnés au théâtre qui donnait des spectacles nombreux et variés, jusqu'aux revues du Casino de Paris ; après le spectacle, on allait boire ou même souper au café du théâtre qui annonçait en gros sur sa vitrine " Ecrevisses, Salons, Soupers et l'on était servi par des garçons portant le tablier blanc impeccable tombant jusqu'aux pieds et le veston - gilet noir.

Il y avait de fréquentes manifestations comme le très important marché aux chevaux de la place Guillomard, ou la foire se tenant sur le Grand Cours, ainsi que les cirques palisse et Loyal, ce dernier comportant des loges luxueuses où la bonne société caennaise aimait à se montrer. Dès les beaux jours, on allait au bord de l'Orne chez " Arion " ou " Le passeur " apprendre à nager et faire du canotage.

Les Criqueville allaient régulièrement au bal de l'Hôtel de Ville, n'osant trop se risquer dans les dancings comme la Salle Mauger, l'Alhambra ou la Tour des gens d'Armes ; les amoureux, quant à eux, préférant le Pont Créon surnommé le Robinson Caennais. Lorsqu'il faisait beau, on aimait aller faire une petite croisière jusqu'au Havre à bord de l'Emile Deschamps qui embarquait ses passagers au bassin Saint Pierre, ou alors, plus simplement, prendre le petit train Decauville qui partant de la gare de la place Courtonne, emmenait ses voyageurs jusqu'à Luc sur Mer en passant par Ouistreham. Il y avait également le Caen - Courseulles, au départ de la gare Saint Martin, dans lequel on aimait s'installer sur les Impériales.

Inévitablement, on se pressait aux concerts du vendredi soir, place royale. Mais l'événement de l'année 1909 fut sans aucun doute l'ouverture du cinéma Omnia avenue Albert Sorel.

L'ambiance à l'Hôtel était chaleureuse, la famille de Criqueville était une famille très unie, les années passaient, Laurent faisait sa dernière année d'internat à l'Hôpital Georges Clémenceau qui venait d'être inauguré par ce dernier, d'où son nom ; Christine avait cessé ses études, attendant un mari ; et Bernard avait fait un peu de droit et, passionné par l'archéologie, cherchait encore sa voie. On voyait de temps à autres les cousins Criqueville et l'on parlait bien sûr, souvent, politique, évoquant les événements peu encourageants, laissant, hélas, entrevoir une guerre où toute l'Europe s'embraserait ; la crise marocaine, les guerres balkaniques, la course aux armements et enfin l'attentat de Sarajevo qui allait tout déclencher.

Chapitre 7 - la grande guerre

La guerre débuta par de vastes mouvements de troupes, chaque camp pensant la gagner rapidement. Dès le 9 aout, les Français rentraient en Alsace, qu'ils durent quitter rapidement, battant en retraite qprès les défaites de Lorraine. De son côté l'Allemagne lança une brusque offensive sur la Belgique, enfonçant l'armée belge, l'armée française entamant une retraite précipitée pendant de dures batailles à Charleroi et à Sarrebourg. La bataille des frontières était perdue pour les alliés et Von Maltke criait déjà victoire. Laon et Reims tombaient et les Allemands arrivaient à Senlis, à vingt-cinq kilomètres de la capitale, incitant le gouvernement à partir précipitemment pour Bordeaux, l'Histoire allait-elle se répeter ? Mais l'armée française était encore forte et ses chefs moins timorés qu'en 1870 et Joffre, sur l'insistance de Gallieni qui défendait Paris, décida une attaque sur le flanc de l'armée ennemie, celle-ci ayant commis l'erreur de ne pas continuer sa marche sur la capitale, choisissant d'obliquer vers l'Est pour encercler les armées françaises. Ce fut alors le coup d'arrêt de la Marne, et sur le front du nord, les batailles de la Somme afin d'éviter aux allemands de gagner " la course à la mer ". Les deux camps sortirent de ces batailles épuisées, et, aucun des deux n'arrivant à prendre l'avantage, les troupes s'enterrèrent.

Les morts étaient déjà très nombreux ; de plus du côté français, les pantalons rouges formaient de merveilleuses cibles pour les mitrailleuses allemandes. Les Parisiens étaient confiants dans leur armée et dans leurs alliés, dans ce fameux " rouleau compresseur russe ", d'ailleurs la Presse ne titrait-elle pas : " Les cosaques à cinq étapes de Berlin ". Leur conviction était renforcée par l'apparition des " tauben ", ces aéroplanes qui venaient chaque jour survoler la capitale et lacher quelques bombes sans faire de victimes. Une foule immense attendait chaque jour l'heure du " five à'clock tauben " comme au spectacle et, si par hasard, ils ne venaient pas où tardaient on entendait dans la foule certaines reflexions ironiques : " Viendront-ils ? Non ! Alors quoi, Conspuez les Pruscos ! Nous attendons depuis deux heures, et nous n'avons rien vu ! ".

Bernés par la propagande, ils n'avaient pas conscience de la dureté des combats sur le front, où les chefs dirigeaient leurs troupes suivant une methode apprise à l'école de guerre, qui datait de cent ans, mais combattaient avec des armes autrement plus efficaces qu'à l'époque de Napoléon.

Tous les journaux annoncèrent la mort de Charles Péguy tombé le 4 septembre et certaines lettres envoyées aux familles par l'Armée pour annoncer la mort glorieuse d'un des leurs, père, frère, mari ou fils, commencèrent à arriver. C'est ainsi que les Couliboeuf apprirent la " mort héroïque pour la Patrie " de leur cher ernest, tombé dès les premiers jours dans la Somme. Le sombre pressentiment de Grégoire ne l'avait donc pas trompé. Avec Ernest, s'éteignait la troisième génération de Couliboeuf ayant régné aux Halles. Grégoire et sa femme menèrent désormais une vie sans véritable joie, malgré les petits enfants que leur donnèrent leur fille Eugénie. Il s moururent peu de temps avant l'avènement du front populaire, alors que de nouveaux bruits de bottes se faisaient entendre.

~

Gilbert Martigny s'était donc engagé dès le début du conflit et, pendant un mois, mena la vie de caserne, apprenant les premiers rudiments de la vie de soldat. Sa vie jusqu'alors sans soucis, son enfance et son adolescence entre une mère qui le chérissait et une grande mère qui le gâtait, ne l'avait pas préparé à fréquenter ce monde assez frustre auquel il était confronté maintenant. Tous les petits détails du confort auquel il était habitué lui manquaient et, surtout, il ne se sentait pas à l'aise au milieu de cette promiscuité virile et grossière. Mais il 'l'avait voulu, ne regrettait pas sa décision, et se préparati à se battre. Cela dura un mois, puis les évenements se précipitèrent, les Allemands volaient de victoires en victoires et approchaient de Paris. Ce fut alors la grande offensive de Joffre. Gallieni fit monter les troupes au front) bord des taxis parisiens qui formèrent une véritable Noria.

Gilbert était à bord de l'un de ces taxis, serré contre cinq autres soldats, personne n'osait parler. L'angoisse lui serrait le coeur, saurait-il se comporter en vrai combattant ? Ou en pleutre ? Il allait enfin se trouver face à lui-même.

Les six milles hommes de la septième D.I. dont il faisait partie étaient arrivés à pied d'oeuvre et montaient à l'attaque. Gilbert fit comme les autres : les officiers leur avaient appris qu'il fallait courrir cinquante metres et se coucher, ces cinquante mètres représentant le tamps qu'il fallait à l'ennemi pour recharger ses armes ! Ineptie des commandants en retard de plusieurs guerres ! Il courrait, donc, à en perdre haleine, dans la fumée et l'odeur de la poudre qui l'asphyxiait. Il n'avait pas l'impression de toucher terre dans cet enfer de bruits assourdissants, où l'on distinguait nettement le toc-toc rageur de la mitrailleuse. Autour de lui des corps s'écroulaient, foudroyés, il se rendit compte soudain que comme les autres, il hurlait, reflexe ancestral de l'homme qui cherche à exorciser sa peur et remontant à la nuit des temps. Tout à coup, il vit des silhouettes, hurlantes aussi, qui se précipitaient vers lui, il avait son fusil pointé vers l'avant et sa baïonette transperça un corps, en une fraction de seconde, il vit le regard étonné et suppliant de ce jeune soldat allemand de vingt ans qui ne reverrait jamais sa patrie. Il se battit comme un beau diable, courant, se jetant à terre au milieu des gerbes de terre soulevées par les obus, creusant des cratères au fond desquels l'on pouvait reprendre haleine, puis il se relevait, courant, hurlant au milieu de ces milleirs d'hommes devenus de bêtes enragées, ne songeant qu'à tuer pour ne pas être tuées. Cet enfer dura une semaine, les Allemands avaient perdu la bataille de la Marne et n'atteindraient jamais Paris, Von Moltkee qui avait crié victoire trop tôt fut remplacé par le général Con Falkenhayn. Mais, de cette bataille décisive, ne ressortait aucun vainqueur réel, les deux camps étaient épuisés et s'enterrèrent.

Le temps passait, interminable, les mauvais jours arrivèrent, puis le froid. D'abord la boue, les soldats finissaient par en être plein, des pieds à la tête, puis le froid, terrible. Le soldat ressemblait de plus en plus à un clochard, à la recherche des moindres éléments pouvant le réchauffer, ils étaient devenus de véritables troglodytes en chaussettes russes, et peaux de mouton pour les plus chanceux, les autres, bourrant leurs vêtements de journaux. La nourriture arrivait froide, rapportée par la " corvée " qui était allé la chercher en empruntant le " boyau ", étroite tranchée qui servait aux liaisons. En face, es Allemands, parfois seulement à une vingtaine de mètres, n'était pas mieux lotis. Il était impossible de regarder hors de la tranchée, il y avait toujours un tireur ennemi aux aguets, ou la mitrailleuse qui se mettait à aboyer. De brefs engagement aussi meurtriers qu'inutiles avaient lieu régulièrement. Au retour dans la tranchée, il n'était pas rare d'entendre des " copains " agoniser, appelant au secour, appelant desespéremment leur mère, alors qu'il était totalement impossible d'aller les secourir, au risque d'être fauché immédiatement. On ne pouvait s'empêcher de penser que, peut-être, un jour, soi-même... Il était seulement possible de se laver un peu et de se reposer plus sereinement lorsque la relève arrivait et qu'on allait prendre quelque repos dans les " luxueuses " tranchées de deuxième ligne, surnommées les Champs Elysées par les Poilus.

Gilbert fut envoyé avec son régiment pour participer à une offensive dans l'Est au Bois des Eparges. Des bruits se propageaient suivant lesquels Joffre allait percer le front. Le

27 mars 1815, l'offensive est engagée, précédée par une intense préparation d'artillerie, l'artillerie allemande répond et, tout à coup, Gilbert fut aveuglé par une lueur fulgurante et se retrouva plaqué sur le dos, du souffre plein le nez. De partout, on entendait des gémissements et des cris de douleur, c'était la boucherie dans toute son horreur, le sol avait été soulevé comme par une éruption volcanique, laissant retomber une masse de terre qui l'enfouit presque totalement. Le voisin de Gilbert, ce petit parigot à l'accent des faubourgs avait le ventre ouvert, perdant ses boyaux et le suppliait de l'emporter à l'infirmerie. Puis ce fut l'assaut, baïonnettes, grenades, lance flamme. Tuer ! tuer ! tuer ! ou mourir ! Puis, après cette offensive ayant fait une hécatombe, chaque camp regagna ses lignes et un silence de mort plana sur ce champ de bataille. Les communiqués, dans la presse parlèrent de l'héroïque offenseve du bois des Eparges qui avait causé de sévères pertes à l'ennemi.

Le capitaine qui commandait l'unité dans laquelle Gilbert combattait, l'avait bien remarqué. Son courage, certes, était sans faille, mais c'est surtout ses manières élégntes, tranchant avec le reste de la troupe qui fit, qu'un beau jour, il le fit appeler dans l'abri souterrain au plafon renforcé de madriers, qui lui servait de PC. Après les salutations d'usage, il lui demanda qui il était et d'où il venait et quel ne fut pas son étonnement d'apprendre qu'il avait devant lui un représentant de la dynastie martigny du faubourg Saint Honoré. Il lui fit comprendre alors qu'il aurait pu être officier et fut d'autant plus impression d'entendre que Gilbert lui réponde qu'il avait souhaité défendre sa patrie au sein du peuple. Il ne l'en fit pas moins nommer rapidement, sergent, et ne manqua pas de le faire appeler régulièrement. Ce capitaine, courageux, menant toujours l'attaque à la tête de ses troupes, n'en avait pas moins des moments de cafard et, avait trouvé en Gilbert quelqu'un avec qui parler.

De son côté, Gilbert écrivait souvent à sa famille et, surtout, de longues lettres à Colette dans lesquelles, il lui disait combien il l'aimait et lui manquait, lui assurant de ne pas s'inquièter, ne courant pas de véritables dangers... ses combats les plus durs se déroulant contre la vermine et la saleté... Il mangeait correctement... et rentrerait en pleine forme pour l'épouser et lui faire de beaux enfants. Il lisait et relisait les lettres d'amour que lui envoyait Colette, les gardant précieusement dans une boîte metallique qui ne le quittait pas, l'humidité pourrissait tout.

Enfin, après le combat du Bois des Aparges, le sergent martigny bénéficia de sa première permission. Il quittait son domaine dont l'horizon n'était fait que de terre labourée par les obus et d'arbres squelettiques ravagés par la mitraille et qu'avril n'arrivait pas à faire refleurir.

Il débarqua du train gare de l'est au milieu de tous ces permissionnaires qui cherchaient du regard un visage familier. Il aperçut sa mère et sa grand-mère et se précipita dans leur bras, ayant un mal fou à retenir ses larmes devant leurs sanglots. Il se força à sourire, demandant des nouvelles de son père. Et Colette ? Elle devait arriver les lendemains. Sorti de la gare, lorsqu'il aperçut cette foule déambuler calmement, il se demanda s'il ne rêvait pas, lui qui revenait de l'enfer. Les colonnes Morris annonçaient les spectacles comme d'habitude. Mais quand on y regardait de plus près, il y avait plus de femmes qui conduisaient les tramways et faisaient la plupart des tâches réservées habituellement aux hommes. Le soir, à table en famille, il ne su quoi dire. Son frère parlait avec autorité des opérations en cours, peu nombreuses, une grande offensive décisive devant avoir lieu prochainement " mais il ne pouvait en dire plus ". De toute façon, " les Allemands, de toute évidence, étaient épuisés et la famine menaçait Berlin ". Gilbert se taisant depuis un moment, ne put en entendre plus et quitta la pièce, Jean Louis se contentant de dire : " Voilà, ça, c'est tout Gilbert ! ".

Enfin le lendemain, Gilbert put serrer Colette dans ses bras. C'était encore plus beau que ce qu'il avait imaginé. Elle était belle à croquer dans sa robe à volants bleu foncé, son renard autour du cou et son petit chapeau rouge légèrement penché. Il était en tenue militaire et en oublia de saluer deux officiers qui passaient et le menacèrent de le renvoyer immédiatement au front. Il les aurait volontiers étranglés mais sa joie était telle qu'il oublia vite ces deux badernes. Ces quinze jours de permission passèrent sans s'en apercevoir, ils allaient au restaurant ou au café sur les grands boulevards, au cinéma voire Chaplin ou Max Linder, au théâtre om ils virent Sacha Guitry dans sa propre pièce " Jalousieé. Puis, fin avril, alors que Paris était en fleurs, il dut repartir et Colette l'accompagnant à la gare vit bien dans son regard tous les pieux menseonges des lettres de Gilbert, lui aaffirmant qu'il ne courrait aucun danger. Elle eut soudain très froid.

Revenu dans " sa " tranchée, Gilbert remarqua les nouvelles têtes ayant ramplacé les morts de ces qinze derniers jours. Il trouva le capitaine encore plus cafardeux et qui commençait à s'adonner à la boisson, lui parlant de la dérision de ces ordres ineptes de l'etat Major, qui ordonnait des attaques régulières, meurtrières, puor entretenir la troupe... lui maintenir son esprit combatif... Lorsque, par hasard et au prix de pertes importantes, on avait pris une tranchée ennemie, avancé de cinquante ou même deux cents mètres, les communiqués victorieux s'envolaient vers la presse qui les reprenait avec emphase. Quelques jours après le retour de Gilbert, le capitaine fut tué au sortir de la tranchée, carrèment coupé en deux par une rafale de mitrailleuse, en lançant une de ces attaques inutiles à la tête de ses hommes, sabre au clair.

1915 se termina sans autres faits, chaque camp, enterré, ne pouvant prendre l'avantage sur l'autre. Gilbert qui venait d'être nommé sergent-chef eut la chance de pouvoir passer Noël en famille et de revoir Colette. L'ambiance avait changé depuis sa dernière permission. Alors que les tauben étaient considérés, plus comme une attraction que comme une menace ; désormais, les alertes de nuit étaient fréquentes, les Zeppelins survolant la capitale ayant commencé à faire des morts civils, on avait pris l'habitude, dès l'alerte, de descndre dans les caves.

Cette année 1915 avait permis aus Allemands de constater que leurs troupes avaient resisté efficacement aux attaques des français qui avaient obtenu des résultats insignifiants au prix de pertes considérables. Aussi, Von Falkenhayn qui s'était surtout consacré au front de l'Est, décida-t-il de se retourner maintenant vers l'Ouest afin de " saigner '" l'armée française.

Au mois de mars, le régiment auquel appartenait Gilbert fut envoyé en renfort dans le chaudron de Verdun où les allemands avaient concentré leur attaque. Tout ce que Gilbert avait connu jusqu'alors n'avait été que l'antichambre de l'enfer, les tirs d'artillerie des deux camps ne cessaient pratiquement jamais rendant presque sourd, les hommes étaient devenus des bêtes que, seul l'instinct de survie, réussissait, un temps, à les sauver de la mort. Le fort de Douarmmont était tombé fin février, ce fut le tour du fort de Vaux en juin, ils seront repris en octobre.

La bataille de Verdun qui avait commencé en février 1916 et qui avait vu les allemands gagner du terrain dans un premier temps, se termina en Décembre, les français ayant repris ce qu'ils avaient perdu, sauf la colline du Mort Homme " Match nul ". Pour les allemands, cette grande offensive fut considérée comme un echec et Von Falkenhayn fut remplacé par Huidenburg.

Pour le plus grand malheur des soldats français, le général Nivelle décida une grande offensive sur l'Aisne, regroupant trente divisions. Ce fut peut-être le bain de sang le plus terrible de la guerre et ce fut un echec. Le sergent-chef martigny, toujours miraculeusement vivant, se battit comme un beau diable au trop fameux chemin des Dames.

~

Gustave Debulois était parti avec la classe 16 et envoyé directement dans le chaudron de Verdun om il se battit courageusement. De toute façon, c'était cela ou mourir, mais il restait tirallé entre la foi socialiste que lui avait inculqué son père et son grand père, et son esprit, toutefois, patriotique. Aussi, entendant parler de la Grande Révolution russe qui avait éclaté début 1917, suivie par l'abdication du tsar Nicolas II, au mois de mars, il fut envahi d'un grand espoir, il voyait déja les socialistes de tous les camps se serrer la main et refusant de se combattre. Il savait parler et chauffa la tête de quelques-uns de ses compagnons. Il leur parlait de l'immense espérance suscitée par la Révolution Russe, aidé en cela par l'intensité de la propagande pacifiste, par l'agitation entretenue par la Iie Internationale et aussi bien sûr par la fatigue de soldats souvent frustrés à la suite de nécessités imprévues, d'un repos ou d'une permission attendue.

C'est donc tout naturellement qu'il devint l'un des meneurs lorsque les mutineries éclatèrent un peu partout. Il crût enfin le grand jour venu, et à la t^te d'une trentaine de soldats qu'il avait réussi à convaincre, il refusa de monter au combat. Ils furent immédiatement arrêtés, une vingtaine d'entre envoyés dans un camp de prisonniers, une dizaine d'autres aux colonies et Gustave resta seul avec un de ses émules pour passer devant un conseil de guerre.

Le hasard voulu que Gilbert Martigny, qui venait d'être nommé adjudant, servait dans le même régiment. Ayant sa licence en droit, il demanda à être leur défenseur. Il passa plusieurs heures avec ses " clients, se rendant vite compte qu'il n'avait pas à faire avec des pleutres mais avec de pauvres bougres victimes de leurs idéaux, surtout Gustave qu'il ne peut s'empêcher d'admirer pour sa dialectique et sa foi inébranlable dans la cause. Il décida de plaider coupable, il ne pouvait en être autrement, persuadé qu'il obtiendrait la transformation de la peine de mort en quleques années de bagne.

Deux jours plus tard, le conseil de guerre était formé et Gilbert se rendit vite compte combien il s'était illusionné, la cause était entendue d'avance, il fallait des exemples et la condamnation à mort fut prononée exécutoire dès le lendemain. Gilbert passa la nuit avec eux, le compagnon de Gustave pleurait et refusait toute nourriture, quant à Gustave, il écrivit une longue lettre à ses parents qu'il fit lire à Gilbert. Il leur disait combien il les aimait et qu'il était fier de mourir pour la Cause, qu'il ne fallait pas être triste, qu'il leur restait André, leur fils, son frère qu'il ambrassait tendrement.

Le lendemain matin, ils furent emmenés au peloton d'execution, Gustave refusa qu'on lui bande les yeux, regarda la mort en face en criant : " Vive la Révolution ! " On dut trainer son pauvre compagnon qui pleurait et demandait pitié.

Gilbert se jura d'aller voir leurs parents et d'oeuvrer pour leur réhabilitation.

Peu de temps après ce procès, Gilbert obtint une permission. Il retrouva Colette avec la plus grande émotion, ils s'aimaient et elle insistait pour se marier, lui, restait intransigeant mais lui promettait de revenir bien vivant. Il avait déjà traversé trois années de guerre sans blessures, et essayait de persuader Colette qu'il avait la chance avec lui. Le fossé entre les deux frès se creusa encore un peu plus lors d'un diner où Gilbert devait faire connaissance avec sa toute nouvelle belle soeur, qu'il classa tout de suite dans la catégorie des snobs. La discussion roulait bien sûr sur les évenements et Gilbert n'y tenant plus d'entendre son frère pérore, ne put s'empêcher de lui dire : " Pour des officiers d'Etat Major, planqués, comme toi, les morts ne sont que les éléments d'une statistique, alors que, pour moi, ce sont des êtres de chair et de sang ! " Jean Louis essaya de maîtriser, répondant : - "Des officiers d'Etat Major, comme moi, figure-toi qu'il en faut ! ". Gilbert bondit avec colère :
- " Alors, ne parle pas de la mort ! Du patriotisme et des combats sans merci dans la boue ! Tu ignores tout de ce qui se passe là-bas ! Oui, des dapitaines, j'en ai connu, surtout un qui sut mourir héroïquement en emmenant ses hommes au combat ! Mais lui, ce n'était pas un planqué comme toi ! "
Jean Louis se leva, pâle, prit sa femme par le bras et sortit en claquant la porte.
Gilbert se leva, et suivi de Colette, quitta la pièce, disant seulement à ses parents et à sa grande mère, tous interdits par cette altercation : " excusez-moi ".

Quelques jours plus tard, Gilbert, comme il se l'était promis, alla rendre visite aux parents de gustave Debulois. Une femme qui devait avoir entre quarante et cinquante ans, toute vêtue de noir, lui ouvrit la porte, son mari, Joseph Debulois attendait dans un petit salon modestement meublé. Dans un coin, le grand père, Albert Debulois était assis dans un fauteuil. Ils se levèrent à l'entrée de Gilbert, celui-ci était gêné, ne sachant comment se présenter, puis il leur fit part de son admiration devant l'attitude héroïque de Gustave, criant " Vive la Révolution " avant de s'écrouler. Il vit alors deux grosses larmes rouler sur les joues du grand père qui lui raconta la Commune et son exil en Nouvelle Calédonie. Son fils ne disait mot et sa belle-fille pleurait doucement, un mouchoir à la main. Soudain, entra un jeune homme que l'on présenta à gilbert comme le frère de Gustave. André, qui normalement partirait avec la classe 18 si la guerre n'était pas finie ; on sentait enlui une colère rentrée, un désir immense de venger son frère.

Gilbert sortit bouleversé de cette entrevue, se promettant, s'il s'en sortait, d'aider ces braves gens à restaurer la mémoire de leur fils.

Au bout de quinze jours, il repartit assez découragé, pour le front, sans avoir revu son frère depuis cette fameuse altercation.

Il se retrouva au milieu de ses hommes dans la chaleur du mois d'Août, presqu'aussi terrible que le froid. Il fallait attaquer, dans la fumée, l'odeur de poudre et de chairs carbonisées et la soif se faisait ressentir cruellement. Le général Guillaumat avait décidé de reprendre la cote 304, soit la colline de Mort Homme. Les combats faisent rage et, tout à coup, Gilbert ressentit un grand choc dans la jambe et s'écroula. Sur le moment, il ne ressentit rien puis, petit à petit la douleur devint de plus en plus insupportable, il regarda sa jambe qui n'était plus qu'un amas de chair sanguinolent. Il se mit à penser avec détachement que son tour était arrivé et eut une dernière pensée pour Colette avant de perdre connaissance.

Combien de temps avait passé ? Losqu'il reprit conscience, il était allongé sur un châlit, un drap le recouvrait. Une odeur douce amer de sang mélangée à l'odeur d'ether empuantaient l'atmosphère, il se trouvait dans une grande salle ù certains blessés agonisaient. Des silhouettes blanches circulaient entre les lits. Plus il reprenait conscience, plus sa jambe le faisait souffrir, il essaya de desserrer le pansement qui, croyait-il, le gênait, et sa main ne rencontra que le vide. Son coeur bondit dans sa poitrine, il n'avait plus qu'une jambe, Colette ne voudrait plus de lui. Une haute silhouette, vêtue d'une blouse blanche s'approcha de loui avec un sourire d'où émanait une grande bonté. S'adressant à Gilbert, il lui dit : " Eh bien ! Ça y est, on se reveille, en voilà donc un veinard, pour toi la guerre est finie. "

Il s'agissait du docteur Laurent de Criqueville mais, si leurs pères s'étaient rencontrés dans leur jeunesse, eux, ne se reconnaissaient pas.

Gilbert passa là une quinzaine de jours, passant entre des moments d'espor ou d'abattement, souffrant affreusement de sa blessure, écrivant une longue lettre à Colette, lui décrivant son état et lui disant qu'il comprendrait très bien qu'elle ne veuille plus d'un infrme, et qu'il la libérait de son serment.

Il était loin d'être gueri, mais cet hopital de campagne voyant arriver des blessés à la chaine, que l'on entassait tant bien que mal, sa vie n'étant plus en danger, on l'envoya en convalescence à l'hopital du Val de Grâce. Colette était déjà à Paris et se précipita pour le voir, le serrer dans ses bras, lui affirmant, avec un sourire mêlé de sanglots, qu'elle l'aimerait toujours... avec une ou deux jambes... Il commençait à ne plus souffrir, sortait dans la cour, poussé dans son fauteuil roulant par Colette. Il recevait également des visites régulières de sa mère et de sa grand-mère, cette dernière se faisant vien vieille. Quelle ne fut pas sa surprise de voir, un beau jour, arriver son frère qui le prit dans ses bras en lui disant : - "Oulions nos différents, mon vieux, repartons à zéro ". Gilbert en accepta l'augure. Jean Louis lui fit part de la naissance, pendant qu'il était dans cet hopital de campagne, d'un héritier qu'il avait prénommé Hervé. Il parla inévitablement des évenuements mais en s'en tenant aux généralités

: la hausse du coût de la vie allait galoppant : plus 20% d'inflation en 1915, 35% en 1916, les produits étaient rationnés et les gens commençaient à manquer de tout. On faisait pousser des carottes dans le jardin des Tuileries, des pommes de terre dans le parc de la Muette, des vaches paissaient sur l'hippodrome de Longchamps, etc....Depuis le 2 avril 17, les Américains étaient entrés en guerre et, maintenant, même si les combats étaient toujours aussi durs, on pouvait esperer voir poindre la victoire. Puis il lui demanda ce qu'il comptait faire lorsqu'il serait remis, lui parlant des affaires Martigny dont il connaissait déjà très bien le fonctionnement, et comme si c'était déjà les siennes, abreuvant Gilbert de chiffres. Ainsi, c'était donc pour cela qu'il était venu, Gilbert ne fut pas vraiment étonné mais en ressentit de l'amertume. Il lui répondit que la gérance de ces affaires ne l'interessait pas, qu'il avait fait des études de droit et souhaitait devenir avocat, ajoutant qu'il lui laissant bien volontiers la jouissance de l'Hotel des Capucines. Ils se quittèrent, apparemment réconciliés, mais Gilbert ressentait un grand malaise, alors que Jean Louis, persuadé d'avoir bien manoeuvré, repartait tout guilleret.

On arrangea un pilon au bout du moignon de sa jambe, il commença à essayer de se déplacer en s'appuyant sur Colette, puis prenant l'habitude de se servir d'une canne. Il se promettait, plus tard, de se faire faire une jambe artificielle. Il quitta l'hopital pour passer Noël en famille ; pour lui, la guerre était bien finie mais il pensait à tous ces soldats qui souffraient au front.

Le mariage eut lieu au mois de janvier 18, dans la plus stricte intimité. Il y avait les parents et la grand-mère de Gilbert, son frère et sa femme, les parents de Colette et son frère Adrien qui éprouvait par moments de grandes difficultés à respirer, ayant été gazé à Ypres en 1915.

~

Jacques Boulard, le petit fils de Louis, " Monsieur Louis ", partit avec la classe 15 et tomba au Chemin des Dames. Fils unique, la dynastie Boulard s'éteignait avec lui.

On a lu Laurent de Criqueville, médecin aux Armées ; son frère Bernard partit en 1914, vaillant lieutenant, toujours à la tête de ses hommes, il mourut en février 1916 en défendant le fort de Douaumont.

André Debulois, le plus jeune, après avoir été marqué pour la vie par l'execution de son frère durant les mutineries de 1917, fut incorporé en 1918. Cette année fut au moins aussi terrible que les autres. En effet, les Allemands bénéficiant de la défection de la Russie, de la paix signée avec la Roumanie et de l'écrasante défaite infligée aux Italiens à Caporette, purent lancer toutes leurs forces sur le front de l'Ouest, et malgré l'arrivée en masse des Américains, il se retrouvèrent à nouveau proche de Paris sur une ligne Montdidier - Chateau Thierry. De nombreux avions, les " gothas " bombardant Paris, faisant cinquante et un morts et deux cent quatre blessés dans la nuit du 31 janvier ; en Avril, la rue de Rivoli reçoit une bombe de trois cents kilos, au total, plus de sept cents bombes furent lachées en 1918 sur Paris, obligeant les parisiens à passer le plus clair de leurs nuits dans les caves. Et ceci sans compter les tirs de la " Grosse Bertha " - du prénom de Mme Krupp -, gigantesque canon qui fera deux cent cinquante-six tués et six cent vingt blessés durant cette même année.

André Debulois fut donc envoyé directement au Chemin des Dames en mai, les Français essayant désespéremment de contenir l'offensive allemande. Il participa en juillet à la contre-offensive française de Villers Cotterêts, puis en septembre, à l'envol vers la victoire avec la reprise des Monts de Champagne, puis les coôtes de Flandres. Lille et Cambrai étaient libérées. Puis, le 11 novembre à onze heures, les clairons sonnèrent l'arrêt des combats et toutes les églises de France firent résonner leurs cloches, silencieuses depuis qutre ans. André Debulois fut le seul de nos héros à participer au défilé de la Victoire sur les Champs Elysées, derrière les généralissimes : Foch, Joffre, Weygand, Pétain, l'américain Pershing, l'anglais sir Douglas Haig et l'italien Montuori.

Tant de morts pour rien ? Cette guerre, la plus terrible jamais connue, serait sûrement la " der des der ", et, comme a dit le poète : " il fallait mourir pour Paris puisqu'il y fait si bon vivre. " (Certainement un poète qui n'alla pas au front).

~

Dès les premiers jours de la guerre, malgré ses cinquante-trois ans, Robert de Criqueville demanda à être réintégré. Il souhaitait vivement partir pour le front, mais on lui signifia que ce n'était pas la place d'un commandant de son âge. Sur son insistance, on l'envoya régulièrement faire des tournées d'inspection. Il aimait aller dans les tranchées de première ligne où il faisait l'admiration, parfois mêlée de sacarsmes, pour son courage frolant l'insouciance : les obus sifflaient ou explosaient à proximité, chacun courbant le dos, essayant de se protéger vaille que vaille, lui, restait debout, sans le moindre frémissement.

C'est au retour d'une de ces tournées qu'il apprit l'engagement de son fils Jack. Après un réflexe de colère, il ne put s'empêcher de ressentir un sentiment de fierté.

Joan et sa jeune et jolie fille, Elisabeth, âgée de seize ans, étaient donc restées seules à Criqueville avec un personnel essentiellement féminin, les hommes étant partis se battre, les piqueux, trop vieux pour partir se sentait humilié. Elisabeth, quant à elle, rageait de ne pouvoir partir. Elle se voyait déja conduisant une ambulance ou aidant au soin des blessés. Il fallait se contenter de tricoter et de collecter les colis que les marrains des soldats envoyaient au front.

Jack de Criqueville se préparait donc à reprendre ses cours à l'ETACA, l'école qui devait faire de lui un ingénieur en aéronautique et automobile, lorsque la guerre éclata. Il n'avait pas encore vingt ans mais se précipita pour s'engager dans la nouvelle arme qui le faisait rêver : l'Aviation. Bien peu de gens croyait au rôle que pourrait jouer l'avion dans la guerre, tout au plus offrir de nouvelles possibilités dans l'observation.

Il est engagé, exulte, et arrive à l'école de pilotage ou professeurs et élèves commentent avec enthousiasme, le premier combat aérien et aussi la première victoire remportée par le sergent pilote Frantz et son mécanicien mitrailleur Quénault qui, à bord de leur bi plan Voisin, viennent d'abattre un bi plan allemand Viatik dans un duel épique mitrailleuse (le mitrailleur français se tenant debout derrière le pilote pour tirer) contre carabine automatique pour le tireur allemand.

Alors qu'en temps normal, on formait un pilote en six mois, l'entrainement intense avait permis de réduire cette période à environ cinquante jours. Quelle ne fut pas la joie de Jack lorsuq'il s'envola enfin seul à bord d'un bi plan Nieuport, seul dans sa cabine, coiffé d'un casque de cuir lui enserrant la tête, le vent lui fouettant le visage, éprouvant cet incomparable sentiment de liberté en se retrouvant seul dans un ciel limpide, dominant le monde. Il fit un virage et revint se poser, faisnat un attérissage impeccable. Il sauta de son avion, fit une pirouette, il était pilote !!! Il offrit le champagne à tout le monde. Les premiers mois se passèrent en observation et en quelques lachers de bombes que l'on emportait entre les jambes... Les combats aériens étaient vivement déconseillés, à la grande rage des pilotes français, les pilotes allemends considérant l'aviation comme l'arme des seigneurs se contentaient souvent d'un signe de la main " Où irait-on si les Junkers se tuaient entre eux ! " C'est le commandant de Rose qui, le premier, créa une escadrille " de chasseé en 1915,

Guynemer se distinguant cette année-là avec quatre avions ennemis abattus. Jack enrageait de n'avoir engagé que peu de duels aux cours desquels nul vainqueur n'en était sorti.

Au printemps 1915, il eut droit à une permission et se retrouva dans le train l'emmenant vers Paris, à côté d'un certain Edouard Hauser, sergent pilote comme lui. Ils s'étaient jusqu'alors peu cotoyés mais sympatisèrent aussitot, parlant essentiellement de leur passion commune, et se promettant de sortir ensemble à Paris. En fait, ils passèrent une soirée, une seule, à manger et à boire plus que de raison chez Maxims's, finissant la nuit avec deux prostituées de haut vol - c'est le cas de le dire, pour des pilotes... - car Edmond Hauser habitait Paris et Jack prenait le train le lendemain pour se rendre à Criqueville, où il arriva avec un mal de tête atroce. Après avoir tendrement embrassé sa mère et sa soeur, il vida presque une théière entière, et ne toucha pratiquement pas eu bon diner que sa mère avait fait préparer.

Le lendemain, il se leva en forme et pu enfin répondre aux nombreuses questions que lui posait sa soeur Elisabeth avec impatience. Elle regrettait d'être trop jeune car elle piloterait, elle aussi. Devant l'éclat de rire de son frère, elle alla chercher la coupure de journal qu'elle avait découpé et gardé précieusement, narrant l'exmploit de Mademoiselle Marvingt, première femme pilote ; elle était photographiée à côté de son avion, vêtue d'un long pantalon flottant, d'une longeu tunique sérrée à la taille et coiffée du fameux casque en cuir, paraissant assez jolie. Jack lui promit que, la guerre finie, il l'emmènerait en avion. Il passa un agréble séjour, montant beaucoup à cheval avec sa soeur, mais il avait hâte de retrouver l'ivresse de l'altitude, le rugissement puissant du moteur et le vent qui venait le giffler.

1916 s'écoula comme l'année précédente. Jack et Edmond étaient devenus inséparables, brûlant la vie par les deux bouts, faisant des sorties inénarrables à bord du torpédo Peugeot 9 CV que s'était acheté Edmond car, malgré l'ivresse que leur apportait leur passion, la peur était aussi souvent au rendez-vous. Enfin, au mois d'octobre, après une nouvelle permission, Jack eut sa première victoire homologuée en combat aérien mais il était bien loin du " trio gagnant " : Guynemer avec vingt-cinq victoires, Nungesser 21 et Dorme 17 et ce, pour la seule année 1916.

En janvier 1916, Jack eut deux victoires homologuées, qu'il fêta à chaque fois en offrant le champagne à l'escadrille et en terminant la soirée dans quelques-unes de ces maisons accueillantes, avec son ami Edmond. D'ailleurs, il y avait beaucoup de femmes seules et Jack et Edmond commençaient si bien à defrayer la chronique, qu'ils furent convoqués chez le commandant qui les tança vertement, les menaçant de les envoyer dans la " bif ". Jack termina l'année avec deux autres victoires, ce qui portait le total à cinq, à la prochaine victoire, il aurait droit au communiqué. Il put passer Noel en famille ; nommé sergent-chef, il bénéficia d'une permission. Il n'avait pas revu son père depuis deux ans et leur émotion à tous les deux fut indéniable, bien que les effusions ne soient pas vraiment dans le style de Robert. Les pilotes de chasse étaient devenus les " chouchous ", la presse les encensait comme des chevaliers des temps modernes et l'on commençait à les appeler " les as ". Robert posa un tas de question à son fils, ils parlaient avec passion et la soirée leur parut courte, la conversation ayant plus ressemblé à un entretien entre compagnons d'arme qu'entre père et fils.

Lorsque Jack repartit, son père lui fit une accolade accompagnée d'une petite tape dans le dos, comble de l'effusion pour lui, disant simplement : " Garde toi bien. "

La routine de l'escadrille reprit et, par une journée grise de février 17, jack fut surpris par un avion allemand débouchant des nuages derrière lui et qui ouvrit le feu immédiatement. Il tenta une échappatoire en virant brutalement à gauche et en se lançant dans un piqué, mais son avion avait été touché, le moteur commençait à fumer et il dut relever ses grosses lunettes, n'y voyant plus rien, le moteur avait des ratés et il était urgent de se poser, n'importe où. Il arriva à se " crasher " dans un champ, l'avion piquant du nez dans la terre, il sauta immédiatement, se tordant la cheville, et s'éloignant au plus vite. En effet, l'appareil ne tarda pas à s'embraser. Il savait qu'il s'était posé dans les lignes allemandes et regarda autour de lui, apercevant les ruines de ce qui avait dû être une ferme, il s'y dirigea en clopinant, il avait dû se fouler la cheville. Il se dissimula tant bien que mal. Une patrouille allemande ne tarda pas à arriver mais ne chercha pas trop, persuadée que le pilote était dans le brasier.

Sa cheville le faisait souffrir et il lui était impossible de retirer ses bottes. Il resta là à réflechir ; pour l'instant, il ne pouvait rien faire d'autre. La nuit tomba, le ciel rougeoyait et un roulement sour, presque continu, se faisait entendre, causé par les tirs d'artillerie. Il commençait à avoir faim, et surtout soif et le froid de février l'engourdissait malgré ses habits chauds de pilote : gros pulle over et veste en cuir. Il s'endormit un peu et se reveilla dans un matin glacial, il ne trouvait toujours pas de solutions, la journée lui parut interminable, sa cheville le faisait souffrir. Il entendit d'abord, puis aperçut un avion, c'était un Français, qui le survola puis disparut à l'horizon, lui abattant encore un peu plus le moral. Il se réveilla le troisième jour complètement désespéré, suçant la rosée des brins d'herbe sans arriver à étancher sa soif atroce. Puis il entendit la mitraille qui se rapprochait, suivie ensuite par des vociférations. C'était une contre-attaque française dont il laissa passer la première vague, craignant d'être pris pour un allemand, puis il se leva prudemment, évitant effectivement de justesse d'être embroché par une baïonette française.

On le ramena à l'escadrille où il avait été porté disparu. Il fut fêté, porté sur les épaules jusqu'au mess. Il avait été soigné succintement par un infirmier de la " bif " qui avait été obligé de lui découper sa botte afin de lui panser sa cheville qui était devenue énorme. Il se sortait de ce crash avec quelques égratignures et une entorse. Il fallait fêter ça.

En 1917, l'escadrille fut équipée du nouveau monoplan Morane Saulnier. Comme beaucoup d'autres pilotes, Jack fit peindre " ses armes " sur le côté gauche de la carlingue, soit, deux léopards jaunes rappelant la Normandie. Autour de lui, les rangs s'éclaircissaient et de nouvelles têtes apparaissaient. Le 27 mai l'as Dorma disparait à son tour, le 11, Guynemer, le plus grand de tous disparait aussi. 1918 verra l'hécatombe grossir avec les progès de l'aviation. Jack terminera laz guerre avec vingt et une victoires, loin derrière le trio gagnant des survivant : Fonck soixante-quinze victoires, Nungesser quarante-trois et Madom quarante et une. En face, les Allemands avaient eu aussi leurs as avec le plus grand Von Richthofen : qutre vingt victoires, chef d'escadrille qui eut comme pilote, entre autres, un certain Göring.

Sur nos onze héros ayant porté l'uniforme en 14/18, deux furent bléssés, qutre furent tués et cinq revinrent indemnes...

Chapitre 8 - Les années folles

André Debulois, démobilisé, regagna le domicile familial. Avant de partir à la guerre - comme cela lui paraissait loin -, il avait eu son bac et commencé à étudier l'Histoire, mais maintenant, il ne se sentait aucune envie de reprendre ses études. Il ne songeait pas non plus participer à la folle gaieté ambiante, la soif de plaisir atteignant toutes les couches de la société. André était devenu un révolté souhaitant venger la mort de son frère, mais il ne pouvait pas tuer tous les militaires et il décida donc de s'engager dans la grande lutte communiste qui devait, inévitablement enflammer l'Europe entière, après la Russie où l'armée blanche essayait encore de lutter pour rétablir l'ordre ancien. Il s'inscrivit donc au parti. Les tentatives de soulèvement révolutionnaires étaient durement réprimées comme la tentative Spartakiste tuée dans l'oeuf en Allemagne, la révolte ratée de Bela Kun en Hongrie. De plus, en mars 19, l'incroyable acquittement de Villain, l'assassin de Jaurés, fut ressenti par l'ensemble de la gauche comme un affront insupportable. Le défilé du premier mai auquel il devait participer, fut ressenti par la " droite patriote " comme un affront et interdit. Si, donc 1919 se terminait sur un constat d'échec, 1920 se terminait par la défaite définitive des Russes Blancs, ce fut l'enthousiasme au parti communiste où Lénine était devenu un dieu. Le vieux communard qu'était son grand père Albert, malgré ses soixante-dix huit ans, fêta cet événement avec son fils et son petit-fils, regrettant que son vieil ami Abramof soit mort.

Mais d'autres événements plus noirs allaient assombrir ces années-là. 1922 vit le triomphe de la marche sur Rome des chemises noires, menées par Mussolini, qui marqua le début des exactions. La même année, en Allemagne, la tentative de coup d'état d'Hitler échouait mais restait un épisode inquiétant, et, au mois d'octobre 1924 le député Italien Giacomo Mattestti fut assassiné par la Milice, soulevant un tollé en Italie, mais, Mussolini, profitant de son écrasante majorité à la chambre, en profita pour instaurer la dictature.

André était assidu aux réunions de Cellule et c'est là qu'il rencontra en 1924 une militante Yvette Colin, qui devait devenir sa femme l'année suivante. Elle était secrétaire dans une grande entreprise de Travaux Publics. Depuis un an, André avait trouvé une place de travailleur à la chaîne chez Renault à Boulogne Billancourt. Tous leurs loisirs étaient consacrés à la Cause, leurs rêves se rejoignaient et ils connurent une merveilleuse entente. Ils eurent deux filles, en 1926 et 1928.

Leur unique distraction, et passion commune était le cinéma où ils allaient tous les samedis soir, amateurs bien sûr, avant tout de cinéma engagé comme " Le Cuirassé Potemkim " d'Eisenstein en 1925, mais aussi des fils de distraction comme " Ben Hur " avec Ramon Navarro en 1926. En 1927, ils applaudirent, comme tout le monde " Le chanteur de Jazz ", premier film parlant, puis ils virent des comédies américaines comme " Parade d'amour " avec Maurice Chevalier et Jeanette Mac Donald. Ils aimèrent particulièrement Michel Simon dans " Boudu sauvé des eaux " ou " L'Atalante ". Mais pour André, le plus grand film fut indéniablement " La grande illusion ". De jean Renoir, sorti en 37, qu'il ressentait comme un appel désespéré face aux bruits de bottes qui se faisaient à nouveau entendre. La même année, ils furent éblouis en emmenant leurs filles voir Banche Neige, le dessin animé de ce nouveau prometteur Walt Disney.

La seule autre distraction qu'il s'accordaient lorsque les beaux jours arrivaient était d'emmener leurs filles canoter sur la Marne ou sur le lac du Bois de Boulogne. Dans ces rares moments de grand bonheur, il arrivait à André de siffloter ces vieux succès datant de la guerre : " La Madelon " ou " Rose de Picardie ", ou alors quelques succès à la mode de Mistinguett ou Maurice Chevalier, arrivant, en mettant son canotier de travers et en tordant la bouche à lui ressemble étonnement. Lorsqu'il entonnait le grand succès " Ma pomme, toute la famille éclatait de rire.

En 1928, le grand vieillard qu'était devenu Albert à quatre-vingt six ans, s'envola définitivement pour retrouver ses rêves dans un monde meilleur. André, qui avait adulé ce grand père révolté comme lui, eut beaucoup de chagrin et conserva pieusement ses écrits, qu'il ferait peut-être publier un jour.

André et Yvette habitait un petit logement au bout de la rue Lecourbe, près de la porte d'Issy. Ainsi, n'étant pas très loin de Boulogne Billancourt, André partait souvent au travail en bicyclette, emportant sa musette qui contenait la gamelle pour le repas de midi. Le soir, ils allaient régulièrement aux réunions de cellule, confiant les filles à une voisine, et le dimanche matin, ils faisaient souvent partie des bénévoles qui vendaient l'Humanité dans la rue.

La France avait enfin reconnu l'URSS en 24. André et Yvette étaient de toutes les manifestations. Ils furent dans la rue en 1927 pour réclamer avec la foule, la grâce de Saco et Vanzetti ; l'année suivante, ils protestaient contre l'arrestation des députés communistes

Cachin et Vaillant Couturier, accusés de menées antinationales. En février 34, ils étaient à la manifestation " contre le fascisme et les fusilleurs Daladier et Frot ", place de la République. Cette manifestation avait été interdite par la Préfecture et ils se trouvèrent pris dans l'importantes bagarres avec les forces de l'ordre dans le quartier de la gare du Nord, faisant neuf morts.

En 1936, ce fut le grand espoir de toute la gauche, les grèves généralisées. André et ses camarades pensaient que le moment tant attendu de la grande révolution prolétarienne était arrivé. Les usines étaient occupées dans toute la France. Chez Renault à Billancourt, les militants syndicalistes gardaient avec vigilance toutes les issues, l'usine était devenue une véritable forteresse ; sur les murs de l'atelier où travaillait André, un grand nombre de faucilles et de marteaux étaient dessinés et au moindre discours d'un meneur, les poings se tendaient.

Puis, tout ayant une fin, le vingt-huit mai, étaient signés les accords de Matignon entre la CGT et les délégations patronales, accordant aux ouvriers la plupart de leurs revendications, entre autres, la semaine de quarante heures et quinze jours de congés payés. L'été suivant eut comme un air de fête avec ces nouveaux vacanciers et André, qui gagnait un peu mieux sa vie comme contremaître depuis trois ans, emmena sa famille découvrir la mer. Le jour de la signature des accords de Matignon, André et Yvette avaient été parmi les six cent mille personnes qui défilèrent devant le mur des Fédérés au père Lachaise, revanche posthume de son grand père et de son grand-oncle Maurice.

Cette même année 36, André s'enflamma pour la cause des Républicains espagnols. Il fut tiraillé entre le désir de s'engager dans les Brigades Internationales et se responsabilités familiales : il aimait Yvette comme au premier jour et adorait ses filles.

Auparavant, un premier doute avait effleuré ses convictions lorsque l'Allemagne signa un pacte de non-agression avec l'URSS en 1932. Il voulut se convaincre que Staline était avant tout un homme de paix, mais il commença à avoir peur lorsqu'il vit avec quel aplomb les nazis mettaient en 1933, l'incendie du reichetag sur le dos des communistes. Comment Staline pouvait il se taire encore ? L'année suivante Hitler faisait éliminer ses rivaux, les SA, au cours d'un massacre épouvantable qui prendra dans l'Histoire, le nom de " Nuit des longs couteaux ".

Il fut à nouveau saisi de doutes au moment des procès de Moscou qui firent une hécatombe au sein de l'Armée Rouge, même le célèbre maréchal Toukhatchevski fut executé. Certains évoquèrent un coup monté des nazis qui auraient fabriqué de faux documents afin d'affaiblir l'Armée Rouge. André, comme ses camarades du Parti, voulut croire à la version du complot, fomenté par les nostalgiques de l'ancien régime, pour éliminer Staline.

André et Yvette n'avaient pas vraiment d'idées préconçues envers les juifs et furent épouvantés par les brutalités commises par les nazis, brutalités et exactions qui atteignirent leur paroxysme en 38 au cour de ce que l'on appela la Nuit de Cristal.

Puis les événements se précipitèrent, ils furent parmi les inconscients qui firent un triomphe à daladier à son retour de Munich, après avoir signé des accords infamants en compagnie de l'anglais Chamberlain, ce qui fit s'écrier Chirchill aux Communs : " Pour garder la paix, vous avez choisi le déshonneur, vous aurez donc le déshonneur et la guerre ! ".

En Espagne, les brigades internationales étaient dissoutes en septembre 38 et Madrid capitulait en mars 39.

En août 39, ce fut le coup de tonnerre du pacte germano-soviétique qui ébranla sérieusement les convictions d'André, puis la guerre fut déclarée, le parti communiste interdit, trente-cinq de ses députés arrêtés en octobre.

Les réunions de cellule étaient désormais interdites et, au cours de certaines réunions clandestines, les discussions étaient parfois assez vives entre ceux qui voulaient rester dans la ligne du Komintern et ceux qui, comme André et Yvette, pensaient que l'union germano - sovietique était contre nature et qu'il fallait, en conséquence, donner la priorité à la lutte contre le fascisme.

~

Comme il a été dit plus haut, la France entière et, plus particulièrement Paris, fut prise par une frénésie de plaisirs et les français se mirent à danser, partout et à n'importe quelle heure. Les françaises furent séduites par les " Teddies " qui avaient apporté avec eux le jazz band. On se lançait dans des ragtimes, des bluex, des one stop et autre fox trot, les " instituts de danse " se multipliaient et les dancings poussaient comme des champignons. Même les Folies Bergères, le Casino de Paris, l'Olympia, Marigny et les Bouffes Parisiens ouvraient plus tôt pour permettre aux spectateurs de venir danser avant le spectacle, parfois même dès cinq heures de l'après-midi. Des vedettes se mirent à animer ces séances tels Mistinguett au théâtre de Paris et Harry Pilcer à l'Apollo. L'Alcazar abandonna sa vocation théâtrale pour se transformer en dancing et, à prit les nouvelles danses importées d'Outre Atlantique, le tango, la valse, le boston connaissaient toujours un grand succès, en attendant la java.

Tout le monde voulait participer mais tout le monde n'avait pas les moyens, et l'on vit les vols se multiplier, dans les gares et les ports, des trains et des bateaux étaient vidés de leurs marchandises, et un trafic s'engagea avec les troupes américaines.

D'ailleurs, il n'y a qu'à contempler les peintures du Hollandais, très parisien, Van Dongen pour se rendre compte tout de suite de la joie de vivre de cette époque.

C'est dans cette ambiance que Gilbert Martigny et sa femme Colette vécurent les premières années de leur mariage, parfaitement heureux. Olivier naquit en 1919, puis Philippe en 1921 et enfin, Sophie en 1923. Ils avaient acheté un grand appartement avenue Montaigne qu'ils meublèrent au goût du jour, tous les deux étant de grands amateurs de peinture, on vit apparaître dans le salon deux magnifiques tableaux, l'un de Juan Gris et l'autre de Modigliani.

Le frère de Gilbert, Jean Louis, travaillait désormais avec son père " aux affaires " et c'est donc Edouard qui aida son fils à s'installer. Même si, plus tard, Gilbert était en droit d'espérer un très riche héritage - même partagée en deux, la fortune d'Edouard était considérable -, il ne souhaitait pas vivre en riche oisif et, ayant terminé ses études de droit, il ouvrit un cabinet d'avocat, non loin de chez lui, rue Marbeuf. Il aurait pu gagner énormément d'argent en profitant des relations de sa famille, mais il ne souhaitait pas devenir avocat d'affaires. Il avait choisi ce métier par idéalisme, afin de " défendre la veuve et l'orphelin ", selon la formule consacrée. Aussi, le succès se fit attendre puis il y eut un procès retentissent qu'il gagna en défendant la cause avec ardeur et l'on commença à s'habituer à croiser dans les couloirs du palais de Justice, sa haute silhouette reconnaissable à sa démarche chaloupée due à sa jambe artificielle, toujours la canne à la main.

Au fil des années, voulant tenir la promesse qu'il s'était faite de réhabiliter la mémoire d'André Debulois et de son compagnon, il fit régulièrement des tentatives, mais se retrouvait chaque fois face à un mur de silence, le sujet des mutineries de 17 était tabou et il n'y parvint jamais.

Gilbert ne pouvait évidemment pas envisager de danser, avec sa jambe artificielle. Toutefois, il participait à la vie mondaine avec Colette. Ils aimaient aller voir un spectacle et souper ensuite, souvent chez Maxim's. Ainsi, ils assistèrent aux débuts de Madeleine Renaud dans des rôles d'ingénue, applaudissant Odette Joyeux dans " Intermezzo " de Jean Giraudoux sur une musique de Francis Poulenc, furent enthousiasmés par l'interprétation de Chaliapine dans Boris Godounov à l'Opéra, etc... Très amateurs du style Art Déco, on vit s'ajouter dans leur salon un magnifique tableau de Fonjita.

En 1923, ils achetèrent la nouvelle Citroën B2 qui emmena désormais Gilbert et sa femme, puis leurs trois enfants à Cauterel, l'habitude étant prise de passer tous les mois d'août chez les cousins Mercoeur.

Gilbert lisait peu mais fut bouleversé par la lecture des " Croix de Bois ", livre de Roland Dorgelès paru en 1919 et qui lui rappela tant d'affreux souvenirs. Il suivait avec tant d'interêt les événements européens et fut plein d'espoir lors de la création de la SDN en 1919 et l'admission de l'Allemagne en son sein en 1926. Enfin les deux pays semblaient réconciliés et cette paix fut confirmée par un pacte signé en 1928 par Briand pour la France et Kellog pour les Etats Unis refusant le recours à la guerre et signé par soixante nations.

Il voyait très peu son frère, il existait entre eux une espèce de " paix armée ". Ils n'étaient d'accord sur rien, Gilbert essayait de comprendre les hommes et les événements, Jean Louis tombait tout de suite dans les extrêmes, applaudissant en 1921 à la famine qui sévissait en URSS : " Bien fait pour cette vermine communiste ! ", se félicitant de la victoire de Mussolini avec ses chemises noires en Italie : " Au moins un pays qui va connaître l'ordre ! ", haïssant le Cartel des gauches élu en 1924, lecteur assidu de l'Action Française malgré l'interdiction faite aux catholiques par le pape, de lire ce journal de Ch. Maurras. Il s'inscrivit bien sûr aux " Croix de Feu " du Colonnel de la Rocque, devint un admirateur de Hitler, qui avait su rétablir l'ordre en Allemagne ; bien sûr, il y avait les mesures et les brutalités antis sémites mais si Jean Louis n'avait rien contre les juifs, " on ne fait pas d'omelettes sans casser les oeufs !!! " " Quel beau spectacle que ces réunions grandioses à Nurenberg... Quelle tenue, ces jeux Olympiques de Berlin en 36. Ah ! C'était autre chose que cette chienlit de Front Populaire qui avait tout accordé à la racaille !!! "

Leur mère Suzannze mourut en 1936, au moment du Front Populaire, Edouard suivit deux ans après, au moment des accords de Munich.

C'est après le front Populaire et ses grèves que la rupture entre les deux frères fut consommée. En effet, Jean Louis souhaitait marcher sur les traces de son grand père, en se lançant dans la politique, et Gilbert fut scandalisé en lisant une des relations de la campagne de son frère, dans le journal, en constatant que Jean Louis se servait de lui, " ce grand mutilé qui avait fait don de sa jambe pour la France ! " Ce grand tolérant qu'était Gilbert, perdit alors son calme habituel pour rentrer dans une colère incontrôlée, saisit le téléphone, appela son frère, lui lançant qu'il n'accepterait pas de servir de faire valoir à un ancien planqué !

Gilbert était loin d'être un va-t-en-guerre mais fut outré par l'attitude des démocraties lors de la guerre d'Espagne, puis lors du retour de Daladier, accueilli en héros après avoir signé un pacte déshonorant. Les Français de 1939 étaient bien différents de ceux de 14. Ils chantaient " Tout va très bien Madame la marquise " avec les collégiens de Ray Ventura, ils voulaient la paix à tout prix, sûrs d'être à l'abri derrière la ligne Maginot, en cas de besoin, ils étaient prêts " à aller pendre leur linge sur la ligne Siegfried ". Insouciants et pacifistes à tout prix, ils eurent la guerre.

~

On a aperçu Laurent de Criqueville dans un hôpital de campagne, apportant ses soins à Gilbert Martigny. Il s'était donné corps et âme, soignant les blessés qui arrivaient à la chaîne, ne prenant qu'un minimum de repos. Ecoeuré par cette boucherie, il regagna Cane en 1918, persuadé qu'il avait participé à la " der des der ". Il s'était marié au printemps 14 et avait eu un fils en 15 prénommé Yves, puis une fille en 1919 prénommée Monique. La vie reprenait son cours, la folie de la danse qu'avait saisi Paris, avait atteint la province, toutefois sur une moindre échelle. Laurent avait repris son poste de chirurgien à hôpital Clémenceau et partageait ses loisirs entre Cane et la Pommeraye où ses parents avaient choisi de vieillir, cette belle propriété ayant conservé tout son charme. Il était passionné par son métier et aurait aimé consacrer son temps à la recherche, il suivait les progrès de la médecine qui avançaient à grand pas, comme la découverte par Calmette en 1928 du vaccin contre la tuberculose, ce grand fléau, comme fut la grippe espagnole qui fit neuf cents victimes à Cane, à comparer avec les mille trois cent vingt-cinq tués de la grande Guerre. Il était médecin des hôpitaux mais il lui arrivait d'aller opérer à la clinique Saint Martin dont la construction fut entreprise en 1920.

Comme beaucoup de caennais, il eut un petit pincement au coeur lors de la destruction du cirque - cinéma Ounia, inauguré en 1909, qui était rendue nécessaire pour la construction du stade Hélitas inauguré en 1924. Heureusement, quelques années après, un grand complexe fut construit et inauguré en 1931, comportant le cinéma Majesctic et la Grande Brasserie Chandivert, véritable institution caennaise avec ses bruits de vaisselle, de boules de billards, son brouhaha continuel, son odeur de bière et de choucroute, son orchestre, tout cela décrit merveilleusement par le grand Simenon lui-même. Laurent aimait bien, de temps à autres, aller y déguster son fameux gratin d'huîtres, ou simplement se délasser à sa grande terrasse lorsqu'il faisait beau. Amateur de sport, il fut l'un des protagonistes de la traversée de Cane à la nage dont la première eut lieu en 1930. Ses enfants apprirent à nager au " Lido ", plus couramment appelé " Chez Maës ", endroit entre Caen et Louvigny où les caennais aimaient aller canoter et se baigner dans l'Orne et qui servait également de guinguette. Mais ce qu'il apprécia particulièrement furent les très importants travaux d'assainissement entrepris dans les années 30. Aux beaux jours, il aimait parfois aller le dimanche avec femme et enfants à Riva Bella, empruntant le petit train Decauville assez poussif et qui sera, hélas ! détrôné par le car, surtout lors de l'ouverture de la gare routière en 1938.

Il suivait toutefois l'actualité de près, à travers " L'Ouest éclair " auquel il était abonné, ainsi que " L'illustration ". Il applaudit donc au pacte Briand Kellog qui le confortait dans l'idée qu'il avait bien participé à la " der des der ", mais, plus tard, il fut scandalisé par les mesures anti sémites prises en Allemagne et dont les remous arrivaient jusqu'en France, charriés par des gens comme Maurras, obligeant des génies comme Einstein, à s'expatrier. Très rapidement, il se rendit compte qu'une nouvelle guerre paraissait inévitable et fut, comme Gilbert Martigny, scandalisé par la pleutrerie des démocraties.

Le 18 juin 1940, Cane fut déclarée ville ouverte et le première estafette motocycliste allemande fut aperçue boulevard Bertrand, à l'endroit même où, quatre ans plus tard, le premier canadien devait tomber pour la libération de Caen qui aurait le triste privilège d'être appelé Ville Martyre.

~

Laurent de Criqueville allait régulièrement à Cauterel visiter son lointain cousin et meilleur ami Adrien de Mercoeur. Celui-ci, gazé à Ypres, comme il déjà été dit, se mourrait lentement malgré les soins attentifs de Laurent. Il mourût en 1930, dans de grandes souffrances, les poumons rongés par le gaz. La même année, son père, Gérard, s'éteignit à l'âge de quatre vingts ans, sa mère lui survit deux ans. Adrien s'était marié en 1907 et avait eu une fille prénommée Anne marie, qui avait vingt-deux ans au moment du décès de son père. C'est donc la veuve d'Adrien, Paulette, qui prit la direction de la laiterie - fromagerie mais elle n'avait pas grand-chose à apprendre car, vu l'état de son mari, elle dirigeait déjà de fait, l'affaire, qui était en pleine expansion, la construction d'une nouvelle usine paraissant nécessaire.

Paulette était présente à tous les comices agricoles ; chaque année, si ce n'était la médaille d'or, elle décrochait au moins la médaille d'argent au grand Concours Industriel et Agricole. La maison Mercoeur avait été parmi les premières à utiliser la lithographie pour offrir des boîtes de camembert attrayantes. Anne Marie vint seconder rapidement sa mère et les deux femmes faisaient l'admiration de leurs concurrents pour leur pugnacité en affaires. En fait, elles se tenaient peu informées des événements, se fiant à la propagande affirmant que la ligne Maginot était infranchissable, les chansons tournaient souvent les allemands en ridicule, on était vraiment les plus forts... Anne Marie était assez jolie, souvent courtisée. On la voyait fréquemment à Cabourg, sa plage préférée, en compagnie d'amis, au volant de sa petite torpédo Renault ; danseuse émérite, elle était la reine du fox trot, mais avait ses moments de mélancolie en écoutant Jean Sablon ou le fameux " Manoir de mes rêves " de Django Rheinardt. On la voyait chez Chandivert ou, l'été, au Lido. Elle était volage mais nullement pervertie, la vie devait seulement être un tourbillon de plaisir et elle souhaitait attendre pour se marier.

Elle avait déjà trente et un ans, n'était toujours pas mariée et la guerre éclata.

~

Après la guerre, Jack alla embrasser ses parents et sa soeur mais s'ennuya rapidement, la vie calme coupée de quelques mondanités n'était pas faite pour son tempérament, il avait besoin de cette vie trépidante que, seuls, la capitale pourrait lui offrir, surtout dans cette période d'après-guerre où comme on l'a vu, la principale préoccupation des parisiens était vouée à la recherche du plaisir. Il repartit donc, à la grande tristesse de sa soeur Elisabeth qui a vingt ans, se sentait des ailes et était bien à l'étroit à la campagne. Il lui promit de la faire venir dès qu'il aurait un logement potable. De retour à Paris, il logea quelques temps chez son ami Edmond Hauser et c'est à ce moment-là qu'il apprit que son meilleur ami était juif ! Il ne s'était jamais vraiment posé la question, pensant que son nom avait une vague consonance alsacienne. Par ailleurs, ayant été élevé dans un milieu profondément anti sémite - il se souvenait encore, à l'époque de son enfance, des discussions violentes concernant l'affaire Dreyfus -, il pensait que s'il en voyait un, il le reconnaitrait tout de suite, c'était parait-il, des gens pas comme les autres, ayant des coutumes bizarres et inavouables, ne cherchant qu'à amasser de l'argent, encore plus d'argent, ne vivant qu'entre eux. Or Edmond était l'inverse de tout cela : pendant la guerre, il s'était montré courageux et avait été décoré, il était généreux et partageait les mêmes plaisirs que lui, il resta donc bien sûr, son meilleur ami. Il fit la connaissance de ses parents, un couple charmant et mondain. Ils étaient à la tête de la maison qui portait leur nom. Cette maison située rue Pierre Charron était, en fait l'équivalent, pour les hommes de ce qu'était Lanvin pour les femmes. C'était le tailleur à la mode, toute personne d'un certain niveau se devait de porter un costume Hauser, et Jack n'avait jamais pensé à faire le rapprochement entre les deux noms.

Le grand père d'Edmond était né à Vienne en Autriche, fils d'un tailleur déjà réputé mais, à vingt ans, voulant s'émanciper de l'ambiance anti sémite de Vienne, rêvant de Paris, il partit pour la France et devint un tailleur déjà très en vogue sous le Second Empire, mais c'est le père d'Edmond qui fut le véritable artisan du renom de la marque et du succès, en s'installant dans les beaux quartiers. Ils habitaient un grand et bel appartement au-dessus du magasin, un grand tableau, au mur du salon, frappa Jack : C'était le grand père d'Edmond, qui était tout à fait le sosie de l'empereur François Joseph, avec ses favoris. Le mobilier, ancien, la décoration de qualité, tout fit que Jack ne se sentit pas dépaysé, seul, un chandelier à sept branches, pouvait rappeler leur appartenance à la religion juive. Edmond avait un petit appartement au dernier étage de l'immeuble où Jack logea donc une quinzaine de jours, avant de louer un appartement qu'il trouva, proche de chez son ami, rue du Colisée.

Jack était toujours passionné de sports mécaniques et les revues traitant Aviation ou Automobiles s'entassaient dans son appartement. Les vitesses atteignaient des niveaux records : en 1920, Milton atteignait deux cent cinquante kilomètres / heure avec sa Duesenberg sur le circuit de Daytona ; en aviation, Roger et Coli reliaient pour la première fois Paris - Dakar sans étape en mai 1919.

Jack tint sa promesse et fit venir sa soeur Elisabeth en 1922 et alla avec elle au premier salon de l'auto de l'après-guerre qui eut lieu au Grand Palais en Octobre. Elisabeth qui avait des goûts pour l'indépendance et l'aventure, se précipita sur le livre à scandale de l'année écrit par Victor Marguerite : " La Garçonne ". Elle était fascinée par les grandes aventures, lisant et relisant les articles relatant les raids automobiles : la traversée du Sahara, première mission citroën en 1922/23, puis la deuxième mission en 24/25, la Croisière Noire reliant Colomb Béchar à Madagascar. De son côté, Jack était abasourdi par les trois cent quarante-quatre kilomètres / heures, record du monde atteint en décembre 22 sur un avion Nieuport avec moteur Hispano.

Ils sortaient beaucoup, spectacle, dîners, danse, soupers, se suivaient à un rythme effréné, souvent accompagnés par Edmond. Ils furent tous les trois emballés par Joséphine Baker dans la Revue Nègre et devinrent des adeptes du Jazz Band. Puis Jack acheta une voiture Citroën 10 HP et ils allèrent tous les trois assister à la victoire de Chenard et Walker aux premières 24 heures du Mans le 26 mai 19123.

Mais tout cela coûtait bien cher ; Robert, le père de Jack, ayant dépassé la soixantaine, avait déjà réduit son train de vie en arrêtant ses fameuses chasses à courre, se séparant, la mort dans l'âme, de sa meute de quatre-vingt chiens qui coûtait fort cher à entretenir. Aussi, Jack décida de gagner sa vie et demanda un dernier effort à son père qui dût vendre quelques terres, pour financer son projet. Jack, toujours aussi passionné d'automobiles, ouvrit alors un grand garage en 1924, avenue Malakoff, garage spécialisé dans la vente et l'importation de voitures de luxe. Il fut l'un des premiers à faire connaître la marque Alfa Roméo, on trouvait exposé dans son grand hall style art Déco, des marques comme Bentley, Bugatti ou Hispano Suiza, lui-même roulait dans une magnifique Hispano H6 carrossée par Duvivier. Il engagea les meilleurs mécaniciens et, bientôt, la clientèle riche afflua, non seulement pour acheter des voitures mais aussi pour faire mettre au point leurs véhicules.

En 1927, lors de la première victoire de Bentley au Mans, une grande banderole " Criqueville Motor " flottait sur le circuit. Elisabeth, qui avait les mêmes passions que son frère, travaillait aussi au garage, sachant recevoir avec classe la gent fortunée. Garçon manqué, comme lui avait une fois sa mère, elle était féministe avant l'heure, ne manquant pas de mettre en avant les succès sportifs féminins, comme la victoire au tennis à Saint Cloud de Suzanne Langlen, la traversée de la Manche à la nage de Gertrude Ederlé en 1926, le record du monde de distance en ligne droite battu par l'aviatrice Maryse Bastié en 1928, etc... S'étant passionnée pour les premières et deuxièmes Missions Citroën, elle fit des pieds et des mains, faisant intervenir les relations de son frère, pour partir avec la troisième Mission qui devait s'appeler Croisière Jaune. Elle fut absente trois ans et revint en 1934 pour se marier avec un reporter photographe de l'expédition. Ils eurent une fille prénommée Laurence en 38 et divorcèrent peu de temps après.

Auparavant, en 1928, ils avaient assisté tous les deux au mariage d'Edmond à la Synagogue de la rue Copernic et furent surpris par la convivialité, se sentant tout de suite acceptés. Lors de la réception, à La Cascade, au bois de Boulogne, ils côtoyèrent le monde la haute couture. Pour l'occasion, Jack portait un smoking taillé par Hauser et Elisabeth, une ravissante robe de chez Lanvin. C'était une journée de printemps resplendissante et Jack ne put quitter du regard, une jeune femme d'une grande beauté, particulièrement élégante. Il demanda à son ami Edmond de le présenter et se retrouva face à un mannequin de chez Jean Patou, Odette Balin, qui ne sembla pas insensible au charme de Jack.

Il ne put résister à la revit lors d'un défilé chez Patou, il l'invita à souper et lui fit une cour assidue. Il lui faisait des petits cadeaux à la moindre occasion, les parfums les plus chers de chez Molyneux ou Guerlain, lui faisant également envoyer régulièrement des gerbes de roses rouges. Ils se marièrent en 1929, prenant Edmond et sa femme Sarah comme témoins. Pour l'occasion, ses parents, Robert et Joan, passèrent une semaine à Paris, profitant un peu de la capitale, allant voir Maurice Chevalier et Mistinguett au Casino de Paris, riant beaucoup en applaudissant Valentine Teissier et Michel Simon dans " Jean de la Lune " au théâtre. Ils étaient descendus à l'hôtel Georges V - noblesse oblige - et Jack s'y précipita, le jour de leur arrivée, pour leur présenter Odette et surtout les mettre en garde. Il connaissait trop son père, pour ses propos anti sémites et lui demanda de faire très attention devant son ami Edmond et ses parents qui seraient au mariage. Il avait peur que son père sorte " le bon mot " qu'il avait particulièrement apprécié et qu'il ne manquait pas de ressortir à chaque occasion. Ce " bon mot " était parti de l'aristocratique boulevard Saint Germain où une marquise à laquelle on avait rapporté que les juifs s'étaient très bien comportés pendant la guerre, avait réponde : " C'est normal, il s'agissait d'une guerre d'usure... ".

Le mariage fut mondain et, après la cérémonie religieuse à Saint Philippe du Roule, la réception eut lieu, comme pour Edmond et Sarah à la Cascade. Robert fut surpris de ne pas retrouver dans Edmond et ses parents, le physique des caricatures qu'il avait souvent vu dans " La Lanterne ". Les cousins de Cane étaient venus pour la circonstance, emmenant avec eux leurs parents, malgré leur grand âge, mais qui se portaient comme un charme ; il fallait croire que l'air de la Pommeraye était particulièrement vivifiant.

Dès les jours suivants, Jack trouvant que le petit appartement de la rue du Colisée n'était pas assez beau pour Odette, le laissa à sa soeur et ils emménagèrent face au bois, dans un magnifique appartement du boulevard Launes que Jack avait marchandé à une vieille dame. Bien sûr, l'achat dépassait ses moyens, bien que le garage rapportât beaucoup, et il fallut encore vendre une parcelle de terre. Ils firent aménager l'intérieur par le décorateur à la mode, René Berger, dans un style très Art Déco. Ils sortirent moins mais reçurent beaucoup, sachant créer une ambiance particulière avec fond musical donnée par la belle collection de disques où l'on trouvait des enregistrements de Paul Whiteman, du tout jeune Bing Crosby, Jimmy Dorsey, Duke Ellington et bien d'autres.

L'été 29, les deux nouveaux couples partirent passer une quinzaine de jours à Criqueville, empruntant pour la circonstance, la nouvelle voiture de Jack, une superbe Bugatti

44. Edmond et sa femme furent impressionnés par cet immense château qui dégageait un charme inouï avec son alternance de pierres blanches et vieux rose, dans le style particulier de Louis XIII, époque où fut construit le château par un ancêtre de Jack, les grands arbres, plus que centenaires, la nature exubérante en cette saison, tout concourrait à envoûter le visiteur. Robert de Joan apparut sur le perron pour les accueillir et, tous les deux, Edmond et Sarah, reconnurent entre eux que tout cela avait une classe folle. Le séjour passa très vite, entre les promenades à pied ou à cheval ; Sarah étant une piètre cavalière et Edmond, un débutant maladroit, furent la cause de grands éclats de rire, et les incursions à Deauville, entre le champ de courses, les bains de mer, et le casino où ils assistèrent, enthousiasmés, à une représentation des ballets russes de Serge Diaghilev avec Serge Lifar, la nouvelle étoile montante, et où ils croisèrent Picasso qui avait participé à la composition décorative.

Ils réintégrèrent l'appartement du boulevard Launes, Robert reprit ses activités au garage et Odette tint à continuer un peu son métier, ce qu'elle ne fit qu'un peu plus de deux ans car en 1932, naquit Thibaut puis Geneviève en 1935 et enfin Renaud en 1937.

On les voyait dans toutes les manifestations mondaines ; ils ne manquaient jamais d'aller applaudir les victoires des fameux mousquetaires du tennis : Lacoste, Cocher, Borota. Jack suivait toujours avec passion les progrès de la technique, enthousiasmé par le tour du monde effectué en 29 par un Zeppelin, puis par Costes et Bellonter reliant la Mandchourie avec leur avion surnommé Point d'Interrogations. Ils ne manquèrent pas, bien sûr, l'expo coloniale de 1931, l'empire colonial de la France était alors à son apogée et Jack se passionna pour l'aventure de l'aéropostale, admirant beaucoup Jean Mermoz qui faisait des prouesses à bord de son avion Arc en Ciel. Au salon de l'auto 34 où " Criqueville motor " avait un stand, il trouva intéressante la nouvelle petite 7 CV Citrôen, appelée à un grand succès, que l'on appellera successivement la Citron, puis la Traction.

Mais en 34, justement, d'importantes bagarres opposant la gauche, la droite emmenée par le colonel de la Roque et la police, firent plusieurs morts et de nombreux blessés. Il avait bien été sollicité, auparavant pour s'inscrire aux " Croix de Feu " de ce colonel mais ce mouvement lui paraissait par trop extrémiste, bien que composé, pour la plupart de ses membres, à commencer par de la Roque, lui-même, par d'authentiques héros de 14-18.

Cette même année, Hitler faisait le vide autour de lui, liquidant son ancien compagnon Roehm et ses SA au cours de la terrible " nuit des longs couteaux ".

Puis vinrent les événements de 36, les grèves et le Front Populaire. Si Jack trouvait normales certaines revendications, il se méfiait du gouvernement étant bien évident que ses préférences n'allaient pas vers la gauche. Il fut conforté plus tard en étant scandalisé par la pleutrerie de ce gouvernement de gauche, qu'il appelait des " j'en foutre " (expression que l'on retrouva souvent dans sa bouche) face à la situation espagnole. En effet, si Jack n'était pas de gauche, il haïssait la dictature, Mussolini et Hitler qui, eux, ne se gênaient pas pour aider ouvertement Franco. Il traitera un peu plus tard également de " j'en foutre " Daladier et Chamberlain qui avaient tout abdiqué devant Hitler à Munich. Cette même année 38, Edmond et Jack déjeunaient ensemble lorsqu'ils eurent connaissance de la " Nuit de Cristal " au cours de laquelle les brutalités nazies, déjà courantes, atteignirent leur paroxysme. Edmond et Sarah avaient bien pensé partir très loin, aux Etats Unis, avec leur fils David qui avait déjà presque neuf ans mais Edmond se refusait de partir sans ses parents qui s'estimaient trop vieux pour recommencer une vie et qui avaient confiance en la France...

Les événements se précipitèrent et le premier septembre 1939, l'Allemagne envahissait la Pologne.

Chapitre 9 - La guerre

L'Allemagne avait donc envahi la Pologne dès le premier septembre 39 et les français, comme les Anglais, ne firent rien pour aller au secours de leur allié qui fut vaincu en moins de trois semaines. Pire, aucun des grands chefs français, Gamelin en tête, ne prit soin d'analyser la cause de cette défaite éclair. Nul ne fit attention, à part quelques visionnaires comme de Garelle qui ne furent pas entendus, à cette nouvelle forme de guerre pratiquée par les allemands : la Blitskrieg, guerre éclair où les chars et l'aviation manoeuvraient en étroite collaboration. Sûr de l'inviolabilité de la ligne Maginot, les troupes françaises attendaient, l'arme au pied, n'ayant à tuer que le temps. Le nord était gardé par les troupes belges avec, en renfort, de très importantes unités anglo françaises et, entre les deux la fameuse forêt des Ardennes, réputée infranchissable et don, gardée par de faibles troupes de réserve. Comme le grand état-major l'avait prévu, les allemands attaquèrent en mai 40 par la Belgique et l'ensemble des renforts se précipita à leur rencontre, comme le taureau fonçant sur la muleta. Pendant ce temps, une noria de troupes blindées commandées par le général Guelerian, traversait l'infranchissable forêt des Anrdennes et se précipitaient vers les côtes, prenant les troupes alliées dans une tenaille. Il n'y avait pas, hélas ! de Joffre ou de Gallieni, pour les attaquer sur leur flanc comme en 14 à la bataille de la Marne. Les troupes alliées refluèrent en désordre et se trouvèrent enfermées dans Dunkerque où ils organisèrent un camp retranché qui permit, miraculeusement, à la plupart des soldats de rembarquer pour l'Angleterre. Le reste des armées françaises étaient encore forte mais fut écrasée par cette nouvelle technique de guerre, les bombardiers en piqué STUKAS, munis d'une sirène ayant un effet terrifiant sur la troupe, matraquaient sans arrêt, les chars prenant possession aussitôt du terrain conquis. L'aviation française fit quelques sorties héroïques, mais les Messerschmitt 109, régnaient dans le ciel en maîtres. Certains, comme Paul Reynaud souhaitaient continuer le combat à partir d'un " réduit breton " ou de l'Afrique du Nord. Puis, le 17 juin, ce fut l'appel de Pétain, devenu chef du gouvernement, demandant aux troupes françaises de déposer les armes, le même jour, le général de Gaulle s'envolait pour Londres, d'où il lança son fameux appel du 18 juin à la radio. Cette défaite éclair coûta en un peu plus d'un mois cent mille morts à la

France et un million cinq cent mille prisonniers. Ales allemandes eurent tout de même pratiquement autant de morts.

Ancien combattant de 14-18, André Debullois fut littéralement assommé par cette défaite. Comme beaucoup de français qui virent les soldats triomphants de Hitler, défiler sur les Champs Elysées, il eut les larmes aux bords des yeux et il serra les poings.

Quelques jours plus tard, André et Yvette, assistant à une réunion clandestine du Parti furent totalement découragés : non seulement aucune action n'était envisagée mais il était conseillé, suivant les directives de Jacques Duclos, de suivre les ordres du Komintern, certains envisageant même une collaboration avec l'occupant afin de faire reparaître l'Humanité. D'autres n'acceptèrent pas cette position comme Charles Tillon et Auguste Lecoeur et, souvent, les premiers résistants se trouvèrent parmi les anciens des Brigades Internationales, comme le célèbre Pierre Georges, plus connu sous son nom de résistant colonel Fabien.

André était toujours contremaître chez Renault dont la direction choisit rapidement son camp, en travaillant pour les allemands. Il était tenaillé par l'envie d'agir et il était étonnant de voir ce contremaître demander à ses ouvriers de ralentir les cadences et, pourquoi pas, de saboter certaines pièces. Certains le remarquèrent et lui conseillèrent vivement d'arrêter son manège, trop voyant, qui pourrait lui valoir de gros ennuis. Petit à petit, il s'inséra dans un réseau et commença à transporter des tracts dans sa musette. Puis ce fut des objets plus compromettant comme un poste de radio émetteur clandestin, des mitraillettes Sten, arme type du resistant, facile à démonter et à transporter en pièces détachées, mais qui avait l'inconvénient de s'enrayer facilement. Il sillonnait Paris sur sa bicyclette, sifflotant le dernier succès de son idole, Maurice Chevalier : " Un maçon chantait une chanson... " Il avait un pincement au coeur lorsqu'il passait devant le 44 rue le Pelletier, ancien siège du Parti, devenu celui de la milice. De son côté, la principale occupation d'Yvette devint vite de trouver à manger, elle passait des heures à faire la queue, pour chaque aliment, il y avait des " jours sans " et des " jours avec ", et il fallait être muni de ses tickets de rationnement. Les journaux publiaient des astuces pour conserver le beurre deux à trois mois, les oeufs deux mois ou pour changer le goût des topinambours, etc... Le soir, bien que ce fut interdit, ils essayaient d'écouter la radio anglaise avec son brouillage caractéristique que tous les gens qui ont connu cette époque ne peuvent oublier, puis les quatre premières notes de la cinquième symphonie de Beethoven annonçaient les messages secrets, incompréhensibles pour le commun des mortels et Pierre Dac, réfugié à Londres, chantait sur l'air de la cucaracha : " Radio Paris ment, radio Paris ment, radio Paris est allemand...! " en réponse à Jean Herold

Paquis qui annonçait sur cette radio, quotidiennement : " Londres, comme Carthage, sera détruite ! ".

Puis ce fut le 21 juin 1941, l'opération Barberousse, l'invasion du territoire soviétique par les troupes allemandes. Du même coup, le PCF devint le premier parti résistant, " le communisme c'est la France " déclarait Maurice Thorez, réfugié en URSS depuis 1939 alors qu'il fit croire qu'il était resté clandestinement en France jusqu'en 43. Tous s'écriaient que le neutralisme, c'était la collaboration. En fait, le trio des chefs se composait de Jacques Duclos, Benoît Frachon et Charles Tillon et le Parti revendiquait cinq cent mille adhérents, Pierre Brosolette, quant à lui, ne l'estimant qu'à soixante-dix ou quatre-vingt mille.

Ah! Qu'il était beau ce grand mouvement patriotique qui obéissait à des ordres étrangers, pensaient amèrement André et Yvette. Certes, ils avaient toujours la foi en une grande Internationale Communiste, mais avaient été déçus par l'attitude des dirigeants communistes avant l'invasion de l'URSS, et acceptaient mal d'être à la botte de ce pays qu'ils considéraient essentiellement comme un grand frère.

André Debulois prenait de plus en plus de risques et, le 25 novembre 1943 (il n'oublia jamais cette date), en rentrant, il aperçut en bas de chez lui, deux tractions avant noires et deux SS, le Schmeisser MP 40 en bandoulière, gardant l'entrée, sans s'affoler, il continua sa route le coeur battant la chamade. Il erra dans Paris puis alla voir un de ses compagnons résistants, malgré l'interdiction et, à partir de ce moment, devint un clandestin, changeant d'adresse sans arrêt. Il fit savoir à sa femme qu'il était vivant et qu'il ne fallait pas s'inquiéter. Il avait certainement été dénoncé par des compagnons de lutte arrêtés, mais il ne leur en voulait pas, il savait bien qu'il était pratiquement impossible de ne pas parler lorsque l'on était soumis aux traitements barbares des agents de la Gestapo, surtout française, comme les trop célèbres Bony et Lafont de la Gestapo de la rue Lauriston dans leur local surnommé la Carlingue, ou , sous la direction du SS Friedrich Berger, le trio infernal des Guissardini père et fils au 180 rue de la Pompe, la plupart des gestapistes français étant recrutés parmi la pègre, comme le célèbre Jo Bouchesciche qui fera parler de lui également après la guerre. Le grand résistant Pierre Brossolette, amené à une nouvelle séance d'interrogative, savait bien qu'il parlerait, il n'en pouvait plus, et saisit donc un moment d'inattention de ses bourreaux pour se jeter par la fenêtre.

André participa désormais à des actions armées faisant dérailler des trains, plastiquant des entrepôts de l'armée allemande, se fondant dans la nuit, souvent le coeur battant mais se sentant heureux d'agir au sein de groupes de camarades fidèles. Jamais il n'avait ressenti la chaleur humaine de ces amitiés, que pendant ces heures tragiques. Il se préoccupait peu de politique mais il savait que le Front National (résistants communistes) rechignait à passer sou l'autorité de de Gaulle, celui-ci ayant réussi, par l'intermédiaire de son envoyé spécial Jean Moulin, à réunir les différents mouvements de résistance. Aussi un comité d'action fut-il instauré en Ile de France, sous l'autorité du communiste, colonel Rol Tanguy.

Le moment tant attendu de la Liberation approchait. Les troupes alliées avaient débarqué en Normandie le 6 juin 44 et, après des combats acharnés, s'approchaient de la capitale. Dès le 19 août, le gouvernement provisoire introduisit dans Paris des personnalités comme Alexandre Parodi, Jacques Chaban Delmas, le général Koenig, chef des FFI (Force Française de l'intérieur) ... Le 21 août, malgré une trêve signée entre la résistance et le commandant en chef du Gross Paris, le général von Choltizz qui, heureusement, n'avait pas appliqué les ordres de Hitler de détruire les principaux monuments de la capitale, la lutte se poursuit. Le 23 août, sur les instances de de Gaulle auprès d'Eisenhower, la 2ème DB de Lerclerc marche sur Paris. Le 24 Août, André qui combattait à l'hôtel de Ville, Sten en main et brassards FFI, vit arriver un premier détachement de la 2e DB commandé par le capitaine Drome. Toutes les cloches de la capitale se mettent à sonner, la division Leclerc entre dans Paris et nettoie les derniers nids de Résistance.

André se précipite alors rue Lecourbe, il n'avait pas vu sa famille depuis neuf mois et il se jette dans les bras de sa femme et de ses filles, puis voulant participer à la liesse qui enflamme les parisiens, ils repartent vers le centre-ville, c'est du délire, tous les habitants sont dans la rue, des grappes de gens s'accrochent sur les chars pour aller embrasser les soldats, puis le 26 août, c'est le défilé, de Gaulle en tête, sur les Champs Elysées, pour aller se recueillir sur la tombe du soldat inconnu. " Si loin que je porte ma vue, ce n'est qu'une foule vivante, dans le soleil, sous le tricolore... " écrira de Gaulle dans ses mémoires.

Puis ce sont les scènes affreuses de collaborateurs brutalisés mais surtout de ces femmes que l'on tond et sur le crâne desquelles on peint une croix gammée, certaines de ces femmes ayant eu le tort de s'amouracher d'un soldat allemand. Honte à la France, songe André, surtout en remarquant qu'il n'aurait jamais pensé qu'il y eut autant de résistants...

En fait il y eut environ un résistant pour deux cents habitant à Paris, à remarquer que la proportion est à peu près la même pour la Légion contre le Bolchévisme et la Milice réunies. Quatre mille neuf cents résistants seront déportés dont environ la moitié survécut et mille trois cent soixante parisiens furent fusillés. Parmi les résistants, un sur quatre était promis à la mort.

Puis André reprit son travail chez Renault devenu la Régie Nationale des Usines Renault, nationalisée pour cause de collaboration et il fut nommé assez rapidement chef d'atelier.

~

Hervé Martigny qui avait vingt-deux ans au moment de la déclaration de guerre fit la même guerre " héroïque que son père Jean Louis en 14-18, comme aspirant à l'etat Major. Démobilisé, il regagna le domicile familial dès juin 40. Jean Louis, quant à lui, choisit rapidement son camp, celui de l'ordre, qui lui permettait d'envisager de gagner encore beaucoup d'argent. Comme beaucoup de futurs collaborateurs et même de neutralistes, il trouvait que les soldats allemands étaient très corrects, se levant même dans le métro pour laisser leurs places aux dames et aux vieux messieurs. Il commença par s'inscrire au PPF de Jacques Doriot, recevant son journal " Le cri du Peuple " et était abonné à la revue ultra collaborationniste " Je suis Partout ". Il sortit beaucoup, cherchant à se faire des relations, on le voyait partout où les collaborateurs et les officiers allemands étaient majoritaires, dans ces endroits, temples du marché noir, où le rationnement n'avait pas cours, comme chez Maxim's où, le plus fameux d'entre tous, rempli d'allemands " la mère Catherine " à Montmartre. Il commença à offrir le champagne à des officiers supérieurs au Tabarin ou au Shéhérazade où se produisait Jeanne Héricard. Il avait toujours sa loge à l'Opéra et commença à inviter des personnalités en vue, comme l'ambassadeur Otto Abetz, pour assister aux grands opéras de Wagner, souvent dirigés par Karajan. En juillet 41, il était déjà avec les personnalités qui assistaient au défilé des troupes allemandes sur les Champs Elysées, qui commémorait le premier anniversaire de leur entrée à Paris.

En 1942, il était au premier rang du Gaumont Palace pour assister au quatrième congrès du PPF, écoutant les envolées lyriques à la Mussolini de J. Doriot.

L'hôtel particulier du boulevard des Capucines devint le rendez-vous du Tout Paris Collaborationniste. On pouvait y rencontrer des écrivains comme Robert Braillach ou Drieu la Rochelle, des policiers comme Bousquet, des hommes politiques comme Doriot ou Marcel Déar, des acteurs comme Robert le Vigan ou Arletty et même Sacha Guitry qui fit une ou deux incursions et, petit à petit, des officiers allemands qui se firent de plus en plus nombreux.

Il eut le grand honneur de recevoir à deux reprises le général Von Stulpnagel, commandant du Gross Paris, sans compter Otto Abetz, francophile averti, qui était pratiquement un habitué et qui vint une fois avec de Loquerica, ambassadeur de Franco.

Par ailleurs, Jean Louis était reçu en ami au Claridge qui était devenu la résidence des officiers supérieurs allemands.

Il n'avait pas d'animation particulière contre les Juifs, il se souvenait trop combien la Société Martigny devait à la gestion des Kaplan père et fils et de Veinstein, mais il se crût obligé d'aller voir ce film inepte de Veit Harlan : " Le juif SS ", puis également, il pensa qu'il serait bon pour les affaires de se montrer à l'exposition : " Comment reconnaître un juif ". Il ne voulait pas savoir ce que devenaient tous ces juifs qui disparaissaient. Il avait entamé de juteux marchés avec l'armée Allemande, gagnait beaucoup d'argent malgré les grosses commissions prises au passage par la SS et, en gagna encore plus lorsque l'Allemagne commença à construire le Mur de l'Atlantique et qu'il passa de fabuleux marchés avec l'organisation Todt. Seul, cela comptait, pour lui et son fils Hervé qui marchait sur ses traces et menait une vie dorée dans ce milieu interpole, grand amateur de bordels de luxe comme le " One two two " rue de Provence.

De plus, il pensait sincèrement que l'Allemagne ne pouvait être que vainqueur, l'Angleterre ne pourrait tenir, il n'y avait qu'à voir les défaites cinglantes infligées à l'Armée Rouge à partir de juin 41. L'armée allemande gagnait sur tous les fronts et paraissait vraiment invincible. Lorsque l'Amérique rentra en guerre et, surtout, après la défaite de l'armée de Von Paulus à Stalingrad, Jean Louis devint plus dubitatif et commença à transférer d'importants capitaux en Suisse, " on ne sait jamais... " ces opérations étant facilitées par ses relations très amicales avec la SS qui se servait toutefois au passage.

Quant à son frère Gilbert, ce fut, comme on pouvait s'y attendre, tout l'inverse, il vécut en reclus avec sa femme Colette, à l'affût de la moindre nouvelle pouvant laisser espérer un revers allemand, écoutant la BBC et l'émission brouillée " Les Français parlent aux Français ". Il aurait voulu agir mais ne savait pas comment, surtout avec le lourd handicap de sa jambe artificielle. Olivier, son fils aîné, qui avait été incorporé en 39 à la déclaration de guerre, avait été de ceux qui s'étaient retrouvés coincés à Dunkerque, mais qui avait réussi à gagner l'Angleterre et y était resté pour continuer la lutte. Gilbert et Colette avaient eu de ses dernières nouvelles en juillet 40 par une lettre qu'Olivier avait confié à un soldat français qui avait préféré regagner la France. Leur second, fils, Philippe, était inscrit à la Sorbonne, trop jeune pour être incorporé en 39 et il bouillait d'agir, il aurait tout donné pour être avec son frère et, tout naturellement, il fut parmi les étudiants qui manifestèrent le 11 novembre 1940 sur la tombe du soldat inconnu, malgré l'interdiction faite par la police. Il s'ensuivit des bagarres, la police tira et il y eut trois blessés graves et cent arrestations dont faisait partie Philippe. Pétain, qui avait rencontré peu de temps avant Hitler à Moutoir et qui officialisait ainsi la politique de la collaboration, se souvint tout de même qu'il avait été dans le camp des vainqueurs en 14-18 et du symbole hautement significatif que représentait le 11 novembre ; conséquence, il intervint personnellement pour faire libérer ces cent étudiants. Sophie, la plus jeune, devait passer son bac et avait voulu, elle aussi, faire quelquechose, si bien que lorsqu'arriva la mode zazou, qui était une sorte de pied de nez à l'occupant et aux autorités qui les vouaient aux gémonies et les traitent de décadents, elle, s'habilla comme eux, d'un pull à col roulé sous une peau de bête, d'une jupe plissée très courte, de bas râpés et de chaussures plates et lourdes et laissa pousser ses cheveux exagérément longs en les laissant poisseux. Il faut dire que cette tenue ne plaisait pas beaucoup non plus à ses parents, bien que son père en comprît la signification, alors que sa mère, toujours coquette, se peignant les jambes puisque les bas étaient introuvables, trouvait cette apparence impossible. Sophie sortait avec des garçons qui portaient des vestons trop amples, de gros souliers non cirés, des cravates de toile au petit noeud ridicule, une moustache à la Clark Gable et des cheveux lustrés. Et ils se trémoussaient, l'index en l'air, en chantant " Je suis swing ", le dernier succès de Johny Hess.

Les cinq hommes étaient attablés dans cette ferme de Seine et Marne, au Coudray Montceau, qui servait de relais pour récupérer les agents en provenance de Londres. La veille, la radio anglaise, dans l'émission " Les Français parlent aux Français " avait lancé le message : " Le lion sera mort demain à cinq heures " et ils se préparaient à aller chercher le parachutiste. La proche forêt du Rougeau était bien pratique pour ces arrivées clandestines, ou les départs qui se faisaient dans une clairière à bord d'un Lysauder, ce petit avion à tout faire de la RAF que les pilotes étaient capables de faire atterrir " dans un mouchoir de poche ". A dix heures trente, il se levèrent, enfilèrent leur canadiennes, les nuits de novembre étaient déjà froides, prirent leurs armes, pour les moins hétéroclites, il y avait une mitraillette Sten, un fusil Mauser et un pistolet parabellum allemands, récupérés lors de coups de main, un vieux pistolet d'ordonnance de la dernière guerre, et même un fusil de chasse, puis ils franchirent la porte pour s'enfoncer dans la nuit noire. Ils étaient un peu en avance et attendirent, puis vers onze heures quinze ils perçurent dans le silence de cette nuit d'hiver, le bruit caractéristique du Lysander, qui se rapprochait juste à l'heure.

Au signal, Olivier de Criqueville se jeta dans le vide, le froid le saisit, puis il ressentit dans tout le corps le choc causé par l'ouverture du parachute. Il descendait lentement, sous sa corolle blanche, tombant vers l'inconnu, vers cette terre obscure d'où l'on ne distinguait rien. De plus, il ne pouvait pas s'empêcher de ressentir l'émotion de remettre le pied sur le sol de sa patrie, qu'il avait quitté depuis maintenant dix-sept mois en réussissant à s'échapper du chaudron de Dunkerque. Il n'avait subi que deux sauts d'entraînement et le choc lui parut rude lorsqu'il toucha terre, se dépêchant de plier son parachute et de détacher son harnais. Puis il se dirigea vers le point lumineux qui clignotait et retrouva les cinq hommes qui étaient venus le chercher. A l'arrivée à la ferme, l'accueil fut plus chaleureux, ils se réchauffèrent quelques instants devant un bon feu que l'un deux avait allumé dans la cheminée. Ils parlèrent de la vie à Londres, des terribles bombardements que cette ville avait subis, puis de cette bataille d'Angleterre que, finalement, les courageux pilotes de la RAF avaient gagné, aux commandes de leurs fameux Spifires et hurricanes, puis ils en vinrent à parler de l'occupation, la Résistance était encore seulement à l'état embryonnaire et les privations devenaient de plus en plus pénibles, la population parisienne surtout, mais citadine en général, avait faim. Mais il ne fut dit aucun mot sur la mission d'Olivier, il leur remit simplement une grande enveloppe dans laquelle il y avait des fonds et des instructions dont Olivier ignorait tout.

Le lendemain matin, il enfila une canadienne, se coiffa d'un béret puis, muni de " vrai-faux " papiers et d'answeis en bonne et due forme, il enfourcha la bicyclette et, après un grand signe de la main, il se dirigea vers la capitale. Si tout allait bien, il devait retrouver ces cinq hommes dans une semaine, à la ferme, pour le retour en Angleterre. Dans la doublure de sa canadienne, il y avait une forte somme dissimulée, ces fonds étant destinés aux résistants clandestins qui n'avaient aucun autre moyen de survie. Une trentaine de kilomètres le séparait de la capitale, il croisa et fut dépassé par des véhicules militaires allemands, aucun incident ne se produisit sauf Porte d'Italie ou un barrage de Felgendarmerie l'arrêta, puis le laissa repartir, ses papiers étant en règle... Il arriva à l'heure du déjeuner avenue Montaigne, monta les deux étages quatre à quatre, évitant l'ascenseur, puis, le coeur battant la chamade, sonna à la porte de ses parents. C'est sa soeur Sophie qui vint ouvrir et, le moment de stupéfaction passé, poussa un cri perçant qui ameuta ses parents et son frère Philippe. Ils se jetèrent tous dans les bras les uns des autres, le coeur gonflé de bonheur. Olivier partagea avec sa famille les saucisses farineuses et les topinambours, les questions fusaient, il riait, ne pouvant répondre à toutes. Puis le calme relatif revenu, il leur narra son aventure depuis Dunkerque, son arrivée à Londres où un désordre indescriptible régnait, la peur aussi, beaucoup de gens pensant que les allemands ne tarderaient pas à débarquer, la peur, certes, mais le courage aussi de ces Anglais, stimulés par les discours de Churchill, ces nuits interminables dans les caves ou dans le Métro, Londres brûlant sous les bombes allemandes, puis le calme revenant petit à petit avec les victoires de la RAF. Mais lui, Olivier, au printemps de cette année 41 était parti en Ecosse dans un centre d'entraînement des commandos. Il voulait absolument participer à l'action et était maintenant devenu agent du BCRA, bureau de renseignements et d'espionnage des FFL sous les ordres du colonel Passy. Philippe " buvait " chacune des paroles de son frère et son regard admiratif ne le quittait pas, combien aurait voulu être à sa place ! Olivier ajouta seulement qu'il était pour une semaine en France afin de prendre certains contacts, ne faisant aucun état de la façon par laquelle il était arrivé, ni par celle qu'il emprunterait pour repartir.

Dans l'après-midi, Olivier émit le souhait de sortir humer l'air de la capitale, seul avec son frère. Ils partirent donc tous les deux, regagnant les Champs Elysées, proches, et s'asseyant à une terrasse de café couverte boire un ignoble ersatz de café qui avait au moins le mérite d'être chaud, puis, avec précaution, Olivier commença à dévoiler à son frère une partie de sa mission : En haut lieu, ses chefs étaient au courant des agissements de leur oncle Jean Louis Martigny et de ses amitiés avec le milieu collaborationniste, ainsi qu'avec certains officiers généraux allemands, en conséquence, Olivier demandait à son frère de renouer des relations avec leur cousin Hervé, d'arriver à se faire recevoir boulevard des Capucines et d'être à l'affût des moindres indiscrétions ; tous les quinze jours, il devrait faire une synthèse des renseignements collectés, même le moindre, recoupé avec d'autres pouvait avoir de l'importance pour les analystes du service. Cette synthèse, il devait la déposer dans un casier de la gare Saint Lazare, sans essayer de rencontrer son correspondant. Philippe était déçu, il le dit à son frère, il avait tant espéré pouvoir repartir avec lui, mais c'était hors de question, Olivier insista sur l'importance que ses chefs attribuaient à cette mission, délicate, et qui pouvait être dangereuse s'il se faisait arrêter avec sa synthèse. Philippe insista encore, demandant à son frère pourquoi leur père ne pouvait pas effectuer cette mission et, lui, partir en Angleterre, ce à quoi Olivier répondit que les deux frères étant fâchés, cette réconciliation pourrait paraître louche et que, de plus, il se méfiait des colères subites que pouvaient avoir les deux frères lorsqu'ils étaient ensemble ; en conséquence de quoi, il comptait sur sa diplomatie.

Pendant cette semaine passée à Paris, Olivier fut souvent absent, taisaient ses activités, puis vint le jour du départ, après de grandes embrassades, ses parents, son frère et sa soeur, le virent depuis leur balcon, s'éloigner dans l'avenue Montaigne en pédalant, puis disparaître. Quand le reverraient ils ? Le retour, pour Olivier se fit sans encombre, il arriva en fin d'après-midi à la ferme du Coudray Montceau, où l'un des cinq hommes attendait. Les autres arrivèrent à l'heure du dîner et une femme qui ne disait pas un mot leur servit une soupe, ma foi assez bonne. Comme la dernière fois, ils se levèrent vers dix heures trente puis s'éloignèrent dans la nuit vers la clairière où devait atterrir le Lysander. Ils allumèrent quelques pots, balisant ainsi une piste sommaire, un pilote chevronné pouvant faire atterrir et décoller un Lysander sur moins de trois cents mètres. Puis, à l'heure précise, comme la dernière fois, le ronronnement caractéristique se précisa de plus en plus et l'avion surgit près d'eux, dans la nuit, tous feux éteints, Olivier se précipita pour monter croisant une silhouette qui descendait, puis sans avoir couper le moteur, l'avion repartit aussitôt et lorsqu'il fit son grand virage, Olivier aperçut les feux de balisage qui s'éteignaient un par un. Quand reviendrait-il ?

Philippe, après un moment d'abattement, réfléchit à sa mission et y trouva du piquant. Il n'avait vu son cousin qu'enfant et ne savait s'il le reconnaîtrait, il se mit donc à l'affût non loin de l'hôtel du boulevard des Capucines, attendant le sorite de son cousin pour être certain de ne pas se tromper ; de plus, il fallait que la rencontre ait l'air fortuite. Au bout d'une semaine, il se décida à agir. Alors que son cousin, sortant de chez lui, et se dirigeant à pied vers l'Opéra, se préparait à héler un vélo taxi, il l'appela :

- " Hervé ? "

Celui-ci se retourna, scruta son interlocuteur, puis, incertain, répondit :

- " Philippe ? "

Puis devant le signe affirmatif de Philippe, Hervé éclata de rire et ajouta simplement :

- " Ben ça alors ! Si je m'attendais... "

Puis, Philippe ayant préparé soigneusement sa rencontre lui dit combien il était content de le revoir et combien il l'enviait de mener une vie mondaine, comme la sienne. Chez lui, dit-il, c'était triste à mourir et il en avait assez de porter le deuil de la France, comme ses parents, lui, ce qu'il voulait, c'était s'amuser. Ils allèrent prendre un verre, place de l'Opéra, proche, pleine de poteaux indicateurs écrits en allemand. Hervé, voulant épater son cousin sur la vie de plaisir qu'il menait, en remettait. Ils se quittèrent sur une promesse de se revoir, en se fixant rendez-vous. Philippe fut particulièrement content de ce premier contact.

Au bout d'un mois, les liens étaient solides et Hervé invita Philippe à l'une de ces réceptions mondaines de ses parents.

Philippe, lorsqu'il arriva à l'Hôtel dont les fenêtres scintillaient, remarqua tout de suite les voitures avec fanion rouge à croix gammées noires, et les chauffeurs qui bavardaient entre eux ; dans le hall, il vit, avec un frisson, les casquettes et redingotes allemandes pendues aux porte manteau, il pénétra dans une pièce ou un brouhaha de voix l'envahit. Hervé l'apercevant, se précipita vers lui et l'emmena voir ses parents. Lorsqu'il aperçut son neveu, Jean Louis s'écria :

- " Tiens ! Le fils de mon utopiste de frère ! Au fait, comment va-t-il ? Il rêve toujours autant ? "

Philippe serrait les poings mais se força à sourire, alors que son oncle ajoutait en lui donnant une petite tape dans le dos :

- " Allez, va ! Amuse-toi et profites en. "

Un fond musical était donné par le dernier disque de Zarah Leander, chantant de sa voix rauque et envoûtante les derniers succès allemands.

Les deux cousins se dirigèrent vers un buffet qui laissait pantois par son abondance et le champagne coulait à flot. De jolies femmes, des demies mondaines assurément, riaient à gorges déployées en se frottant à l'uniforme allemand. Dans un coin du buffet, Philippe crut reconnaître J. Hérold Paquin en discussion avec Céline.

Tout ceci dégageait une atmosphère de luxure dans laquelle Hervé était tout à fait à l'aise. Philippe quitta la réception afin d'être rentré avant le couvre-feu puis, arrivé chez lui, il commença à rédiger un texte, couchant sur le papier quelques remarques entendues ici ou là.

Il devint un habitué, un compagnon d'Hervé et de ses vices, et rédigeait consciencieusement ses synthèses, allant déposer son pli tous les quinze jours, comme convenu, dans le casier de la gare Saint Lazare. Il était curieux et attendit un jour pour voir son correspondant, qui ne vint pas, mais le lendemain, le pli n'était plus là ! Il finit, quelques temps après, par remarquer un homme, vêtu d'un grand imperméable coiffé d'un chapeau mou, qui prenait possession du pli. Il se mit à le suivre mais il avait sûrement à faire à un professionnel qui le perdit dans le métro. Les mois s'écoulèrent, il se sentait englué dans la luxure, son cousin avait parfois de bons côtés, mais était un être veule et dépravé. Puis un beau jour de juin 43, Olivier réapparut comme la dernière fois, pour une semaine. Il fit de très chauds compliments à son frère ; en haut lieu, on était très satisfait des renseignements qu'il glanait boulevard des Capucines. Philippe insista à nouveau beaucoup pour repartir avec son frère mais celui-ci signifia qu'il était beaucoup plus utile là où il était et que, de plus, il n'en avait pas le droit.

Le 6 juin 1944, les alliés débarquèrent en Normandie et Olivier était de la première vague qui débarqua à Sword, nom de code de la partie comprise entre Lion sur Mer et Ouistreham et dévolue aux Canadiens, Olivier, quant à lui, faisant partie des bérets verts du commandant Kieffer qui payèrent très cher l'assaut de Ouistreham.

Puis il combattit avec les alliés, pénétrant au coeur de l'Allemagne, jusqu'à la victoire finale et, fin mai 45, la victoire étant enfin acquise depuis le 8, le capitaine Olivier Martigny eut droit à une permission et se précipita dans le premier train en partance pour Paris. Il avait tant hâte de revoir sa famille, ignorait le drame qui s'était déroulé, ses parents n'en ayant fait aucun état dans leurs lettres.

Depuis avril / mai 44, les allemands étaient persuadés que les alliés préparaient un débarquement mais où et quand ? Là, était la question ; les plages du pas de Calais étaient les plus probables vu la proximité des côtes anglaises, et, de plus, les quelques renseignements réunis (intoxication anglaise) et les bombardements intenses le laissait fort supposer. Comme les français en 40 avec la ligne Maginot, les Allemands tenant les ports et ayant construit le " Mur de l'Atlantique ", estimaient la " forteresse Europe " imprenable, d'ailleurs Goebbels n'arrêtait-il pas de le proclamer dans ses discours véhéments. Seul, le général Rommel, en tournée d'inspection, avait relevé quelques failles et était sceptique, disant à ses intimes : " La bataille sera gagnée sur les plages, sinon, Dieu ait pitié de nous ". Jean Louis Martigny était de plus en plus inquiet car, malgré la répression féroce de la Gestapo, la résistance relevait la tête, et il avait déjà reçu à plusieurs reprises des petits cercueils en guise d'avertissement sur ce qui l'attendait. Aussi, dès le 15 mai, prenait-il avec sa femme et son fils, le chemin de l'Espagne, avec l'aide de ses amis de la SS qui se firent toutefois payer leur assistance à prix d'or.

Du même coup, la mission de Philippe était terminée et il raconta tout à ses parents, heureux d'être sorti de ce milieu glauque. Jack fut très fier de son fils.

Paris était libéré depuis le 24 août et, trois jours plus tard, deux tractions avant noires portant les trois lettres FFI peintes sur les portières, s'arrêtèrent devant le domicile des Martigny, avenue Montaigne, sic hommes en descendirent, bérets sur la tête, brassard FFI et Sten à la main, deux restèrent de garde en bas, les quatre autres frappant violemment à la porte de Jack, qui vint ouvrir lui-même. Il fut bousculé voilement par ces quatre hommes qui se saisirent de Philippe, disant ironiquement :

- " Pourquoi n'as-tu pas fui avec tes amis collabo ? "

Gilbert voulut s'interposer, disant que son fils était un résistant, il fut bousculé et perdit l'équilibre, voyant Philippe emmené brutalement. Colette avait assisté, muette de terreur à cette scène qui n'avait pas duré plus de quinze minutes. Heureusement, Sophie était absente.

Deux jours plus tard, Philippe fut retrouvé dans une allée du Bois de Boulogne, exécuté d'une balle dans la nuque.

Le lendemain, Colette cherchant son mari, entra dans son bureau et hurla : " Non !!! ". Gilbert, une lettre devant lui, avait déjà son pistolet à la main, elle se jeta dans ses bras hurlant sans cesse : " Non, non, non !!! ", sanglotant, ne sachant que dire d'autre. Jack leva alors son regard vers celle qu'il n'avait jamais cessé d'aimer et se mit à pleurer.

~

Paulette de Mercoeur et sa fille Anne Marie réussirent tant bien que mal à faire marcher la fromagerie pendant l'occupation. Elles vivaient toutes les deux dans une petite maison de gardien, ayant dû céder le Manoir qui logeait les officiers allemands. Elles n'eurent que peu de rapports avec l'occupant qui se montra correct, un capitaine, raide comme un balai, faisant même une cour assidue à Anne Marie qui l'ignora toujours délibérément. Elles furent obligées de travailler pour les allemands, devant leur livrer à des prix fixés d'avance par la Wehrmacht, la plus grande partie de la production ; elles arrivèrent à tricher et à réussir la prouesse d'alimenter en même temps, le maquis de la forêt d'Andames.

Puis vint le 6 juin 44, et la dure bataille de Normandie, les allemands quittèrent le Manoir, elles virent passer ces longues colonnes de soldats battant en retraite, harassés, sales et mal rasés, monté parfois sur des chariots tirés par des chevaux, et ces soldats devaient affronter encore de très durs combats, avant de sombrer dans la " poche de Falaise ", surnommé le " Stalingrad Normand ". Pendant cette bataille, proche de Cauterel, Anne marie et sa fille restèrent terrées, entendant sans arrêt le roulement des tirs d'artillerie et les vagues d'avions venant labourer la terre de leurs bombes, et craignant de se retrouver au coeur de la bataille.

Puis les alliés " nettoyèrent " cette poche, cette victoire marquant la fin de la bataille de Normandie. Anne Marie et sa mère sortirent alors et, ayant hâte de parler avec d'autres personnes, se précipitèrent à Saint Pierre l'Eglise où la plupart des maisons étaient en ruine. Un régiment américain y installa son campement et Anne Marie fut tout de suite conquise par ces grands GI's à la démarche nonchalante de cow boys, mâchant du shewing gum et écoutant du jazz. Ils distribuaient cigarettes, shewing gum et chocolat à profusion. Anne Marie, aperçut le maire en grande difficulté pour se faire comprendre ; elle parlait assez bien anglais et servit d'interprète ; après l'entretien, le jeune capitaine ayant, grâce à elle, réussi à se faire comprendre, engagea la conversation et Anne marie sentit immédiatement qu'elle tomberait amoureuse de cet homme. Il l'invita à venir boire quelquechose au mess de fortune qui avait été installé aux " Dames de France ", grand magasin miraculeusement préservé. Elle fut envahie par la gaieté r régnante, à peine couverte par la musique merveilleuse de Glenn Miller, qu'elle découvrait.

Ils passèrent quinze jours de passion intense qui marquèrent Anne Maris à jamais, puis Johny - elle ne connaissait que son prénom - repartit faire la guerre, et elle n'eut plus jamais de nouvelles, était-il mort ? L'avait-il seulement considéré comme une amourette passagère ? Elle ne le sut jamais.

Neuf mois plus tard, naissait une petite fille, curieusement en mai, mois de la victoire finale sur le Iie Reich. Elle l'appela Patricia.

~

On a laissé Jack, sa femme Odette et leurs amis Hauser au moment de la déclaration de guerre. Jack et Edmond tombèrent d'accord pour traiter à nouveau les gouvernants français de " j'en foutre " devant leur attitude face à la Pologne, qui se fait écraser en trois semaines sans qu'ils aient levé le petit doigt, et ils furent totalement abasourdis par la victoire totale et rapide des allemands en 40 sur les franco-anglais. En tant qu'anciens pilotes, ils ne comprenaient pas que la chasse française ait paru absente du ciel alors que les anglo - français alignaient environ huit cent cinquante appareils contre mille pour l'Allemagne. Certes les Merserschmitt 109 et 110 étaient sans doute les meilleurs du moment mais les Moreure MS 406, Bloch MB 151, Devoitine D 520 ou Potez 631 étaient de bons appareils. La révolution de la Blitzkrieg fut encore démontrée par l'utilisation étroitement liée des bombardiers en piqué Stukas avec l'arme blindée. Les chars français, artisans de la victoire en 1918 furent utilisés en dépit du bon sens car ils étaient plus nombreux que les chars allemands ! Ils se refusèrent à aller voir défiler les allemands, restant boulevard Launes à faire un bridge, mais en ayant l'esprit ailleurs.

Ils essayèrent de mener une vie normale, mais assez rapidement, Jack dût fermer le garage de l'avenue Malakoff. Ils sortaient peu, ne supportant pas la promiscuité avec les uniformes allemands, ils allèrent tout de même en décembre à la salle Gaveau au premier festival de Jazz organisé par Ch. Delaunay où l'on put entendre des célébrités comme Alix Combelle, Noël Chiboust, Django Reinardt, Hubert Rostaing, Gus Viseur, et bien d'autres. Puis les privations se firent de plus en plus dures, il fallait avoir recours au marché noir mais tout le monde n'en avait pas les moyens. Jack désormais sans revenu, voyait son capital fondre comme neige au soleil et il proposa à ses amis Hauser de venir à Criqueville, mais Edmond ne voulait pas abandonner ses parents. De nouvelles mesures anti juives étaient prises tous les jours en 1941, la Maison Hauser fut l'une des cinquante-deux mille vingt-cinq affaires juives confisquées en France. Les parents d'Edmond, " ce charmant couple mondain " comme l'avait reconnu lui-même le père de Jack, vivaient en reclus dans leur appartement, refusant l'invitation de Jack de les emmener aussi à Criqueville. Ces gens, qui étaient maintenant octogénaires, vivaient d'expédients, vendant de temps à autres un objet de valeur et pensaient que, parents d'un " as " de 14 - 18, Pétain ne tolérerait pas qu'on leur fasse du mal. Puis en juin 42, ils furent porter l'étoile jaune, cette étoile de David, sacrée, qui devenait dans ces circonstances la marque de l'infamie. Edmond se refusa à la porter et interdit à sa femme de la coudre sur ses vêtements. Un mois plus tard, la police française fit une grande rafle dans la population juive de paris et rassembla tous ces pauvres gens au Vel d'Hiv. Le " charmant couple mondain " partit avec une petite valise, encadré par les policiers, comme des malfaiteurs, un gendarme paraissait bien gêné, mais il obéissait aux ordres... Du Vel d'Hiv, ils furent dirigés sur Drancy, chargés dans des <wagons à bestiaux, serrés les uns contre les autres, les yeux de la plupart agrandis par la peur de l'inconnu, par ces cris, ces brutalités gratuites. C'était devenus de pauvres animaux qui ne comprenaient pas ce qui leur arrivait. Le train s'ébranla et, dans les heures qui suivirent, la promiscuité, la puanteur et la chaleur de ce bel été firent que ce " charmant couple mondain " mourut enlacé, avant la destination finale : Auschwitz ! Plus au nord, à Lille, les parents de Sarah qui était " chtis ", subissaient le même sort mais eurent le temps de lire " Arbeit macht frei " (la liberté par le travail) inscrit sur le fronton du portail d'entrée d'Auschwitz, avant d'être gazés.

Fin 42, Edmond, sans nouvelles de ses parents, se décida à accepter l'invitation de Jack, la situation à Paris devenant vraiment intenable. Certes, ils ne portaient pas l'étoile jaune mais, lorsqu'ils sortaient, ils avaient l'impression d'être la cible de tous les regards. De plus, David avait maintenant treize ans ; par sécurité, il ne fréquentait plus l'école et ils étaient à la merci de la moindre dénonciation.

Ils prirent donc le train gare Saint Lazare, Edmond, sa femme et son fils, avec jack, Odette et leurs trois enfants. Le voyage se passa sans encombre et ils descendirent à Lisieux. Sur le quai, deux hommes vêtus de longs manteaux de cuir noir et coiffés de chapeaux mous, scrutaient les voyageurs, derrière eux des soldats, Schweisser MP 40 en bandoulière étaient sur leur garde, le coeur battant, ils franchirent le barrage. Dehors, sur le terre-plein, Elisabeth attendait. Elle était venue les chercher avec la carriole attelée à un gros percheron. La plupart des voitures avait été réquisitionnées et, de toute façon, il n'y avait plus d'essence. Ils montèrent tous dans la carriole et, deux heures plus tard, franchissaient la grille du parc de ce magnifique château. Jack, surtout, ressentit une bouffée de bonheur, ayant l'impression de retrouver un havre de paix.

Par miracle, le château n'était pas occupé par les allemands, sans doute parcequ'il ne se trouvait pas proche d'un lieu stratégique. Joan sortit sur le perron accueillir son fils, sa famille et ses amis. Son mari Robert se mourrait à quatre-vingt-un ans. Il reconnut à peine son fils mais lui sourit tout de même, et partit une semaine plus tard. L'automne s'était déjà installé, le parc était couvert de feuilles mortes, puis vint l'hiver, le vent du nord venant de la mer rosissait les joues des enfants qui étaient bien seuls à vivre cet épisode comme une grande aventure, allant à la découverte de ce grand parc, du " pavillon de Diane ", charmant édifice à la destination imprécise qui était là, dans une petite clairière de bois, temple indou dans le rêve des enfants, où ils élirent domicile, construisant également des cabanes dans les arbres comme ils l'avaient vu faire par Johny Weismuller dans le rôle de Tarzan. Pour les parents, les journées s'étiraient en longueur, entre bridge, promenades dans le parc et cueillette au potager car, au moins, cette situation avait un avantage : on mangeait à sa faim. Jack avait entrepris avec Thibaut, l'aîné de ses fils qui avait onze ans, la construction d'une maquette de son Morane Saunier de 14 - 18.

Ils écoutaient régulièrement la BBC, le printemps 44 arriva et avec lui, l'espoir. Des bruits de débarquement commençaient à courir, les armées allemandes reculaient sans cesse sous les coups de boutoir de l'Armée Rouge, des vagues de bombardiers anglais et américains tapissaient le sol allemand, ne laissant derrière eux que des villes en flamme et en ruine.

C'est alors qu'un bel après-midi d'avril, trois tractions avant noires franchirent la grille ; en sortirent des miliciens en uniforme bleu avec le grand béret style chasseurs alpins, accompagnés de deux inévitables anges de la mort, ces terribles représentants de la gestapo, dans leur éternel manteau de cuir noir, parlant peu mais dont le regard d'aigle épiait tout.

Ils pénétrèrent bruyamment et Jack, venu à leur rencontre, se fit bousculer et apostrophé grossièrement :

- " Où sont les youpins ? "
Jack répondit tranquillement qu'il n'y avait nul youpin ici.

Ils commencèrent à fouiller et trouvèrent tout le monde réuni dans le petit salon. S'adressant à Edmond, celui qui paraissait être le chef lui dit :

-" C'est toi le juif ? "

Jack s'interposa à nouveau, disant qu'il n'y avait nul juif ici. Edmond regarda son ami et lui dit :

-" Merci mon vieux mais c'est inutile ".

Puis s'adressant au milicien :

-" Oui, c'est moi, je pratique effectivement la religion juive ".

Pendant ce temps, Geneviève et Renaud, terrorisés, se serraient contre les jupes de leur mère, Odette, ainsi que Laurence, la fille d'Elisabeth.

L'un des miliciens, apercevant la maquette du Morane Saunier la saisit et demanda à Thibaut :

-" C'est à toi, ça ? "

-" Oui ", rétorqua fièrement Thibaut, " c'est la maquette de l'avion de mon père en 14 -18 et nous l'avons fait ensemble.

Alors le milicien laissa tomber délibérément l'avion dont une aile se brisa, disant cyniquement :

-" Oh, pardon... "

Thibaut, au bord des larmes, regarda son père et y vit un regard chargé de tant d'amour, qu'il réussit à retenir ses larmes. Il ne devait jamais oublier ce regard.

Le chef des Miliciens ordonna alors à Edmond et à sa femme, ainsi qu'à Jack, de préparer leurs bagages. Ils avaient dix minutes... Joan, Elisabeth et Odette, ainsi que les enfants étaient comme statufiées, tétanisées par la peur. Les trois malheureux furent emmenés et poussés brutalement à l'intérieur des tractions.

David, qui était dans sa cabane de Tarzan, avait vu arriver les tractions mais, se rappelant des consignes de ses parents, n'avait pas bougé, puis quand il les avait vu embarquer, il avait eu une envie folle de courir les rejoindre, mais il entendait encore la voix de sa mère lui évoquant pareille situation : " File David, file, le plus vite et le plus loin possible ! " Il vit les tractions redémarrer, ses yeux étaient brouillés de larmes, il regrettait maintenant d'avoir respecté la consigne.

Odette jeta un dernier regard vers ces voitures noires qui s'éloignaient dans l'avenue, réalisant seulement maintenant le tragique de la situation, entendant encore son mari, lui disant avec panache, dans un dernier regard d'amour :

-" Je te l'avais, dit, ma chère, des j'en foutre ".

Edmond et Sarah furent envoyés directement à Auschwitz, séparés dès leur arrivée, femme enfants et vieillards à droite, hommes encore valides à gauche, ce tri se faisant dans les cris, les coups de cravache et les aboiements de chiens, un officier SS portant képi à tête de mort, uniforme impeccablement repassé, bottes rutilantes, gants et cravache à la main surveillait la manoeuvre. Le groupe de droite partit directement aux " douches " et le groupe de gauche fut poussé vers des baraquements où ce qui avait été des hommes les regardèrent craintivement. Edmond tint quatre mois dans cet enfer de travail inepte, de coups, de brimades puis, comme tous les autres, fut emmené à la chambre à gaz.

Jack quant à lui, fut dirigé sur le camp de concentration de Buchenwald.

Le débarquement eut lieu, Joan vit avec émotion ses compatriotes anglais qui combattaient pour la liberté, la Normandie fut libérée, puis Paris, Hitler lança toutes ses dernières forces dans une contre-attaque téméraire dans les Ardennes à la Noël 44, mais ce fut le chant du cygne, les américains engageaient le 7 mars 45 une tête de pont en traversant le Rhin sur le pont de Remagen, seul pont miraculeusement intact, les autres ayant été détruits, puis le 8 mai, c'était enfin la victoire, l'Europe entière était en liesse mais on découvrait l'horreur des camps. Joan alla rejoindre alors son mari.

A l'annonce de la victoire, Odette se précipita à Paris pour essayer d'avoir des nouvelles de Jack. Débarquée gare Saint Lazare, elle se trouva prise dans ce tourbillon de fête et eut du mal à trouver un vélo taxi pour l'emmener boulevard Launes. Le grand appartement aux volets clos sentait le renfermé, elle s'empressa d'ouvrir les volets et le jour pénétra à flot dans ces pièces poussiéreuses où tout lui rappelait Jack. Elle se sentit seule et désemparée et mit machinalement un disque : La voix de Fred Astaire chantant " Tea for two " envahit la pièce et elle s'écroula dans un fauteuil, prise de sanglots irrépressibles.

Dès le lendemain, elle se rendit successivement à l'hôtel Lutétia et à la gare d'Orsay où on lui avait dit que les déportés étaient rapatriés. Elle s'y rendit chaque jour pendant près de deux mois, voulant espérer encore, voyant passer ces pauvres squelettes qu'un fil tendu retenait à la vie, ayant encore dans leurs grands yeux enfoncés dans leurs orbites, ce regard d'animal traqué, ne comprenant pas encore ce qui leur arrivait. Puis, au bout de deux mois, un fonctionnaire lui annonça d'une voix monocorde que Jack de Criqueville était mort en mars 45. Deux mois avant la fin ! Alors que les Américains pénétraient en Allemagne, Jack mourait, épuisé, sous les coups des kapos !

~

On a quitté Laurent de Criqueville le 18 juin 40 alors que les allemands rentraient dans Cane. Les caennais n'étaient pas vraiment inquiets, il y avait bien longtemps que cette petite préfecture de soixante mille habitants n'avait pas connu la guerre, 1870 et 14 - 18 s'étaient déroulés bien loin. Même durant des mouvements internes à la France comme 1936 et le Front Populaire, Caen était demeurée calme et mesurée. Les caennais avaient commencé à réaliser le tragique de la situation à partir du 10 mai 40 lorsque le flot des réfugiés belges et du nord de la France, envahit la ville. Puis la troupe allemande arriva par la route de Falaise en ordre parfait, comme à la parade... C'étaient les vainqueurs et ça se voyait. Les tranchées creusées entre autres, fossés Saint Julien et place Saint Gilles devant servir d'abris contre les bombardements, n'avaient pas été utilisés et furent rebouchées.

Dès le 20 juin, les allemands réquisitionnaient les locaux de la Mairie pour y installer la Kommandantur et la gestapo s'installait rue des Jacobins.

La plupart des caennais trouvaient finalement les allemands corrects et, respectaient et faisaient confiance à Pétain. En juillet, ils furent nombreux à assister au concert donné par les allemands devant l'église Saint Pierre, ce qui n'empêche que, le même mois, des huées et des sigles accueillaient le film allemand " Victoire à l'Ouest " au cinéma Majestic.

Puis en 1941, eut lieu un premier bombardement anglais qui donna lieu, le 26 juin, à la visite de Jean Borotra, ministre de Vichy.

La résistance commença à faire parler d'elle avec la parution du " Calvados libre ", premier journal clandestin. Un caennais, Paul Colette commit un attentat en août 41 contre Laval et Marcel Déat ; condamné à mort, fut gracié par Pétain et envoyé en camp de concentration...Un nouveau bombardement eut lieu en mars 42, les sabotages de train devinrent monnaie courante et culmina avec le déraillement d'un train allemand en gare de Moult. En octobre 43, de nouveaux bombardements donnèrent lieu à la visite d'Abel Bonard, ministre de Pétain, et, la même année, en décembre, le chef de la Milice était assassiné.

Le docteur Laurent de Criqueville se dépensait sans compter ne dormant quasiment pas, et résistant malgré ses soixante-quatre ans. Il soignait malades et blessés à l'Hôpital du Bon Sauveur, l'Hôpital Clémenceau ayant été réquisitionné depuis longtemps par les allemands. Sans faire réellement partie d'un réseau, il lui était arrivé à plusieurs reprises de cacher des résistants parmi les malades. Le premier juin, une vingtaine de SS, accompagnés par des agents de la gestapo pénétrèrent voilement dans l'hôpital, Laurent essaya de s'interposer mais fut arrêté immédiatement, les soldats fouillaient les chambres sans ménagement, examinant chaque malade, l'un d'eux resistant caché, essaya de se sauver par la fenêtre en voyant les SS rentrer, mais fut littéralement haché par une rafale de MP 40, râlant encore, il fut achevé d'une balle dans la tête, un autre fut arrêté et emmené à coups de crosse avec le docteur de Criqueville. Ils furent internés à la prison de Caen, et firent partie des quatre-vingt sept exécutés dont on ne retrouva jamais les corps. Ceci se passait le 6 juin 1944, jour du débarquement. Les SS ne voulaient pas laisser de témoins derrière eux.

Caen avait été occupé par cent mille soldats allemands, eut douze mille prisonniers de guerre et quatre mille deux cents hommes partirent en Allemagne au titre du STO (Service du Travail Obligatoire). Mille deux cents personnes furent envoyées en camp de concentration dont, seulement deux cent quatre-vingt treize revinrent. Entre juin et juillet 1944, les deux tiers de la ville furent détruits.

La femme de Laurent et sa fille Monique, âgée de vingt et un ans en 40, passèrent toute la période de l'occupation à la ferme de la Pommeraye, la fameuse ferme Valmont qui n'avait pas beaucoup changé, à part l'électricité et l'eau courante, le château, quant à lui, était occupé par des officiers allemands. N'ayant plus de régisseur, elles apprirent à diriger la ferme, employant de temps à autres de réfractaires au STO, ce qui aurait pu être dangereux si cela était venu aux oreilles de allemands. En 43, elles cachèrent un pilote anglais dont l'avion avait été abattu, il passa là quinze jours dans la cave, en cas de danger, un cache avait été aménagée dans un tonneau vide, puis il fut pris en charge par la Résistance et remis entre les mains d'un réseau qui lui fit regagner l'Angleterre par l'Espagne. Elles avaient beaucoup de travail apprenant à traire les vaches, à faire elle-même le beurre dans la baratte, à cultiver le potager. Cela avait au moins l'avantage de fournir une nourriture de qualité et suffisante. Elles avaient également de la viande de temps en temps, grâce à l'abattage clandestin effectué par un fermier de Saint Germain du Val. Des vagues de bombardiers passaient régulièrement pour aller lâcher leurs bombes sur quelque objectif stratégique, mais elles surent tout de suite qu'un événement extraordinaire allait se passer. Dans la nuit du 5 au 6 juin 44, un nombre inimaginable d'avions envahi le ciel, les lueurs de Caen en flamme se reflétant dans le ciel, se voyaient depuis la Pommeraye ! Puis ce fut le débarquement, la bataille de Caen, les combats impitoyables de chars dans la plaine du côté de Cagny, les allemands battant en retraite et, enfin les premiers chars canadiens passant sur la petite route qui longeait la ferme.

Monique et sa mère étaient sans nouvelle de Laurent et dès fin août, lorsque la bataille de Normandie fut finie, elles enfourchèrent leurs bicyclettes et pédalèrent vers Cane. Le bord des routes, les champs étaient jonchés de véhicules militaires et chars caleinés, de canons éclatés, et cette odeur, inoubliable de tôles brûlées, de poudre et de souffre... Caen n'existait pratiquement plus, n'était qu'un tas de ruines, l'hôtel du Cour la Reine n'était plus qu'un tas de pierres. Elles se dirigèrent vers la rue Caponière à peu près préservée et arrivèrent enfin à l'hopital du Bon Sauver pour apprendre l'horrible nouvelle !

Yves, le fis de Laurent avait vingt-quatre ans lors de la déclaration de guerre et fut bien sûr mobilisé. Comme Gilbert Martigny, enfermé dans la poche de Dunkerque, il se retrouva en Angleterre et y resta pour continuer la lutte. Envoyé en Afrique, il connut ses premiers combats contre les Italiens en avril 41 dans l'armée du général Monclar qui combattait en Erythrée, puis ce fut hélas ! un combat fratricide contre l'armée de Vichy en Syrie et enfin Bir Hakeim en juin 42, la première bataille qui permit à la France de relever la tête et fut abondamment commentée par la Résistance dans la presse clandestine : les soldats français du général Koenig avaient tenu la dragée haute aux allemands ! En mars 43, intégré à la VIIIe armée de Montgommery, il participa à l'assaut de la ligne Mareth qui défendait la Tunisie, puis avec l'armée de Lattre c'est le débarquement en Provence le 15 août 44, la remontée victorieuse de la vallée du Rhone, la participation avec la deuxième DB de Leclerc à la libération de l'Alsace et enfin l'entrée en Allemagne, la prise d'Ulm et de Stuttgart et l'arrivée à Berchtesgaden, la Wolfschantze, " Tanière du loup ", résidence d'Hitler.

Fin mai, il se précipita, profitant de sa première permission vers la Normandie. Arrivé à Caen, il ne découvrit qu'un amas de pierre qui avaient été déjà rangées pour dégager les rues, l'eglise Saint Jean, se dressait, seule et fière, au milieu d'un désert de pierre. Il partit alors pour la Pommeraye et comprit aussitôt qu'un drame état arrivé en voyant apparaître sa mère et sa sœur tout de noir vêtu.

EPILOGUE

Pour André Debulois et sa femme Yvette, la vie reprit son rythme normal. Réunions de cellule, vente de l'Humanité le dimanche matin dans la rue, mariage de leurs deux filles, 4 CH Renault, congés payés au camping de Luc sur Mer, petits-enfants, cinéma du samedi soir, Tino Rossi, André Dassary qui ne chantait plus « Maréchal nous voilà » et André Claveau qui chantait « Cerisiers roses et pommiers blancs ».

Puis les années passèrent, en 1956, d'un commun accord, ils déchirèrent leurs cartes du Parti lorsque les Soviétiques rentrèrent à Budapest. En 1963, André prit sa retraite. Toujours fidèle à l'idéal communiste, il se révoltait contre les agissements soviétiques comme il avait été révolté en 56, il le fut à nouveau lors des procès de Pragues et lors de l'entrée des chars russes dans la capitale Tchécoslovaque en 68.

Puis vint la vieillesse. Dans ce petit appartement de la rue Lecourbe qui avait abrité leur bonheur et qu'ils n'avaient jamais voulu quitter, André, un soir d'hiver 1980 était dans son fauteuil en train de regarder la télévision, il crut entendre que l'on parlait de la réhabilitation des fusillés de 1917. Son regard se fixa alors sur la vieille photo dans son cadre doré, posé sur le napperon brodé de la petite table. Cette photo le représentait en culotte courte, à côté de son frère, posant devant ses parents ; deux grosses larmes roulèrent sur ses joues et son regard se figea. Il était mort. Yvette qui entrait à ce moment, lui ferma les yeux, lui caressa la joue, puis se laissa tomber dans un fauteuil, l'esprit vide, comme si, elle non plus, n'était plus de ce monde.

~

Il n'a plus été question depuis près de cent ans de la « Belle Hélène », de son mari Marcel Durand, de leur brasserie « Les quat'saisons », ni de leurs descendants, mais ceux-ci avaient su faire évoluer l'affaire. Les deux restaurants, celui des Halles (qui avait déménagé à Rungis) et celui de la Vilette marchaient toujours très bien, ayant été rénovés mais ayant conservé le style de l'époque, et à partir de 1970, on vit apparaître dans les principales villes de France des « Brasserie des quat'saisons » franchisées.

~

Jean Luis Martigny, sa femme et son fils Hervé étaient arrivés en Espagne fin mai 44, ils logèrent tout d'abord à l'hôtel et achetèrent assez vite un grand appartement avenue Lope de Vega. Ils se mirent à fréquenter la haute société madrilène et trouvèrent ces franquistes parfaits (alors qu'ils continuaient à exécuter des républicains cinq ans après la fin de la guerre civile), ils avaient au moins en commun la haine de la « racaille rouge ». Un ardent espoir renaquit en décembre, lorsqu'Hitler lança sa dernière grande offensive dans les Ardennes, bousculant, dans un premier temps, les troupes alliées, mais il semblait qu'il avait oublié que, ce qui l'avait fait gagner en 40, la maîtrise de l'air, c'était maintenant les alliés qui l'avaient. Ce fut son chant du cygne. La guerre se termina le 8 mai 45 dans une apothéose wagnérienne, avec la prise de Berlin par l'Armée Rouge et le suicide d'Hitler.

Jean Louis Martigny tira un trait sur son passé, désormais, la France lui était interdite. D'ailleurs, le gouvernement français avait saisi ses biens, faisant tout d'abord, de l'Hôtel du boulevard des Capucines, un musée d'art moderne, puis dans les années soixante-dix, il fut détruit et remplacé par un immeuble d'habitations. Les magasins au fameux « M » de Londres, New York et Paris étaient à leur Zénith, celui de Vienne avait sombré dans les flammes, comme une grande partie de la ville. Cinquante pour cent du capital fut laissé à Gilbert, le reste vendu par actions.

Jean Louis avait indéniablement le sens des affaires. Alors qu'il avait placé suffisamment d'argent en Suisse pour finir sa vie dans le luxe - surtout en Espagne ou la vie, à cette époque n'était « pour rien » - il aimait toujours l'argent pour l'argent et ne put s'empêcher de « fricoter » dans le milieu des affaires.

A partir du début des années soixante, il présentait le boom qui allait se passer avec le tourisme. Malgré ses soixante-quinze ans, mais aidé par son fils Hervé qui avait été à bonne école avec son père, il commença à acheter des terrains « pour une bouchée de pain » dans des petits villages comme Marbella, Torremolinos ou Benidorm. Il mourut en 1970 dans sa splendide villa de Marbella, ayant fait de son fils l'un des plus gros promoteurs espagnols.

~

Gilbert et Colette ne se consolèrent jamais de la fin atroce de leur fils Philippe. Certes, celui-ci avait été presqu'immédiatement réhabilité et décoré à titre posthume, mais ce n'était qu'une faible consolation. Ils vieillirent ensemble et l'on prit d'habitude de voir ce couple âgé, qui n'avait jamais cessé de s'aimer, faire sa promenade l'après-midi, lui, claudiquant et s'appuyant sur sa canne, elle, lui tenant le bras, remontant l'avenue des Champs Elysées pour aller prendre leur thé au Fouquet's.

Sophie, après des études de biologie, épousa en 1950 un chercheur du Muséum d'Histoire Naturelle. L'époque et surtout les tenues zazous étaient bien oubliées, il lui en resta un goût marqué pour le jazz.

Le capitaine Olivier de Criqueville, bardé de décorations, se lança dans la politique en fervent gaulliste. Il n'eut de cesse de retrouver les assassins de son frère. En 1965, il était secrétaire d'état à la Défense et crut approcher du but, mais les pistes se brouillèrent à nouveau : retrouver ces assassins, aurait remué trop de boue qui aurait risqué d'éclabousser des gens en place. A quoi bon remuer le passé, essayèrent de lui faire comprendre certaines personnes bien intentionnées. Il continua tout de même ses recherches mais en vain.

~

Paulette de Mercoeur qui avait si bien réussi à sauvegarder la Fromagerie après le décès prématuré de son mari Adrien, gazé en 14 -18 et pendant la funeste période d'occupation, s'éteignit en 1969, sa fille Anne Marie avait alors soixante et un ans et nulle envie de continuer. Les produits Mercoeur ayant bien établi leur réputation continuèrent à se vendre sous leur nom alors que la Fromagerie avait été vendue à une multinationale.

Ne se sentant plus chez elle, Anne Marie vendit également le Manoir de Cauterel et alla finir ses jours dans la villa du hôme Varaville qui avait abrité les premières amours de Gilbert et Colette.

Patricia vécut encore trois ans avec sa mère et fit ce qu'il est convenu d'appeler un beau mariage.

Parfois, lorsqu'il faisait beau et que les fenêtres étaient ouvertes, le promeneur attentif pouvait entendre Glenn Miller interpréter « Moonlight Serenade ».

~

Odette de Criqueville n'avait plus les moyens de garder l'appartement du boulevard Launes, donc elle le vendit, ainsi que le garage de l'avenue Malakoff et acheta un petit deux pièces dans le même quartier, rue Maspéro, tout près du jardin du Ramelagh où, plus tard, elle alla promener ses petits-enfants. Le produit de la vente du boulevard Launes et du garage lui permit de se constituer une rente décente.

Son plus jeune fils Renaud fit de brillantes études, sortit major d'HEC, se maria et eut deux enfants. Sa fille Geneviève épousa un commissaire-priseur à Drouot et donna également trois petits enfants à Odette.

Quant à l'aîné, Thibaut, il ne rêvait que du retour à la terre, commença, sans les terminer des études agronomiques puis partit s'installer au château de ses ancêtres pour diriger la ferme, sa tante Elisabeth ayant fort à faire pour s'occuper de tout. C'était une belle ferme, proche du château, au milieu de deux cents hectares, mais qui ne représentait pas le dixième de ce qu'avait été la fortune terrienne des Criqueville. Les héritages et surtout la vie fastueuse de Jack, de son père et de ses ancêtres avait grandement amputé le patrimoine, et ce qui restait pouvait nourrir deux familles mais était grandement insuffisant pour entretenir correctement le château. Aussi, avec l'accord de ses neveux, Elisabeth fit des démarches pour faire classer le château comme monument historique et, ainsi recevoir des subventions. En contrepartie, ils étaient tenus de recevoir des éventuels visiteurs. Le château était suffisamment grand pour qu'Elisabeth et sa fille, puis Thibaut et sa future épouse, puisse s'aménager chacun un appartement confortable. Ainsi, ils purent conserver ce château dont ils étaient tant amoureux et qui était dans la famille depuis trois cents ans.

A partir de 1970, les visiteurs se firent plus nombreux. Elisabeth qui avait maintenant dépassé es soixante-dix ans, fut remplacée par sa fille, Laurence dont le mari était également tombé amoureux du château, pour servir de guide. Les visiteurs étaient surpris et flattés d'avoir devant eux une guide qui était une vraie comtesse, descendante de tous ces Messieurs impressionnants dans leurs cadres. Ils ne manquaient pas non plus d'être intrigués par le salon chinois et de poser toujours l'inévitable question : qui était ce beau militaire colonial sur la photo ? C'était son grand père, au Maroc avec Lyautey, et qui avait auparavant combattu contre les Boxers, Durand les cinquante-cinq jours de Pekin, ce qui faisait toujours son petit effet... Plus tard, Renaud qui faisait une brillante carrière de dirigeant d'entreprise, eut l'idée d'aménager certaines pièces afin d'organiser des séminaires. Autres temps, autres moeurs, pourquoi pas un hôtel ? Les comptes de Criqueville devaient se retourner dans leurs tombes.

~

David Hauser, resta au château jusqu'à la libération, puis reprit plutôt mal que bien des études trop longtemps interrompues, mais il ne se sentait pas à l'aise. Bien sûr, il aimait Elisabeth qui s'était occupé de lui comme sa mère, mais il ne pouvait effacer de sa mémoire la vision de ses parents emmenés à l'abattoir, il le savait maintenant. Aussi dès qu'il eut connaissance de l'aventure de l'Exodus, il n'eut de cesse de vouloir partir. Elisabeth le comprit et l'aida. David partit en 1948 combattre pour la renaissance de ce pays mythique. La guerre une fois gagnée, il alla faire sa vie dans un kibboutz, écrivant régulièrement à « tante Elisabeth ».

~

La femme de Laurent vécut le reste de sa vie au château de la Pommeraie, sa fille Monique resta avec elle jusqu'en 1947, s'étant mariée l'année précédente avec un officier canadien connu après le débarquement. Puis elle s'embarqua avec son mari pour le Québec et ne revint jamais en France.

Elle vécut donc seule au château, voyant de temps à autre sa cousine Elisabeth ou sa très lointaine cousine mais néanmoins meilleure amie Anne Marie de Mercoeur. Elle traversait de grands moments de tristesse mais n'était pas amère. Après tout, elle vieillissait

235

sans problèmes ni de santé, ni d'argent, elle passait ses journées entre la lecture, les entretiens avec le jardinier pour les plantations du parc, les plantes exotiques de l'Orangerie où la serre construite par Marie de Valmont et qui était aussi sa passion, ou encore en entretien avec le régisseur de la ferme. Elle était assidue à la messe après que des générations de prêtres, depuis le bon abbé Delalande se soient lamentées sur l'absence régulière des châtelains.

Son fils Yves, après son épopée au sein des FFL, avait décidé de rester dans l'armée. Il faisait donc partie des troupes d'occupation en Allemagne et obtint une permission pour assister au mariage de sa soeur. Il revint à nouveau en permission l'année suivant avant de s'embarquer pour l'Indochine où la guerre commençait. Ce furent les durs combats dans la jungle et les rizières, puis la défaite de Cao Bang qui déclencha la nomination du général de Lattre qu'Yves, ayant fait partie de l'armée après le débarquement de Provence, admirait beaucoup, il réussit à redresser la situation mais, très malade, dut regagner la France pour y mourir en 1952. Alors ce fut l'incroyable erreur, due à la sous-estimation des forces viet muh, de l'installation des troupes françaises dans la cuvette de Dien Bien Phu. Yves fit partie des derniers renforts parachutés dans la fournaise, puis le sept mai 1954, l'incroyable réédition. Fait prisonnier, il fut interné dans un camp de rééducation. Libéré en 1956 ; il revint à la Pommeraye, ne pesant que cinquante kilos et épuisé. Parti lieutenant et revenu capitaine, Yves, grâce à sa forte constitution, se remit rapidement et repartit en 1957 pour l'Algérie afin d'y « maintenir l'ordre » comme l'on disait pudiquement. Combattant infatigable, sillonnant sans cesse les djebels à la recherche d'un ennemi qui glissait tout le temps entre les doigts, il fut nommé commandant en 1960.

En 1961, il fit savoir haut et fort qu'il était sympathisant des généraux Challe, Jouhaud, Zeller et Salan, artisans du putsch d'Alger. Yves s'était engagé encre de Gaulle lui-même afin de garder l'Algérie Française, et se serait senti parjuré d'obéir aux ordres de Paris. Le putsch ayant avorté rapidement, Yves fut arrêté et passa en jugement. Le commandant de Criqueville se présenta à la cour en grande tenue avec toutes ses décorations et, aux questions des juges, ne revint pas sur ses convictions. Compte tenu de ses antécédents, il fut condamné à cinq ans de prison et n'en fit que quatre.

Yves se retira à la Pommeraye et écrivit ses mémoires de guerre qui rencontrèrent un certain succès. Il aimait le charme de ce château où il avait passé son enfance, il se sentait à l'abri du « Monde », dans un oasis de paix. Il avait repris la gestion de la ferme avec le régisseur, à la place de sa mère, celle-ci bénissant tous les jours le ciel de vieillir à côté de son fils. Il ne se maria pas, vivait presque en reclus, mais dans la sérénité et une certaine forme de bonheur. Il sortait peu, voyant seulement de temps à autres sa tante Elisabeth et les Mercoeur, ressortit une seule fois sa tenue militaire pour aller au mariage de sa cousine Patricia de Criqueville.

Puis en 1970, sa mère mourut, il l'accompagna, presque seul à sa dernière demeure ; s'attardant dans le cimetière familial, il réussit à lire Valmont sur la tombe de Jérôme mort en Algérie, les plus anciennes étaient effacées. Il resta là un moment, songeur ; ainsi étaient là ses prédécesseurs, ils avaient été faits de chair et de sang, comme lui, avaient eu leur vie avec leurs plaisirs mais aussi leurs malheurs. Il pensa tout à coup que, lorsqu'il était jeune, il avait découvert dans le grenier, une vieille malle recouverte de cuir, remplie de vieux papiers. Il se dépêcha de rentrer au château, monta au grenier et appela le jardiner pour l'aider à descendre la malle dans son bureau qu'avait été celui d'Henri de Valmont, et se plongea avec délice dans le passé.

Au bout de quelques temps, il commença à reconstituer un arbre généalogique puis, celui-ci grossièrement terminé, à l'aide des archives familiales, se mit à envisager l'écriture d'un livre relatant l'histoire de ses ancêtres. Il l'intitulerait simplement : « La Pommeraye ».

Yves finit ses jours au château et mourut en 1995, allant rejoindre ses ancêtres au cimetière.

Ses lointains héritiers canadiens ne se déplacèrent pas et firent mettre en vente le domaine par notaire interposé, et, en 1998, de nouveaux propriétaires emménagèrent.

Lors de la grande tempête de l'hiver 1999, une tornade fit subir de très importants dégâts au château et les chênes séculaires plantés par les naissances de François, Jean Jacques, Héloïse et Jérôme de Valmont furent déracinés comme sil les esprits des dynasties Valmont et Criqueville, là-haut, dans le ciel avaient voulu marquer ainsi leur désapprobation à l'arrivée d'un étranger.

FIN

Article L. 111-1 du Code de la propriété intellectuelle : L'auteur d'une oeuvre de l'esprit jouit sur cette oeuvre, du seul fait de sa création, d'un droit de propriété incorporelle exclusif et opposable à tous. Ce droit comporte des attributs d'ordre intellectuel et moral, ainsi que des attributs d'ordre patrimonial [...]

12774346R10141

Printed in Germany
by Amazon Distribution
GmbH, Leipzig